本书为上海市哲学社会科学规划科目"英戈·舒尔策诗性意识形态话语研究"(2017BWY016)结项成果

Ingo Schulze

英戈·舒尔策
诗性意识形态话语研究

谢建文　王羽桐　孙　瑜 ◎ 著

上海三联书店

目 录 ——————— Contents

第一章　引论

第一节　舒尔策和我们所处的世界

1989 年 11 月 9 日,柏林墙开放。历数三十余年来的政治与历史风云,经济、金融危机,全域性、长期性的社会难题,环境、卫生危机,以反恐和其他名义发动和开打的战争等,在英戈·舒尔策与我们同处的这个世界[①],可谓风云激荡,波诡云谲,巨大的危机与挑战带来巨大的冲击和历史性的改变。如果着眼第四次工业革命与重大调整的产业革命,也意味着与其他危机相联系的多方面巨大的变革。

这些历史、政治、经济、社会和军事大事件以及环境、卫生问题包括 1989 年 11 月 9 日的柏林墙开放/倒塌事件(1989 年 11 月 9 日)、东欧剧变与苏联解体(1989 年 3 月—1992 年 4 月间发生)、两德统一(1990 年 10 月 3 日)、全球金融危机(2008 年 9 月)、欧洲主权债务危机(2009 年)、德国选择党的崛起(2013 年 4 月 14 日,名为"德国的选择"的党派在德国柏林举行成立大会,约 1500 人与会。这个反对欧元的党派刚露面就引起德国各大政党的关注。随后,该党成员迅速增至 7000 多人。2017 年得票率为 12.6%,成为德国自第二次世界大战结束以来首个进入议会的右翼民粹主义政党)、欧洲难民问题(2014 年与 2015 年达到高峰

---

① 出于本课题研究的需要,贴合所研究对象的作家与作品涉及的历史时期,我们将简要梳理的时间起点定在最终带来所谓冷战结束的柏林墙倒塌事件;在考察方式上,更侧重欧洲问题与危机的纵览,虽然也兼顾全球性的格局。

状态)、德国反穆斯林化运动(2014 年 10 月)、全球环境问题(包括气候变暖问题等)和新型冠状病毒疫情(2020 年以来);而严重的局部冲突和战争可以历数:海湾战争(1990 年 8 月—1991 年 2 月)、"9·11"恐袭事件(2001 年 9 月 11 日)、第二次阿富汗战争(2001—2021 年)、伊拉克战争(2003 年)、利比亚战争(2011 年)、剿灭伊拉克和大叙利亚伊斯兰国的战争(2014—2019 年)、叙利亚危机与叙利亚内战(2011 年以来,几度出现危局,近年略有缓和)、克里米亚事件(2014 年 3 月)与俄罗斯、乌克兰冲突(以 2022 年 2 月 24 日发生并仍在持续的俄罗斯"特别军事行动"为冲突质变性新起点)。

这些事件与问题,改变了或者还在继续改变我们的生活世界以及与之相关的几乎一切关系。

基于对舒尔策及其作品的判断,我们发现柏林墙倒塌①事件、两德统一、冷战结束、经济与金融问题、民生问题、环境卫生与气候问题等与作家和其作品直接相关,成为其思考和表达的对象。而军事问题等,也间接透露出一些话题上的联系。

如果说柏林墙的修建,意味着德国国家分裂与东西方两大阵营的对立进一步确证,那么柏林墙的开放/倒塌则意味着分裂的国家同时有了一个在国家和民众层面重新交流的机会。舒尔策在其文学作品中一再让角色来宣告,

---

① "1989 年,受匈牙利人民共和国宣布开放边境和苏联领导人米哈伊尔·谢尔盖耶维奇·戈尔巴乔夫的'新思维'思想的影响,民主德国局势发生了急剧变化。1989 年 5 月起,大批公民通过匈牙利外逃至联邦德国。1989 年 10 月 18 日,民主德国领导人、德国统一社会党总书记埃里希·昂纳克宣布辞职。莱比锡等许多城市相继爆发了规模不等的示威游行,要求政府放宽出国旅行和对新闻媒体的限制。新当选的德国统一社会党总书记埃贡·克伦茨表示,民主德国要在世界开放的形势下革新社会主义,进行彻底改革。1989 年 11 月 9 日,民主德国部长会议决定,在人民议院的有关新的旅游法规生效之前,私人旅游和关于公民移居国外的规定立即生效。[……]在当时召开的政府新闻发布会上,由于时任德国统一社会党中央政治局委员君特·沙博夫斯基对上级命令的误解,错误地将政府放宽私人出境限制宣布成柏林墙立即开放,导致数以万计的市民通过柏林墙进入西柏林,柏林墙开始被人为地拆毁。到 1989 年 12 月底,东西柏林之间被柏林墙阻断的主要街道已重新畅通。据民主德国官方的统计材料显示,柏林墙开放的最初 10 天里,大批民主德国公民涌向联邦德国。头三天就有 300 万民主德国公民进入联邦德国和西柏林'短暂访问',到 11 月 19 日民主德国警察局已签发 1000 多万份私人旅游证,这个数字相当于民主德国全部人口的 2/3,其中批准 20000 份长期居住国外的申请。民主德国政府开放边界的决定,在欧洲乃至世界引起强烈反应。"https://baike.baidu.com/item/%E6%9F%8F%E6%9E%97%E5%A2%99/69725? fr=aladdin. (2022 - 3 - 29)

在其反思性文字中也一再探讨柏林墙开放/倒塌事件。这是一个本质性的历史事件,也是作家虚构现实展开的一个非常重要的起点或枢纽点。

而德国的重新统一①,在舒尔策的思想史与作品史上有着重要影响。作家的作品,所呈现的核心性历史时段就是柏林墙开放之后至两德统一之前这段所谓过渡期。可以说这个历史时段的公共生活与个人生活的最重要层面,无论是经济、政治等层面,还是集体与个人的情感与心理层面,在作家笔下均有充分的挖掘和呈现。

东欧剧变与苏联解体②,意味着以苏联为首的东方阵营与欧美资本主义阵营之间在意识形态、社会制度、地缘政治、军事力量、经济科技等领域全面对抗的结束,以冷战结束的这一本质效应,根本性改变了世界格局和历史发展进程。在舒尔策这里,当他将东欧剧变、剧变之中的两德统一和苏联的解体联系起来考虑时,西方③及其世界这个问题成为反思、批判

---

① "1990年5月18日,民主德国和联邦德国在波恩签署《关于建立货币、经济和社会联盟的国家条约》。1990年8月31日,双方又在柏林签署《两德统一条约》。1990年10月3日,民主德国正式并入联邦德国。民主德国的宪法、人民议院和政府自动取消,原14个专区为适应联邦德国行政建制改为5个州,并入联邦德国,分裂40多年的德国重新统一。1990年10月3日,德意志民主共和国(民主德国)加入德意志联邦共和国,德国和柏林完成统一。东西柏林的道路、铁道及桥梁在围墙倒塌后迅速接连在一起。"

② 东欧剧变发生在1989年3月9日—1992年4月27日这一时段,最先发生在波兰,而后向德意志民主共和国、捷克斯洛伐克、匈牙利人民共和国、保加利亚人民共和国、罗马尼亚社会主义共和国等华沙条约组织国家扩展。该事件以苏联解体告终。苏联解体发生在1991年12月25日,以苏联最高苏维埃主席团主席戈尔巴乔夫宣布辞职事件为标志。其实质是东欧各社会主义国家的政治经济制度发生根本性改变,是政治体制与社会性质发生改变,是斯大林模式社会主义制度最终演变为西方资本主义制度的剧烈动荡。一般被视为标志着冷战的结束。是世界政治和军事权力格局发生了根本性变化,是东西方两大制度与军事阵营对峙向单极化霸权和多极化权力制衡纽织局面发展。https://wenda. so. com/q/153748995921591. (2022 - 2 - 25)

③ 西方这个概念,与东方相对,系指地球上的日落之地,后几经历史变迁,专指地球上的某一地,而后专指欧洲。西方概念同时为列属其间的人和对之拒斥的人所定义。在欧洲殖民扩张过程中,西方世界意指白人世界。在今天,按照法国历史学家费尔南·布劳岱尔的解释,西方的本质含义则在于资本主义的生产方式,以及征服全球的梦想与垄断权;而美国社会学家和历史学家伊曼纽·华勒斯坦,作为布劳岱尔这一观点的发展者,描述了西方征服欲望和普遍性诉求的各种表现形式,指出其核心处在于捍卫并实施所谓人权和被称为民主的国家形式,而且西方为了合法地拒绝和否定其他文化与文明形式,强调自身文化的普遍性。因此,当西方将自己装扮成普遍价值、道德和文化的承担者时,其诉求被非西方民众中的绝大多数人所强烈质疑。后者在西方的诉求中看到了无可忍受的证据:傲慢、对他们身份的强行干预和对他们特殊性与记忆的否定。Vgl. Jean Ziegler: Erster Teil — An den Quellen des Hasses. I-Vernunft und Wahnsinn. In: *Der Hass auf den Westen*. C. Bertelsmann (EBOOKS). (2022 - 3 - 5)

的重要主题。其中一个批判的靶标就是福山之历史终结论那种盲目的历史乐观主义及其傲慢姿态。

对于舒尔策与其外部世界的联系,我们当然还可以进行其他剖析。甚至军事问题等,也间接透露出在一些话题上作家与之相关的联系性。只是作为现象性的观察和描述,我们固然可以从舒尔策与我们同在或部分交叠的世界出发,继续历数相关的重大事件、事变或转折等,但鉴于研究的外部关系要求,将这个危机与希望激荡相生的世界作为一个整体性框架来探查,也许能从另一视角出发来关照舒尔策的思想和文学世界。

例如仍在持续而且发展方向未必非常明朗的俄乌冲突,一方面可能引发或者说事实上正造成多种针对欧洲乃至世界的灾难性问题,悲剧色彩强烈;另一方面是地缘政治、国际霸权和意识形态化利用有可能是自己一手推动的巨大破坏性事件,将金融、能源等工具化、武器化,从而带来更复杂、尖锐和更严酷的政治、经济甚至军事等方面的较量,最终对地缘政治和国际格局产生巨大的冲击与影响作用。此间的能源与国际政治和国际关系挂钩问题极为突出。特别是以美国为首的西方世界以捍卫所谓民主价值观为名,在世界范围内强制选边站队,撕裂、分化世界,使已经结束的冷战和意识形态对抗,乃至阵营对抗,似乎又要幽灵复现。

本质上看,欧美资本主义国家依然是傲慢地奉行欧洲中心主义的老套。因此对之的质疑与批评声非常强烈。即或是印度,其外长苏杰生针对欧洲要求印度停止进口俄罗斯石油,并将印度对俄立场与印中关系挂钩的做法也提出尖锐批评,切中要害地指出,世界不能再"以欧洲为中心","欧洲必须摆脱这样的思维模式:欧洲的问题是世界的问题,但世界的问题不是欧洲的问题"。①

例如,全球流行性疾病例如新冠病毒大流行,疫情几度肆虐,相关抗击仍在持续;气候与环保问题、贫富差距问题日益严峻;反恐问题一直横

---

① 王盼盼:"印度外长苏杰生怒怼欧洲:印中关系与俄乌冲突无关",载《环球时报-环球网》,2022年6月4日。https://world.huanqiu.com/article/48HqQxopbdk.(2022-6-5)

亘。地缘政治与大国博弈尖锐化,地区冲突等所引发的难民问题、能源问题、粮食问题等,以及金融、能源甚至饥饿问题的工具化与武器化现象,不一而足。更兼有常在的意识形态化操作、霸权问题、欧洲中心主义问题等。总之是一个问题的时代,危机的时代,虽然从人类历史来纵观,至少曾一度让世界感觉到存在一种长期的和平与发展的景象。

当然,趋势性的发展还让我们看到,意识形态化与孤立主义虽又一次甚嚣尘上,沟通、交流与竞争中的发展在某种程度上依然是共识或共同的希望,世界格局多极化和经济全球化仍在坚韧推进,乃至于人类命运共同体也正发挥号召的力量。由此应关注的还有,"当前国际格局和国际体系正在发生深刻调整,全球治理体系正在发生深刻变革,国际力量对比正在发生近代以来最具革命性的变化"[1]。在相应考虑相关管控制度安排的情况下,值得拥抱的或许也可以是方兴未艾的第四次工业革命和又一轮产业变革。特别是人工智能、虚拟现实、生物科技以及量子科技等蓬勃发展,正显著改变我们人类的生产和生活方式。

简言之,"百年未有之大变局"深刻地改变了世界内部和外部的关系、不同世界之间的关系,提出了更深刻、更尖锐的问题与更迫切的突围与变革要求。但这个世界在竞争乃至冲突中还是要非常强调与有效实现合作。也许,作为一个尝试的方向,正是因为"[……]新兴市场国家和发展中国家国际影响力不断增强,国际力量对比更趋均衡;全球治理的话语权越来越向发展中国家倾斜,全球治理体系越来越向着更加公正合理的方向发展"[2],才有可能开启新篇,稳定、丰富并发展我们这个差异化存在的世界。

第二节　舒尔策的经验世界与文本世界

舒尔策所经历的世界,舒尔策所经验和所表达的世界,作为研究对象

---

① 何成:"全面认识和理解'百年未有之大变局'",载《光明日报》,2020 年 1 月 3 日。
② 同上。

的舒尔策所经验和所表达的世界,向我们和我们共在的这个世界表明和展现了什么,值得深入讨论。

舒尔策 1962 年出生在德累斯顿。大学期间,他学习古典语文学和日耳曼学,学业结束后曾短时期担任阿尔滕堡州立剧院编剧,然后在 1990 年初至 1992 年底创办并推动《阿尔滕堡周报》与《指针》,1993 年 1 月至 6 月待在圣彼得堡,1993 年以来作为职业作家居于柏林。他在民主德国环境下成长并走上文学道路,完整经历德国重新统一及其后的发展过程,之间也曾多有在世界各地游历与访问。现任德意志语言与文学科学院主席。作为"89 后知名当代德语作家"代表,舒尔策曾随德国当代作家代表团先后于 2006 年和 2007 年两度来中国访问。笔者与之有过面晤。

当我们将目光更切近地转向舒尔策个人的世界,并相联系地必然也转向他的文本世界时,可以发现,他并不复杂的人生经历与生活轨迹,均在其文本世界中留下了显性痕迹。他 1981 年中学毕业后,在 1981 年 11 月至 1983 年 4 月之间差不多入伍近两年,之前也曾想到是否拒绝入伍的问题,且在服兵役期间开始写作最初的短篇小说;1989 年经历"职业变革",创立报纸,包括之前在做编剧时认识到剧院可给人日常生活中的自主性以非比寻常的"政治上的自由空间"①——诸如此类的经历与感受,在其小说《新生活》中可以寻迹。此外,在 1989 年柏林墙开放/倒塌后,他感到"政治性的人"不再被需要,其时对钱开始感兴趣,也就是说在观察和自我定位间对钱所提示的轨道发生了兴趣并由之向前迈步;而在圣彼得堡,认识到真正已找到自己独特的声音,也就是在文学里表达自己,是圣彼得堡让他成为作家②,而且接受德布林的文学主张,从作为表述对象的材料反过来寻找和确立风格,而不是相反——这些传记因素与相关的体认和认识,作为框架性、情景性、事件性或其他隐性要素呈现出来,要么被相应纳入舒尔策的文学创作并成为其文学生涯重要的组成部分,要么非常显著地影响了他主要在文学中体现的政治、经济反思及其话语表达。

---

① Ingo Schulze: "Vorstellung in der Darmstädter Akademie". S. 1. http://www.ingoschulze. com/text_Vorstellung_darmstadt. html. (2019 - 7 - 29)

② Vgl. Ebd.

因此,我们看到舒尔策虽然不是一个依赖个人经验来进行文学创作的作家,但个人的经历与他文学创作的发展和独特样貌是颇有关联的,因为,这位作家将自己的创作主要放在特定历史时空之下的日常生活,而且汲取现实体制变化格局的养料,从当下出发并为了当下而审视历史与当下,同时也试图带着对未来不太确定的希望而思考与呈现柏林墙倒塌之前和以来的社会现实,尤其是个体群像间的政治与经济生活等。也就是说作家作品的主题范畴核心性地体现为转折及其问题。①

舒尔策的发表涉及小说、随笔、演讲、论文、政论性文字与诗学作品②,以及个别广播剧与纪录片文字稿本。其中,小说为其主体作品。相关篇目以编年体分类呈现。

作家的小说包括:《三十三个幸福的瞬间》(1995)③、《简单的故事》(1998)④、《新生活》(2005)⑤、《手机》(2007)⑥、《亚当与伊芙琳》(2008)⑦、《彼得·霍尔茨》(2017)⑧与《正直的凶手》(2020)⑨。

其他独立成册出版的涉及随笔、演讲与政论和美学文字的作品(其中

---

① 然而,舒尔策的视域依然是变化的、扩展的,《正直的凶手》就是一个例证。作家这部最新的叙事作品讲述德累斯顿受人尊敬的旧书商诺贝特·保利尼如何变成一个暴躁、不妥协的人,而且被指控参与种族主义暴力活动。其中讨论了"一个正直的书商怎样变成了一个反动分子"这个问题。Vgl. Martin Machowecz: "Ingo Schulze: Wie wird ein Büchermensch zum Reaktionär, Herr Schulze?" 24. Juni 2020. https://www.zeit.de/kultur/literatur/2020-06/ingo-schulze-die-rechtschaffenen-moerder-livestream. (2022-3-19)

② 舒尔策所发表作品篇目主要引自 https://de.wikipedia.org/wiki/Wikipedia:Hauptseite: Ingo Schulze(Autor)(2021-12-19);同时也参考了舒尔策个人网站 http://www.ingoschulze.com/。(2019-8-20)

③ Ingo Schulze: *33 Augenblicke des Glücks*. Aus den abenteuerlichen Aufzeichnungen der Deutschen in Piter. Berlin: Berlin Verlag, 1995.

④ Ingo Schulze: *Simple Storys*. Ein Roman aus der ostdeutschen Provinz. Berlin: Berlin Verlag, 1998.

⑤ Ingo Schulze: *Neue Leben*. Die Jugend Enrico Türmers in Briefen und Prosa. Berlin: Berlin Verlag, 2005.

⑥ Ingo Schulze: *Handy*. Dreizehn Geschichten in alter Manier. Berlin: Berlin Verlag, 2007.

⑦ Ingo Schulze: *Adam und Evelyn*. Berlin: Berlin Verlag, 2008.

⑧ Ingo Schulze: *Peter Holtz*. Sein glückliches Leben erzählt von ihm selbst. Frankfurt am Main: Fischer, 2017.

⑨ Ingo Schulze: *Die rechtschaffenen Mörder*. Frankfurt am Main: Fischer, 2020.

少部分作品系与人合作完成)包括:《鼻子、传真和阿里阿德涅线团》(2000)①、《奈特科恩先生与命运》(2001)②、《故事千篇尚不足》(2007)③、《奥古斯丁先生》(2008)④、《我们的期待》(2009)⑤、《橙子与天使》(2010)⑥、《我们漂亮的新装:反对迎合市场的民主——赞成适应民主的市场》(2012)⑦和《刽子手的命运》(2013)⑧。

另有发表于报刊、杂志与文集中或个别单独成册的随笔、演讲和论文:《〈抵抗的美学〉中的赫拉克勒斯主题》(1987)⑨、《我女上司的信》(2000)⑩、《阅读与写作》(2000)⑪、《如果我不读书,我也不会写作》(2002)⑫、《夜之思》(2006)⑬、《我生命中重要的转折》(2007)⑭、《一个、两个、再来一个故

① Ingo Schulze: *Von Nasen，Faxen und Ariadnefäden*. Zeichnungen und Fax-Briefe. Mit Helmar Penndorf. Berlin: Friedenauer Presse, 2000.

② Ingo Schulze: *Mr. Neitherkorn und das Schicksal*. Erzählung. Berlin: Edition Mariannenpresse, 2001.

③ Ingo Schulze: *Tausend Geschichten sind nicht genug*. Leipziger Poetikvorlesung 2007. Frankfurt am Main: Suhrkamp, 2008.

④ Ingo Schulze: *Der Herr Augustin*. Mit Julia Penndorf (Illustrationen), Bloomsbury-Kinderbuch. Berlin: Berlin Verlag, 2008.

⑤ Ingo Schulze: *Was wollen wir?* Essays, Reden, Skizzen. Berlin: Berlin Verlag, 2009.

⑥ Ingo Schulze: *Orangen und Engel*. Italienische Skizzen. Mit Matthias Hoch (Fotografien). Berlin: Berlin Verlag, 2010.

⑦ Ingo Schulze: *Unsere schönen neuen Kleider. Gegen eine marktkonforme Demokratie-für demokratiekonforme Märkte*. Hamburg: Hanser Verlag, 2012.

⑧ Ingo Schulze: *Henkerslos*. Ein Märchenbrevier. Hamburg: Hanser Verlag, 2013.

⑨ Ingo Schulze: "Das Herakles-Motiv in der *Ästhetik des Widerstands*". In: *Wissenschaftliche Zeitschrift der Friedrich-Schiller-Universität Jena (Gesellschafts- und sprachwissenschaftliche Reihe)* 36. Jg., 1987, Heft 3, S. 417－422.

⑩ Ingo Schulze: "Der Brief meiner Wirtin. Laudatio auf Josua Reichert". In: *Sinn und Form* 52, 2000, H. 3, S. 435－442.

⑪ Ingo Schulze: "Lesen und Schreiben oder 'Ist es nicht idiotisch, sieben oder gar acht Monate an einem Roman zu schreiben, wenn man in jedem Buchladen für zwei Dollar einen kaufen kann?'" In: Ute-Christine Krupp, Ulrike Janssen (Hg.): *Zuerst bin ich immer Leser. Prosa schreiben heute*. Frankfurt am Main: Suhrkamp, 2000, S. 80－101.

⑫ Ingo Schulze: "Würde ich nicht lesen, würde ich auch nicht schreiben". Meranier-Gymnasium, Lichtenfels 2002.

⑬ Ingo Schulze: "Nachtgedanken". Am 3. Mai 2006 von MDR figaro gesendeter Essay.

⑭ Ingo Schulze: "Meine kopernikanische Wende". In: Renatus Deckert (Hg.): *Das erste Buch. Schriftsteller über ihr literarisches Debüt*. Frankfurt am Main: Suhrkamp, 2007.

事》(2008)①、《流行圣像》(2008)②、《几如童话》(2008)③、《甜心先生》(2008)④、《在鲍里斯家过的一夜》(2009)⑤、《洪水过后》(2009)⑥和《有用的傻瓜》(2015)。⑦

纪录片文字稿本:《拯救出雨林》(2011)⑧;广播剧:《德国装置》(2014)⑨与《奥古斯托,法官》(2016)⑩。

我们的研究对象为舒尔策文学创作的最核心构成,即其长篇小说与小说集《三十三个幸福的瞬间》(1995)、《简单的故事》(1998)、《新生活》(2005)、《手机》(2007)、《亚当与伊芙琳》(2008)和《彼得·霍尔茨》(2017),同时也探讨其政论性演讲文字《我们漂亮的新装:反对迎合市场的民主——赞成适应民主的市场》(2012)等。另选择《故事千篇尚不足》等美学文稿作为分析的对象,同时也在一定程度上用作我们所要研究问题的分析路径。

舒尔策的作品赢得广大读者喜爱与评论界充分肯定,并具国际声誉,被译成30种语言传播。作家获奖频频,重要奖项包括:"阿尔弗雷德·德布林文学促进奖"(1995)、"德国图书奖入围决赛奖"(《新生活》,2006)、"彼得·魏斯奖(波鸿市)"(2006)、"莱比锡书展奖"(文学类,2007)、"德国

① Ingo Schulze: *Eine, zwei, noch eine Geschichte/n*. Mit Imre Kertész und Péter Esterházy. Berlin: Berlin Verlag, 2008.
② Ingo Schulze: "Popikone". In: Thomas Kraft (Hg.): *Beat Stories*. München: Blumenbar, 2008.
③ Ingo Schulze: "Fast ein Märchen". In: *Sinn und Form*, 60, 2008, H. 4, S. 453–457.
④ Ingo Schulze: "Signor Candy Man". In: *Süddeutsche Zeitung*, 5. Januar 2008.
⑤ Ingo Schulze: *Eine Nacht bei Boris erschienen in der Reihe*: Books to Go. Berlin: Deutscher Taschenbuch Verlag, 2009.
⑥ Ingo Schulze: "Nach der Flut. Laudatio zur Verleihung des Anna-Seghers-Preises an Lukas Bärfuss". In: *Sinn undForm*, 61,2009, H. 3, S. 413–419.
⑦ Ingo Schulze: "Nützliche Idioten. Für die regierenden Parteien sind die Pegida-Demonstranten eine bequeme Opposition-denn die eigentlichen Fragen werden von ihnen gerade nicht gestellt". In: *SZ* Nr. 21,27. Januar 2015, S. 9.
⑧ Ingo Schulze: Rettung aus dem Regenwald? ZDF/3sat 2011, zusammen mit Christine Traber. (Dokumentation über Terra preta bei Burnout-Der erschöpfte Planet., Erstausstrahlung 12. November 2011, 45 Minuten).
⑨ Ingo Schulze: Das Deutschlandgerät, Regie: Stefan Kanis, MDR 2014.
⑩ Ingo Schulze: Augusto, der Richter, mit Paul Herwig (Ich), Christian Redl (Augusto), Judith Rosmair, Krista Posch, Ingo Schulze u. a. Regie: Ulrich Lampen, MDR/BR 2016. Als Podcast/Download im BR Hörspiel Pool.

图书奖入围决赛奖"(《亚当与伊芙琳》,2008)、"国际 IMPAC 都柏林文学奖"(《新生活》英译,2009)、"德国专业作家协会奖"(2012)、"贝托尔特·布莱希特奖(奥格斯堡市)"(2013)和"德国图书奖提名奖"(《彼得·霍尔茨》,2017)。①

德国平面媒体和互联网中的评述文字与论文对舒尔策良好的评价自不待言。文学辞典、文学史著述和著名文论杂志如《文本与批评》亦将舒尔策作为德语当代文学中重要的对象来研究。主要是将之置于转折文学视角下加以考察。其中,《简单的故事》讨论民主德国民众所承受的历史巨变的后果,被视为转折文学的代表作;《新生活》系一部关于德国统一问题的核心作品;《手机》也被视作关于转折的重要历史小说;而《彼得·霍尔茨》作为作家新近的文学创作,某种意义上可视为作家至少是阶段性的总结之作,赢得广泛赞誉。比较而言,《简单的故事》还是处于研究的焦点,而且在施特凡·穆纳雷托看来,现在已进入"文学经典"②行列,虽然随着舒尔策创作与作品接受的深入,舒尔策研究在切入点、理论方法、问题视角与设定、研究视域上更丰富,研究成果也更有分量。

从作品发展史的角度观察,不难发现,舒尔策在历史变化与制度变迁的背景前,在个人、社会、体制/历史和未来的关系中,将民主德国的历史层面、德国的重新统一和联邦德国的现实,纳入其文学视域,尤其是将民主德国社会发生历史巨变之时、之后人们的思想、情感和行动经验,变异而令人信服地化入文学,从日常社会生活的勾画中深刻展现民主德国、德国东部和由之伸展的颇为广阔的德国社会生活史与政治史。他首先以一系列叙事作品,在一系列关系中精微而真实地挖掘个体角色与人物群像的心灵与情感史。而且,他非常关注人在历史变迁中存在与发展的可能性及其选择与向往,由之体现出凝结为自由和幸福等问题之思考的意识形态性;结合其文学虚构之外更大范围的表达来观察,还可发现,他继续在西方问题的大框架下,重点关注社会发展与社会公平问题。人在体制和历史变迁条件下的经济生活及其扭结,和对之的审察,是其优先选择的主题。

---

① 获奖信息采自 https://de. jinzhao. wiki/wiki/ingoschulze(Autor)。(2021 - 12 - 28)
② Stefan Munaretto: *Ingo Schulze*: *Simple Storys*. Hollfeld: Banger Verlag, 2008, S. 107.

然而,作为时代精神的表达者,舒尔策尽管在历史突变孕育和积聚期有过某种政治上的尝试,却并未在政治实践的道路上走出多远。我们有理由更关注与考察他文学政治意义上的介入。我们借由舒尔策所在的世界,他与我们共在的世界,他所经验和理解的世界,落脚于其文学世界和非虚构世界所展现和揭示的他对这几重世界的经历、审视、理解、期待与批评,而且把握并审查他介入的话语姿态和方式,如此才可能是比较完整地清理出一条解释路径。

第三节　研究现状

自 1995 年处女作《三十三个幸福的瞬间》问世以来,舒尔策的创作生涯迄今已近 30 年。作家笔耕不辍,佳作迭出,不仅在德国文坛引起广泛关注,其作品也被翻译成多种文字,受到世界范围内读者的喜爱。截至 2022 年 7 月,舒尔策主要作品的翻译情况是:

《三十三个幸福的瞬间》共计被译成 15 种语言,包括:荷兰语、英语、法语、意大利语、西班牙语、土耳其语、俄语、爱沙尼亚语、以色列语、匈牙利语、波兰语、希腊语、克罗地亚语、罗马尼亚语以及斯洛文尼亚语。[①]

《简单的故事》已被译成包括荷兰语、瑞典语、丹麦语、法语、芬兰语、意大利语、挪威语、英语、土耳其语、希腊语、西班牙语、葡萄牙语、冰岛语、俄语、捷克语、匈牙利语、拉脱维亚语、阿拉伯语、克罗地亚语、乌克兰语、韩语以及汉语在内的超过 30 种语言。[②]

《新生活》共计被译成 11 种语言,分别为:荷兰语、意大利语、法语、加泰罗尼亚语、西班牙语、匈牙利语、希腊语、英语、斯洛伐克语、韩语以及葡萄牙语。[③]

《手机》已被译成包括荷兰语、葡萄牙语、瑞典语、意大利语、斯洛文尼

---

① https://www.ingoschulze.com/ueber_33.html.（2022 - 7 - 12）
② https://www.ingoschulze.com/ueber_simpl.html.（2022 - 7 - 12）
③ https://www.ingoschulze.com/ueber_neue.html.（2022 - 7 - 12）

亚语、塞尔维亚语、挪威语、波兰语、捷克语、希腊语、英语、法语、马其顿语、匈牙利语、韩语、西班牙语、葡萄牙语、罗马尼亚语以及波斯语等 19 种语言。①

《亚当与伊芙琳》已被译成包括捷克语、瑞典语、匈牙利语、荷兰语、意大利语、西班牙语、加泰罗尼亚语、立陶宛语、土耳其语、丹麦语、阿尔巴尼亚语、法语、马其顿语、阿拉伯语、斯洛文尼亚语、芬兰语、冰岛语、英语、俄语、韩语、葡萄牙语、希腊语以及塞尔维亚语等 23 种语言。②

《彼得·霍尔茨》截至目前共有法语、意大利语、斯洛伐克语以及罗马尼亚语等 4 种语言的译本。③

除了全球范围内的译介，舒尔策及其作品在德国文学评论和研究界尤其激发起浓厚的解释兴趣。

德国著名文学评论刊物《文本与批评》于 2012 年出版英戈·舒尔策研究专辑。除了登载作家本人的 2 篇文字外，共刊有专论 8 篇，涉及《三十三个幸福的瞬间》《简单的故事》《新生活》与《橙子与天使》等 4 部作品。此刊辑录有关舒尔策的研究文章篇名，计有访谈 22 篇，学术论文 35 篇，专著 2 部。

笔者检索 http://www.germanistik-im-netz.de/网站"英戈·舒尔策"条目发现，截至 2022 年，舒尔策评析性论文 99 篇，书评 13 篇，专著 3 部，相关学位论文 8 篇（其中专论性硕、博士论文各 1 篇）；涉及舒尔策研究的德语文学通史与断代史以及文学辞典 6 部，另有平面媒体和互联网中的介绍与评述性文字，相关信息不详列。此外，作家个人网站也是我们重要的信息收集来源。

上述数据的简要梳理表明，在德国文学评论界，舒尔策及其作品已受到充分关注，相关研究正日益多样化，且相当深入。

综观德国文学评论界对舒尔策的研讨，研究对象上集中于《三十三个幸福的瞬间》《简单的故事》《新生活》《手机》这几部重要作品；报刊书评文本内容重述和生平介绍性文字居多；专论专著研究方法上偏重于在文本

---

① https://www.ingoschulze.com/ueber_handy.html.（2022 - 7 - 12）
② https://www.ingoschulze.com/ueber_adam.html.（2022 - 7 - 12）
③ https://www.ingoschulze.com/ueber_peter.html.（2022 - 7 - 12）

分析基础上采用文学社会学、主题学等方式，兼用心理学、哲学等理论视角；研究框架主体上放在转折文学范畴。

下面重点简评研究舒尔策核心作品的相关论著与部分重要论文。

《三十三个幸福的瞬间》作为舒尔策初登文坛之作，书评多以褒奖小说对体制激变时期的社会现状进行的探查与思考为主题，辅以解析俄罗斯传统文化与现代西方社会价值观的碰撞与扭结在小说中的呈现。相关评述具有新意的并不多见，但辛辛那提大学出版的学术期刊《德国研究》上刊载的论文《在英戈·舒尔策的〈三十三个幸福的瞬间〉中寻找幸福》[①]值得关注。论文以亚里士多德在《尼各马可伦理学》（Nikomach-ische Ethik）中定义的幸福概念、迪特·托美（Dieter Thomä）在《现代的幸福》（Vom Glück in der Moderne）中阐述的主观幸福体验、乔纳森·海特（Jonathan Haidt）在心理学著作《幸福假设》（The Happiness Hypo-thesis）中论及的幸福观作为理论基础，选取小说集中的三个故事，逐一分析在哲学、社会心理学范畴内对幸福的理解和看法。幸福在此被揭示为通过道德行为、善行可获取的主观感受，因受限于处境，而常常被歪曲。此文为《三十三个幸福的瞬间》的研究提供了一个重要视角。

被誉为德国转折文学代表作的《简单的故事》一经发表，即受到文学评论界广泛关注，好评如潮，因而，评解颇多。专著《统一后的德国的文学想象与社会学时代诊断——以英戈·舒尔策的〈简单的故事〉为例论"世界性"在当代德语小说中的功能》[②]将小说《简单的故事》置于社会学"文化转向"的功能的新现实范式中，通过分析小说对统一后转型中的民主德国社会的文学表现，比较文学与社会学在"把握现实"的具体特征方面的不同，旨在论述当代文学艺术个体层面上的社会功能。该论著理论基础

---

① Jany Berit："Auf der Suche nach Glück in Ingo Schulzes 33 Augenblicke des Glücks". In：*Focus on German Studies Volume* 18，2011.

② Uwe Schumacher：*Literarische Imagination und soziologische Zeitdiagnose im wiedervereinigten Deutschland. Untersuchungen zur Funktion von ＞Welthaltigkeit＜ im deutschsprachigen Gegenwartsroman am Beispiel von Ingo Schulzes Simple Storys*，University of Pittsburgh，2008.

扎实,文本分析详尽深入。硕士论文《英戈·舒尔策文学作品研究》①对《三十三个幸福的瞬间》和《简单的故事》中的所有故事逐一进行文本细读,简述内容梗概,分析小说对文学资料与现实生活要素的运用,以揭示虚构与真实在小说中的往复呈现与扭结关系。此文侧重形式要素剖析,欠缺思想内容的探讨。此外,众多书评均以转折文学的研究视角出发,力图探究作家如何以民主德国人的视角为切入点、以两德统一这一重大历史转折期为主题,如何将个体生活经历置于时代变革中,将日常叙事隐藏在宏大历史之下。

《简单的故事》获得巨大成功后,时隔七年半后,2005 年舒尔策携其长达近 800 页的长篇小说《新生活》再度回归文坛,一跃成为当年文坛盛事,多家报刊杂志争相报道,文学评论界反响巨大,然而却毁誉参半。褒奖之言的顶峰莫过于将其誉为转折小说的巅峰之作,也曾作为文学副刊的大字标题,在法兰克福书展上获得高度评价。《法兰克福瞭望》宣告小说取得了“令人佩服的成就”②,《文学世界》杂志将其归于“世界文学”③。然而,零星批评也散见于诸如《法兰克福汇报》《时代报》这样的大报。批评之声多集中于篇幅过于冗长、部分叙事稍显啰嗦上。也有评论认为在附录中收集的散文练笔对深入理解主人公作用不大,而图尔默多封信件所采用的客套陈旧的风格不免显得做作、不自然。对于读者来说,主人公虽有强烈的告知欲,却很难让人理解领会,常常让人有难以接近之感。④

① Christiane ten Eicken: *Studien zum Werk Ingo Schulzes*, Magisterarbeit an der Bergischen Universität-Gesamthochschule Wuppertal, 1999.

② "Was will Enrico Türmer?" In: *Frankfurter Rundschau*, 04. Februar 2019. https://www. fr. de/kultur/literatur/will-enrico-tuermer-11727098. html.(2021 - 3 - 19)

③ 《时代报》书籍专栏编辑、《文学世界》杂志责任编辑 Elmar Krekeler 在《文学世界》撰文,称《新生活》并非是转折文学,而是世界文学(Das ist nicht Wende-, das ist Weltliteratur.)。Elmar Krekeler: „Enrico, mir graut vor Dir! Nachrichten aus einem Niemandsjahr der deutschen Geschichte: Ingo Schulze schreibt den großen historischen Roman über die Wende". In: *Die Literarische Welt*, 15. 10. 2005, S. 1. Zitiert nach Fabian Thomas: *Neue Leben*, *neues Schreiben? Die „Wende" 1989 - 90 bei Jana Hensel*, *Ingo Schulze und Christoph Hein*. München: Martin Meidenbauer Verlagsbuchhandlung, 2009, S. 5.

④ Vgl. Volker Weidermann: "Lehrjahre des Kapitals". In: *Frankfurter Allgemeine Zeitung*,09.(转下页)

在将转折作为文学事件讨论的专著《新生活，新写作？》①中，第三章"自传与虚构 II"对照舒尔策的生平经历，解读小说主人公的身份、经历与作家本人之间存在的诸多相同之处。作者认为，这种对事实和身份的仿写，且又承载着紧张心绪的展示，在阅读时可引发颇有意趣的碰撞瞬间。

此外，多篇书评通过主题内容的阐述、形式风格的剖析、人物身份与思想的挖掘，为《新生活》赋予了多种解读方式：或将其视为流浪汉小说（图尔默像流浪汉一样，没能认知现行统治秩序的规则，因而在一个他难以理解或以自我独特方式理解的世界上艰难度日）、具有讽刺色彩的艺术家小说、独特的成长小说，或视为尖锐的转折小说与具有宏大规模的社会小说的合成体。

论文集《太阳在东方升起了吗？》②中《塑造的震惊、讽刺的距离与新的机会》一文以《简单的故事》《新生活》《亚当与伊芙琳》《奥古斯托，法官》为研究文本，简述在舒尔策勾勒的文学世界中，西方如何进入东方，以及以一个民主德国人的视角如何看待西方，在与西方的共处中，如何感知西方，如何反视东方。③

发表于 2007 年的《手机》仍被视作是一部关于转折的重要历史小说，因而，评述多集中于探讨舒尔策在《简单的故事》和《新生活》后对转折这一主题如何传承、如何开辟新意、如何继续阐发。论文《英戈·舒尔策的小说集〈手机：十三个老式故事〉：新式的"简单"故事》便是其中代表。

《彼得·霍尔茨》堪称舒尔策近年来的一部力作。或因出版时间较

（接上页）Oktober 2005；Richard Kämmerlings："Enrico Türmers unternehmerische Sendung". In：*Frankfurter Allgemeine Zeitung*，19. Oktober 2005；Iris Radisch："Die 2-Sterne-Revolution". In：*Die Zeit*，13. Oktober 2005.

① Fabian *Thomas*：*Neue Leben，neues Schreiben？Die „Wende" 1989 – 90 bei Jana Hensel，Ingo Schulze und Christoph Hein*. München：Martin Medienbauer Verlangsbuchhandlung，2009.

② Viviana Chilese，Matteo Galli：*Im Osten geht die Sonne auf？Tendenzen neuerer ostdeutscher Literatur*. Würzburg：Verlag Königshausen & Neumann，2015.

③ Gerhard Friedrich："Ingo Schulze：Geformte Betroffenheit，ironische Distanz und neues Engagement". In：*Im Osten geht die Sonne auf？Tendenzen neuerer ostdeutscher Literatur*. Würzburg：Verlag Königshausen Neumann GmbH，2015，S. 153 – 164.

近,尚无专著或专论文章涉及此作,但短篇书评、简论见诸多家报刊。[①] 评介集中于三个方面:(1)将主人公彼得·霍尔茨作为新时代的流浪汉来解读;(2)阐释金钱在小说中的呈现与重要意义;(3)探寻人物信仰的转变过程与内涵。

《文本与批评》英戈·舒尔策专辑中刊载的舒尔策作品研究论文,在研讨主题上主要是探讨历史和日常生活之间的张力、告别与启程之间的身份定位问题,也研究作品的美学空间和文学表达方式等。

我国国内对该作家及其作品也有译介和探讨。

作为"89后知名当代德语作家"的代表,英戈·舒尔策曾随德国当代作家代表团先后于2006年和2007年两度来中国访问。对此,《世界文学》杂志、《中华读书报》等多家国内文学类期刊报纸相继报道,并刊出一系列介绍作家生平和主要作品的文章,以使中国读者、出版界和评论界了解德国当代文坛这一新生力量。《简单的故事》的中译本[②]就是在这一背景下应运而生。截至目前,这位在德国获奖众多的作家,已有《亚当和伊芙琳》节译等在张玉书等主编的《德语文学与文学批评》第5卷(2011)上发表。因此,对于广大中国读者来说,舒尔策这个名字并非那么熟悉。

国内德语文学界对该作家的关注始于2007年舒尔策以其小说集《手机》获得"莱比锡图书奖"。此后十余年间,仅有一篇以《对德国统一后转折文学的解读》为题的硕士论文[③],对《简单的故事》进行文本细读,从人物特征、叙述视角、语言风格等方面分析小说对转折文学重要主题的指涉。此外,尚有5篇简论散见多家期刊。例如,齐快鸽在其《故事收集者

---

① Vgl. Christoph Schmitz-Scholemann: "Ein neuer Simplicissimus". In: *Literaturland-Thüringen*. http://www. literaturland-thueringen. de/artikel/ingo-schulze-peter-holtz-sein-glueckliches-leben-erzaehlt-von-ihm-selbst/. Andreas Platthaus: "Tausend Prozent Zinsen? Wenn's weiter nichts ist!" In: *Frankfurter Allgemeine Zeitung*, 13. September 2013. Joachim Scholl: "Ein Schelm wird wider Willen Millionär". In: *Deutschlandfunk Kultur*, 11. Oktober 2017. Helmut Böttiger: "Neues Licht auf das deutsch-deutsche Milieu". In: *Deutschlandfunk Kultur*, 06. September 2017. Richard Kämmerlings: "SogarAngela Merkel hat hier einen Gastauftritt". In: *Die Welt*, 09. September2017.

② [德]英戈·舒尔策:《简单的故事》,潘璐译,上海:上海译文出版社,2013年。

③ 熊馨:《对德国统一后转折文学的解读——以英果·舒尔策〈简单的故事〉为例》,北京理工大学硕士论文,2017年。

和他的平凡故事——2007 年德国图书奖获得者及其作品》①的论文中以作家截至 2007 年发表的 4 部小说为例,概要阐述了舒尔策小说东西方碰撞的创作主题以及截取日常生活片段勾画时代变迁的独特表现形式。其余 4 篇②均在介绍德国转折文学时,将舒尔策作为其中一位代表,对其一两部作品的故事梗概和形式要素略作概括,并无深入解读和阐释。另有 2 部专著的个别章节③专论《简单的故事》。这些研讨文字,展现了一个很好的接受开端,但整体地看,多为作家作品介绍与解读,阐释的视角与问题的凝练则有待深化。

我们发现,舒尔策在他的文学文本和非虚构表达中,非常深入地探讨日常生活中的意识形态问题,在他的多部重要作品中,虽各有侧重,但相互关联,呈现一以贯之的长期探索特点。然而,我们通过上述文献梳理和分析,确认日常生活中的意识形态问题与文学表达问题仅在德国文学评论界的个别论文中有部分层面的明确探讨,国内文学研究者对此完全没有涉及。德国文学评论界对日常生活与宏大历史之间的关系以及日常生活在虚构文本中的呈现讨论得较为完备,但也仅限于文本分析,研究深度不足。基于上述研究文献梳理,依据舒尔策文学创作与非虚构作品中凝聚的思想性、艺术性要素,我们主要采用马克思主义意义上的意识形态理论和赫勒的日常生活理论,对舒尔策诗性意识形态话语这一核心问题进行全面而体系的考察与分析。

---

① 齐快鸽:"故事收集者和他的平凡故事——2007 年德国图书奖获得者及其作品",载《译林》,2007 年第 5 期。
② 李苏:"江山代有人才出——浅述德国文坛的新生力量",载《德语学习》,2008 年第 5 期。
邹沁璐:"试论德国统一后的转折文学",载《宁波大学学报(人文科学版)》,2010 年第 6 期。
何宁:"历史与日常的并置——上世纪 90 年代中期以来的德国文学",载《德国研究》,2011 年第 1 期。
何宁:"正常化•融合•全球化——新世纪十年德国文学回顾",载《外国文学动态》,2011 年第 5 期。
白莹、李田、陈明慧:"两种目光下的回忆与反思——试析德国转折文学的视角差异",载《陕西教育(高教)》,2015 年第 4 期。
③ 陈良梅:《转折文学研究》,南京:江苏文艺出版社,2003 年,第 5 章第 4 节。
谢建文:《德语后现代主义文学》,上海:上海三联书店,2015 年,第 6 章第 3 节。

第四节　研究问题与工具

　　在研究对象和视角切入选择的前提下，我们要讨论的核心问题设定为舒尔策文学呈现中的意识形态①话语②及其诗性表达。意识形态话语

---

① 意识形态概念 1796 年由法国哲学家、政治家安东尼·德斯蒂·德·特拉西（Destutt de Tracy，1754—1836）《意识形态原理》一书中首先提出。他从观念学角度，将意识形态界定为研究人的心灵、意识、认识发生与发展规律以及普遍原则的学说，欲为一切观念的产生提供一个科学的哲学基础。该概念提出至今两百余年，其间历经黑格尔和费尔巴哈的批判性揭示，特别是经过马克思、恩格斯的本质性推动，后经葛兰西、列宁、卢卡奇、阿尔都塞、詹姆逊、哈贝马斯、伊戈尔顿等马克思主义者或西方马克思主义者的发展，乃至由于后结构主义思想家福柯以话语理论和德里达以形而上学理解等介入。在伊格尔顿看来，其涵盖颇为复杂而且部分常常彼此抵牾，难以恰切界定，虽然他自己曾在《意识形态》一书中选择性列举十六种意识形态定义。在日常理解中，意识形态系指理念、想象、价值判断与概念等组成的系统，可分为政治、社会、知识论和伦理的意识形态等不同类别，具体可体现为世界观、信仰、主义乃至上层建筑等。不同社会具有不同的作为形成大众观念或共识基础的意识形态。意识形态具备相关的社会与政治功能等，在整体与局部，在一系列关系和范畴中，起到掩饰、维护、赋予合法性和塑造等工具性作用。其中，官方意识形态指一个社会中占统治地位的意识形态，体现着权力关系。按照马克思和恩格斯的理解，意识形态系指一个社会的"虚假意识"（参见卢卡奇），为占优势地位之群体的利益所决定，是统治阶级为了欺骗和使权力关系具有合法性的产物。在他们看来，属于应揭露与批判的对象。当然，这种对旧有意识形态欺骗性的批判，随着其思想的发展，后来体现为"更加重视揭露并消灭造成意识形态虚伪性的真实（物质）条件"（参见孟登迎）。而阿尔都塞将"意识形态与意识形态的政治功能，即制度的再生产、生产条件的再生产问题联系起来思考"，颇为深刻地将考察的重点放在"支配个体生存信念的最重要载体——国家机器上"，提出了"意识形态国家机器"的概念与理论。也就是说，国家的权力，除了借助强制性的国家机器，例如"政府、行政机构、警察、法庭和监狱"等，以"暴力或强制方式"来加以实施外，另一种则借助意识形态国家机器来体现与实施。后者包括"宗教、教育、家庭、法律、政治、工会、传媒［……］以及诸多文化方面（如文学、艺术、体育等）"，"以意识形态方式发挥作用"，常常具有鲜明的意识形态色彩（参见孟登迎）。主要参见 Sven Strasen："Ideologie und Ideologiekritik". In：Ansgar Nünning（Hg. ）：*Metzler Lexikon Literatur und Kulturtheorie*. Stuttgart/Weimar：Verlag J. B. Metzler，2001，S. 269 - 270；Karl Marx，Friedrich Engels：*Deutsche Ideologie*. In：Karl Max，Friedrich Engels：*Karl Max，Friedrich Engels. Werke*. Band 3. Berlin：Dietz Verlag，1978，S. 5 - 7，13 - 77；孟登迎："意识形态国家机器"，见赵一凡等主编：《西方文论关键词》. 北京：外语教育与研究出版社，2006 年，第 767—774 页；Terry Eagleton：*Ideologie*. Übersetzt von Anja Tippner. Stuttgart/Weimar：Verlag J. B. Metzler，2000，S. 7 - 42；Ulrich Enderwitz：*Was ist Ideologie. Zur Ökonomie bürglichen Denkens*. Münster：Unrast Verlag，2005，S. 7 - 37。

② 话语（Diskurs）在拉丁语中意指谈论。一般系指生动的解释、谈话以及语言学范畴（转下页）

内含着舒尔策的意识形态性问题,同时也涉及艺术展现的问题。在意识形态问题揭示上,我们采用的理论工具包括马克思意义上的意识形态观念和阿格妮丝·赫勒的日常生活理论①;针对舒尔策的虚构与非虚构文

(接上页)内的言谈(Vgl. *Duden. Deutsches Universalwörterbuch*)。话语作为现代批判理论,历史晚近,始于新批评派的文学批评,20 世纪 50 年代成为话语语言学的研究对象(参见陈永国),20 世纪 70 年代初期大量进入不同理论视域,涵盖上差异性明显。在德国,它被引入对话分析、话语分析、言语行为理论等。在哈贝马斯这里,被称为相互作用的一种特殊形式。在话语理论建构上,福柯最富影响力,被视为话语分析的奠基人。根据他的分析,现代社会高度特殊化的知识领域彼此区分,是社会差异化和劳动分工日益增强的结果。在这些特殊的知识领域内形成各自相当封闭的特定话语(Vgl. *Metzler Lexikon Literatur und Kulturtheorie*)。这些话语,是以"陈述"为参照系的。"陈述与陈述之间、陈述与其他非话语陈述之间的规则,共同限定了特殊的话语构型[……]。这些规则包括由特定话语类型事先假定的主体位置、规则本身所指的理论客体,以及与陈述的构成相关的经验或制度领域。""话语和学科具有构成性权力",这种权力"使陈述成为可能,又使话语拥有权力。正是这种权力建构生产'真理'的知识体系,用命题、概念和表征赋予研究客体即各学科以价值和意义,并根据系统内的真理和价值标准进行真伪判断"。就像意识形态常常体现为话语体系那样,"话语构成了一种意识形态,把这些信仰、价值和范畴或看待世界的特定方式强加给话语的参与者,而不给他们留有其他选择"。话语"致力于使现状合法化"(参见陈永国)。主要参见 Günther Drosdowski usw. (Bearbeitung): *Duden. Deutsches Universalwörterbuch*. Mannheim/Wien/Zürich: Dudenverlag,1983, S. 277;陈永国:"话语",见赵一凡等主编:《西方文论关键词》,北京:外语教育与研究出版社,2006 年,第 222—231 页;Ute Gerhard etc.: "Diskurs und Diskurstheorie". In: Ansgar Nünning(Hg.): a. a. O., S. 115 - 117; Terry Eagleton:a. a. O., S. 223 - 252。

① 日常生活真正进入理性探究领域始于 20 世纪 30 年代,卢卡奇、葛兰西等西方马克思主义者在对马克思异化理论的探索与拓展中,由关注政治经济结构及其变革转而强调社会历史进程的总体性,从而对现存社会进行全方位批判。卢卡奇对日常生活批判进行了初步理论探索,列斐伏尔以其理论成果——《日常生活批判》和《现代世界的日常生活》两部代表性著作,在此领域建树卓著。作为布达佩斯学派代表人物,阿格妮丝·赫勒师承卢卡奇,其《日常生活》一书结构清晰分明、论述由浅入深、逻辑层层递进,被视为迄今关于日常生活研究的较为系统与完整的专著。

在《日常生活》一书中,赫勒把日常生活定义为"个体的再生产",从自然和社会两个视角对日常生活范畴加以界定,即自然领域归属"自在存在",而日常生活同政治、科学、艺术、哲学等社会活动划归"自为存在"。赫勒通过对工作、道德、宗教、政治、科学艺术与哲学这五个层次的逐一分析,清晰划定日常生活领域与非日常生活领域,揭示日常生活是由语言、对象世界和习惯世界三部分所组成的内在结构,以及重复性思维和实践占主导、抑制创造性思维和实践的基本特征。同时,此书集中探讨日常生活人道化的可能性与实现的途径。赫勒认为,日常生活人道化并非抛弃日常生活结构,而是"通过以主体自身的改变去改造现存的日常生活结构",从而使日常生活从"自为存在"向以"幸福"和"有意义的生活"为目标的"为我们存在"提升。参见[匈]阿格妮丝·赫勒:《日常生活》,衣俊卿译,重庆:重庆出版社,1990 年,第 1—9 页。

本,以文本分析为读解基础,甚至不惮采用文本细读方式,且兼用历史语境要素作为研究方法的补充。

在意识形态理论一般性运用基础上,重点选取马克思和恩格斯的意识形态批判立场与阿尔都塞"意识形态国家机器"的观点,以共振性地揭示所研究的对象;赫勒的日常生活理论,我们主要撷取所论日常生活中的核心范畴以及彼此之间的影响关系与意味。① 意在试图分析并描述舒尔策看到了怎样的意识形态,是放在他的视域里,而且首先是在其文学创作中,其次才是放在他的政治性观察与讨论文字中,看他如何呈现他的意识形态,是要揭示他个性化的意识形态把握意味,而不是谋求一般性分析结论。

特别要强调的一点是,我们由舒尔策的看,是要看到其一系列看的特定方向、所揭示对象的实质,审查他在意识形态揭示问题上的话语方式,并发现其意识形态批评性揭示的可能问题。我们也要清醒地看到,舒尔策不是经济学、社会学家,更不是政治学者。他作为作家从历史、政治和经济等角度,在日常生活里敏锐而精准地展现在不同历史和体制变化条件下的生活世界。他不是从社会学、政治学等角度谈意识形态性问题,而是以文学在内涵上切入意识形态问题并展现意识形态性。因此,结合他首先在一系列重要文学作品中融入呈示的内容,我们重点是从其文学表达的主题范畴中凝结出东方与西方的关系和意味问题,最优先地深入其虚构现实内历史与体制之变过程中的日常生活,从个体及其与社会的关系,看取西方如何进入东方并如何在东方展现与激发,同时勾画东方向西方的那种表面性与内在性逃离,揭示这种逃离的实质,而且更进一步地分析性呈现虚构情景中西方如何在联邦德国语境下的西方世界中体现为虚像和幻想的

---

① 赫勒日常生活理论的宗旨是自由个体的生成。日常生活批判的目的是通过自由自觉个体的形成,把日常生活建立为两种类型的"为我们存在":一种是传统的基于对"有限成就"的关注而获得的幸福;另一种则是现代人所追求的"有意义的生活"。赫勒如此解释:"有意义的生活是一种以通过持续的新挑战和冲突的发展前景为特征的开放世界中日常生活的为我们存在。如果我们能把我们的世界建成为我们存在,以便这一世界和我们自身都能持续地得到更新,我们是在过有意义的生活。"参见[匈]阿格妮丝·赫勒:《日常生活》,衣俊卿译,重庆:重庆出版社,1990年,第276—290页。

破灭,西方怎样在舒尔策非虚构性表达中呈现那种发展过程中的假象,从而在一个延展的和更全面的构架上展现作家对联邦德国可归入西方问题范畴之内若干本质性问题的批判性剖析,并由之审视其意识形态性。

舒尔策高度关注的是政治和经济矛盾及其交织的图景。他将日常生活中的其他要素都调配到这一图景或模式之下。他把所有的要素都放在特定的日常生活里,虽偶有逸出,差不多一直保持在日常生活中,不是简单的态度、观点和立场的选择与表达,而是艺术地展现这一图景。因此,除了把握舒尔策意识形态性的观念性内涵外,尚需从人物、情节、氛围这些内容层面的展现特征,艺术表现形式上的个性和作家意识形态话语方式上的思想与政治态度来把握这个毕竟是在文学世界和舒尔策的文学世界里的西方,从而廓显其意识形态话语有艺术个性的意识形态问题表达。

简言之,对舒尔策的读解与分析一定是从文学角度,并首先保持在他给我们所提供的文学世界里。我们在文学政治的意义上揭示舒尔策的意识形态话语。

第五节　本书结构

舒尔策在其作品中展现经济、政治、情感生活乃至艺术和宗教要素,聚焦民主德国社会体制发生剧变与两德重新统一之间和之后的历史过渡期①与转折期,而且,从这样的层面和聚焦点出发规划主题、事件、情景、

---

① 例如,舒尔策在其长篇书信体小说《新生活》中,并非偶然地选择了1990年1月6日至1990年7月11日这个写作时段和故事主体展开时段。1989年12月19日,联邦德国总理科尔和民主德国总理莫罗德在德累斯顿会晤,确定"条约共同体",也就是确定了统一的实质框架。而民主德国的运行能力问题,到1990年1月开始凸显起来。参见［德］沃尔夫冈·耶格尔、［德］米夏埃尔·瓦尔特:《德国统一史》(第三卷),杨橙译,北京:社会科学文献出版社,2016年,第66—74页。因此,柏林墙开放之后至两德最终统一前的这样一段时间,虽整体上看,属于所指范围也牵延至两德统一之后时段的转折期,但更精细地看,涉及的是政治、经济和社会发展与变化的一种过渡状态。

场景氛围和人物,展示日常个体在特定时代潮流中独特的感悟、认识和其命运性的发展,由之揭示历史、时代和个体相交织的意识形态意味。

东、西方及其之间问题是舒尔策的核心关注点,既是他观察、思考和表达的框架,也是观察、思考与表达的对象,同时,也是我们对之评价的重要参考点。联系他的生活与作为作家的文字和思考工作看,不难发现,他在民主德国体制下和转折期与之后所经历的,在他的文学与非虚构表达中,尤其是从主题及其范畴与关注程度来看,均有清晰的痕迹可循,而且在他常常借助采访所表达的回忆归纳性文字中时有体现。只是他的作家生涯确立并展开,却是在他身处重新统一后的联邦德国之时。也就是说,他一方面在姑且可称为新生活的生活中经历着他的新世界,另一方面则是从这个完全不同的世界回望他曾经历、有着必然联系但又迥然不同的另一世界,一个曾作为对抗性力量和另一种选择方案平行存在的世界。因此,他自当下出发的回望、审查和评价,都是后赋予性的。我们读到他作为作家完成的创作,实际上都是回忆框架下同时也凝聚着当下眼光的作品。因此,我们必须将作家寄寓于不同对象与不同时期的主题范畴联系起来,将他不同历史时期在文学内、外的表达和态度联系起来,作为一个整体来看,也就是将他所在,同时也至少与共在相关联的外部与背景性世界(以事件轴线经历的自柏林墙开放/倒塌以来的欧洲与世界历史时空),以及他作为两种休制穿行者(他自己也非常清楚地意识到这两个世界的存在和对于他的意义)与基于这一穿行经验的文学表达者的世界(其在民主德国社会主义制度下成长的经历与作品主题上所牵涉的世界)联系起来,交融地考察。但我们的重点放在融入前述世界背景与要素的文本世界上,基本依照舒尔策作品史的构架,主题性地研究《三十三个幸福的瞬间》《简单的故事》《新生活》《手机》《亚当与伊芙琳》与《彼得·霍尔茨》等叙事作品,兼及作家部分访谈、演讲和讲座文字等,讨论东、西方及其体制下日常生活个体在民主、自由、幸福等核心价值体系中的挣扎与追求,分析东、西方体制之中这几个关键词及其关联在角色视角与舒尔策作为作家乃至公共知识分子视角下区分而又联系的不同感知和可能的意义,同时揭示以怎样有个性、与主题内涵相交融且必然成为主题内容的艺术形式来表达这些主题,最后展现舒尔策在文学对象与现实生活世界中表达的意识形态性问题。

因此,我们主要以从主题及其层面研究入手的路径来划分章节,区分而又融合地讨论舒尔策的意识形态话语。

本书除了涉及研究前提与方法的准备性章节——引论之外,尚主体地辟出六章展开讨论。

其中,第二章运用赫勒日常生活理论中的相关题旨,主要讨论虚构现实层面日常性经济生活中的东方和西方问题。具体分析金钱关联及其种种意味,研究西方如何进入东方并在东方呈现的问题,也探讨职业生活、市场经济思维和规则,看经济的要素如何与政治关联起来,如何与角色的命运联系起来,怎样与变化的历史语境尤其是转折期联系起来并揭示其中的意识形态意味。

第三章主要研究日常世界中角色的情爱关系。在受损害的世界里,揭开转折期东、西方结构中的情爱虚像;在与政治和宗教元素相交织的关系中,探看角色们在不同体制世界中的成长;在向西方逃离的框架下,分析情感纠结中西方迷梦的幻灭。

第四章在日常层面艺术生活的意识形态意味视域中,讨论艺术与转折期个人内、外在发展的问题,探讨相关的角色无法实现自我、不能摆脱内外在限制的问题,重点在于揭示艺术如何成为现实政治、政治意识形态和经济生活借用的路径和在一定层面展示的否定性力量。

第五章主要分析政治与宗教中的东方与西方问题。具体探讨集会与党派政治及其历史语境性和个人命运性意义,分析秘密监控所体现的国家权力与体制性力量的重压及其消解,解析政治与宗教在特定历史时期和个人角色身上的刻写作用,由情爱关系展看民主德国民众对西方世界的幻想与逃离线索中的东、西方追问。

第六章主要分析舒尔策非虚构作品中的意识形态问题。具体分析转折期民主德国社会在西方诱惑下遇到的困境,深入批判西方社会的经济至上主义以及民主、发展、社会公正等问题,揭示相关的意识形态操控问题与历史终结论的虚妄。同时也从虚构现实中的政治、经济、艺术与情感空间等解读个人观念与命运同历史语境相交织而呈现的意识形态意味。

第七章主要分析舒尔策文学语篇中意识形态问题揭示的方式。具体探讨舒尔策文学创作理念,分析其作品的历史性与自传性特征,展现其短篇小说叙述、复调性叙事与场景营造等多种文本技术,研究作品语言的历史语境性,探析个性化的角色群像与典型人物同历史语境间的互塑,揭示其文本表达形式即为文本表达内容、虚构作品与非虚构作品观点层面相互映照的特点。

第八章为结论,简要从研究对象、视角和理论工具,展看所研究问题的分析路径与思路,归纳相关题旨,得出最核心的几点结论。从舒尔策的思想风格入手,确认其鲜明的现实主义风格;从其与历史、时代尤其是与人相关的主题表达着眼,确证作家作为思考者和现实关怀者的批判精神;从其多样而个性的创作风格与美学意图看,可以发现,作家展现了坚实的艺术表现力,而且以审美的方式揭示意识形态问题,正是其深刻之处。

第二章 经济生活中的东方与西方

　　赫勒将人类社会划分为三个基本领域:(1)日常生活领域,即"自在的对象化"领域,包括语言、言谈、交往、工作、想象、意识、解释等人类生存的必要条件,因而是基础领域。(2)"自为的对象化"领域,是由科学、艺术、哲学等构成的人类知识与自我意识领域,因其最远离日常生活领域,被视为最高领域。(3)"自在自为的对象化"领域,是存在于基础领域与最高领域之间的中间领域,以经济、政治、生产制造、公共事务、技术操作等社会生活为主要内容,赫勒将此领域定义为"社会—经济—政治诸制度"领域,也被称为"制度化"领域。[1]

　　本章节研究的重点内容涉及赫勒所指的"自在自为的对象化"领域。舒尔策立身日常生活,在角色的世界里,讨论历史剧变尤其是体制变化之间的经济生活,细致探查职业生活、经济活动与观念,特别注重从东、西方关系的张力场,在经济生活中切入钱的要素及其关联,由此揭示在民主德国转折期尤其是过渡期前后西方的虚假允诺与相关体制的认识和思考。

第一节　钱的线索与问题

　　1990 年初,联邦德国和民主德国的重新统一进程进一步加速。其中,

---

① [匈]阿格妮丝·赫勒:《日常生活》,衣俊卿译,重庆:重庆出版社,1990 年,第 6 页。

核心推手,"在经济学家中[被视为]最有争议的大胆决定",但也被评价为推动统一进程"最重要的倡议",便是与"民主德国商谈经济与货币联盟"。① 及至 1990 年 5 月 2 日达成并发布"联邦政府与民主德国关于货币转换的十二点声明"②,西德马克进入东部,"[……]对民主德国的国民和经济进行[……]配置"③;乃至"联邦德国和世界其他地方[……]的巨大私有资本[涌入],[……]用于更新民主德国基础设施和拉平社会差距所需要的特殊的公共财政转移支付",以满足德国经济现代化需求④,起到了深刻的塑造作用。

1990 年 7 月 1 日,经济、货币以及社会联盟成立,如何处理被苏联以及德国统一社会党收归国有的财产成为民主德国各州热议的话题。为此,还建立了专门调查统一社会党及其相关党派及组织所有资产的委员会——民主德国各党派及大型组织资产独立调查委员会。委员会成立于洛塔尔·德梅齐埃领导的最后一届民主德国政府执政之时,并于 1990 年 6 月 1 日正式开始工作。同年秋天,两德统一后,委员会划归联邦内政部管理。2006 年 12 月 15 日,该委员会正式结束其历史使命。

根据委员会的调查,民主德国各党派在国内外的资产共计 16 亿欧元,其中超过三分之二,即约 11.7 亿欧元,属于统一社会党及其继任民主社会主义党(PSD)所有。与之相对,民主德国的基民盟、德国民主农民党(DBD)联盟党、德国自由民主党(LDPD)以及德国国家民主党(NDPG)等一众联盟党则只有区区 2890 万欧元资产。相比之下,各群众团体共计拥有 2.685 亿欧元资产,其中大头属于自由德国工会联合会(FDGB)。在所有被冻结的民主德国资产中,被判为合法所得的部分重新划归各党派或民间组织所有,剩余部分则交还给原所有人或用作以集体利益为目的的投资,主要用于新联邦州的社会重建。但事实上,被冻结的资产中很大一部分依据 1997 年 3 月 6 日颁布的《旧债务偿还法》被用于偿还新联邦

---

① [德]迪特尔·格鲁瑟尔:《德国统一史》(第二卷),邓文子译,北京:社会科学文献出版社,2016 年,第 116 页。
② 同上,第 234 页。
③ 同上,第 366 页。
④ 同上,第 118 页。

州的旧债。当然,被冻结的 16 亿欧元绝非民主德国各党及民间组织所拥有的全部资产。在委员会的结项报告中写道:"可推测存在尚未被发现的政党资产[……]政党党魁及组织领导显然在国外或是通过国外渠道转移了不在少数的国有及政党资产。"截至 1989 年 12 月 31 日,统一社会党及民主社会主义党宣称其资产为 61.33 亿东德马克。在委员会工作开始之前,这一资产已通过有意识的支出而缩水:在 1990 年 3 月,统一社会党向民主德国的国家财政预算拨款 30.41 亿东德马克,此外大约有 4.53 亿流向捐款及基金会,3.66 亿以借款方式流向新成立的企业,然而其所有人仍然是社会党本身——截至 1990 年末,委员会共发现此类企业 160 家,资产约计 2.4 亿东德马克。[①] 为了在再度统一的框架下重组民主德国的经济,民主德国倒数第二届政府成立了信托机构。根据德梅齐埃政府颁布的信托法,原国有的民主德国企业将接受整顿,可能情况下会被分为较小的单位,并最终私有化。而那些无从整顿的企业则会被解散。信托机构的工作于 1994 年 12 月 31 日结束,之后改名为联邦统一相关特别问题处理机构(BvS),当时其管理的企业超过 12000 家,其中超过 6000 家企业完全或最大程度私有化,约 3700 家企业被清算,约 1000 家企业重归私人所有。[②] 私有化和清算大幅拉高了失业率:在 1990 年至 1994 年民主德国经济重组的这个时段中,划归信托机构管理的工作岗位从 410 万锐减至 150 万。[③] 1990 年秋,信托预估所有民主德国企业资产可达 6000 亿东德马克,但实际的数字远低于估算。若换算成东德马克,剔除偿还企业旧债与私有化整顿费用等,信托机构最终只获得了 666 亿元,只有预估的十分之一。凡此种种,使信托工作引起了极大争议。在民主德国,人们更多地将其解读为原国有企业的"大甩卖"——到 1994 年年中,民主德国 80% 的生产资产转移到了联邦德国人手里,14% 为外国人所有,6% 回到曾经

---

① Vgl. https://www. bpb. de/geschichte/deutsche-einheit/zahlen-und-fakten-zur-deutschen-einheit/211280/das-vermoegen-der-ddr-und-die-privatisierung-durch-die-treuhand. (2022 - 3 - 27)

② https://www. hdg. de/lemo/kapitel/deutsche-einheit/baustelle-deutsche-einheit/treuhand. html. (2020 - 6 - 26)

③ https://www. bpb. de/geschichte/deutsche-einheit/zahlen-und-fakten-zur-deutschen-einheit/211280/das-vermoegen-der-ddr-und-die-privatisierung-durch-die-treuhand. (2022 - 3 - 27)

的所有者手中。①

　　面对来自西部的政治和资本等形成的巨大冲击力、所带来的全面性的急剧变化以及当时即已显现的一些问题对民众生活产生的影响,舒尔策作为亲历者,曾从一个侧面发出深深感叹:"[……]仅仅在一年之内,也就是在东德建国四十周年至重新统一那段日子里,东德的世界发生了180度大转弯。一切发生得太快,以至于几乎未能形成过渡阶段。"②然而,他显然没有被时代洪流裹挟而失去自己的姿态和清醒判断。在钱的问题的表达与揭示上,他个性鲜明。

　　我们在这里讨论舒尔策文学作品中钱的问题,还是要表明,我们不从事经济学或金融学研究,不谈钱作为交易乃至金融流通工具,因其媒介特征而如何保持面向资本的通道,不谈钱与资源和财富之间的关系,也不研究钱的历史、图谱与功用,逻辑主线只选在英戈·舒尔策作品中钱及其关联的独特表达意义。

　　舒尔策曾有数次办报的经历,既是经济活动,在当时也是他摆脱文学或真正准备进入文学的方式,同时更是以此切入和影响公共政治生活与经济生活的路径和平台。他这个人生的切入点,后来表明构成其创作主题的重要成分。舒尔策在一次演讲中回忆道:"我作为企业家不多的经验从未使我相信我会对经济甚或对财政有所领悟。当我惊讶地发现,那些大学学习过法律或企业管理学并在所谓自由经济领域具有多年经验的顾问们开价颇高的建议是多么不恰当,甚至是错误的时候,我简直都不相信这一点。但我从经济学家、金融专家和政治家那里听到的越多,说经济与金融的发展多么复杂和不可琢磨,我便有更强烈的印象,我算是彻底懂得了,经济和金融领域到底

---

① https://www. bpb. de/themen/deutsche-einheit/lange-wege-der-deutschen-einheit/315873/treuhandanstalt-und-wirtschaftsumbau/. (2020-12-1)
② Ingo Schulze, Thomas Geiger: "Wie eine Geschichte im Kopf entsteht". In: Walter Höllerer, Norbert Miller und Joachim Sartorius (Hg.): *Sprache im technischen Zeitalter*. April 1999, 37. Jahrgang, S. 112.

发生了什么。"①舒尔策在这里,并非是为了证明自己对经济问题等因为缺乏足够的相关实践经验而隔膜,而是表明他非常关注经济领域,并试图通过相关的专家知识和政策解读来进入他所关注的领域,却发现他本以为可依赖的发展并进而把握现实的路径根本上就是无效的,反过来倒是弄明白了他所面对的经济生活处于怎样的一种状态。这是清晰、犀利的批评眼光。

因此,舒尔策颇有会心地以钱及其关联作为叙事路径,从其自传要素来看,似乎也具有某种必然性。

我们发现,他总是借助日常生活且首先借助本质性的个人关系灵动而多样地揭示钱的关联。他在日常中而又逸出日常地刻画特定历史语境中某些典型的话题,例如西方迷梦等。钱的政治与意识形态意味是他凸显表达的内容。

在他的处女作《三十三个幸福的瞬间》、成名作《简单的故事》、赢得广泛关注的《新生活》与《手机》,以及转折主题文学表达上的又一标志性成果《彼得·霍尔茨》等作品中,相关的场景、事件和人物,在东、西方张力场中因为钱的关联,而成为意味深长的这一个。

一 西方的钱及其利害

(一) 套娃中的美元

作为俄罗斯传统工艺品,套娃以其悠久的历史积淀、浓郁的异域风格、精湛的雕刻和绘画技巧,历来广受喜爱,成为俄罗斯民族文化的某种象征。套娃人物的特别之处在于,空心木娃娃图案相同,一个套一个,既可套在一起,也可接连打开,独立摆放。在《三十三个幸福的瞬间》第 15 个故事里,舒尔策巧妙融合套娃与美元,讲述了在美元介入下,一个俄罗斯贫困家庭得到救助的故事。

---

① Ingo Schulze:"Unsere schönen neuen Kleider. Gegen die marktkonforme Demokratie-für demokratiekonforme Märkte". S. 3. http://www. ingoschulze. com/rede_dresden. html. (2019 - 7 - 29)

　　小说主人公是一位单身母亲,在丈夫遇害身亡后,依靠当夜班洗碗工的微薄收入,勉强维持她与三个年幼女儿的日常生活。有一天,一个美国人偶然来访,把美元塞入女儿们唯一的玩具——套娃中。美元解了这位单身母亲家庭的燃眉之急。而后,三个套娃般美丽可爱的女儿,为获取有物质保障的"幸福生活",接连嫁给这位美国人。小说以打开套娃的情景,类比性描述女儿们出嫁的事实:"薇拉死后,尼科迎娶了她漂亮的妹妹阿姆诗卡;阿姆诗卡死后,尼科迎娶了更漂亮的塔玛拉"(AG 108)①。小说一再重复三个女儿从大到小依次排成行,这样将套娃大套小的基本结构植入叙事之中,并非为了增加情节的幽默元素,也不是为了展现俄罗斯传统艺术的魅力,而是对西方将俄罗斯女性物化的本质讽刺性地揭示出来。美国人将这三个女孩视为消费品,用后即弃,而后很快找到替代品满足自己的需求。

　　单身母亲母女四人的生活一度极为艰辛,在获得美国人资助后,在物质生活层面得到极大满足,似有一种衣食无忧的幸福。然而,这种幸福不是通过个人的善行激发出来,也并非因为个人的创造性活动而得来,而是仰仗他人财物上的恩赐而得,绝不是真正的幸福。②

　　在苏联解体后,俄罗斯的人均收入、生活水平、社会保障等方面均远不及苏联时期,而且社会动荡、民生维艰。小说开篇提及:"在共产党人被剥夺权力后,民主主义者还在执政,少数人过得比以前更好,多数人却过得更差。但是,一些人从不知道,他们接下来几个星期、接下来几天应该怎样熬过。"(AG 104)单身母亲家庭的贫困无助就是当时社会境况的一个缩影。美元被放入套娃中,让人联想起,实际上也清晰影射着西方的经济力量在历史转折期进入俄罗斯市场。似乎是美国人尼科所代表的市场经济拟人化地来到这里,与年轻的"俄罗斯女儿"成婚,完全是一副拯救姿态。而母亲这一方,像对待圣人一般在美国人面前下跪、亲吻,居然将三个女儿依次嫁给这同一个美国人,无疑是将西方来客当成了救命稻草和

---

① 所引文字,以作品缩略语"AG"加上相应页码的形式,标示在本论著中。Ingo Schulze: *33 Augenblicke des Glücks*. Aus den abenteuerlichen Aufzeichnungen der Deutschen in Piter. Berlin: Berlin Verlag, 1995.

② Vgl. Jany Berit: a. a. O. , S. 9 - 11.

幸福使者。

作为资本主义经济与权力象征物的美元，通过日常环境，切入变化的历史语境中贫困的东方生活，似要营造出一种温情景象，但真正让人看到的，却不得不是一种再清楚不过的占有关系与另一方显在的屈从。同时，舒尔策也是以这个日常但带有强烈象征意味的俄罗斯故事，在真正将民主德国的现实全面切实地诉诸笔端前，样板性地展现西方如何进入东方、如何与东方遇合的可能情形，并对西方诱惑所带来的后果进行了一个小小预演。

（二）"不幸的天使"

在《简单的故事》中，历史变化氛围中的日常生活，与钱而且是来自西方的钱也多有关联。舒尔策在金钱与恶的揭示上，设置了表面的玫瑰色。

"文策尔"旅馆的女招待康妮，是《简单的故事》中少数几个与西德人建立有伴侣或情爱关系的人物之一。她有典型的少女情怀，又对突然来到眼前的"西方"怀有转折期伊始普遍存在的盲目好感与过高期待，因此恰恰被人利用。

她在宾馆前灯火阑珊的草坪上被强奸了，准确地说是被诱奸了。诱惑者是自德国西部来到阿尔腾堡的地产商人亨利·纳尔逊。他自带光环，因为从西部来，自信满满，挥洒自如，更关键的是他是来收购，来投资，要给当地带来发展。因此康妮这个单纯的平凡女子，没法不在自己的视角里恣意幻想。她将纳尔逊想象成"未来的丈夫和她的孩子们的父亲"（SS 29）[1]，想象这个男人带她去"看世界"，会"保护［她］或［为之］复仇"（SS 29），总之是将"她全部的希望寄托在"这个地产商身上[2]。当然，这份并非完全属于自娱的感情，只能让康妮成为"不幸的天使"（SS 29）。因为历史变迁的某种命运性，康妮也并非是偶然地在从西部来到东部并有能力介入当地生活的商人身上成为了"不幸的天使"。这不幸，波澜不惊地发生在日常中，也让康妮作为苦果在日常生活中悄悄吞下。舒尔策没有

---

① 所引文字，以作品缩略语"SS"加上相应页码的形式，标示在本论著中。Ingo Schulze：*Simple Storys*. München：Deutscher Taschenbuch Verlag，2006.

② Stefan Munaretto：a. a. O.，S. 76.

将这种不幸作为惊天大事来揭示,但也让人直观地看到西方的光晕怎样作为恶或平庸之恶真实地存在。

(三) 舆论工具的投资

舒尔策曾与人共同创办《阿尔腾堡周报》,直接切入阿尔滕堡及其周围的社会生活和政治形态变迁。因而当他十余年后以近 800 页规模的小说创作《新生活》来表达针对过去,也很明显是为了未来的思考与想象时,他非常自然地用到了自己作家的身份、剧院工作的经历、办报的经验和其他种种体悟。报纸创办与经营过程中,如何争取外部支持,街头推销发行是一番怎样的景象与心态,在办报方针与经营转型问题上发生了怎样的争论(NL 487)①,股权划分与报社出售与否问题上又产生了哪些争执(NL 518-522),舒尔策将之作为图尔默发展的一部分全部纳入小说叙事之中。其中,图尔默争取外部支持的行动颇可分析一番。

从图尔默复杂的人生经历中②,舒尔策在此提取的是主人公"报纸编辑"的身份。故事放在图尔默等人向西方迈出的最初的步子里,直接采用西方钱物支持的框架。

包括主人公在内的"阿尔腾堡[周报]代表团"(NL 44)一行人前往德国西南小城欧芬堡访问,受到当地市政府、各党派(如自由民主党、绿党、社民党和基民盟人士)以及报社和相关金主的接待,中途虽有波折,最终为正初期开办的《阿尔腾堡周报》赢得 2 万马克的广告费,得到当地一家报业老板捐赠的印刷机、计算机等,也就是捐赠了开办一家报纸所需要的全部东西,并且得到欧芬堡市政厅捐助办公设备(NL 50)。不难看出,报社从头开始就有意识在西方也就是西部的联邦德国寻求金钱和物质支持,且非常乐意与党派政治关联起来。虽然有一份婉拒被雇用的抵抗在③,但显然他们摆脱不了对方通过有力的经济手段到底要发挥出来的

---

① 所引文字,以作品缩略语"NL"加上相应页码的形式,标示在本论著中。Ingo Schulze: *Neue Leben*. Die Jugend Enrico Türmers in Briefen und Prosa. Berlin: Berlin Verlag, 2005.

② 例如"在学男童""士兵""大学生""迟疑不决者""兄长""剧院工作者""失败的作家"和"幸福的企业主"等(NL 9)。

③ 在得到对方慷慨的捐赠后,"我们"这一行人中有人忍不住直接问当地那家报社的老板:"您这是要雇用我们吗?"对方答:就是这个意思(NL 48)。更有意味的是,也就是说,西部"天堂"之行。

影响作用。办报在图尔默等人这里，也本就不是生意，而是施加舆论和政治影响力的工具和路径。正如核心办报人格奥尔格所表达的，是要"创建公共性，陪伴民主化进程，为民众创立一个论坛[……]"(NL 175)。也就是要通过报纸在过渡期塑造民意和公共生活，策动集会与游行，介入当地乃至更大层面的政治风云。因此，这次钱、物要素凸显的西部之行，加上西方政权和媒体机构的加持，让貌似报社同人日常生活中一趟略不寻常的旅行，某种意义上却为特定区域内未来的政治和社会生活变化埋下了策动的伏笔。尤其因为那时得以成为可能的向西方靠拢的企图，放大了西方的现实影响作用：报社作为舆论阵地，串联起报社直接相关的组织"新论坛"，间接关联剧院和教堂，以及活跃在这些机构中和之间的知识分子、艺术家、工人与市民群体。这些机构，成为发布政治观点和权力诉求的阵地，激发民意、策动游行、鼓励参与社区和议会竞选的场所，也成为东部当局严密监控和打压异动的区域。对西方的热望与幻想，表达抗议和变革要求的呼声，常常体现为压制性的维护与稳定行为，在这些地方和首先在这些核心群体中激荡、爆发出来，比莱比锡游行、德累斯顿游行和阿尔滕堡游行的街头场景，演绎得更具紧张度和蕴含性。而争取而来的西方的钱，或者扩大地包括主动投入东部的资本，实际上绝不只是一种经济、金融资源，而是被引入且要发酵的权力逻辑，在制度和体制相搏杀的特定过渡期影响东部权力尤其是政治权力的规划。

（四）"新钱"的诱惑

也还是在《新生活》中，舒尔策借用转折期被用作"新钱"的西德马克，以其招徕和招摇作用来开启一个核心性叙事场景。作为经历者也作为叙述者的主人公，在其职业生活中，虽然一再避不开钱的要素，但并未表现出对钱财的特别兴趣。而在"新钱"成为可能时，他却并非为了调侃地提到，后悔自己当初动作太慢，或是没能预估到后来的变化，以当时手头有的一些西德马克以1兑多的汇率优势换取东德马克，再等到现在以1：1的有利兑率换回西德马克(NL 346)，从中赚取差价。这一慨叹似可佐证西德马克的诱惑力。而且母亲一声笑谈似的提议：一家子去联邦德国领取按人头犒赏的欢迎金(NL 573)，也进一步起到了印证作用。正是这每人 100 马克或在巴伐利亚稍多一点达到 140 马克却也微不足道的欢迎金,产生鼓动效应,促成了一次在当时看来也并非非常特别的西柏林之行,因为柏林墙其时已开放两周,周围的朋友早已纷纷过去报到过了。

然而,恰恰是这么一趟平常的旅行,舒尔策给我们安排了一个深刻的逆转:主人公得到欢迎金,以此和一家人谈笑购物,顺便也看看西柏林街头景象,从中似乎获得莫大快慰,然而,回到他在东德的住处阿尔滕堡后,却极为倦怠、虚弱、迷惘起来。他每天只躲在自己的房间里,不愿沟通,不愿见人,不愿回去工作,不愿与"新论坛"等再有瓜葛(NL 538),不愿追随他妻子继续组织、鼓动和参加游行与竞选活动,甚至不愿再回想当初的演讲、讨论和游行之类,在个人关系甚至不愿与妻子米夏埃拉共处一室,不愿维持夫妻之名,而默许从西方来实际操控着他们报社的"男爵"巴里斯塔——这个一向大权、大钱在握、模样神气活现、趾高气扬的企业顾问——横刀夺爱。曾几何时,他在剧社里百般地要证明和展现自己的戏剧才华与审美能力;为了办好乃至挽救他们的周报,非常努力地尝试种种筹资和盈利措施;而且与米夏埃拉的婚姻,也是他在经历几段波折的情感之后得缘狂追苦修而得的结果。总之,主角图尔默病了,长期生病。似乎是身体的,但显然更病在心理与精神。他以不断开病假单来掩饰、维持和强化自己病的状态。他既放弃外部生活,也否定自我。

对图尔默来说,如果说其间有希望在,那就是其实他在绝望和放弃中检视。他意识到自己与妻子分手,除了在是否要孩子问题上产生分歧外,根本问题在于他不再愿意跟进组织和参加游行与集会等政治活动或在这些活动中表现积极。政治上的意见与行动不合,显著引起了妻子的不满和失望情绪——她认为自己曾为丈夫而战,而偏偏是丈夫弃她于不顾,背叛了她和戏剧等。图尔默曾进行过挽留,例如为了妻子才从剧院辞职。但在以病来掩饰性地检视自己的生活和与妻子的关系等时,他一方面就像妻子认为他们的分手是内在的必然一样,认识到他之所求在对妻子的爱中未能得到体现。他要的是没有各种棘手事和各种扭曲的爱情,一个家,一种与之相关的人间烟火气的寻常生活:面包、郊游、度假,以及内、外在的秩序(NL 549);另一方面,他也发现了自己过去的失败和困窘:生活不再可能,写作不再可能(NL 546)。

图尔默与妻子、孩子是在柏林墙开放之后去西柏林的（NL 577）。他在那里再次感到了如在巴黎的那样一种自由和轻松（NL 581），然后热烈归来，但在归途就开始发烧和不正常流汗。而其实之前，他在当初得知柏林墙倒塌之后，曾根据妻子与"新论坛"等组织的安排，作过一个几分钟就未来这一主题展开的广场演讲。其中，他以钱、以德国马克兑换东德马克的超高兑换率和极为诱人的最低时薪（NL 570），来展望柏林墙倒塌后的未来，然而，他又非常清晰地知道，自己谈未来非常滑稽，因为他"根本就看不到未来了"（NL 569）。也就是说，曾一心要推倒的柏林墙，倒塌之后，却并不意味未来与新的开始。这是一个微妙而深刻的判断。

图尔默痛切问他以前所爱的人妮可勒塔，"你知道吗，自我所经历的第一个阿卡迪亚（世外桃源）之夏以来让我成其为我的一切，让我感兴趣的一切，让我清醒并活着的一切，在过去几周和几个月，全失去了对象"（NL 587）。图尔默这个自命和自视的"西方孩子"（NL 133），过去一定是在他脚下的土地上才看到"金光闪闪的西方（NL 133）。而现在，在经历抗争的投入和热烈的向往之后，曾有的坐标和结构，生活的、情感的、思想的基础，非常矛盾，在特定的历史转变期，图尔默感到是失去了。他深切地感受这些、体会这些，而在反思中似乎寻找出路和新的方向。然后，这场某种程度上是他自己有意延宕的病的状态，即便暗合凤凰涅槃，但到底非常严重。因此，他没有了动力也就失去了写作，没有了东方的此在也就失去了西方和彼岸以及所谓善的天神（NL 592）。他的那个"自我"破碎了，不再存在了（NL 587）。只有"巨大的虚无"（NL 587）压制着他。

在这病中的反思与幻灭中，图尔默放弃了一直追求的写作之梦，也放弃了政治理想上的追求。最后是一场梦游似的夜游，才让主人公重新认识和界定自己。他明白了，所求的只是自己的生活，只要索回曾过早放弃的自己的生活，不在其他。他所做过的一切，他早就知道，那不是生活，只是误解、迷途和虚妄（NL 609）。这份清晰的认识，就像他在去西柏林之前已敏感地意识到了没有未来一样。过去那一段生活，主要放在政治活动框架下。他的否弃，应当是指这一段的喧声与浮华。

但如果说他要回到过去,那又是所指何处? 在这部以三条线索交织展开,借书信叙述便利而时间线条与视角乃至事件和叙事立场多样变化的小说里,主角历经或同时交错性经历作家之梦、艺术之梦和政治之梦后,又走向了财富增值之梦,但这种同时也涵盖了少年与青年学习生活和过去军旅生涯的生活,并非是他真正想重建和能够重拾的。他说他"为了新的生活,会放弃一切"(NL 609)。那么这个新生活又可能是什么呢? 假若不是指那些外部生活,那会是指什么?

他竭力在反思中寻找新的生活方向时或至少有这样一种动机和姿态时,寻找回答自己问题的可能前提。他期待那种清空了词语和名誉之虚妄、排除了彼岸和不朽的空(NL609 - 610);他要摆脱虚浮的、外在的一切(NL 610);要放弃艺术和文学,放弃创造,为了生活、为了享受,就那么简单在那儿;很真切地有感受到家人,雪、空气、远处的狗吠和市声,才感觉到仿佛是第一次在世的样子(NL 656);他要摆脱过去,意识到他的旧生活已放在身后时,才觉得在开始生活(NL 655);他也要摆脱外在,要自己和生活的内在品质;他要归来,在简单自在的人间烟火气中真正生活。然而,在所谓旧生活被抽离的时候,他期待的新生活真的要开始吗? 我们清楚地看到,图尔默在病中和梦醒时分想到底弄明白的一个最本质问题是,如果说他不是一直以来自以为是的那个自己,那么他是谁(NL 609)? 图尔默的病,其实就是病在已不知自己是何人。那么,在所期待的新生活中,他那破碎的自我能够重建而且具有新质吗?

其实,这一些问题固然在有关生活哲学的玄思和寄望中有一些断言性的诗性表达,但在小说的虚构现实中并无切实的描述和呈现。也或许就是留白。或者说,文学一方面提供乌托邦,另一方面也不提供乌托邦,这才是有意味的。

图尔默未必能重新开始,虽然他摆脱过去的态度决绝,但其实不清楚,在哪个维度上能够重新赢得生活,他从根本上已失去对未来展望的兴趣、心态和能力。他的病与放弃,是一种整体性的放弃,是对童年温馨回忆,对写作立身之梦,对西方梦想和图景,对当下的政治生活和经济生活具有变革可能的放弃。这种揭示是具有说服力的。

二 钱的反思与否弃

(一) 钱的哲学

钱在霍尔茨这里,显然不只是赚钱、积累财富这么简单,也并非只是烧钱行动和表演特别有意味,虽然的确特别有意味,也同时是钱这个特定历史变化条件下的要素,非常适宜用来刻画霍尔茨的性格,或被这个角色用来宣示自己。这里面,非常核心的一点是对钱之逻辑的方向操作,不是赚钱的勤奋、艰辛之类,而是如何体面地摆脱钱并从中获得一种尊严。在霍尔茨这个角色这里,这种观念与表达带有几分庄严中的滑稽,但毕竟体现为一种有批判性的个性呈现。

第一人称叙述者和经历者霍尔茨作为孤儿,踏上流浪之途。在途中他与钱发生交集,并讨论社会主义环境中钱的价值。非常引人瞩目的是他对钱的漠视与摆脱钱的姿态。

他在即将十二岁前的一个周六,坐在一旅游度假地饭店的露台上等着有人说服女服务员,让他免单 4 马克 50 芬尼。理由是因为他穷。见期待无果,他便自己与服务员讨价还价,要以分派的一项任务换免单,但他又说不想因为用童工而令后者惹上麻烦,并狡辩既然钱最终又会回到服务员所在饭店的手中,干吗社会要将这钱先交给他(PH 11)?① 也就是说,根本不必多费周章让钱过他的手,而且他没有钱是理所应当的。因此,他自然不必为享用的美食付钱。他以穷为理由,以用童工的惩罚为恫吓手段,又以钱貌似成立的流通过程说辞绕去绕来地要去实现赖帐这个目的。他的确没有钱,但自以为在钱的问题上通过要弄十足的泼皮样可以无钱却能获得钱的便利。他甚至想向饭店内的其他客人解释:在社会主义制度下还要使用钱是多么的荒唐(PH 13)。显然,小小年纪的霍尔茨从小就不认为钱有多么重要,至少在他无钱却又要和已消费且需要支付消费的时候,他以自以为是的行为、观点和逻辑想证明这一点并使自己

---

① 所引文字,以作品缩略语"PH"加上相应页码的形式,标示在本论著中。Ingo Schulze: *Peter Holtz. Sein glückliches Leben erzählt von ihm selbst.* Frankfurt am Main: Fischer, 2017.

脱离无钱偏又要消费之困。更重要的是,他这个钱的扭结,使其对钱的特定政治思考和态度显现出来。免单的种种努力和表演,促使他最后居然冠冕堂皇地在饭店留言簿上写下两条宏大的要求:"基本需求的满足万岁!"与"打倒自私自利、打倒私有财产!"(PH 14)霍尔茨游戏却也未必不是真诚地将其所处世界的制度教育和清晰的意识形态性拿出来作为他面对钱的处理策略。其对钱的基本态度在小说主人公很小的时候似乎就已定型,而且明显受到历史语境和制度现实的影响和限制。

而在他的孤儿身份因为身世逐步被揭开而似乎因此而结束了时,他在钱这个问题上锻炼而得的认识与态度却又在进入新的社会圈子后保持下来,甚至可以说成为了他的一种精神和心理气质。他不自觉或有意选择性保留了天真这一角度和距离,用以观察、介入、批评。其天真体现在:(1)对老院长的期待和盼其归来所作出的努力;(2)本然的生存之道。霍尔茨本然地以为,只要有需求,就可自然而然向他人求助,并不认为要有回馈,才能企求帮助。他与后成为其养父的格罗曼就生存之道争论。他被视为天真(PH 22)。他的信条是,但凡什么事该做且有必要,那就倾尽全力去做(PH 21)。而且相信他真能心随所愿地完成任务,而且处处都能这么简单地得到人们的帮助,因为他"可是我们社会中的一员"(PH 22)。这种天真和随心而为的气质,大约是欧洲流浪小说和发展小说主角常有的气质。霍尔茨对钱的认识和利用,无疑正好体现了这种天真与随性,当然也有机会主义成分。他免单的请求,实际氛围自然窘迫,底色中有疑似无赖的性质,毕竟钱在交换关系中处于理所当然的位置,但真正引人关注的还是他在服务场所面对交换关系的态度和认识。他的天真与他非常认可的孤儿院前院长莱绍(Löschau)相关。后者在谈到共产主义的向往时,认为钱成为多余才是标志。"我"提起莱绍关于共产主义的设想:"莱绍曾讲过,'如果你没有钱能在我们的共和国旅行,吃饱饭,别人都对你好,那么共产主义就胜利了'。"(PH 23)这个很重要的视角被霍尔茨接过来,似乎可视作他理解并接受了钱与共产主义想象和期盼之间的这种关系设定,而不是作为借口,是化入了他的血肉。

舒尔策在免单游戏之后又设置了一个钱发挥社会效能的典型例证。主人公为了逃避孤儿院所受的排挤和寻回他所敬重的老院长莱绍重建孤儿院生活氛围和管理秩序,踏上流浪、追寻之路。他逃入或进入森林,他为了逃脱同学们追打,躲入森林。森林对他意味着逃离、相遇和人生轨迹的转折点(PH 25),就像在浪漫派文学中的主角那样,从森林中开始他真正的人生故事。同时,也因为森林中收获土豆的劳动事件和场景,霍尔茨成功地利用当时的情势和氛围,将作为对立面的同学也纳入劳动之间。他在森林中遇到了劳动的场面,热火朝天地收土豆的情景,因为热闹,也因为有微薄的劳动报酬,成功地以利益交换诱引,暂时成功地化解了他与小伙伴之间的紧张关系,最终让他们参加劳动换取几袋土豆作为寄宿学校的食物源补充。劳动中得到物质上的所获——一车够吃一年的土豆(PH 30),能补充和改善孤儿院的生活,并压制住冲突,甚至让小说主人公在同伴中建立了某种权威。

　　而在这里,霍尔茨对钱固有的天真认识,让他意识到并调动起同学们冲天的干劲收获土豆,与原本就参加了土豆收获的女工们客观形成劳动竞赛场面,而另一方面又让他为了对钱的认识的差异性和表面上道德制高点的落差而朝另一方向引导当时的场景。在后来的讨论中,他透露了自己已消化的金钱观:主张劳动而不必付钱。否则,那样会让他不快乐,让人感受不到为这个做了一点什么的那种满足。而且,很快,人人就会只想着自己的报酬了(PH 24)。无疑,映照这一金钱观的,是主人公人生经验中憧憬的共产主义远景。他在日常中,对钱这一日常核心要素之一,偏偏怀着反日常的理念设计和情感投入。因此,格罗曼太太反驳他:但我们这里可惜还未达到这种程度,即大家准备不要钱也工作,甚至连在苏联也未达到这一步(PH 23);而且,霍尔茨以这样的认识规划了劳动场景的后续发展。鉴于女工们高喊“没有马克就不劳动”(PH 29),是为了得到马克才劳动,霍尔茨展现了自己的高调,他对女工们喊:“你们可是为了你们自己劳动,不管有没有马克。你们是为了你们的家庭,为了我们,为了整个国家。”(PH 29-30)他认为这个劳动具有更大更深远的意义,不止于日常的获取表面的等价物,是与国家和集体这类大词和责任联系在一起,而且另一层意思,也是暗含着对钱的贬抑。前面,他以利诱化解同学与他的紧张关系,就是跳过了钱的直接交换,以物换物,并以此作为比较的标准,要求采收的女工们向他们看齐。这一日常生活中的劳动场面,连同前面为了在餐馆免单的交涉场景,以及霍尔茨在被收养人家中涉及钱和制度的观念交流情景,都清晰地与钱关联在一起。钱的要素被舒尔策从多个维度上调用,从虚构现实中的气氛、人物关系、主角刻画、观念交锋等层面加以呈现。

在涉及或讨论钱的关联中,体制乃至现实政治讨论和反思要素也不可避免地内含在其中,作为情节发展的一个层面,推动事件、情景展开,或作为讨论、思考对象,以思想、观念和观点要素影响角色塑造和角色关系描述。

霍尔茨作为流浪汉,非常显著的一点是谈钱,隐性的和显性的,放在社会生活的经济生活层面,放在制度、历史和政治剧变里,但作家不是以资本/钱的经济学与政治学和国际关系学手段解决钱所引发的问题,而是在虚构层面以特立的浪漫主义方式,以流浪儿特有而具一致性的方式来加以解决。但其实却未能真正解决。

从小说一开始,我们就知道,霍尔茨认为钱不重要。无钱时如此,至少是他这么声称。在小说末尾处,在他很有钱时,竟然是以烧钱来摆脱钱。内中姿态和宣示很多,其中一条恐怕是霍尔茨一直以来深入骨髓地认为钱不重要。

霍尔茨的拒绝钱,也体现在他潜逃西方、转折期回到德国东部的母亲再一次来到他面前的时候。母亲的这一次出场不是回来认亲并带来她辛苦的积蓄作为并不丰厚的补偿,而是与霍尔茨可以继承的 400 万至 600 万马克相关。霍尔茨要继承他西部亲戚的遗产。但他表示根本不想要这笔遗产(PH 525)。然而,他到底还是在积累财富。钱在霍尔茨这里,必须有一个发展的过程,达到一个顶点,才能在角色的世界里形成张力。小说情节设置中,非常特别地安排在霍尔茨受伤昏迷和后来的半苏醒状态中,由来探视他的亲朋们为了让他早日从昏迷中彻底苏醒、康复过来,以叙说来作为刺激。其中就是以他最为拒绝但实际上关联极为深厚的钱来作为激发点。

在霍尔茨养母贝埃特的叙述中,我们得知霍尔茨一度的女友佩特拉将霍尔茨的那辆旧车卖给了一个西班牙人。后者从西部来,雇了佩特拉作为翻译,想办一个合资企业,买了一家肉联厂,他占股 49%,民主德国方占股 51%。这个西班牙人，就像许多来自西方的商人乃至政治家那样，用钱操纵相关的关系，其中，他有着意于佩特拉这个人的意思，欲人和生意兼收。佩特拉拿了西班牙人的这笔钱，去了西柏林，以 1 比 11 的汇率兑换了东德马克。一辆旧车最后实际所得 7 万 2 千东德马克，其中 7 万存入了霍尔茨的户头。情况表明，霍尔茨昏迷的过程，也恰恰是他开始发财乃至大赚其钱的时段。作家通过简要的叙述层面，而不是在虚构情景中的行动层来展现霍尔茨变得有钱的过程，而且，以快镜头带出转折期与钱和资本直接相关，与个人生活和与东、西方经济交流活动相关的历史性变化。

霍尔茨不仅是户头上有了 70000 东德马克，且好消息还在于，这笔当初是以 1∶9 汇率换成东德马克的钱，再过一阵子，其中可以有 4000 马克的额度以 1∶1 的汇率，余款能以 1∶2 的汇率回换为西德马克。按照叙述者对此事的认识，是一辆旧的"卫星车"换了 37000（西德）马克（PH 269）。这是第一个好消息。在这笔财富中，霍尔茨先有东德的旧车——产品，而后通过来自西方投资者因为复杂动机而做成的交易，也就是借助这个转折期变化的格局，获得利益。一方面，我们可以看到这样一个偶然又必然的发展路径；另一方面也可看到，获得财富和财富的增长，与历史和制度的变迁与权力运作密切相关。舒尔策在此的确也是将历史要素真实地带入了虚构中。

从虚构现实层看，霍尔茨甚至不需行动，因为这个外在的时代变迁的要素与个人交往关系的要素，也就是说其情爱关系的要素，而偶然与必然地获得财富。这个汇率关联，就像欢迎金要素一样，在舒尔策的作品中，也是数次有所描述。欢迎金，在《新生活》与《彼得·霍尔茨》都体现为重要的情节和事件关联，而汇率要素相对没有那么重大，要么只是在期待中呈现，例如在《新生活》的虚构现实层，并未落实在行动中，要么隔了叙述这一层面成为现实，但依然体现为重要的历史标记要素，体现了钱在特定历史语境中于个体角色的意味。

而第二个由叙述者报告给昏迷中的霍尔茨听的好消息，是霍尔茨受委托管理或通过其他渠道与手段获得的几幢房子，相关租赁账户起了变化（PH 269）。物价爆炸性飞涨，而对于东部的产业，"西部佬"唯一真正感兴趣的就是地产与楼房(PH 270)。也就是说,在西方资本和物价要素推动下,房子大涨。而霍尔茨与沃尔夫名下有 14 栋或 15 栋房子,即便一半属于沃尔夫(PH 271),剩下的于霍尔茨也可观。

这样一个暴富过程,舒尔策安排在一个主角之外的叙述者叙述中展开,而且是在呈现给霍尔茨的叙述中,同时,还安排霍尔茨处于昏迷中大发横财,想说明霍尔茨的发财其实与其主观意图和行动没有直接相关,另一方面也想表明这种以资本主义条件变化为前提所催生的暴富,这个因房子而得以成就的"百万富翁"(PH 270),"已有金砖在手"(PH 271),不必也没有让霍尔茨带有任何原罪感,不至于让其假使在清醒情况下为了观念与制度选择上的纠结和矛盾而犯难。因此,这样的安排,在角色层面,角色的形象发展层面,乃至叙述层面等均有得益处。此外,作家因为霍尔茨这睡梦中的第一桶金与暴富,特别在这钱的关联中,着意考验了其女朋友一番。让其在翻译角色和卖车环节都显出对爱的坚定态度,至少让其有这样的表白,同时叙述者也认为,佩特拉与那个西方来的西班牙商人没有什么事(PH 270)。然而,佩特拉虽然自己说过,她自己为了霍尔茨而苦苦挣扎过,但她不会为了霍尔茨的财富而等下去。她表示她最终会放弃她的第一个百万,她的第一数百万(PH 270)。所指的当然是霍尔茨的财富,她可以分享,而她无意于分享了。所以,一场昏迷,展现的是西方影响剧增,急剧改变了包括经济和政治等方面的社会生活,改变了当时的社会心理,更典型地展现了在与西方交往过程中的抗拒、对爱的坚守与矛盾情绪。当然,最重要的是,这个资本主义挺进而既存社会制度和力量仍欲自救的特定时期,偏偏放在霍尔茨这样一个天真而扭结的角色身上,放在他昏迷中所实现的暴富上。

从养母贝埃特的叙述中还可得知,她是将霍尔茨放在一个休戚相关的利益共同体内:(1)她要霍尔茨放弃佩特拉,要他觅良妇(PH 274 - 275)。(2)当她认定房子已给霍尔茨带来了财富暴涨之后,以及她从这种可能性中推知更多和更深切社会变化时,她期待现在会有大好的幸福开始,并将之比作摩西之得应许之地。这样,奥尔加将可以来探望他们,最重要的是不会战争了,到处一派祥和,没有人要再忍受饥寒,所有孩子都可上学,并提及没有谁会料到不放一枪,以这种方式结束冷战。她认为,也许促进人人心中之善的时代已经到来,而且认为霍尔茨要仔细观察一个新的世界(PH 274)。作家借贝埃特嘴作出了很好的判断和预示。其倾向是热烈欢迎和期待并促进这样离开她所在时代和世界的新时代与新世界。

舒尔策在《彼得·霍尔茨》第六部中,其第一、二、三、四章分别在章节标题上设置为霍尔茨的第一、二、三、四次苏醒,不描述霍尔茨苏醒的情状与反应,只以贝埃特对之的诉说性叙述浓缩而简约地一笔带过外在情状和密切关联霍尔茨并也牵涉叙述者的那些内、外在变化,似乎特别想提示霍尔茨外在关系的变化。第一章提示霍尔茨朋友圈中,已有人获得党派内和政坛重要位置,意味着可影响当下与未来的政治生活;同时,提示西方资本以凌厉的手段介入了当地经济和社会生活,并提示霍尔茨一夜暴富。第二章提示时局中的人可以期待一个新世界和时代的到来。当然,这个所谓新时代和新世界,在叙述者这里,其实是留给了资本主义的。第三章提示,若不是车祸发生在霍尔茨身上,政治权力的格局会有巨大变化。

在第六部的第三章,贝埃特以后悔的语气对霍尔茨叙说。这是一个很惊人的假设。她说,如果当初你没有跑到这辆车前去,或者如果不是那个人(其实就是他们当初去欢迎联邦德国总理科尔到访时所见到的科尔)偶然遇见并莽撞地带上你,也就是你继续站在约阿希姆身边,那或许一切就是另外的样子,也不会立刻就发生这一整套历史大事。本来,约阿希姆已放弃争取科尔了。如果霍尔茨在正确的时刻从中间穿过去,"怀着你基督教的共产主义的狂怒",那么西部的"基督教民主联盟"也就不会拥有东部的"基督教民主联盟",从这种联盟中就不会产生任何影响德国的东西,选举会是完全不同的结果,也不会有货币联盟(PH 275)。也就是说,在欢迎科尔来访德累斯顿的活动中,霍尔茨阴差阳错,为汽车所伤,以至于昏迷,错过了政治发展的机会。不然,在贝埃特看来,霍尔茨也必定处于政治与权力的高位了:他现在就该是坐在总理办公室隔壁的房间里,该是与戈尔巴乔夫、谢瓦尔德纳泽、密特朗和布什与撒切尔在一起,参加2+4的会谈,而且会登在照片上,虽然会靠边一点(PH 275)。一场政治活动与政治活动中的车祸,毁掉了以霍尔茨为轴线的政治前途。车祸非常糟糕,霍尔茨可能会极为重要,而当时的政治生活也会因此按照完全不同的轨道发展。也就是说,这个很不愿意赚钱但却也暴富的霍尔茨,绝不应错失历史剧变中伟大的政治与社会进程。或者说本可由他来改变这个历史发展的轨迹。在这一连串的假设里,舒尔策着实以不可靠叙事将反讽推到了极致。

第六部分的第四章,讲的是霍尔茨的第四次苏醒。此时他虽然一直在睡觉,或者昏迷,但一定程度上可以被动地采取旁观的姿态,而且似乎能听和思考。总之,他是在旁观中经历外在的变迁。而且叙述者或诉说者感觉到,霍尔茨似乎真在倾听他们说话,仿佛在与他们交谈。他听懂了给他们所说的(PH 278)。其实,从贝埃特和来探访的奥尔加的交谈中可以得知,霍尔茨已昏睡七个月。探访和叙述者们认为七个月在这个时期很漫长(PH 279)。为何有这样的认识?显然他们已感到时代变化太快,日新月异,并料想,所发生的一切对霍尔茨来说都是震惊的事,他有多重震惊要消化。他们谈到,如果有人允许国有银行私有化,那该怎么说明这点?霍尔茨不会愿意理解这一点的。他们谈到,霍尔茨一直以来的观点是,国家统一意味着对联邦德国进行再革命,民主意味着要不受金钱的影响(PH 279)。他们所提示的霍尔茨这一本质性态度非常关键。如此才能解释霍尔茨过去、现在和未来的所作所为。他一定是一个站在和自以为站在民主德国立场上的反抗者,一个不得不向西方靠拢的资本主义反对者。奥尔加认为,她们(她和贝埃特)应告诉霍尔茨,他支持的是错误的东西,即便是怀着良好的意愿(PH 280)。这种态度与霍尔茨显著不同,而且将霍尔茨所在的一方当作犯罪的一方,具有显见的意识形态性。在这次更多隶属于家庭成员谈话性质的交流中,养父赫尔曼也参加了。他认为霍尔茨为了这里发生的变化,比奥尔加所做的要多千百倍,而且认为是每月在巴黎和汉堡街头成千上万人上街游行,唱着《国际歌》,争读《新论坛》,民主德国才垮台(PH 280–281)。而且,他们之间还谈到了霍尔茨为国安局服务的事(PH 281)。如此,一些重大的时代主题,例如逃离、游行、以多种方式推动政治生活发生改变、向资本主义世界发展,乃至为国安局服务,都体现在这场昏迷中财富暴涨叙事的展开过程中,体现在一场关于霍尔茨又不仅仅关于霍尔茨,霍尔茨在场却并非真正在交流的意义上在场的讨论中。

在小说第六部的第五章,霍尔茨可以回答说,他想要什么。霍尔茨对他因为车祸不在场这段时间发生的变化,有自己鲜明的态度,持清晰的批评态度。他认为,这段时间是"反革命战胜了革命,民众自己背叛了自己,将自己卖给了阶级敌人,卖给了康采恩老板、帝国主义者、银行家和投机商,卖给了各类唯利是图者与骗子。被呼吁将命运掌握在自己手中的民众因为担心自己的勇气而将自己的财富和主权转让给波恩的掌权者。他们又弯下了腰,像由来已久地那样屈从于当权者的规定,并为了面包和游戏感谢他们的主人。从现在开始,对每个人来说相关联的只是比其他人做得更好:吃人而不是被吃。图什么呢? 为了多一些和更多一些地积累钱和财富! 钱和财富是获取一切的关键,获得权力、奢侈品、教育、娱乐、获取名望和在为富人们所撰历史书中占据一席之地的关键。那些拥有很多的人,所获会更多,而那些占有不多的人,所获会更少。后一部分人作为多余的人,不再是历史的主体,将消失。历史的车轮会倒退,社会的发展会退后几十年"(PH 282-283)。霍尔茨的这番慷慨陈词,表明他一方面在昏睡状态中大发时运之横财,似乎可以无辜地获得那么多的钱和与此相关、可以预期的权力,另一方面又对时局之变,对民众之失、民众与当权者之间的关系,尤其是民众在追求更多财富中似乎是必然的态度,对钱与财富的通吃效应,均持强烈批评立场,其暴富与基于素来立场的犀利否定之间形成有趣对照。这种集于一身的矛盾性,是时代之变和社会之变在特定个体上的凝结和表现,既属必然,也并非偶然地具有个性。霍尔茨这样的表达与态度,特别是对钱和对转折期人们追求财富时的贪婪及其所引起的后果采取否定态度,与作家对相关问题的批评,颇有共同处。包括其他角色对外在变化的某些批评,也可从作家的演讲录等文字中清晰寻绎,具有同频共振性。

在钱与政治和生活世界相关联的场景设置上,舒尔策同样有非常明确的选择。他不仅对于关注、讨论和表达之对象,多围绕金钱、权力、屈从、民众与当权者之关系、社会与历史发展展开,而且对其间活动的人物,所择而着墨的,也是与主角能形成某种联系的角色,不仅是呼应性的,而且更可能是对比性的。例如对民主德国社会采取否定态度的护士扎比内和主治医生莱茵哈迪,前者在认识层面多数时候对民主德国有否定性称呼,且之所以欣赏后者,是因为这名医生在所谓"专制统治"下承受痛苦(PH 283)。显然,他们是同道之人。将这样的角色放在霍尔茨周围,就必定会推动观念或情节的深化。护士小姐亲吻西德马克纸币。在她看来,没有谁不会因为西德马克而眼睛闪亮(PH 284)。尽管这名护士认为霍尔茨不是共产主义者,但霍尔茨在她面前却坚称自己是共产主义者,而且自己所期待的,与她完全不一样,与那些现在假装很幸福的人完全不同(PH 284)。作家借在此交流环境中霍尔茨意识到并表达的清晰的对立态度,展现这个主角为他所在体制辩护的立场,同时以此辩驳关系,展示话语中的意向、态度和情节紧张度,并尽可能立体地带出其中无论是面向东方还是指向西方的意识形态意味。

(二) 烧钱表演

霍尔茨试图从经济生活中有所拓展和逸出时,也只不过借助既有的房产、开画廊,但艺术在此不是作为日常生活中的革命要素和个人素质等提升的手段,只不过是多了一种赚钱的手段,而且也的确成了有效的赚钱工具。因此,其不多的思考品质让霍尔茨对钱的思考(以及小说主角和来自西部以投资客身份出现的角色之间的投资学和生意经)先有了特定制度下的印痕,然后又有了在浪漫姿态中的意识形态意味。

当母亲转达遗产的消息时,霍尔茨刚好卖掉了他最后的房子。他想转型,在重新定位。他认为,说到底他没有成功,他只是得到了越来越多的钱,现在还加上了这遗产。他光是利息,拥有的钱,就超过一百万了。他认为钱当提升人,当促成一些事(PH 528)。三年前他将一千万投进一家公司,也就是通过投资和股份,获得的钱越来越多。当他们在规划"霍尔茨城"时,他最终有种感觉,感到是将别人屋顶最后的屋瓦揭走了。他的追求可不是获得更多的钱,不是消灭或买下别人,然后以盈利行善。所谓善行是最糟糕的。不是自己所挣得的东西,会让人依赖并毁掉一个人的尊严,因此他不会接受遗产。如果一个人钱多得噎住了喉咙,要重新吐掉也不易(PH 529)。

这简直是霍尔茨关于钱的宣言。在他自己看来,他的房子是被强加所得,相关收益等并非因他自身努力得到,而遗产更是飞来财富,也意识到摆脱财富不易,意识到这个困境。但他终究一直很清醒地表示钱本应有对人对其他积极的作用,但显然他发现在现实中并不能遂其所愿。所以,这一宣言为他日后的行为,哪怕是表演性的行为,奠定了逻辑架构。

显然,霍尔茨的烧钱,从规划到现场呈现,所依赖的公证人煞有介事的证明与活动开启仪式,到直接利用的道具一千面值的马克——至少在当时的现实中并不存在,尤其是以霍尔茨为焦点的情绪展开、视线投放和为展看烧钱的一系列准备活动、以梯登高过程,都表明这是一场惊心安排的表演,想以钱为核心概念表达,而且放在这个并不以为对艺术有多感兴趣和有多少艺术才华的人身上,并很特别地偏偏以悄悄展开的行为艺术,以掩饰性的"艺术原型"为活动之名,既要表现霍尔茨对钱的认识和以钱行事的反思,也展现集其一生在钱上多有经历后所要表达的感受和其他东西。

钱在霍尔茨这里的逻辑在 1998 年 9 月 1 日这天结束了。霍尔茨的"钱一直且无意义增长的循环结束了",这个日期界限,也"象征了一个新时代的开始"(PH 562)。他是否能开始一个和开始怎样一个新世界?之前在公证人指挥下已开始烧钱(PH 551),他现在就是继续他的烧钱表演。比之上次在画廊,这次在户外,尽管没有民众注意到他,他感到很开心(PH 563)。他应当是在世界时钟底下行人过往的广场上。这次在他的拎包里带了 100 万马克(PH 562)。霍尔茨声称,他周围的朋友都知道他今天在这里干啥,他们有一天会明白,他决定这么做不是反家庭和朋友,而是为了社会(PH 563)。他有意选择了户外的开放环境,要切近地展现烧钱要表达什么。他不避讳对烧钱行为的激发作出反应,甚至其本意就在于不仅以行动来这样激发,而且在讨论和交流中推动这种激发,也就是将他所怀有的关于钱的观念和实践意图在公共交流语境中推向高潮。

霍尔茨一张张烧钱,认为即便是没有人注意到他的行动,他也会为了让自己快乐,为了自己的解放而庆祝这种行动。他说,连他的别墅他也卖掉了,到最后,他只剩下钱了(PH 563)。对这个最后的似乎最有力量的拥有,他在实验性尝试处理之后,现在以进一步推进的行动来彻底了结。他在两个维度上推进此事:将自己从过去的限制中解放出来,同时也是为了有益于社会。

当霍尔茨烧钱烧到第十九张时,他其实一直期待着的行人、路人或民众的关注终于出现。有个女人停下脚步来看霍尔茨烧钱,然后摇了摇头,一个学徒或学生要霍尔茨一张所烧之钱残余的那一部分,一名男子问这些钱不会是真的吧。这正是霍尔茨可以着力的地方,他需要利用这种好奇和交流来表达自己。他说:"如果您在这里站着看一会儿,这对您就会是理所当然的事和平常事,也许会引起您的反思并仿效我的样板。"(PH 565)又有旁观者想自己一试纸币真伪,有声音确认纸币是真,但也有人说,就没有一千面值的马克,还有人问霍尔茨是否是玩帽子戏法的。有人问为何烧钱,霍尔茨答多余的钱会引起灾祸。也有人阻止他烧钱(PH567)。现在的霍尔茨,当然是大有余钱。他对钱的功用认识,在其成长过程中已有很大变化,但非常关键一点的基础性认识,在他尚在少年时被催交餐费这件事上就已清晰体现出来了,那就是对钱的期待大抵总还限于其对基本日常生活的保障。因此,当他有钱时,他便觉得钱的多余。而他对在变化的历史条件下与钱相关的机构、运作机制,尤其是市场经济的贬抑性认识,更是坚定了采取在他看来直接有力对待钱的处理方式。他很满意自己的行动产生这样的激发作用。

霍尔茨认为,每个人都可以烧自己的钱,毕竟是在联邦德国。按照法律,所有者能随意处置属于他的财产。但他也承认,他在公开场合烧钱的尝试,还是遭到公职(如警察)与非公职人员的阻止和瓦解。他也宣称,他不再在公开场合烧钱,但仍三次尝试回到世界时钟底下遂自己所愿地烧钱。虽然他意识到要想"体面地摆脱他的钱"(PH 570)在每个人这里是几乎不可克服的困难,但他坚信,根本不能高估钱的危险性,烧钱于每个人都是可以的,于企业、党派和国家都是可以的。他认为这是做正确的事,虽然很难(PH 570)。这既是宣示,也是反思,同时是鼓动与行动兼备,认真的表演和不合其所处世界相关规则和机制的反社会性活动结合,不单是关于钱的宣言,而且是关于霍尔茨已成长到什么程度却又决然幼稚到什么程度从而在反讽和撕碎什么的展示。他不仅要完成自己的塑造,显然也期待着前面已提及的烧钱现场的反应,而且期待更大、更深层面的反应和鼓动作用。所激发的反应包括,别人问他,是在拒绝生产资料私有制吗? 您是想以此对我们社会的物质主义基本态度表示抗议吗?(PH 570)霍尔茨尽管不想就此交流,但他在烧钱这个设计和行动上一直以来刻意与决然要展现的东西,已很清晰体现为个体层面的否定和抗议姿态。他每天收到信件,各阶级、阶层人士为他的观念激动,纷纷寄来他们在公开场合烧钱的照片。效仿霍尔茨行动的人越来越多(PH 570)。而且他实际支持,通过很多自愿的帮手给那些请求霍尔茨给钱以在公开场合烧钱的人寄钱。这简直成了一场引导性的在钱的问题上的宣示性狂欢。烧钱在霍尔茨这里成为表演、享受和宣示;在社会层面,更是作为象征性行为与姿态,体现了鲜明的政治色彩,虽然在文学现实中,只是没有出路的出路。

特别有意思的是,霍尔茨将这些帮助他继续完成他工作的人称为"革命者"(PH 571)。也就是说,他还赋予烧钱以革命的意义,似乎是伸张他少年时怀有的革命理念和梦想。他认为他以此在社会中找到了自己的位置,也就是在一个最强有力的位置上战斗。这场战斗烧几张钱就足以揭露这个世界的整个弱点。同时他认为,在社会中找到位置,那也就是或早或晚找到了幸福。只有不再拥有一张钱,那他也才是完成了平生的大作品。

霍尔茨的烧钱的表面目的就是要激发旁观者好奇、疑惑、愤怒的情绪反应和警察为代表的制止行为,他像裁判似的俯视烧钱现场,要得到这种即时、真实的对钱的反应;他要展现,他数次与外在力量较量,他有权力而且能够一张张烧掉他自己的钱,任何个人,任何机构、党派乃至国家也都可以烧钱;他认为,如果钱成为了奴役万物的暴君,那它也就再无合法性了(PH 561),因此要烧钱。霍尔茨对钱又一次表现出弃绝的态度,而且他要继续烧钱,以此展现自己的姿态。他以烧钱来抗争、来表达,以为是获得了正确的位置,是在做正确的事,是幸福,是遂了平生所愿。在世界和他之间再没有了钱,也就没有了什么东西将他们隔开,也就没有了任何理由在整个机构中坚持。而且针对民众呼吁,谁要是准备生活,那就效仿他的例子。现在点火,不然就会是输家,如果等到钟摆敲响了最后的时刻,而世界的大厦已经垮台,那么再来点火,就已是太迟(PH 571)。

霍尔茨有充分理由强调,他在社会中找到了自己的位置,找到了自己的幸福,烧钱是他的第一部大作品。这是一个烧钱特立而反抗的位置,似乎他在此位置上战斗,在最起作用的位置上战斗。日常已逸出日常。民主德国并入联邦德国,形成一个完全不同的经济社会与怪物,霍尔茨被给予机会和充分利用规则大发其财,却要烧掉钱并号召、鼓励大家烧钱,这是否定新成的和新钱的这个社会和世界(PH 567 - 570)。

他在自选的这样一种情景和行动中,将自己这样一个所谓的孤儿,在不同体制间游走,在观念、内心和行动上每每反讽地存在矛盾与悖谬的角色,以一种自以为悲壮的方式,要达成杂糅性的、革命性的完美展现。他所表现、期待和呼吁的,都表明他将自己烧钱行为和仿效他烧钱的方式看、表达和弄成了要为钱,为其所具有的权力、所代表的机制和体制,乃至钱在其中发挥核心作用的那个世界送葬。也就是为了在德国东部的土地上新成的这个世界点燃毁灭其核心链条的火。

霍尔茨自认是第一个经济因徒。而当他有能力说出这一点的时候,时间于他变成了另一个时间(PH 568)。因此,他期待和意识到的这个所谓新世界,其实是他面对钱(包括多余的钱)及其规则所能进行的批判性反思并能采取特立但在他看来唯一能采取并有益于社会的行动、表演或宣示时,才开启了一个所谓新时代,他的新时代。同时这个新时代,在《新生活》中体现为其中关于新世界的表述,大抵思考与期待的方向与此新时代基本一致,只是其具体涵盖不一。而它们共同的意味则均是有时代悲剧和反讽意义的。

无论是在舒尔策的短篇小说集中,还是在他几部非常有分量的长篇作品里,钱及其相关问题,绝非只是一个经济问题,而是同时与历史转折期的政治及其东、西方关系,以及个人存在的物质、心理、情感和精神状态紧密相连。当它在此更多激发的是否定性思考和力量时,应当说更具有意识形态意味。

第二节 职业生活中的"失败者"①

在《资本主义的未来》一文中,舒尔策尤其提到政府在面对失业率这一问题时缺乏实事求是态度,多方面美化数字。他指出,政府不愿严肃对待政治与民主,反而想要逃避现实。仿佛"增长、降税、购车津贴、刺激消费"之类的概念多么有用似的。② 对经历过民主德国的人来说,拒绝认识现实的空谈,尤其令人震惊。

20 世纪 90 年代初,全球化的加速推进、欧盟扩张及其新自由主义发展导向削弱了具有民族特色的德国协调型市场制度,而两德统一也带来了巨大的经济和生活压力。从某种意义上说,科尔政府在面对两德统一的挑战时,丧失了关于社会市场经济如何运行的"制度记忆"。具体来说,在财产权、货币以及国家与市场关系这些政策领域,科尔政府忽视了阿登纳和艾哈德的相关政策。在 20 世纪 90 年代和 21 世纪的头十年,德国模式的大部分结构尽管在形式上保持原状,但已丧失了其最初的大部分功能,更重要的是,丢失了那些曾为之注入生机的理念。③ 统一带来的经济

---

① 为了更好地阐释"失败者"一词,舒尔策开始寻找其在德语语言中的源头。首先,1811 年出版的《阿德龙——高地德语方言语法注释词典》中没有"Verlierer"这一词条,与之相对,当时已存在"Gewinner(in)",但只指在比赛中赢得胜利的一方。而动词"verlieren"则有 195 条相符项,主要包含两层含义:(1)丢失物品。(2)与"生命、财产、健康、理性"搭配组成词条。在 1956 年完成的《格林词典》里,出现了"verlieren"的名词化形式"das Verlieren",该词的首位使用者是路德,他曾说过"ein Interesse des Verlierens"(失败的利益)。同时,舒尔策在词典里发现了词条"Verlierer",指向 1691 年由埃尔福特的卡斯帕尔·施蒂勒出版的堪称 17 世纪最完整的德语词典《德语语言谱系与发展》。然而,该词条并没有明确的德语注释,而是使用了拉丁语注释,逐字翻译约等同于"ein verlierender Mann"(经历失败的男人),或者是"ein Zerstörung bringender Mann"(带来毁灭的男人)。在 2003 年版的《勃兰登堡大学现代语言电子词典》中,"Verlierer"仍只是"verlieren"的派生词条,意义指向最初的两条含义。Vgl. Ingo Schulze: "Das Wort für die Sache halten. Über den Begriff 'Verlierer'". In: *Was wollen wir? Essays, Reden, Skizzen*. Berlin: Berlin Verlag, 2009, S. 287 - 313.

② Ingo Schulze: "In der Grube. Über die Zukunft des Kapitalismus". In: *Was wollen wir? Essays, Reden, Skizzen*. Berlin: Berlin Verlag, 2009, S. 284.

③ 参见[德]克里斯托弗·艾伦:"理念、制度与组织化资本主义——两德统一 20 年来的政治经济体系",张志超译,载《国外理论动态》,2015 年第 10 期。

改革压力超出人们的预期。一方面,源源不断涌入东部各州的新钱所带来的效应与民众的期待相去甚远;另一方面,为支持新联邦州经济建设而强加在联邦德国西部民众身上的税收也颇不令人满意。根据联邦统计局的数据统计,在两德统一后的第一年,即 1991 年,原属联邦德国的各州在册失业率为 6.2%,原属民主德国的五州为 10.2%。随后的几年里,失业率不断攀升,至 1997 年达到第一个高峰:原属联邦德国的各州为 10.8%,而五个新联邦州的数据几乎翻倍,为 19.1%。随后十年间,失业率始终保持这一水平,2005 年达到历史峰值 20.6%,之后才逐年下降。① 历史数据充分佐证了 20 世纪 90 年代至 21 世纪第一个十年德国经济模式失效的现实。在经济大幅下滑、失业率激增的社会背景下,青少年,尤其是来自民主德国的青少年,发展前景十分暗淡。

在首先体现为经济体制和生活发生巨变的历史发展进程中,政策的效应与其他要素多重夹击,形成了失业潮中的所谓"失败者"。这些人被迫面临公共生活的沦陷,人际交流关系、物质生活基础乃至政治信仰失去的困局,尤其直观的是在职业生活中失去了最基本的持存条件,因此遭遇了生存与精神层面深刻的危机。他们在舒尔策的作品中,成为一种典型的角色类型。

《手机》第四个短篇《加尔各答》中的男主人公已经失业。他曾参与核电站修建,但核电站建成后,遭到辞退。原因在于公司内部的党派之争(H 52)②。大企业并不把员工视为核心财富,只追求利润,公司高层则忙于勾心斗角,只想着如何维护自己的地位。一个受过高等教育、有参与建造核电站履历的建筑师就这样轻易被辞。而本应给予切实帮助的劳动局,施行一刀切懒政,给主人公介绍的是一个送报纸的岗位。表面成熟完善的失业保障体系,并非以人为本。

在《简单的故事》中,古巴人奥兰多,一名拥有哈瓦那大学和德累斯顿科技大学毕业文凭的机械师,在转折期颇不景气的经济形势下却当起了

---

① https://www. destatis. de/DE/Themen/Wirtschaft/Konjunkturindikatoren/Lange-Reihen/ Arbeitsmarkt/lrarb003ga. html.(2022‑7‑1)

② 所引文字,以作品缩略语"H"加上相应页码的形式,标示在本论著中。Ingo Schulze: *Handy. Dreizehn Geschichten in alter Manier*. Berlin: Berlin Verlag, 2007.

出租车司机,且在出车途中被一个醉汉刺伤背部。刚刚伤愈,他就去求出租车调度员帮忙安排工作,但后者托说爱莫能助,并建议他去拜访曾承诺提供工作帮助的州议员霍利茨舍克。然而这样的建议也注定起不了作用。因为他的遇袭受伤,也只是成为霍利茨舍克在选区树立人望的作秀工具。这位议员探望、送花,相关探访消息如期登报,但他对奥兰多的工作承诺却始终不曾兑现。

在失业之外,我们还看到了改行培训的典型情景。市场经济的全面铺开对许多工作岗位提出了新的要求,转折期的劳动力市场迫使人们为了就业或重新就业而参加转行培训。马丁·毛伊尔与安德里亚的经历颇具代表性:一方在莱比锡大学的助教职位未获续聘,一夜之间没有了收入;另一方同时也不得不经历会计的转行培训(SS 42)。德国统一后的融合进程,如果说联邦德国西部各州民众付出的更多是经济的代价(例如支付统一税和对新联邦州的各种财政补贴),那么民主德国民众面临的更多是生活方式和意识形态的颠覆。他们无可幸免地被裹挟进这场巨大的历史与社会变局中。他们为了融入新形态的经济生活模式而不得不放弃或被剥夺原有的生活与位置,从头开始的学习并不能保证他们转型成功,更多的人再也回不到原有的社会位置,甚至失去了自我身份与维持基本体面的生存空间,因为他们赖以生存的心理、精神、物质和社会基础已被抽空。

马丁·毛伊尔的故事,在舒尔策这里,是知识分子身份发生逆转的一个类型,尚可细加挖掘。毛伊尔因为自己的教育背景,在两德统一后大兴土木的新联邦州失去了用武之地。这位被大学解聘的文化史博士,先是找到一份旅行推销工作,之后辗转来到斯图加特,身穿一身可笑的戏服为一家快餐店派发传单,而没过多久,又莫名其妙地被一个行人揍了一顿。事情的原委只是"我只说了总说的那几句话,没说别的。[……]那人不喜欢我的口音"(SS 310)。民主德国时期的知识分子在转折期沦落到只能在街头分发广告,而不能人尽其才地发挥自己的作用,在职业生活中遭遇严重错位,而且绝非个案。这种由职业生活引发的思考,当然也只能指向造成这种常态性生存困境的社会现实。舒尔策一再以这类受损害的角色来呈现东部的生活世界,是在展现他一贯性的社会批判态度与认识。他非常关注转折期及其之后社会整体发展过程中严重的社会不公等问题。

　　因此,舒尔策区分性看待"失败者",并在这种区分中表达了他对社会环境的诘难。他认为,英语中的"loser"("失败者")一词更多是指个人层面的失败,原因往往在于他们自身;而德语中"Verlierer"("失败者")的失败,则主要是因为社会因素。转折期经济至上主义和全面私有化等问题正是造成失败者,尤其是极端的失败者①越来越多的原因之一。从更大的范畴看,德国东部的民众在集体主义经济向资本主义逐利模式转变的过程中,不得不经受生存空间受蚕食、遭损害甚至毁灭的困局。

　　在一个更细的层面,舒尔策还提出了"幸福的失败者"②概念。具体所指为遭遇了常人所理解的损失或失败却不自知的"幸福之人"。在《简单的故事》中,年轻天真的金发女招待康妮爱上了来自联邦德国的地产开发商亨利。一天晚上,醉酒的亨利将康妮带到公园并强暴了她。毫无温存的粗暴过后,亨利在康妮身上睡去。失去了尊严的康妮明知自己被强暴,却依然天真地幻想着与亨利结婚生子,在那一刻,这个"不幸的天使"(SS 29)或许是幸福的。舒尔策让来自西方的亨利以暴力征服民主德国姑娘康妮,似为一个隐喻,喻指两德统一过程中的简单粗暴以及合并伊始许多民主德国民众对未来幸福生活的天真向往。只是故事中康妮的结局,显然不符合常人理解的幸福。亨利在那个夜晚之后离康妮而去,日后成为一名成功的开发商,没有人追究甚至知晓他这一阴暗的过往。康妮工作的酒店倒闭,她失去工作,辗转多地,最后在一艘游轮上找到了自己的岗位。在这里,"胜利者"亨利与"失败者"康妮的故事,可谓两德合并过程中的一个缩影。

　　前面已分析过的马丁·毛伊尔,从某种程度上也可被视为幸福的失败者。从其人生经历看,他是饱经磨难:自己失业,妻子早逝,养父发疯,生父逃往联邦德国。但即便是后来在一个临时工作岗位上遭遇了侮辱,他也没有丧失理性或是自暴自弃。他没有选择向雇主求助,而是决定离

---

① Ingo Schulze: "Das Wort für die Sache halten. Über den Begriff 'Verlierer'". a. a. O. , S. 308.
② 极端的失败者(radikaler Verlierer)自我封闭,在社会中被彻底孤立,饱受幻觉困扰,哪怕仅仅因为安全的原因就会失去现实的体验,感到被误解,被威胁。Vgl. Ebd. , S. 289.

开他遭受侮辱的地方,去往远方:"不管怎样,我和马丁的步伐渐渐一致。直到我们离开步行街,也没有改变步伐。"(SS 313 - 314)在这一刻,马丁·毛伊尔似乎还是保持着自己要保持的尊严,甚至还怀有一种向前的勇气和希望。

对这些命运多舛者、别人眼中的失败者,舒尔策是怀有深切同情的。他在评价格林童话《幸福的汉斯》同名主人公时所表达的观点,颇可印证他的态度:"人们可以把汉斯叫作一个幸福的人,一个笨蛋,一个傻瓜或是伪装的智者,但我不想称他为失败者,哪怕是一个幸福的失败者。"①在舒尔策的文学世界里,真的存在失败者吗? 在体制与历史剧变的洪流中,在无情的金钱游戏里,在自由主义表象掩盖下的弱肉强食中,那些遭受困厄甚至痛苦的角色依然认真甚或天真地生活着。也许,他们按照自己的理解与愿望,不算是彻底的失败者,尽管像马丁·毛伊尔这样的角色,想去远方,却没有人知道他那个越远越好的远方到底在哪里,所承载的希望又是什么,也就是这里面显然存在未知和茫然;或许,舒尔策还是温情地不想将这些来自日常世界的平凡人描述为真正意义上的失败者,因为经济上的失败与困境固然是很严重的事,但对于舒尔策来说,这还远不是他针对角色世界的全部赋予。

虽然舒尔策的文学世界里频现失败者形象,但作家也有在钱的关联中塑造"成功者"的时候。不过,他不是为了简单地形成对照,而是转折期及其之后时期变化的社会现实促生了这样的用笔。变局之后的社会并没有呈现如民众所期待的蓬勃发展局面,也未能真正实现社会和经济公平,财富分配的不均衡状态尤其明显。

《彼得·霍尔茨》中的霍尔茨,可以说是一个在财富积累上登顶了的人物,只是他的角色色彩实在丰富,恰恰在钱的线索中以其烧钱的行动来展现其对钱及其权力的否定性、反讽性态度。在《手机》广受好评的短篇《除夕夜的迷惘》中,主人公莱谢特显然也是一个"成功者"。这个事业有成的年轻人,原是德累斯顿工业大学学生,后经营打印店,生意随着"新论

---

① Ingo Schulze: "Das Wort für die Sache halten. Über den Begriff 'Verlierer'". a. a. O. , S. 289 - 290.

坛"的崛起而日益兴隆,且在 20 世纪 90 年代后大幅扩张,击败了其他竞争对手。但这个角色,依然如霍尔茨那样对自己的成功不以为然,表现出一种冷漠甚至厌恶的态度。这个第一人称叙述者说:"我知道我在说什么。那时人们真的觉得我很酷,从生意上说确实如此。我从来不想要什么成功。您知道吗? 我从来没有因为真心实意的信服而做过我所做的一切。"(H 187)只是他没有像霍尔茨那样断然地来一场烧钱的表演与宣示。他只是沉湎于与挚爱分手的痛苦,并在千禧年派对那种混乱而赤裸的男女交往关系中发泄自己的欲望与内心的不宁(H 193)。也就是说,这些经济上的成功,在当时整体的社会环境中,并不能提供归宿性保障,相关角色,总是"失之东隅,收之桑榆"。经济至上主义大行其道,社会不公平、不公正地单边发展,更兼历史剧变带来的心理、信仰和社会关系断层,因此处在这种社会背景中的角色,即使因为时机获得了一度的成功,也依然会遭遇困境。因此,莱谢特虽获得职业上的成功,也仍然如霍尔茨那样对成功本身抱有强烈的怀疑,甚至在面对自己和社会时有更多否定性纠结。也就是说,在舒尔策笔下,所谓"成功者",也正如"失败者"角色那样,注定在非常不确定的历史语境中显出复杂的心理、情感、观念和行为特征。

第三节　市场经济规则与经济自由

一　市场经济规则

在《手机》倒数第二篇《在博里斯家的一晚》中,舒尔策借小说主人公"我"在电话里听到的一个故事,展开他对理想社会经济模式的讨论。这个第一人称叙事者转述德裔美国人鲁迪格尔的观点道:"[……]社会主义是唯一正确的。人们必须帮助穷人,同时拿走富人的一些东西,必须对民生企业实行国有化,因为国有企业永远都比个人垄断要好。"鲁迪格尔赞颂社会主义体制,实际上针对所处的资本主义体制展开批评,因为他看到了私有制之下的垄断、社会分配不公等问题。他甚至正告:"我们的生活方式和其必然导致的腐败行为会将整个世界拉入深渊。"(H 250)角色的政治经济学观点，与舒尔策颇有些相合。在后者看来："经济水平的不对等势必导致弱势方自由的缺损。不仅仅是苏联、民主德国或是现在的东欧，资本的寡头化是西方社会都束手无策的发展趋势。但这样的趋势是极其危险的。没有社会公平就不存在政治自由。在历史长河中，社会市场经济是唯一想要将两者结合起来的尝试。[……]而随着柏林墙的倒塌，自里根与丘吉尔的政策以来脱缰野马般发展的资本主义成了毋庸置疑的模式。在东、西方世界的鸿沟不费一兵一卒终结之后，西方世界错过了宣传并实践自由与公平的相互统一的机会。"①舒尔策认为少数人占有多数人的财富是极其危险的趋势，如果民生事业全都私有化，那么企业关注的将不再是人民的福祉，而只有如何获得利益最大化。他尤其关注社会公平问题——这也是他一贯的态度和认识。他也非常警惕资本的操控作用与全面私有化的危害："如果医生们必须像商人一样经营，那就不要惊讶于高昂的健康支出。如果股市投机盈利，那么银行经理和股票持有者会变得非常富有，但作担保的却是全体民众。[……]我们为什么要把未来托付给那些把风险分摊到全体人民头上，却把盈利独揽的人手中？盈利私有化，损失却被社会化。"②毫无疑问，这样的资本主义经济体系不符合民众的根本利益。那么究竟怎样的经济秩序才是符合广大群众利益的呢？舒尔策认为，1947 年社民党的《阿伦议案》中就已阐明："这一社会与经济新秩序的内容与目标不能再是资本主义的逐利与弄权，而是我们民众的福祉。通过一个共有制经济秩序（gemeinwirtschaftlich），德国人民应当拥有一个呼应人类权利与尊严，致力于搭建民众精神与物质世界，确保人民内心与外部和平的社会宪法。"③很显然，舒尔策思考经济体制与发展模式问题，核心出发点是民众的基本权利与尊严。

在《彼得·霍尔茨》中，一个非常重要的内容也是涉及理想政治理念与经济模式的探讨。霍尔茨是在商人泽尔格作为生意谈判策略提出的经济思维基础上，展开自己的思考。他就市场与市场经济的问题，向他一度

---

① Ingo Schulze："In der Grube. Über die Zukunft des Kapitalismus". a. a. O. , S. 282.
② Ingo Schulze："In der Grube. Über die Zukunft des Kapitalismus". a. a. O. , S. 285.
③ Vgl. Ebd. , S. 286.

在基督教民主联盟的朋友勒弗尔提问,实际上是问自己,在推动自己面对无处不在的西方新刺激进行思考,或是借助与勒弗尔这个也同样有西方背景的重要角色讨论的机会来表达自己。他说:"通向在其间每个人自由发展成为所有人自由发展前提的社会的道路,也就是通向共产主义的道路,不必像我们过去曾认为的那样经过社会主义发展阶段,而显然比假设的更长久地要经历资本主义阶段,是不是?"(PH 456)也就是说,霍尔茨考虑市场和市场经济,是与过去对共产主义的信念和现在对其实现路径的再思联系起来的。反之,他一直放在心中的共产主义在新的历史条件下,或至少他表面上再次回到所由自的信仰传统和基本价值框架时,也核心性地与市场和市场经济联系在一起。这是一个有关道路问题的现实性思考。他循此路径继续思考相关问题,说他所关心的,是如何在市场条件上实现他们的大目标。市场在他看来也完全可能步入歧途,只要人们还想着钱、想着使钱增加。但他说他还是正面看待钱,当钱促进交易关系的时候,交易关系是与人性渊薮相抗衡的支撑点(PH 457)。霍尔茨还追问如何面对与市场相关的问题。而勒弗尔也给出了自己的解决方案。他说需要规范来控制钱,尤其需要人来制定这些规范,更迫切和更难的是找到能选出这些制定规则之人的人(PH 457)。毫无疑问,勒弗尔也是一个实践者,了解当时在东部的状态和问题,知道破局可能性。

二 房屋的经济自由

在《彼得·霍尔茨》中,霍尔茨经济上的发迹,很重要的一个环节,就是他某种意义上是被强行给予的这些本属于民主德国社会与集体的财产——房子。在这里有一个象征性的提示,作为东部财产的房子,最后让霍尔茨慢慢在渗入进来的西方市场经济规则的指导下获得他财富的基本部分。同时,在角色世界里,也正是因为房屋的经营,不论是作为出租业务,还是转作画展场所,甚至有个别地方最后成为半公开的妓院,舒尔策在获取财富的道路上进入生活的多个层面,在思想成长的过程中认识和反思他所在的世界。

在小说第六部的第六章,霍尔茨因为受伤住院七个月,终于从医院回到家。他回家的消息在租客中传开。他们要作为房东的霍尔茨为他们买这修那或者实现其他允诺(PH 286)。还威胁说,他们有律师,律师精通联邦德国租赁法,这些法律不久也会在他们这里实施(PH 286 - 287)。后一句点题时代氛围,提示联邦德国在法律上也已介入。霍尔茨作为房东的经济生活角色,一下子就面对这些租客和与特定时期租赁关系相关的经济、社会生活,承担与这个特定时期的变化相适应的责任。

而实际上,霍尔茨准备转化这种责任形式。关于房子的去向,他差不多一直有自己的打算。他告诉泽尔格将送出那些其中有租客住的房子,先送 11 幢,他们自己住的房子则留着。他认为,多了也不能同时住,但朋友需要或是无家可归者需要住处,再者,这些房子当初也是他受赠而得,他做了他能力范围内的事,现在该其他人操心了(PH 381)。房子这样的资产,霍尔茨似乎一直视为负担,尽管有泽尔格试图以经济生活的方式开导,而霍尔茨仿佛也受到了触动,但他态度、观念和行为的基本面未变。他认为这么做,是尽责任,是为了公正,是为了个人和社会的幸福(PH 381)。泽尔格一方面肯定他的决定并表示尊敬(PH 381),另一方面也不希望他脱手那些租客:"房子托付给你,是因为那些房屋拥有者既因为政治、经济情势也因为年龄而将他们不动产完全性的废墟视为是安全的,而放在城市手中,是不能指望有什么改观的,你就肩负起这一任务吧,你也不指望盈利。相反业余时间投入劳动,把你别处挣的钱也投进了这些房子里。"(PH 383)泽尔格有意追求霍尔茨养父母家的女儿,也就是霍尔茨的姐姐,加上是他朋友兼经济观念方面的引导者,不排除恭维的成分,但无意间也指出了霍尔茨与房子的真实关系。当然,他从租客们身上还是收取租金的。但他表示,他从未将房子看成自己一个人的财产,认为是人民的财富,而且不认为房子以前的主人该收回房子,而应属于在里面生活和工作的人(PH 384)。只是泽尔格认为将房子送给租客,犹如彩票中奖,非但不能给他们带去幸福,反而会带去灾祸(PH 385)。但霍尔茨不认同,他认为私有财产会促发人身上的恶(PH 386)。也就是在霍尔茨看来,这些房子留在他手中,就相当于私有财产。这是本质性的,是他的根本逻辑所在。他在这里,也表现出对私有财产的警惕,而且其中的思想根源一定来自他所生长的环境。内中的认识和观念已根深蒂固,有一种集体的精神,而且是一以贯之的,而不是只表现在一时的口头体会。

在房屋的问题上,西方视角也影响着东方的角色。泽尔格觉得他应负责地对待他受托付得到的房产,应修缮这些房子,应为建设这个国家作出自己的贡献,而不是逃避自己的责任(PH 386)。很有意思,就像在生活中的很多方面,霍尔茨在成长过程中得到教益提示的,总是来自外部、西部,例如来自基督教民主联盟,或来自在民主德国处于地下状态的宗教活动,或是负面、压制的经历。显性地看,未见正面的来自所在制度传统中的人和事及规范所起到的显著引导作用。

这里发挥劝导作用的是一个来自西部、拥护资本主义的商人。他说为了美好的生活、为了更好的生活必须工作(PH 386)。要认可人的本性,要按生意原则行事。不要这么孩子气行事,协商事情要做到互惠。这是这个世界上最好的原则了。这意味着自由,我们人类可能的自由。这意味着公民权,对各民族的尊重,尤其是意味着保护财产的法律(PH 387)。他甚至劝霍尔茨承认自己的罪责,说他曾经是为错误的制度效力,他是在妨碍人类的发展,他还年轻,以热忱和投入能弥补所错过的东西。"将生意关系宣示为你行动的基石吧! 只有这样才能成功捍卫人类的价值,因为只有我们的市场经济才是按照人的成就,而不是按照出身、肤色和喜好评价人。"(PH 387)这个西部的平凡商人,几乎是全面地、凌厉地将他们的价值观、制度认知和优越感,以及出于政治、经济原因切入时的要求,向霍尔茨这个东部似乎最东方又尽管出于东部内心其实也颇为西方但总体处于矛盾张力之中的角色倾泻而下。泽尔格犹如在宣教,大篇幅地为资本主义的经济思维、原则和之后的价值逻辑大唱颂歌。泽尔格的核心观点就是,经济的自由是政治自由的必要条件,但经济自由并不是政治自由的充分条件,然而,没有经济自由一切无从谈起(PH 388)。他要霍尔茨"擎起经济思维、自由和独立的火炬"(PH 388)。其核心实质里的几个要素,至此已全面呈现。泽尔格批评霍尔茨抗拒显见的东西,内心里盘旋的还是那些旧的精神(PH 388)。他认为,经济学严密如物理,是客观的,只要理解它即可,然后就不再有危机,不再有经济衰退,而且可以让人期待持续不断的永久的增长、全人类生活的逐步改善(PH 389)。他还认为,没有什么比钱是实现公平的更好手段。以钱来买卖,人们彼此尊重,怀着互惠的信仰信赖彼此,是人们最佳的选择(PH 389)。他为钱、经济的要素和手段、交易/利益原则,为可能开始的新的经济、政治和社会生活运作方式,乃至对其中所包含的西方价值观(如所谓自由、独立和幸福等)大唱赞歌,甚至为美国大唱赞歌。他说美国是唯一一个准备为了他人的自由而流血的国家(PH 390)。泽尔格出于其固见,标签性地认定霍尔茨所经历的是一个失去的时代,在他心中翻腾和固守的是旧的观念和精神,他所在的东方从经济层面看是相信了假的经济学家(PH 389),没有经济思维,没有经济自由这样的必要条件,而且,炫示地认定正在和将要生变的社会格局无限美妙,也就是说西方社会将在此投射或延展,而霍尔茨应当且可以为之发挥共同塑造作用,应拥抱之。

泽尔格对经济要素、原则、规律等的膜拜,对其中的价值观判断,在他慷慨陈词的全过程中,尤其是后段,都含有作为胜利者的洋洋自得和历史终结论那种狂妄的乐观主义。而实际上,泽尔格口中这一大套说辞,正是舒尔策在他自己比《彼得·霍尔茨》面世更早的一系列随笔和讲演中,针对资本主义条件下经济原则的偏颇和严重社会后果等,所具有的反复、连续而深入的揭批。也就是说,舒尔策在非虚构文字中集中、体系和矛盾地展现在历史突变期、事关经济问题,以及东、西方体制思考的重要观念、话题和主题,但在文学叙事中只集中地将来自西方的相关论调推到了反讽的极致。作家让泽尔格这个在不同交际场合有两个不同名字的西方商人自我表演到极致,然后在其慷慨之后,拆解性地以"为好生意干杯"的称庆来作为嘲讽性的收束,也就是没有让其中的观念和主题显出本身多么华丽和庄严,或者相关交锋多么热烈,而只是让观念的呈现成为一种表达的方式,话语和观念的花招或似乎高大的话语表演,而且非常现实地成为和只成为生意沟通的一部分。泽尔格要霍尔茨用房子作为抵押,也就是不能送给那些租客,而要用来给奥尔加的信贷担保,为她作为人类存在最高表达的艺术建一个亭阁,也就是建一个画廊。泽尔格与霍尔茨达成了这笔交易(PH 391)。

舒尔策尊重文学叙述里霍尔茨这个角色发展的需要,非常克制地让作为交流或在场另一方的霍尔茨,有因未意料到而产生的惊奇,有为自己的辩护,但整体没有激烈的辩驳。而且,霍尔茨在做生意的层面至少是暂且被说服了。他顺利地由之转入经济生活中另一条发展轨道,也符合西方首先以经济要素突入阵地和民主德国社会转折期关于所谓新生活的想象。在这一发展阶段,经济要素已在霍尔茨的内外部关系中占据前台,政治的激昂,以及信仰问题的纠结和选择,一时倒显得不能重要了。

霍尔茨在生意上继续向前。泽尔格鼓励他应用"生意思维",这在他身上立马产生了"奇迹"(PH 392)。他感到自己又能与周围的世界和谐相处了,满是行动和做事的干劲。

霍尔茨决定为了租客,也为了大家,借助信贷修缮房子和套间。然后,他又想将赚到的钱尽快花出去(PH 409)。贝埃特不认可计划。但霍尔茨坚持自己这么做是对的。看得出来,霍尔茨在所谓信仰选择、过渡期之前和之中,以及短暂卷入党派政治生活之后,所关注的是顺应并推动新的经济生活。他还为科贾辩护,说后者知道私有化的规则即将推行,整个国家将要私有化,企业、住房、银行甚至土地都要私有化。他说,他们应当让自己的人民富起来,他们需要自己的富人(PH 412)。贝埃特对霍尔茨显然怀有疑虑,这里面潜藏着舒尔策对霍尔茨状态的把握:"说真的,彼得,我怀疑,是否该向我们的人提议给你放贷。你不能以你共产主义的观念去推动资本主义的发展。"(PH 413)霍尔茨却表明他接受得了泽尔格也就是萨沙的影响,甚至认为,为了改善所有人的生活,只有生产资料的私有化一途才能实现(PII 413)。在作家的安排中,与霍尔茨在思想和行为逻辑上有关联且能施加影响的人,来自两种背景系统。例如萨沙,应当是东欧背景,但假道西方的体系,来到东部推行西方的观念和经济生活逻辑,而这个科贾,本是苏联背景,随后为官员的父亲来到民主德国而进入当地的生活,偏偏也认同私有化。这种背景似乎也提示着他所自背景社会的所谓新思维。

非常有意思的是,舒尔策在钱的问题上,让霍尔茨在变化后的社会现实里经受成长中另一种观念与原则的磨砺和引导,且以此调节与他人的关系,特别是让他在同社会产生的联系中,在与自身观念较量的过程中,结合与钱、与资本、与财富相关的房子,还有其他经济生意,表达、展现自己。

房屋在这里作为霍尔茨财富积累的基础,在经营理念和策略发生改变后，成为主角赚钱的利器之一。关键一点是，它作为一个顺应外部环境与规则变化的成功实践平台，对主角其他的经济活动具有启发和带动作用。至《彼得·霍尔茨》第九部，虚构现实中的情景已设置在 1994 年。霍尔茨仿佛真接受了泽尔格的那一套经济逻辑，与泽尔格沿湖滨之路散步，已是实际生意经的深入交流（PH 472）。而且，他现在不再想到摆脱钱，而是想用钱创造一点新东西，想建一点对整个社会有益的东西（PH 473）。在经营发展的链条上，他出租了他的房屋，通过房子深深卷入变化了的经济生活。其中有一个本属日常却还是引人关注的例子：霍尔茨本想送给他情人莉莉和男友的套间，被后者用来经营妓院性质的生意。他们给他丰厚的租金。但霍尔茨不愿接受，说这对他是一种侮辱（PH 507）。他的意思是对方没把他当作朋友看待，而他不但是租金不愿受纳，甚至连租出的房子也要一并奉送。只是他究竟并未奉送。此外，他还买下了白炽灯灯具公司的一半，将之改建成一个羽毛球运动中心，开辟了一个新财源。银行在以信贷方式不断帮他，先帮他解决了房屋信贷，而且在购买白炽灯灯具公司问题上提供支持。那个颇为宏大的"霍尔茨公司"，也在运转了（PH 464－466）。

我们进一步地看，也是顺着霍尔茨的发展轨迹看，房屋作为霍尔茨接受西方观念但对之有所辩驳性延展的思考抓手，呈现了霍尔茨这个角色的新层面：经受了且在某种意义上似乎也颇为享受多种来源的思想冲击。

从房屋及其相关问题的讨论与实践呈现看，舒尔策在虚构现实的营造上，始终很专注经济与政治如何对历史变局作出反应，以及如何适应或抵抗的问题。也正是在这个维度上，他将这一环境中的霍尔茨作为环境及其变化的产物，也作为环境的挑战者，过程性地描述和揭示出来。正是在展现角色思想发展并借此外在与内在其他条件探索存在方式的意义上，我们看到了舒尔策在霍尔茨不同层面塑造的用意。

但后续的命运性安排，还是让霍尔茨决然选择了烧钱的表演形式与行动，最后直接否定了钱的逻辑，也就是资本主义社会发展中核心性的经济原则。而且，霍尔茨所接受的私有化观点等，正是他同样在随笔中一直在大力抨击的对象。但是，我们的确能理解，在角色的世界里，舒尔策让霍尔茨不能回避地处在政治与经济扭结、社会主义历史和资本主义当下杂糅在一起的状况,而试图去探索一种可能的"'为我们存在'的生活"①,也就是获得作家笔下一众人物竭力去获取的"幸福"或"有意义的生活"②。

第四节 西方进入东方

弗里德里希认为,"东方让舒尔策感兴趣的程度,远低于西方"。作家"似乎对西方有一种非常的亲近感,以致会让人猜测[……]他是对抗性地远离西方的"。③ 舒尔策对待东方的态度,其实与兴趣大小无关。东方就像西方,在他是避不开的现实世界与文本世界。他多次表达对东方的批评态度,在转折期的现实生活中一度还曾参与相关政治活动,而且在文学作品中是在西方切入进来的这么一个大框架下,展现东方于个体复杂的作用力与意义。弗里德里希谈西方于舒尔策的矛盾性关系,倒是颇为切合实际,而且还准确地点出了他对西方的态度:"不是作为给定的自然的秩序来感知,而是作为一个非常可疑的事物来对待[……],或者也可以是另外的样子。"④舒尔策在采访中,在自己的随笔中思考西方问题,尤其是其本质性的经济逻辑问题等,表现出一种强烈质疑和批判的态度;在多部重要的小说中,西方也一直是其讨论的最核心问题之一。他的意识形态探讨及其姿态,同样正是从此间——当然也包括了从东方问题中展现出来的。这之间一个有意味的提问,正如《新生活》主角图尔默在大病且也似乎大彻大悟之中所凝思的,体现为:"西方以怎样的方式进入我头脑?"(NL 131)

在舒尔策笔下,西方进入角色们的头脑和生活,固然像在《彼得·霍尔茨》所设定的场景中那样,著名政治人物(如赫尔穆特·科尔等)直接纳入虚构现实中到访德累斯顿,或基督教民主联盟等西方党派在东部由暗转明地建立组织、开展活动并参与竞选,或是在隐蔽或公开的多样集会中

---

① [匈]阿格妮丝·赫勒:《日常生活》,衣俊卿译,重庆:重庆出版社,1990 年,第 287 页。
② 同上。
③ Gerhard Friedrich: a. a. O., S. 153.
④ Gerhard Friedrich: a. a. O., S. 153.

大谈自由、民主并与西方联系起来。更多的是体现为日常生活中而且首先是经济生活视角下的点染性呈现。

在角色交流与行动所带出的场景中，政治层面的虚假和傲慢姿态，多有呈现。例如，主角霍尔茨参加竞选大会时与施罗德的交往和交流，乃至东部民众欢迎西方政治家时那种根据当时的氛围所采取的姿态和他们所得到来自西方允诺时的情景。但点题性的还是勒弗尔在霍尔茨面前所提及科尔的傲慢："科尔从美国人那里回来后总是说，他们那个作派，好像赢了第三次世界大战似的。而科尔的姿态一模一样。他是胜利者，他不允许有任何怀疑存在。"（PH 456）这个议论由勒弗尔这个很早就选边资本主义、德国东部的既得利益者与当权者说出来，是很有意思的安排，非常清晰地或者也是不得不点出了以政治家为代表的西方如何进入东部的一个姿态和展现在世界面前的态度。这也正是舒尔策在其随笔中反复批评的"历史胜利者"姿态在虚构现实中的折射。

在日常层面，对西方的感受、认识和想象，更为丰富、细致，而且在细微处更能凸显西方在东方的诱惑力及其问题。这些类别的角色在现实中，也更真实地在经济生活等构架中，构成了东部在特定时期的日常：

（1）作为西方权力的代表，借助政党或党派的力量，包括基督教民主联盟在内的这类西方传统党派，以组织建构的形式进入东部，从而切入并强烈影响民主德国的过渡期乃至从政治上一定程度上重塑了东部重新统一后的生活。

（2）那些以西方商人、投资人等形象出现，也就是以西方资本的本质面目出现并介入东部经济和政治乃至情感空间等的生意人或金主。典型的如《新生活》中来自西部的那个志得意满、有指点江山气概的报业控股人巴里斯塔。还有像泽尔格这样的西方商人，他进入东方后，某种程度上成了霍尔茨在经济思维和市场经济原则观念上的启引者，而且也是霍尔茨在新历史条件下经济实践的支持者。同时，他也利用当地的房屋资源等，并通过影响霍尔茨，介入和深深影响东部的经济生活。

泽尔格以生意上宏大的计划来影响和塑造霍尔茨。他畅想道："白炽灯灯具基地将建成德国最大的整体艺术品，霍尔茨城，一件建筑杰作，集纳世界上所有大品牌、最好的餐馆，配以游泳池、健身中心、健康中心、保龄球馆、儿童看护中心、大大小小的影院,再配上图书馆、迪斯科舞厅、夜校、剧院、音乐厅,再配以很多住房、轻轨站、地铁站和地下停车场[……]"(PH 501)也就是吃穿住行、娱乐与学习等一体化,建成集成性超大工程。在具体的物质层面之外,也在这种垄断性物质把控和由之展现的独占性权力运作之外,他还在精神层面有所寄寓。他希望每个人在那里都有家的感觉,那里是大家共聚的地方,其屋顶上要标志性地设置一个更大、更漂亮的世界时标准钟(PH 501)。这份宏大与热切,似乎要将世界的经济生机全为霍尔茨包揽下来。泽尔格不经意地、实际上是有意识地引导霍尔茨进入宏阔的经营想象。后来的情节线索表明,霍尔茨接受了这一宏大构想,的确计划在白炽灯公司的地盘上建设一个一体性大型霍尔茨城(PH 514)。

(3)在民主德国时期属于被剥夺对象而逃离西方,大抵失势,但重新统一后似乎满血复活,虽有一份自省和收敛意味,但架不住回返德国东部曾经的生活空间后渐渐极为热烈的膜拜氛围,而俨然王者归来。事主那种装腔作势,民众那般虔敬而狂热、强烈的印象,却如刻如镂地透亮了当时的生活与情绪氛围,如《新生活》中那位已瘫痪要抬着前行的流亡太子;像卡齐米尔这样的艺术家,在东部受到艺术家和粉丝圈的欢迎,在滞留逾期过后又复返东部(PH 135);还有著名歌剧演员奥托等从美国归来,其相关行为姿态和受到欢迎的情景,都带出了特定历史时期与西方交集的气氛和某些本质特征。此外,在转折期的东部日常生活中,也存在奥尔加这样的角色,离开与归来似乎都是出于一己需要的必然和平常,但对西方怀着骨子里的认同和对所来处的对比性否定。当然,我们也需提及《新生活》中主角图尔默的妹妹,去德国或奥地利生活多年,最后穷愁归来;逃亡西方、艰难支撑,但怀有未来微薄希望而甘愿平庸踏上归途的普通劳动者,如霍尔茨的母亲。他们同样也带来了有关西方的信息,但更重要的是他们于过渡和转折期在东、西方比较视野中怎样介入变化之中的社会现实,尤其是经济生活。

(4)而更典型的,是民主德国环境下和民主德国转折期中那些在德国东部家人于朋友记忆与物质维系关系中保留的细节和特质。例如同学父亲拥有的西部名车在住宅门前气派地闪光;祖父母或其他亲戚从西部寄来的巧克力在关于童年的记忆里散发着醇香,带来的玩具和衣物让图尔默这样的角色在班级同学中自感高人一等(NL 134),或者干脆感到自己就是一个"西方的孩子"(NL 133);或是在《简单的故事》和其他作品中突然不再被禁止了的前往西方的旅游和探访者。

来自西方的口香糖、香水和其他小件物品,乃至于汽车,均属于日常物件,却在东部语境中,常常有意味深长的反应和激发。下面的几个场景意味深长,值得细究。

场景 1 《三十三个幸福的瞬间》中,在塔斯社担任门房的一名老年女性热爱文学、敬业负责、热情好客。某天交接班时,她意外发现一个包装精美的小盒子,同事明确告诉她,"这是给你的"(AG 40)。老人打开盒子,映入眼帘的是包裹在一团玫红色棉花里的一个深色小瓶,这是她此前从未见过的。她惊喜、爱不释手,迫不及待地将小瓶内的香水轻涂在颈部、耳后和脉搏处。沉浸在迷人的香气中,她微闭双眼,听着悠扬的曲子,不禁轻声哼唱。这小小的一瓶香水让她感受到前所未有的幸福。然而,随着大门当啷一声被打开,这岁月静好的场景戛然而止。摄影师冲进来,把香水盒连同玫红色包装纸和蝴蝶结一同抢走。老妇人随即大怒,扑向摄影师,与他扭打在一起。此时社长出现在门口,试图喝止两人。摄影师声称这瓶兰蔻香水是他给妻子买的,他只是想拿给老妇人看看而已;老妇人则结结巴巴地一再强调,香水归她所有。最后,社长用力掰开老妇人的手指,香水瓶被打翻在地。老妇人承受不了打击,晕倒在地,随后被送回家,此后再未出现。

一瓶如大拇指一般大小的法国香水,竟阴差阳错成为这名老妇人珍视的幸福瞬间,却迅速引出一个暴力的场景,甚至有可能发展成一场真正的人生悲剧。舒尔策此刻的笔调是沉重的。另一方面,我们也看到,作家在以曲笔揭示,法国香水这种典型的西方日常要素切入东方后,那一时的陶然中,民众对西方至少是在物质层面怀有一种趋附的心理。

场景 2 在放学回家的路上,同学安德烈亚斯分食的口香糖,也不经意或不可避免地与西方挂起钩来。这是同学的大表兄从西方带来的礼物。"真正的美国口香糖。"(PH 88)这种表达口吻,在《新生活》中已是大规模采用,用以赞颂西方和表示对西方的向往之情。但在霍尔茨这里,却遭到了抵制。当安德烈亚斯吹嘘这样的口香糖在西方也颇为珍贵的时候,霍尔茨拆解地说:"他们可真会动用一切手段从老百姓口袋里掏钱啦!"(PH 88)在这一场景所在的第九章,作家在章节提示句中就已不失诙谐地提及霍尔茨"又一次处于与阶级敌人的对垒中"(PH 88)。舒尔策描述霍尔茨的成长,常常是在与西方形成体制、财富、姿态和心态对比的格局中让主人公以一种辩驳、争胜的姿态展现和行动。这种安排颇为贴切,既出自日常,又符合主角心理、情感和思想的发展逻辑。当然,这里的口香糖之辩还只是预演。

场景3　在过渡期,图尔默的邻里们纷纷脱去伪装,有人承认自己长期以来就是基督教社会联盟某政治家的粉丝,有人谈起丹麦,谈到终于能与她们在那里生活的堂姐妹通信了之类(NL 52)。渗透入心理层面的细节也涉及对西方礼物外包装的处理方式:连那些吃完后剩下的盒子和罐子也没有被丢弃,而是放在地下室里用来盛放钉子或螺丝,但这并非是为了节约,而是特别要用以"提示那些幸福的节日与西方"(NL 136)。也就是说,西方并未因为柏林墙典型的阻隔作用等,而没能进入德国东部百姓的生活,反倒是常常在不经意间,或是被有意宣扬地,植入寻常人的感悟和对比认识中。

场景4　在为勒弗尔的表兄(他们一家每年回到民主德国度假,其子为奥利弗)洗那辆"欧宝"时,霍尔茨与奥利弗起了争辩。这也是霍尔茨第一次见到西方的汽车,接触西德人并与他们说话(PH 99)。然而,这第一次,虽有西德马克的酬劳(PH 94),却因为刚开始奥利弗对霍尔茨一副不怎么理睬、倨傲的姿态(PH 90)而致使双方发生龃龉。两人有几个层面的交锋:奥利弗嫌弃霍尔茨打扮寒酸、头发蓬乱,霍尔茨则反唇相讥,"我们可不像在英国那样穷","你们到我们这里来了好,可以亲眼确证我们过得如何"(PH 90)。而且,霍尔茨这次来洗车,并非就是为了挣钱,而是有备而来,带来了《新德国》报,说是给奥利弗和他父母带了点东西来,要让他们从中知道"我们生活的真实样子",要让他们了解"我们这里可没有人穿着破了洞的裤子到处跑的"(PH 91)。也就是说,至少在霍尔茨眼中,东、西方生活最直观的物质外观,并不能影响他们对自己生活和所在社会的正面认识和自豪感。随着交流的继续,霍尔茨面对对方就他是否到过西方的提问答道：他不想去西方，倒是想去苏联（PH 93）。奥利弗说这里的钱不值钱，什么地方也买不到好巧克力。霍尔茨则针锋相对地说全脂巧克力令人作呕，他们这里可买到的才是真正的巧克力，细腻苦味的巧克力。奥利弗要霍尔茨向那道墙走去，只需走上 300 米，说那里有铁蒺藜、地雷、自动射击装置之类。霍尔茨则认为那是为了防备帝国主义分子进攻（PH 93）。

这一连串交锋，虽只在孩子们中间发生，但因为西方要素真实的存在，尤其是拿来审视并作为影响思想观念和行为的工具时，便颇为直接并知微见著地点出了东、西方两种体制之间的对比、偏见或排斥。生活及其想象、边界、东方、西方这些大词与强烈的意识形态性清晰可见。霍尔茨虽然在历史语境中经历了外在际遇的改变和个人视野与观念的变化，但从我们认识他开始，其思想底色和姿态，差不多就是固定的了。他仿佛是与生俱来地相信他所在的体制和国家与政府的主流观念，对现状感到骄傲，对未来抱有坚定的信仰，而且随时有一种斗争的姿态，并在行动上，本然选择服从于集体逻辑，俨然是现存秩序的辩护士和维护者。

第三章　情感生活中的东方与西方

　　在情感的空间里，舒尔策的赋予也是多样的。虽然相比经济和政治问题的探讨，情感的勾画一直并非舒尔策作品表达的主线，但在一系列关系中，也恰恰是在与经济、政治问题形成的关联中，一方面，比较直接地呈示欲，颇为复杂地展现爱，或者说也一般性地将男女情感表现为日常生活中必有的构成部分；另一方面，也是将男女的情感用来揭示特定历史语境中角色们特别因为钱与政治的要素而被迫承受的命运。

　　在未必精准的类型划分中，我们首先看到了青春热力型恋爱故事。例如《新生活》中的第二个爱情故事，也就是图尔默大学期间同那个来自维也纳的女大学生纳蒂亚的爱情交往。主人公颇为用情，在时过境迁的回望性叙述中，我们还是能感到这份情感的热力与怦然心动的感觉。这个故事直接与主人公青春成长期的军旅和大学生活相关，既洋溢着朝气与单纯的快乐，也具有几分压抑的感觉。因为在图尔默这一端，钱的缺乏，作为感染要素和其他未言明的遮掩性要素，使这份感情最终缺乏本属顺理成章的性，无疾而终。对于这个故事，舒尔策笔调美好，但偏偏安排了钱这个干扰要素。其实，意不在揭示主角图尔默乃至其所处民主德国社会经济上的窘迫，而是要提示这份青春的爱恋其实还是缺少足够的热烈与坚持。

　　同时，我们也可感受到图尔默中学时代对尼科莱塔的深情，以及这份一直保持着的温馨回忆；也能在更真实和更复杂的意义上，理解主角同米夏埃拉的情爱和后来的夫妻关系。其中包含着情欲，家庭日常生活的快乐和紧张，关涉社会和戏剧演员生活同民主德国历史过渡期政治活动等相交织的问题，特别是同社会责任、艺术追求、政治诉求等有密切关联，因此,这一段情感生活,更具矛盾性和含混性,同时也更深切地展现了图尔默的追求、热望与绝望,以及在他这里所体现的欺骗与压制性外部状态。

而舒尔策在情感问题上非常深刻的揭示,在我们看来,非常集中地放在普通人遭受损害和施加损害的世界里。德国东部在转折期的婚姻或情爱关系,如《简单的故事》中的几对夫妻、情侣和一夜情关系,通过他们"转折期种种的日常忧虑"①,描述他们"承受压力和虚空的期望而梦碎"②,非常深切地展现了他们失败的自救尝试、生存状态的边缘性与其他基本问题:基本生活条件丧失,人际交往、制度环境断裂性改变,背叛成为常态,乃至身处何地的强烈茫然感和不知自己是谁的身份自疑。

第一节 受损害与施加损害的世界

德国统一社会党成员恩斯特·毛伊尔,在民主德国时期作为一所学校的校长曾享受特权,但在转折期却成为失败者。在情节发展过程中,他被周围人一步步孤立,陷于日益焦躁和偏执的境地。在婚姻生活中,他与妻子蕾娜特·毛伊尔也起了严重冲突。后者对他再也无法忍受,欲"与之离婚"(SS 236),虽然她也认为自己的丈夫曾是个"好人"(SS 229)。后来,她远去斯图加特,在那里找到一份工作,差不多是如愿地与丈夫分居了。如此,恩斯特·毛伊尔实际上是被遗弃在了阿尔腾堡。

绰号"宙斯"的迪特尔·舒伯特,从小就是个局外人。他恨德意志民主共和国,"因为它甚至连一只眼睛也搞不定。至少在他身上没弄成"(SS 171)。舒伯特小时候出了个事故:偶然捡到过去留下的弹药,拿着玩时炸伤了一只眼睛。此外,他将自己的一腔怒火也发在毛伊尔身上,因为后者做校长时曾应命将他解雇。不仅教师的职位丢了,而且舒伯特感到

---

① Timm Menke: "Lebensgefühl(e) in Ost und West als Roman: Ingo Schulzes *Simple Storys* und Norbert Niemanns *Wie man's nimmt*. Mit einem Seitenblick auf Tim Staffels *Terrordrom*". In: Gerhard Fischer und David Roberts (Hg.): *Schreiben nach der Wende. Ein Jahrzehnt der deutschen Literatur, 1989 - 1999*. Tübingen: Stauffenburg Verlag 2001, S. 255.

② Stefan Munaretto: a. a. O., S. 78.

有伤自尊。柏林墙倒塌后的过渡时期,他的家庭生活也发生了问题。不过,这时他倒是成了背叛者。就在妻子患癌症住院手术治疗时,他在柏林搭识一名女护士,感情上出轨,弃妻于尴尬之境。

一名叫哈尼的年轻女子,在德国重新统一后的新社会环境里,先是失去了博物馆馆长一职,接着遍寻工作,多方尝试,屡屡失败,尤其是怀着很大激情在多个男子处寻求情爱,却"一度酗起了酒,最后几乎是没有选择余地地以结婚来收场"①。她曾以为在报纸出版人克里斯蒂安·拜尔那里找到了真爱,所以,当拜尔报社遇到危机时,她愿挺身相救,因为她觉得拜尔所做的"一切""都是"为了他们两个人(SS 250)。于是,她在拜尔的暗示下去宾馆房间私会税务稽查,"好让他有意忽略出版社那些做了记号的账目"②。这个拜尔第一眼看上去俨然是一个热情而有责任感的情人,但实际上却不过是为了自己的生意在利用哈尼的情感。哈尼在一定程度上甚至做了被诱导和被迫的妓女。

埃德加·克尔讷爱着丹尼,想与之生"一个自己的孩子"(SS 206)。可丹尼却一再借故推延,明确说她对爱和未来实在不是那么有信心。克尔讷颇为担心这种越来越缺乏交流的状态,后来丹尼果然离开了克尔讷。只是克尔讷满怀真情,"只想让丹尼知道,无人取代她的位置",他是"真心爱她,就爱她,不爱别的人"(SS 214),却也只能徒然地等待着对方能在他生日时打来问候的电话并最终归来。

舒尔策在转折期的男女情爱关系里,偏偏要点出其中的残忍之处:丹尼离开克尔讷之后,爱上了帕特里克,她在报社时的前同事。但后者最后收拾行装,离开了丹尼。这次轮到丹尼被抛弃。相仿的另一个角色就是马丁的生父汉斯·赖因哈特。他既是婚姻的破坏者也是相关牺牲品,早在1969年就抛妻别子,一个人"溜到"联邦德国(SS 104),虽然他本来也曾期待家小去德国西部团聚。在西部的这个新世界里,他职业上取得成功并且再婚。对他来说,第二任妻子诺拉就是"这世上的珍爱"(SS 111)。

---

① Volker Wehdeking: "Mentalitätswandel im deutschen Roman zur Einheit (1990 – 2000)". In: Volker Wehdeking (Hg.): *Mentalitätswandel in der deutschen Literatur zur Einheit (1990 – 2000)*. Berlin: Erich Schmidt Verlag, 2000, S. 34.

② Timm Menke: a. a. O., S. 256.

然而,在差不多二十年的婚姻生活过后,这女人却离开了她重病的丈夫,和一个常以探病为名来家的牧师飞往葡萄牙消遣去了。赖因哈特现在明白了,是金钱把诺拉这么多年留在他身边(SS 112)。钱的作用与弊端,也为赖因哈特在人生的际遇里痛苦地体味;与命运中其他角色在柏林墙倒塌/开放后的短短几年内要经受分手或多次分离的痛苦似乎有区分,只有巴尔巴拉·霍利茨舍克博士"与弗兰克未有分离地一直生活在一起"①。在其中学时代的同学哈尼看来,她的婚姻无疑是幸福的,因为她嫁了一个正处上升期的政治家。而实际上,她的婚姻生活因为"经常的争吵"(SS 192)和"误解"(SS 193)而"变得不可忍受"②。其中有一个问题,让巴尔巴拉总做噩梦,做同样的噩梦,梦见自己被一怒吼的男人斥为"凶手"(SS 187)。的确,这名女医生极有可能是撞倒了马丁骑自行车的妻子,却以为只是撞上了一只獾,而未下车施救。而后者不幸死去。巴尔巴拉饱受这一噩梦折磨,深为恐惧、愧悔。她精神和情感上变得非常虚弱,每每噩梦醒来,一定得她的丈夫待在她身边。然而,舒尔策釜底抽薪地告诉我们:这名丈夫可从未将妻子的噩梦当作一回事,也不想知道这噩梦背后隐藏着什么,"相反,倒是在巴尔巴拉这些难受的时刻,他常常有欲与之做爱的冲动"③。这位阿尔滕堡地方冉冉升起的所谓政治之星,在古巴人奥兰多遇刺之时已是各种作秀(SS 94 - 103),而现在面对妻子无助时的绝望,又显出极度的自私。

我们发现日常生活中的性爱诱惑,例如《彼得·霍尔茨》中霍尔茨的男女交往关系及其中的性,被处理得有如日常的餐食,并无多少伪装或掩饰。例如在一次有关政治问题的批评性讨论过程中,佩特拉诱惑霍尔茨上床。霍尔茨问她是否已选择他,对方答,已选定;又问,是否爱他,对方反问是否爱她。霍尔茨说经常、非常经常地想她,对方追问怎样经常与何时,霍尔茨说手淫时会想她。而且后面的诱惑及其展开过程,是在佩特拉的引导下机械进行(PH 164),无激情与热烈。很显然,舒尔策意不在多少情感厚度的揭示,而常在于从钱和政治关联处开掘所描述现实的特质。

---

① Stefan Munaretto:a. a. O. , S. 78.

② Ebd.

③ Ebd. , S. 77.

第二节　欲望的修饰

　　因为生母赠送的存款到来,霍尔茨也入了有钱便放纵的窠臼。他与莉莉做爱,将之理解并处理成交易关系,为此支付 200 马克(PH 294)。而且,霍尔茨这种买春性质的交往,远不止一次。霍尔茨本系起自生活底层,因此在其发迹之时也不避讳与实际上以妓女为职业的女人保持有热度和慷慨的往来,甚至有意图将之发展为女友。只是他生意上的伙伴泽尔格点醒霍尔茨寻找伴侣,就像贝埃特提醒霍尔茨要寻找好的女人那样,认为他该找一个正常、漂亮、可爱而聪明的女人结婚,而不是去买春而又希望这个卖春的女人爱他(PH 475)。他的判断很犀利,直击霍尔茨在情爱与欲望层面的状态。

　　然而,这次买春的特别处在于,舒尔策让霍尔茨突然表达他正人君子的态度,说他曾有过宗教信仰、有过爱并信奉过共产主义,只是现在一切已成过去(PH 295)。加入教会、加入基督教民主联盟,尝试爱的交往,成长过程中对共产主义的坚守,以及这种不再相信一切的激愤和放弃,由作家安排在性交易余绪的情节中,而不是放在任何庄严的场合表达出来,自然有几分揶揄色彩,但其实更提示着霍尔茨弄得很庄严、他自己也相信弄到了很庄严程度的追求,可能从头开始就是一种虚假姿态;当然也似乎在提示,是主角所处的历史语境发生巨大扭转,他不得不彻底放弃,或识潮流地顺应环境,或是主动转身,例如不再相信基督教民主党,而表现出一种划分界限的勇气与决然。

　　而自以为真挚的情感交往,就像欲望要加以掩饰那样,同样体现为虚像。姐姐奥尔加与弟弟霍尔茨其实是有过暧昧关系的,而且霍尔茨一直对奥尔加怀着特别的好感。但我们并非要细看他们细微的情感波澜,而是看去往西方而在西方似乎寻得了真爱的奥尔加回到东部与霍尔茨重聚后的交谈场景。他们的交流中,说的更多的是情爱关系。奥尔加回忆曾与哪些男人有过男女朋友关系,包括她与奥托和与卡尔的交往(PH344)。霍尔茨问奥尔加与米歇尔现在的关系如何。这个米歇尔在德语中本有老好人或傻瓜之类的讽刺含义,也让人联想起德意志米歇尔的戏指。从东部一心一意奔投西方的奥尔加在西方与这个米歇尔建立了似乎是伴侣的关系。那么,这是一对怎样的关系?奥尔加说,柏林墙倒塌的时候,他们的关系就结束了(PH344)。墙在的时候,米歇尔把她弄出来。现在没有了墙,一切都显得有那么一点可笑了(PH345)。她与米歇尔是一对无趣的怨偶,但她找他要钱。后者在不得不给的时候,就把钱夹子里的纸币全掏出来,拿给她看,想表明奥尔加把他掏干净了。他从来不会再数一遍皮夹子中还有多少钱,但也绝对不会像她期待的那样给那么多,然后就开始指责她,因为她没有工作,而她本可以做模特的,但她去做模特又让他嫉妒。可是当初在德累斯顿时,他还认为她当模特是非同凡响的表现(PH346)。他们这一关系非常有趣,联系转折期或者其中的过渡期东、西方的关系,仿佛有一层比拟关系的嬉戏性提示。

在这次交流中,霍尔茨被问到与女人的交往关系。他回答,曾与一个妓女好过。奥尔加问:"你想拯救她吗?"霍尔茨答不是拯救,是帮她(PH344)。他所说的是提供房子这样的物质手段帮她。因此,不难看出,钱或者经济的要素在这些特定的情爱或男女交流关系中起到很大作用,而且有时体现为一种依赖、施舍关系,伴随着指责与强烈不满,同时涉及西方关联的所谓情爱往往表现为假象,剩下的只是钱的要素成为关系实质,甚至还不得不牵涉政治或泛政治的波及效应。

第三节　奢求的幸福

西方及其生活诱惑视角下的情爱或欲望关系,除见之于《简单的故事》中多个各具内涵的故事外,在《三十三个幸福的瞬间》等作品中也是有所呈现的。作家总是将这种面向西方的物质、精神、心理乃至身体关系等,放在日常场景中处理。而这种日常,又不经意或不可避免地放在时代与现实政治急剧变迁的环境中或背景前,以作交织或映衬的揭示,而且其中的情爱关系常常和政治紧密联系在一起。即使是男女相亲,也体现为政治。情感,比方说在霍尔茨这里,经常客观地呈现为一种被忽视的状态,而非感情性要素,例如钱与现实政治要素等总是核心性地在场。霍尔茨如果说与旧爱佩特拉尚有几分情的要素在,而他的初次,则是被迫支付了钱来作为补偿;而当他变得有钱之后,所显示出来的,也首先只是在交易性质的交流中满足自己的性欲望并顺带检验一下钱的效能(PH 439)。即便是他与三个女人相亲(PH 477),与她们前后的交流,体现了包括婚姻观在内的讨论,但核心点还是在钱和政治上形成交集。霍尔茨其中的一个相亲对象其实就是他养父格罗曼的地下情人埃尔克。霍尔茨说:"也许我最好应向您提出结婚申请。"(PH 483)埃尔克则认为他首先得脱手他数百万马克的钱才行,否则不相配的夫妻,不会有什么好的结果(PH 483)。也就是说这个埃尔克清楚地意识到了他们的差距,也很冷静地指出了钱和财富在不平衡的婚姻关系中只能是干扰要素。他们对社会的看法也大相径庭。霍尔茨认为他们警惕的社会无论如何已进步很多了,埃尔卡则认为如果他是个工人,就是另外的说法了。这里明显体现了角色所处的社会发展至少在不同视角下在转折期给人非常差异化的感受。霍尔茨作为既得利益者,大唱颂歌:在市场经济条件下是适者生存,而且说到底,这对所有人都是最好的选择(PH 483)。埃尔克则否认被霍尔茨称为市场经济的体制。她认为这不是什么市场经济。如果真有,那他们作为工人应当有机会。她实际所指的是他们没有机会。一切只是卡特尔,也就是垄断。霍尔茨则认为现在有反垄断管理局对付卡特尔(PH 484)。对话中揭示出一切该被垄断的本质局面,所谓市场经济只是虚像,而且社会分层明显,同时也透出不同立场对社会时局完全不同的理解。

在日常的情爱交往关系上,西方差不多总是作为男性角色出场,不论社会角色如何,似乎都信心百倍,表现出非常善于利用所自社会与体制的炫目处来放大自己的财富能力、个人魅力和意识形态炫示能力。而另一半交流对象,在东方差不多清一色都是年轻女性。她们被吸引,包括受到被美化的西方男子形象诱惑,物质、生活上的影响显著,当然偶有清醒与警惕存在,却常常遭受损害。只是她们依然没有拉开距离,改变视角,划清界限,甚至没有足够清醒的反思。作家以魅力施展、诱惑或蛊惑模式展现虚构情景中的这种东、西方关系,绝不让其中在东方一侧的角色有足够的认识、反思,乃至批评意识、姿态和举动,从而使问题的严重性和其中可以有的警示性愈加有张力。

雇佣的情爱　《三十三个幸福的瞬间》中的第 13 个故事似乎是象征性地揭示了情爱关系中的金钱本质,而且在变化的历史境遇中,是美元站在了前台。

主人公帕维尔(Pawel)时隔多年后带着一位年轻女子给双亲扫墓,向已故母亲讲述自己与妻子和谐美满的婚姻、身居高职的工作和衣食富足的生活。

在母亲墓前,主人公口中的妻子几近完美。夫妻二人的婚后生活也是相敬如宾,丈夫对妻子颇为理解和尊重。然而,这对似乎彼此真诚相待的夫妻,关系其实需有一个揭秘:所谓的爱妻实则就是一个用钱雇来假扮妻子的陌生女人,是他用美元向女子支付了佣金。这种金钱关系的赤裸,是不加掩饰的,有意味的是,不是以卢布,而是以美元作为手段,其中固然隐含着美元可能激发的诸多想象,但无疑提示了俄罗斯社会生活的巨大变迁。尤其是其中借美元展示的西方的影响。当然,在角色层面,这种被美元雇佣的情爱,似乎能修成正果,而且能被拿来在母亲面前作为资本炫示,从而与主角所指责的母亲当年在父亲墓前的撒谎形成相同趣味的映照,因为主角的谎言也是清晰可察的,而且他的这个也许一直是闪闪发光的美元在长期支撑。

"一瞬的幸福"　《三十三个幸福的瞬间》中的首个故事描述了东方女子与西方男子的一场邂逅。

一名"仅可在画报和广告片中遇见"(AG 11)的妙龄女子与德国人"我"在圣彼得堡的酒店酒吧相遇,其间仿佛有短暂的爱恋产生。

小说中多处描述女子对"我"的特别对待,甚至偏爱,一句"说说你吧"(AG 11)清晰地显现了女子对"我"这个来自西方的德国人的好奇。"我"则这样设想与女子的共同生活:"玛利亚会为我们寻找一个房子,我们可以同居,早晨拥抱着醒来。我会实现她的最大愿望,给她买一辆车。我们会一起开车穿过这座城市,来到海边,一起去跳舞、买鞋、看望她的母亲、旅行,先去阿姆斯特丹,和她的朋友一起庆祝婚礼,然后去意大利。"(AG 11-12)这个设计的场景,植入了主角在这份情感上的决心和想象,也看似日常生活,却显然带有西方世界的色彩。

然而,这个似乎要形成允诺的西方世界,却没有得到东方女子的响应。在与"我"一夜情后,女子消失得无影无踪,"我"不眠不休地等待她长达两周,询问所有可能认识她的人,却未打探到她的任何消息。但九个月后,两人竟再次偶遇。再次相见时并无重逢的喜悦与激动,两人十分平和地"喝咖啡、吃香肠",餐后"像大学生一样各付账单,像俄国人一样吻别三次"(AG 13)。

初见时的特别相待、温情流露仅仅存续了几个小时,并未发展为一段真挚相守的感情。最后玛利亚仍旧"像一个热恋中的人开始了她的工作"(AG 13)。在这个不失温馨的小故事里,初遇时仿佛存在幸福的一瞬。这种"瞬间的"幸福,虽不会也不必代表"终极意义上的生活状态"[1],但可以成为"无数次再产生的瞬间"[2]。只是在舒尔策的这个故事里,这个似乎可以拥有的幸福,只表现为一个颇有些神秘的邂逅和分离,清醒的东方女子知道她必须回到她的现实生活中去,回到一个混乱而动荡的社会中去。因此,纵然这一相遇带有幸福的色彩,作为情感上的"一瞬的幸福",也只能是一种不可继续奢求的幻景。

第四节　逃离的诱引

在西方怎样来到东方和向西潜逃这两个方向上,舒尔策为角色们也为我们设置了一个过渡地带,虽然有些绕道,但设计得俨然如天堂也绝非天堂,而且将拟天堂所自与其出口设置成极为可疑之地——这就是在东部世界和西方世界之间的匈牙利及其著名的度假地巴拉顿湖。历史要素放在那里,舒尔策借亚当与夏娃之间的关系和伊甸园,作为绝佳的框架,通过小说主角在两性之间的关系与其行动,凸显神话中的那种诱惑模式,形成禁止与诱引之间的张力,营造假象性诱惑图景与静好氛围,最终形成由主角和其他众多角色共同烘托而形成伪拟的地上天堂或者天堂前

---

① [匈]阿格妮丝·赫勒:《日常生活》,衣俊卿译,重庆:重庆出版社,1990 年,第 288 页。
② 同上。

厅——也就是再耐心向前迈进一步，便进入西方，在不顾一切逃向西方的方向上以为有的"天堂"。在这部小说的扉页上，对其主人公亚当与女人的关系，有准确而有趣的类别介绍："女人们爱亚当，是因为作为裁缝的他为她们添彩衣并使她们值得追求，而亚当爱漂亮的女人们，是因为他让她们穿上彩衣，而后追求她们。"也就是说，以外在的美为标的，而且是以亚当的造物为核心纽带。正如其妻子伊芙琳所点出的：亚当为赤裸身体的女人制作衣物，以此装扮，是以此视为自己的造物（AE 30）[1]，犹如上帝去男人的肋骨做他的另一造物——女人，从而推动形成两个性别之间的诱惑模式。亚当作为裁缝，颇具声誉，其顾客有些甚至从莱比锡和卡尔·马克思城远道而来（AE 38）。同时，让西方边境开放的这颗禁果在眼前飘动，首先令作为夫妻的亚当和伊芙琳，犹如亚当和夏娃，怀着对西方的想象或对东方的信念，矛盾交织地面对更大的诱惑与陷阱。也就是让男女两个性别共同面对这第二个也是真正并具有意识形态内涵的诱惑。

《亚当与伊芙琳》这部小说中的情爱关系，首先是放在至少是明示的生意关系中，例如亚当与莉莉之间的暧昧也是在裁衣、试穿衣服之间处理的（AE 20－22），其次是放在与政治、信仰，以及对东、西体制认识的框架中展开，例如亚当与其妻子那种断续而若即若离的情爱关系本质性地就离不开回东部还是去西方的选择，也就是涉及两种体制之间的选择。而小说中的其他女性角色，虽然也是因为钱的关联而选择具有西方背景的男友，但西方迷梦的影响，还是起了很大作用。

亚当与莉莉的暧昧，稍微错后一点地几乎是被伊芙琳在她与亚当的家里拿住。这样的情感冲突在伊芙琳和亚当的婚姻关系中直接产生了明显的嫌隙作用，也成为去往巴拉顿度假地的推手之一。伊芙琳及包括亚当和来自西方的米夏埃尔等在内的一行人"踏上宏大的旅程"（AE 34），但伊芙琳坚决拒绝亚当跟随，拒绝他一路上不断表达的爱意（AE 45）。然而，在亚当这一端，更多是表明，是亚当一直在重新向伊芙琳靠拢但一再被推开的过程，是一个似乎以爱之名在不断争取的过程，同时也隐含着

---

[1]　所引文字，以作品缩略语"AE"加上相应页码的形式，标示在本论著中。Ingo Schulze: *Adam und Evelyn*. Berlin: Berlin Verlag，2008.

亚当劝说伊芙琳重返民主德国而放弃去西方的努力。

伊芙琳等人来到匈牙利巴拉顿湖度假地。虽然在角色们的感觉中，都似乎有一种在天堂和即将进入天堂的感觉，但他们中间的交往关系和氛围是有些沉闷而诡异的。这一群人在民居度假环境中，一方面在与旅途劳顿和对所自之地贬抑性认识相对照的背景前，对度假地暂时性的稳定和安详生活节奏相当满足，甚至其中的乐观情绪也体现为伊芙琳和亚当这对主角夫妇仿佛已重新和好的局面；另一方面，他们之中明显存在并未得到解决的情感纠葛，都有所期待，彼此较劲，但都不说破，都在待机而动。本来，米夏埃尔从汉堡来，按照西蒙娜的说法，似乎是要与之成婚，然后去西方，然而，西蒙娜一度怒而无言地离开，而且迷惘地不知要去何处；亚当表面上一直声言对伊芙琳的爱，似乎在行动上也颇为坚定，但实质上还保持着隐秘的另一层，特别是他对于米夏埃尔与伊芙琳之间暧昧乃至公开的交往，表现得并不在意或者隐忍时，显得颇为反常。这倒不是他自辩清白，实质上他与其他女人之间颇有勾连，而且对旅途偶遇的卡佳也曾几番动过心思，甚至与度假地接待他们的那户人家的女儿佩皮也似乎有某些深度关系，不免在道德感上怀有些许自惭，也就是他在总体上似乎就是一个比较含蓄的潘神；而那个米夏埃尔，就是一个轻诺者，一个借经济利益和钱的优势施行诱引者（他其实并不富裕），他在西蒙娜和伊芙琳两人间腾跳暧昧，其西方的身份显然被他有意识地利用。客观上，在男女交往和诱惑模式上，西方男子在过渡乃至转折时期的东部，已成为一种标签；还是这个西蒙娜，虽然场景性表现不多，但离开、复来，又离去，说明她已不愿留在这个圈子里，她要亚当送她去乘火车，表示是不想在此打扰（AE 134）；而伊芙琳，将自己定位于受损害者位置，差不多始终保持着对亚当道德上的优越地位，虽偶有同亚当缓和的姿态，但明显自献米夏埃尔。

伊芙琳整体上将他们目前在这里的活动和交往视为一场愚蠢的游戏，悔恨自己为什么要跟着一起玩（AE 152）。这场游戏从情节的发展状态看，表面上是指她与亚当之间恨但尚怀夫妻旧情的关系，她与米夏埃尔之间并不真诚的游戏状态。她与米夏埃尔之间虽有不避讳的情感勾搭，但无疑还是在意亚当的。这种矛盾的情感状态让我们明白，为什么伊芙琳会有一系列拒绝,是对西方的想象与一直未离开东方的一只眼一直纠缠在一起。但另一方面,我们又非常清楚伊芙琳与米夏埃尔的真实关系,小说中不仅描述了他们的打情骂俏、出双入对,而且事实性地写到了他们偷情(AE 147 - 148)。

其实,在伊芙琳看来,游戏的愚蠢性在于度假地这种表面的度假生活中潜藏的矛盾和对所预示的危险不以为意:一方面她和米夏埃尔等人真像度假似的,去湖里游泳,或在度假地家居生活中喝咖啡、牛奶闲谈,同时也包括闲居时调情;另一方面她处于一种内心挣扎的状态之中。尽管米夏埃尔对西方有种种炫示性鼓吹并极力怂恿她去西方,但她强烈担心在边境被抓,或是不愿越境之前像难民一样生活,同时又在这种担心、不愿也不敢向米夏埃尔所指的所谓"新生活"(AE 153)迈进中,只惰性地并有所期待地留在这样一个隐伏着危险的过渡处境内。她说她没有像米夏埃尔想象的那样坚强,躲在车后备箱里过境,或是从边检人员中冲过边境,而且也拒绝米夏埃尔的提议先去布达佩斯度假一周,在希尔顿宾馆住上几天,然后搬去大帐篷里三十人挤在一顶帐篷里,像巴勒斯坦难民那样,而且帐篷区满是国安局的人(AE 154),同时也否定了米夏埃尔走大使馆这条线路出去,作为"外部的大使馆难民"(AE 155)出逃的建议。是的,她意识到自己是在跟着玩一场愚蠢而危险的游戏。向前(越境去西方)与向后(自愿或被迫回到过去的生活与秩序中),都是问题。

但她在度假地情感关系中的重要一极米夏埃尔显然不这么看。他在伊芙琳的种种拒绝中,从其态度和行动逻辑看,就一直在怂恿和推动。之前已提及他鼓励伊芙琳向西方迈进,现在表达不解伊芙琳为什么要与佩皮一家待在一起(AE 153),也就是对待在度假地这个地点不满意,并认为伊芙琳多年来在自欺,而现在,新生活将要开始(AE 153),匈牙利又会重新开放边境,并且否定伊芙琳的担心,认为不会将涌到边境的人重新送回来(AE 153)。他就是这样一个鼓动者、推动者,甚至提到了他们也可以结婚,这条路径总是一直存在的(AE 155),以此作为尝试种种可能性之后的一种选择。而且在此之前,他还表现得更像一个西方的浪漫吹鼓手。还是在他与伊芙琳性的戏谑中(AE148 - 151),米夏埃尔知道自己的优势所在。他除了施加身体的诱惑外,最本质的还是动用其西方资源。

至少他是要激发这样的资源想象。他说他们首先可以至迟在圣诞的时候去旅行,去纽约、里约或是墨西哥,看城市、沙滩,享受海浪和与友人相聚(AE 150),也就是以旅行这种最有动感的活动激发对西方及由此扩展至的对世界的想象。但比较符合虚构情景下伊芙琳心态与行为逻辑的是,就像她一再要求关窗那样,她内心犹豫地还是为亚当与她过去的生活留下了位置。她说她想象这些即可,所求的只是能有这样的想象(AE 151)。但米夏埃尔极力渲染说,伊芙琳根本不知道他想象的是什么图景和何等美妙的情景,而且更肯定地为他所自的世界鼓吹,或者说就只是为了争取伊芙琳,更鼓动"你在我们那里就是要生活得更好、更长久"(AE 151)。

这次湖畔旅行,缘起与安排皆是因为米夏埃尔这个西方来客。由这样一个来自外部环境的人改变虚构情景中的既存状态,是符合历史语境的,在当时的现实中应属常见,而且在变化的历史条件下更为频繁。在虚构情景中,西方来客天然所带有的经济优势光环,其所自环境给人在人与社会及其关系等方面的想象力,特别是被角色理解或误解或风闻的婚约允诺,也表明这次旅行是由他推动安排的。但这趟旅行的框架、基本走向与性质,都不是这个西方来客所决定的。是对西方的想象、现实的逃脱动机,以及西方诱惑与逃离东部这两方面的发展与相互较量,决定了这次潜逃性质的以为是向天堂进发或者似乎已在天堂的旅行。清晰的线索体现为亚当与伊芙琳之间,其次在于在推动这趟旅行并参与亚当与伊芙琳之间爱恨情爱关系的米夏埃尔与伊芙琳之间,再次是旁逸性质的亚当与卡佳乃至佩皮之间,最后也在于米夏埃尔和西蒙娜之间。

这最后一组关系,不仅是因为这趟旅行的最初最微末的缘起所在,而且也在于这两人之间的关系发展,后来产生逸出效应,从而影响了周围角色的感受和情爱格局。小说于此着墨不多,但也有矛盾处的点示。米夏埃尔嫌弃西蒙娜挑事,说谢天谢地她走了,她可是一直在挑事(AE 138)。但亚当随即反驳米夏埃尔,说他始乱终弃,说甚至他都知道米夏埃尔打算娶她。米夏埃尔说是答应过与她结婚,将她带出去,但并不能因此就可以给他定规矩,提到西蒙娜最后甚至还威胁说要告发他(AE 138)。其中,点出了两个事实,与西蒙娜可能的婚姻关系,只不过是各有目的的交换关系,在西蒙娜这里就是一个逃离或离开的捷径。但显然,米夏埃尔也绝非可以通过对西蒙娜的指斥而将自己置于道德的高点——虽然他作为借口,非常乐意因此而占据道德的高地。不过,他确乎看到了在伊芙琳这里也存在类似的动机,因此利用了这样的动机,并顺势且顺利地发展了与伊芙琳的关系。同时,在亚当这里,除了一贯隐秘的放浪可能给他带有某种类似负疚感的压力外,他追随而来,其实是要将伊芙琳带回他很适应且不愿离开的社会秩序中。也就是说,他是以他所自的既存体制之名在争取伊芙琳,而不是像这趟旅行表面上给人的假象那样,是进入了天堂,或要奔向天堂,因为有旅途中两性诱惑花絮、片段性宁静风景,特别是到达度假地后景色、氛围和人际交往所一度呈现的祥和景象,在叙事表层似乎真可以给人这样的印象;而且,因为只不过是既有生活与社会秩序和理念发挥了作用,使此处本可以有的爱的内核成为又一种冷峻的虚幻。这趟旅行,颇有几样虽不热闹但也因为其中的矛盾性而在活跃的情感纠葛,但缺少爱的真意而不具备本质性力量。

通过上面主要在情感关系层面的纠葛,我们看到了逃亡西方之前的过渡状态中情感矛盾的本质性内核。所谓情感的矛盾和游戏,只不过是作为装点放在恰巧在不同社会体制间摆动的经济和生活欲望乃至价值欲望处。然而,这类向西方逃离的故事,也还是因为这一平常却也带有时代标记性的情感纠葛,而远比媒体中保留和再现的逃离故事及其延续来得生动,并因为人性侧面的揭示,而使这种揭示的意识形态性更具辨识度。

第四章　艺术生活中的东方与西方

赫勒认为,"艺术是日常生活不可分割的组成部分"。[1] 在舒尔策这里,艺术也成为他把握民主德国社会和转折期德国东部生活的一个视角。艺术在角色的世界里,也时常扮演生命力表达、审美力和道德感提升的手段,却又经常成为于现实政治、政治意识形态和经济生活借用的路径,甚至是用过即弃的工具。因此,我们不免发现,艺术在这里很可能不是关于艺术的问题,或者说只是在一定历史语境下与政治和经济问题等扭结在一起的问题。因此,即便说它的意义不是明晰乃至单纯的,也可以说是复杂并特别需要探究的。

第一节　艺术作为日常的逸出

舒尔策为霍尔茨开辟的艺术场景,要么与宗教相关,后者与共产主义的信念和社会主义的普遍现实相对照;要么表现为非主流性质的音乐玩家情景,例如打击乐队。这类场景在当时的历史语景中是特别的,可以成为非常好的考察点。

霍尔茨在自己成长的早期,作为流浪儿在日常生活的多个层面都是有所介入的。他并没有明确的艺术理想和追求,受到同伴们的影响,或是出于好奇乃至被迫而进入相关的艺术门类与活动构架。

---

[1] ［匈］阿格妮丝·赫勒:《日常生活》,衣俊卿译,重庆:重庆出版社,1990年,第115页。

他本来是与奥尔加一起去一个教堂参加基督教大会,遇到伙伴安德烈亚斯。后者上楼为他打开了一道双重门,把他的乐队展现给他看。这个乐队共有三人:爵士鼓手、吉他手和键盘手。安德烈亚斯自己担任键盘手(PH 73,73 - 77)。然而,这道被打开的通向地下乐队的门,让霍尔茨得以参加一些活动,却并未让他能进入艺术之门。

从霍尔茨本人的角度看,他甚至是有在艺术里展现自己才华的动机的。他作为主唱,与安德烈亚斯的三人乐队,唱表现纳粹集中营政治囚犯反抗姿态的"沼泽地战士"之歌,颇为陶醉于乐队中爵士鼓手对他歌声的赞美(PH 76)。而且他在学校加入一个音乐团体,参加合唱之类(PH 76)。然而,霍尔茨根本就未能如愿走进艺术。他未达到音乐老师的要求,跟不上拍;似乎也总未理解校长的指点,后来竟拒绝接受校长在唱歌问题上的批评,而被校长愤怒赶走。他选择离开学校(PH 76 - 81)。一个所谓艺术的尝试,虽展现了霍尔茨欲表达自己的强烈愿望,但这里面实际上也并不存在多少自我提升的要求和机会,却让他离开了学校。当然,这个学校教育本身可能就不是他所能忍耐的。

其实,更严重的问题是,舒尔策轻描淡写提及了,至少是刚开始时显得轻描淡写。国安局的工作人员,某一天将霍尔茨叫到校长办公室,从唱歌的爱好入手,慢慢诱导,约好将之发展为对相关艺术活动的监视人员,最后也真的将舒尔策发展为相关队伍内的成员。然而,颇为奥妙的是,这个成员身份在霍尔茨这里并未特别拒绝,甚至有所求取的意思,而国安局一端,虽考察审核细致,说到底倒也并非特别热心。果不其然,又是有一天,霍尔茨实际上是被隐隐辞退了,尽管他似乎曾卖力地提交监视报告。因此,我们看到,霍尔茨的这个艺术尝试根本上就是不成功的,与艺术的逸出日常毫不相干,只是偏离日常生活的常规,将霍尔茨引入岔路:进入了他其实不能进去的国安局;离开了他本当留在那里的学校。

在后来的人生道路上,霍尔茨从根本上离开了将艺术作为爱好与发展可能性的轨道。当然,在他身上从一开始也从未展现过这种可能性。但这并不妨碍他和其他怀着热爱艺术之心或其他目的的人,去车站迎接西方归来的艺术家卡兹米尔,通过自己的到场展现声援的姿态,从而使卡兹米尔在车站当场遭到逮捕(PH 134);也不能阻挡霍尔茨再一次去迎候另一位艺术家,也就是迎接著名歌剧歌词演员奥托从美国归来。这一次,他给奥托代提行李箱,领受了奥托对霍尔茨和欢迎他的人群所表达的那份傲慢。而且在接下来安排的艺术家聚会场合——也就是说,霍尔茨也并未禁止自己参加艺术家们的这种聚饮活动,面对一名画家咒骂霍尔茨所在的国家,责备这里有太多听话的绵羊时(PH 136 - 138),大声质问:"你们到底是些什么人啊![……]我们的国家保护了你的工作室和你的住处[……]你们该感谢这个国家才是,而不是在这里挑剔、攻讦。"(PH139)霍尔茨的这种声音,在他人生的早期,无疑是响亮、清晰的,符合他的思想和心理气质。

当然,与此同时,霍尔茨在得知他姐姐奥尔加的朋友都是在从事艺术职业的时候,感叹道,靠谱的还是工人和农民(PH 132 - 133)。也就是说,他骨子里并不欣赏艺术,或者至少可说对艺术圈有一种贬抑性认识。这种体认,是本质性的一笔,而且是很好的伏笔,提示了霍尔茨与艺术之间存在隔膜,始终处在艺术的外围状态。他不经意间切入艺术时,并无专业性投入,实际上也缺乏相关才能,只是成了并不称职的艺术监控者。他后来有意识向艺术领域靠拢时,也至多只是功用性地面对艺术。他经营画廊,在更晚一些的时候得到了在艺术上尝试的回报。这也是他短时间极大牟利并暴发的一条途径。

霍尔茨赚钱与发财的渠道包括:(1)其生母的馈赠。这笔钱带有西方印记,然后在新历史条件和体制下,借贷出去,获得巨额投资回报(PH 544 - 545)。(2)获赠或被强加房产,也就是获得民主德国遗产性继承。霍尔茨将房子租给那些租客,后来也租借给莉莉,由后者事实上弄成了妓院,同时也租给自己的姐姐开画廊。多种路径的经营,让艺术与人类古老的营生,集纳在霍尔茨的房产之中。房屋修缮后,霍尔茨又将之作为投资的手段,或者出售,获得巨大利益。霍尔茨虽旁涉其他枝节性盈利途径,但他的这一财富生发与增长路径是主体,很清晰地体现了历史变迁条件下东、西方交织的特征。(3)获得西方亲戚的巨额遗产。(4)间以银行信贷,投资工厂,开办"霍尔茨城",并转行开办画展。开办画展时,他起初也借助姐姐奥尔加的力量。奥尔加在民主德国时期画的画作现在热卖,大赚其钱(PH 447)。霍尔茨作为艺术掮客,在绘画经验上低进高出,狂赚差价。就是在这个时候,当他终于能以艺术之名、以美来赚钱的时候,他在两个维度上有所表现。一个体现为讨论性思考,但这其实只是引子;另一个就是这个引子及其他真正带出的:以艺术之名展开表演性行动。

第二节　艺术作为思考的对象

关于艺术的讨论发生在霍尔茨与奥尔加之间。奥尔加一直从钱的角度回答霍尔茨因受她画展的激发而提出的问题。本来,这里的艺术没有可能不与钱的要素联系在一起,现在却由霍尔茨借奥尔加的话来了个小小翻转。霍尔茨明确说,他谈的不是钱的问题,是涉及奥尔加在画展开幕式上所讲的话,是关于艺术力量的问题,关于艺术促生投向世界的另一种眼光,鼓舞人们去行动的问题。也就是说,在他和他的姐姐均以艺术获得了巨大财富的时候,艺术在钱的维度之外的功能,似乎引起了霍尔茨的兴趣和回应。在这番讨论的过程中,霍尔茨至少表现得自己所关注的是借奥尔加的口已说出的艺术期待。但他并不关注参加画展的画作本身如何。不过他这种难得一见的思考方向,说明他对艺术作品的功效还是怀有一份敏感。这种敏感,是对"日常生活与类本质活动形式之间的渗透关系"①的敏感。因此,我们看到,霍尔茨的确是要借以讨论艺术在直接经济作用之外的超越性力量。当奥尔加表示必须立身于市场,要遵从市场规范,认为这点适用于她自己、适用于霍尔茨、适用于那些艺术家和所有人时,霍尔茨的态度是表示不相信市场。这个得到所有历史条件突变带来巨大经济红利的角色不相信市场,哪怕是一种姿态,说明也是有所考虑的,虽然在霍尔茨身上一直以来常常有很多非一般日常逻辑所能框住的日常表现。他实际上所要表达的,是在 1990 年以来经济要素发挥巨大作用并改变了一切的局面之前,他想要积极地面对市场(PH 448)。这种积极,当然包含着顺应,从霍尔茨发展的轨道看,实际上更多的是要开始对

---

① 在赫勒看来,人的所有活动领域都可以称作"类本质的",并将其分为"自在的类本质""自为的类本质"和"自在自为的类本质"三类,分别对应人类社会的三个基本领域。参见〔奥〕阿格妮丝·赫勒:《日常生活》,衣俊卿译,重庆:重庆出版社,1990 年,第 5 页。

市场采取对抗姿态。而且,他后来的方式是以摆脱从市场中所获得的核心体现要素——钱,来回应市场及其所代表的逻辑与趋势。在这场讨论中,他注意到并肯定艺术促使人们去行动、去逸出日常地行动,也是势所必然的。

第三节　艺术作为工具

这里所涉及的艺术问题,作为过渡乃至转折期的艺术问题,具有鲜明的历史语境性。

泽尔格作为中间商,欲收购奥尔加的画作,然后以两倍于收购的价值卖给买主。他大谈此生意经,为之辩护和骄傲。他的功劳在于他既认识奥尔加,也认识那些买主,也就是说一方面是与那些富人相熟,另一方面是与艺术家相识。他在两个世界间往还,轻松就可赚到上万马克(PH 373)。在舒尔策笔下,泽尔格不仅是作为西方商人充分利用一切条件和手段在民主德国转折期的经济乃至政治生活中闪转腾挪,并巨大获利,而且,一直以来,他似乎也在市场经济轨道上引导霍尔茨前行。他总是借机明渡资本主义条件下的种种思维与观念。在特定历史时期的日常生活中,他这类西方商人也并不忌惮将自己扮演或落实成西方的鼓吹者。泽尔格借以艺术发财的机会,大谈市场经济的好处,并允诺说,很快这里也会有一切,一切人们心向往之的东西。"别人会一刻不停地让你关注那些你甚至想都不敢想的东西。你都不知道,自己在渴望得到这些东西。你们这次丰功伟绩的和平的革命使大地母亲重又与其子嗣和谐共振。这是母亲般的丰润重回大地。"(PH 375)他这份颂扬中,点出了他骨子里那种对西方价值观的自得,点出了人的物欲可以和如何激发与不可控制,点出了霍尔茨这些所共同推动的所谓和平革命推动了另一种状态。

泽尔格也大谈财产的重要性,认为"人类发展告诉我们的一个经验就是没有财产,一切就什么也不值。一个有所为、有所事事、向前推动什么发展的人,也就是我们已学会称之为企业家的人,是有益于人类的,一个享受自己的人生并购买什么时的人,是有益于人类的,因为他爱自己、爱他人,想在一个他所发现的更好更美的世界里生活。即便不是为了这样目的,这涉及怎么来规划我们共同的生活,以便使之与人的本质相符。你正经历这样辉煌的变化,你可以共同来塑造这种共同生活。[……]你就像经历再生似的经历你世界的改变"(PH 375)。在这一个捎客的口中,热情洋溢描述的是一个经济社会,一个与过去有巨大区别的同财富密切相关的经济社会。他热切地认为这个社会和这种生活更符合人性,更值得追求,并呼吁和期待霍尔茨共同参与和投身其间。他本质上作为一个旁观者,一个带来新视角或者说自以为已经历和拥有这种生活的人,所集中表达的认识和观点,无疑带有强烈的推销性质。

在虚构现实里,泽尔格显然是作为西方观念的代表,具象地在一些关键问题上表达他常常有些自我迷醉的认识、理解乃至期待;而霍尔茨作为交流的另一方,对这些观点感到震惊,因为他觉得泽尔格是以抽离他脚下土地的方式在论证(PH 376)。也就是说,这些观点对他很有触动,但他并不能拿出更有力的观点来反驳和对抗,虽然他清醒地知道,泽尔格的立场是资本主义制度坚定追随者的立场(PH 380)。然而,在非虚构的情景中,我们知道舒尔策作为这个虚构世界的创造者,是非常明确而精准地揭示了资本主义社会经济的种种问题,尤其是点出这些问题之后资本主义本质上的虚像。但舒尔策的艺术贡献首先还是体现在其艺术的营构上。因此他是从这种艺术营构所必须倚恃的历史语境出发,让泽尔格这样的西方角色起到带入作用,并与霍尔茨这个东方世界里既另类也主流的角色两相遇合,从而展现东方日常生活世界里观念交锋的张力,尽管是让霍尔茨处于一个颇为虚弱的位置。

第四节　艺术作为表演

霍尔茨以艺术的方式作为赚钱的一种途径,然后又假借艺术的名义来摆脱钱,是一种在钱的问题上的价值观表达,本身又是一场表演。

霍尔茨开始了他似乎已准备多时的这场表演。他请来了接受委托的公证员哈尔伯施特博士,由他十二点整宣布"艺术原型"开幕。他请来了摄像团队、电台,虽不准备接受采访,但决意以行动在公开场合以直播的方式展开这次表演,一边还怀着自我陶醉的情绪。他请来了参与他以房产赚钱这个主渠道的公证人,公证他的身份、表演的道具,这些也同是其要焚毁的对象,尤其是让他此时见证他在赚钱之后摆脱钱的过程。而他之前开画廊,仿佛也是为了这一刻在进行准备。因为他表演的场所,恰恰就在他的画廊。他依次展现他的三盒火柴,让它们掉进钱袋,待公证员宣布有请霍尔茨先生开始他的"艺术原型"表演,便胸前挂着钱袋,登上架在画展室内的梯子。在镜头前登梯,是霍尔茨宣示性的行为和表演。他在梯子顶部坐下,犹如羽毛球运动计分裁判俯瞰全场。其间,他审视纸币上的图案,计算烧完这些钱所需花的时间——差不多七小时。这之间,为了所谓的布展给霍尔茨汇来 812 张一千面值马克的安东尼奇先生站在霍尔茨面前。此人自我理解为艺术发现者、艺术创造者,也就是艺术家,按照他的说法,没有他就不会有或者说不再有布展了(PH 550)。他聘请了四支摄像队,拍摄霍尔茨从楼梯顶部将一张张钱点燃后投入下面的锌盆。他们之前签订书面协议,霍尔茨行为的所有痕迹作为布展的组成部分来评价。在这个活动展开前,霍尔茨申请在奥古斯街举办一个街道节并设置了路障。在活动中间,霍尔茨如约定的,不必发言,不必发表声明。他因为喜悦、因为纵火犯式的快感、因为清晰与确信,几乎要颤栗。他第一次很肯定地感到,他用自己的钱做了正确的事(PH 551)。显然,霍尔茨的烧钱,从规划到现场呈现,所依赖的公证人煞有介事的证明与活动开启仪式,到直接利用的道具一千面值的马克——至少在当时的现实中并不存在,尤其是以彼得为焦点的情绪展开、视线投放和为展看烧钱的一系列准备活动、以梯登高过程,都表明这是一场精心安排的表演,想以钱为核心概念表达,而且放在这个并不以为对艺术有多感兴趣和有多少艺术才华的人身上,并很特别地偏偏以悄悄展开的行为艺术,以掩饰性的"艺术原型"为活动名,既要表现霍尔茨对钱的认识和以钱行事的反思,也展现集其一生在钱上多有经历后所要表达的感受和其他的东西。

烧钱这一行动,从头开始就是放在"艺术原型"这么一个艺术和展览活动名下的,而且霍尔茨自我设定和被周围相关人理解并通过合同等形式推动为策展人作为艺术家这一新的位置点。这里面涉及烧钱作为艺

活动其内所蕴含并在与其他角色交流过程中体现出来的艺术理念和政治
意图,也涉及霍尔茨在排斥钱的日常功用后那种具有艺术意味,尤其是政
治意味的行为艺术方式选择和这一选择的决心、力量与对其的拆解。奥
尔加说,她打赌会有针对"艺术原型"的各种各样的问题;认为艺术当无所
保留,不然艺术就不是美的,谁在艺术中不付出一切,不走到自己的边界
点,就不是艺术家;而且还说,没有艺术,一切都是平庸的,就不再有任何
意义(PH 556)。这些观点是在与霍尔茨交流中表达的,已涉及艺术的本
质之问,自然不是这场"艺术原型"表演所能回应并以自己的本质能确证
的。但奥尔加无疑支持这场活动,而且对其中特别的设定表现出鼓励的
态度,因为这样的艺术表达恰恰展现了义无反顾的投入。当然,奥尔加对
霍尔茨的理解,也并非完全为霍尔茨接受。后者反驳说,但是,为艺术而
艺术的艺术就不再是艺术了(PH 556)。换言之,霍尔茨显然在艺术中有
艺术之外的意图和设定,就像奥尔加已认识到的:"你已在借助美揭露了
需要揭露的东西。"(PH 556)霍尔茨在暂借的艺术中就是要有所揭露。
而且他的烧钱,就像他已表达的对钱的日常操作所做的否定那样,也是在
排斥钱用途问题上的日常建议。泽尔格问他是想做乞丐吗? 认为可将钱
给周围需要的人或者用来开家餐馆之类(PH 557)。但霍尔茨显然认为
这都不在他的考虑之内。他要在一个艺术的框架下表达他的意识形态。
不是想以此成为一个特别的艺术家,而是以艺术的方式,更有展示度和号
召力地表达他的意识形态。这是一个艺术同经济与政治在变化的历史背
景前于个体层面扭织和凝结的典型案例。

　　霍尔茨在获取巨额财富和彻底摆脱之间,在否定一系列日常性摆脱
方式之后,以特立的烧钱方式,从一个在主角看来最有利的位置上,表演
性地、号召性地烧钱,似乎是以革命性的方式来摧毁资本主义社会市场经
济条件下最有力量的东西,其中体现了主角强烈的否定精神,针对经济、
生活方式的否定精神,从而体现了其中的政治性和意识形态性。然而,舒
尔策将主角这个自以为属于革命性的行动其实设置在一个非常脆弱的支
点上,因为这一行动固然有所宣示,但并不能真正影响变化后的经济社
会,更遑论其后的逻辑根基。

　　烧钱行动假借艺术之名,虽系一场表演,而且本来设计就是一场表

演,但无疑绝非一场表演。舒尔策在此既激发了对这场烧钱活动的观察和思考,又在后续叙事安排中,将关注的眼光投向这一事件中的主角霍尔茨,并由之再一次投向烧钱活动所产生的关于钱的认识。

霍尔茨一向在党派政治中有所介入,一度还曾介入很深。他应邀参加一场党派竞选餐会,与相关著名政治人物施罗德交流,其中谈到烧钱活动。他一开始就提及"真正的奸商"安东尼奇将烧钱拍成电影,赚了一百万(PH 558)。也就是说,烧钱这一行为表演,在目标设定和实际效果上,是为了经济利益。霍尔茨并不满意于这种被利用的盈利活动,但客观上他配合了其中设定的逻辑。他也对自己的思考不足表示不满,认为烧钱并非他思想成熟的果实,只不过是他思想的奇异花叶而已(PH 558),虽然他自得,强调其表演的意义:"我们必须在别人这么做之前,击碎隔在我们和时间之间的玻璃。"(PH 558)

然而,在与施罗德的继续交流中,烧钱表演的描述和分析,成了对钱及其关联的相关思考。而且,这次不是面对西部商人泽尔格,而是面对能根本性影响国家政治、经济局势发展的顶尖政治人物。同时,施罗德的出场也提示霍尔茨所处的时代已在转折期后期或之后。因此,霍尔茨此时对钱的认识和疑问,那就是面对资本主义提出的问题。他的论点包括:钱能造成灾祸,而且很难遏制这种倾向。根据他的信息,绝大多数流通中的钱都完全是多余的,而且钱的过剩对民主的资本主义是一种巨大危险(PH 559)。很显然,霍尔茨是在自以为很高或社会整体层面上来表达他对钱与资本及其运作状态的犀利批评。当然,这从另一方面也表示霍尔茨此时在经济生活和政治生活上已发展成一个具有自我批评精神的思考者和行动者。连施罗德也未必就是调侃地应承道:"嚯,您站位还真高:民主的资本主义。"(PH 559)霍尔茨对资本主义的态度里,"民主的"这个本质期待,被施罗德敏锐地抓住。只是,如果从虚构现实之外的角度看,结合舒尔策非虚构文字中所表达的对资本主义的批判认识,则可看出作家是在角色发展的线路上设置了霍尔茨这一恳切态度。但是,也并非完全只是拘泥于联邦德国20世纪90年代的历史语境。不难判断,角色的这一份恳切实带有明显的幻想色彩。因为一个在资本主义世界里获得了极大成功的商人,不是为了表达他对钱及其相关核心问题的批判态度,不是对可以推展至资本主义发展问题的局面有了自己的判断和认识,纵使可以表演之类,当初也不会选择以烧钱的方式表示否定的本质态度。

在这场交流中,霍尔茨清楚地知道在烧钱的基本逻辑线路上,再往前可以迈出怎样的一步。他继续发表自己的意见,认为政治的任务应当是将所有多余的钱集中起来。不然这就是产生对抗性矛盾。对方说,对抗性矛盾,何所指啊? 多余的钱可以存银行啊。霍尔茨则认为银行不擅理钱。对方说,那就购买艺术品。霍尔茨认为,很多艺术家怀有并维护着在他霍尔茨看来发现是恶之根源的东西,而且他们经常将其作为投资项目来提供(PH 559)。因此,在霍尔茨看来,多余的钱,既不能存入银行,也不能用于艺术收购。唯一合乎逻辑的出路,就是毁掉只着意于自我增值的多余的钱。而且他认为自己这么做并非是要表达控告,而是涉及资本主义的自我清理。他认为每个人应当在超越利润追求、垄断追求的地方或超越善行的意义上投钱(PH 560)。他本质性地认为,钱如果成了奴役万物的暴君,那它就不再具有合法性(PH 560 - 561)。

霍尔茨似乎发了篇檄文,紧抓住这样一个选举餐会,将他对钱在资本主义体制内最深切的认识和选择颇为透彻地表达了出来。其意图也许还在于这一番犀利的表达能在选战之后对对方的施政产生影响。施罗德敏感地指出:"有点马克思的味道啊,不是吗?",(PH561)霍尔茨关于钱的问题的挖掘,的确有马克思主义揭批资本及其后之意识形态的姿态。实不难发现,霍尔茨的思想底色中,在他个人发展的最高点,在资本主义环境和体制在德国东部深入发展的时候,依然有他成长过程中形成的某些东西在发挥关键作用。

第五节　艺术作为弃绝

在《新生活》中,写作在主角的成长过程中起着非常重要的作用,同时是作品的一个贯穿性主题,在主角与变化中的外在世界之间关系的不同阶段和层面留下了特质性标记。

正如赫勒所言,"人的情感一般总是寻求艺术形式得以宣泄"①,图尔默从少年时就开始了他的作家梦。他从未怀疑过自己的才华。他要写下自己的观察、体验和思考(NL 147 – 148),要表达别人之不敢言,"例如,西方好于东方,虽然我们想去西方,却不被允许去西方"(NL146)之类。也就是说,他在写作里不仅表达着自己的人生志向,而且要展现勇气。他的生存状态,某种意义上就是以写作的持续展开和孜孜以求来标示的。写作伴随和支撑着他度过军营与大学生活。此间的生活中,他甚至每天都将自己的日常随时随地地转化为文字,以此磨砺自己的成长和证明自己的价值(NL 167)。他追求和欣赏这种以写作介入、刻写乃至提升日常生活的方式和状态。虽然后来的生活让他不时得放下手头的写作,不能真正成为一名作家,但写作于他就像呼吸一样不能舍弃。

他以写作来酣畅淋漓地勾画自己对西方热烈的想象。西方在他笔下,在他少年时的头脑里,乃至在后来相关的回忆中,就是天堂。街道是地下加热的,加油站从不关闭,所有商店和门楣上方广告在闪耀,人人在各种公共交通上随时都有座位,汽油如香水芬芳,火车站像热带花园,在学校里可留长发、穿牛仔裤、嚼口香糖,此外世界级的市场就在西方(NL 135)。这一西方图景里尽情膨胀着物质力量和物欲满足的想象。

他寄寓写作以浪漫的生活设计。他表示要写自己想写的东西,以防将来有一天他对民主德国当权者来说显得太危险,要被逐入西方,能够在那个已出版自己著作的地方,同女友享受生活、爱情,写作并旅行(NL 224 – 225)。

然而,一趟缘起欢迎金的西柏林之旅,却让他断然放弃了写作(NL592)。

曾几何时,图尔默与母亲、妻子和继子初游巴黎,在西方这另一处都市场景,却有着绝然不同的体悟和收获。寻常的经验,被主人公深刻地收在写作里,借以与收信人深情交流。其中一次他在巴黎的咖啡馆独处,突然意识到有两小时时间属于自己,意识到"平生从未经历过的那种自由",一下子几乎要热泪盈眶(NL 63)。这是一种瞬间击穿心底的感受。接下

① 参见[匈]阿格妮丝·赫勒:《日常生活》,衣俊卿译,重庆:重庆出版社,1990年,第116页。

来一次巴黎街头漫步,他更将之提升至象外高度:"这是在自由中迈出的头几步[……],是在自由中迈出的头几步。我要忘记自己的年龄,忘记自己的姓名,忘记自己从何而来,我只想看,只想一步一步往前走,只想你在我身边。"(NL 64 - 65)街头漫步在他不仅是奔放的自由,不仅可以有爱的期盼,而且成为"彼岸"的指涉(NL 66)。他将漫步归来表达和视为似乎清晰地反衬着此在的"彼岸"归来。而现在,从西柏林不是从"彼岸"归来,不是从"彼岸"的沉醉中归来,而是在主人公表面上看仿佛要刻意发展而成的病中决定放弃写作。

图尔默是想表达什么? 告别过去? 为了未来?

在病中的数周,小说主人公萦绕在心的一个核心问题是:"西方以怎样的方式进入我的头脑,而且它引发了何物?"(NL 131)这也是我们要探查的。而且我们要扩展探查的是,西方可能是什么? 西方来到东方后,东方可能是什么? (NL 112)难道西方在东方实现了西方,所复制推行的生活就是新生活? 因此,如果说放弃写作在图尔默这里,本质性地是要以他最在意也最着力的存在状态作为否定的对象,并借以表达告别过去的态度,那么现实条件和他自身的准备,却没能给予他多少机会在或许是面向未来的姿态中迎接小说标题所提示的"新生活",或者至多只是让他获得那么一点稍纵即逝的机缘,从生活迅速而起的变化中感悟和期待非常不易把捉的生活新要素,或者像他妻子米歇埃拉那样以对选举情势和结果的极度不满来表达对新生活的强烈怀疑(NL 161 - 163)。因为新生活在《新生活》中被表达为不是什么的时候,例如不是因为"追求德国马克"而一切变成西方既存的样子(NL 112)时,才获得稍稍确定一些的品质。它可能涉及新钱、变化的政治与选举活动等,但实际上,还根本不是什么。在图尔默这里,这个所谓新生活一直是一种悬而未决的状态。

还是在虚构的现实里,我们看到,图尔默在他职业发展上,是明确告别了剧院的工作,并最终也停止了很多年一直在断续坚持的写作活动而转向办报,并由此转向与办报相关的经济世界和必然要卷入的过渡期的政治生活。因此,至少可以判断,"在图尔默的发展中,可清晰见到他摆脱艺术的身影"。① 他放弃日常生活中的"审美生活"②,或者反过来说,放弃了"审美生活"这种"处理日常生活的[……]方式"③。虽然这也未必一定意味着他要彻底放弃写作所内含的反思的习惯和由此展现的精神姿态,但是,毫无疑问,他在突如其来的病中,他在内心的挣扎中,放弃了这个作为他显性存在方式的写作。而经济生活乃至他所面临的全新的经济逻辑,于他绝对不是他最后的本质性追求。这种生活及其所在的世界,事实上也表明对他来说具有"持续的新挑战和冲突的发展前景"④,但无疑不能向他提供一个"有意义的生活"⑤,因为我们从任何维度上都未看到图尔默的日常世界是"为他[……]自己的存在"⑥,而且经济逻辑主导的生活,从联邦德国的现实看,根据舒尔策的分析,无论如何不是"民主的"⑦。

因此,图尔默在放弃写作后,更进一步的疑问是,新生活值得追求吗?是"真正的生活"(NL 162)吗? 这个问题,比新生活是什么的问题,更不可以回答。似乎只有一点可以断定,放弃写作及其生活与思考方式,绝对没有允诺一种"有意义的生活"⑧,只能是一片"巨大的虚无"(NL 587)。

---

① Daniel Lutz:"Handel und Verwandeln. Die Koexistenz von Schriftsteller und Unternehmer in Ingo Schulzes *Neue Leben* ". In:Heinz Ludwig Arnold(Hg.):*TEXT + KRITIK*,München:edition text+kritik im Richard Boorberg Verlag GmbH & Co KG,2012,S.71.
② 参见[匈]阿格妮丝·赫勒:《日常生活》,衣俊卿译,重庆:重庆出版社,1990年,第289页。
③ 同上。
④ 同上。
⑤ 同上。
⑥ 同上,第290页。
⑦ 同上。
⑧ 同上,第289页。

第五章 政治与宗教中的东方与西方

依照赫勒的观点,对政治活动的探讨,虽远离日常,但政治变化却影响每个人的日常生活。[①] 而在舒尔策这里,政治活动、政治变化及其探讨恰恰处在角色世界的现实之中,而且深深影响了角色们的生活。在其核心作品《新生活》与《彼得·霍尔茨》里,角色世界中的政治问题因为涉及体制之变这一重大历史语境,在个体与日常间,显得非常重要,而且指涉颇为复杂。不论是体现为党派政治,还是集会、游行,乃至相关的监控、审查,甚至在逃离模式下的西方幻象,都在角色视角下的东、西方图景上交集。此外,作为虚假出路的宗教这一要素,也在东、西方关系的呈现中发挥着有限但个性的作用。

第一节 党派政治与公共政治空间

以霍尔茨为例的党派政治生活,其中也包括他以政治性集会体现的党派政治生活,虽然于他也是一个被带入和最后放弃的过程,但因为关涉他在信仰和政治方向上选择的思考与辩驳,所以意味深长。

在霍尔茨摆脱流浪的状态,在养父母家拥有家庭生活,并由之真正比较深入地进入日常社会生活后,政治的要素,差不多是全方位将他包围。

---

① 参见[匈]阿格妮丝·赫勒:《日常生活》,衣俊卿译,重庆:重庆出版社,1990年,第103—106页。

其实他个人也非常乐意在这种虚构现实中无处不在的政治氛围里浸淫。

霍尔茨这个寻亲、寻找关爱的孤儿与被寄养者，表面的动机是寻访和寻回孤儿院老院长才开始他作为少年人很短一段经历的流浪，而且很快得到机会脱去孤儿身份，虽然他后来似乎一直保持着孤儿独特的精神气质。他热切地求知、探索，天真地辩驳并参与转折时期的多种政治活动，虽然看似受到相关者的影响，但却是从一开始就坚信并拥护着一些什么。在离开孤儿院进入家庭和社会生活时，他就开始了有意和无意涉及钱的要素，并关注和点染性讨论到了制度要素和现实政治格局。例如，他对苏联付出牺牲给予肯定，在与奥尔加聊天时说："为了这美好的一切，我们得感谢那些反抗法西斯并为国家建设出力的人。当然也感谢苏联。没有苏联，一起无从谈起。"(PH 38)他也清晰地表达对资本主义的警惕和与之斗争的喜悦，在体育比赛上也存在区分的动机，即便是在体育上，也有制度之争。如果涉及哪方会比出个更优来，那霍尔茨就只看与资本主义国家较量的国际比赛。他诘问："难道我们战胜联邦德国不是非常清楚地表明，我们社会主义的真实状态如何吗？"(PH 40)

他也反驳同学沃尔夫冈对民主德国体制的批评，依据是课堂上老师对西方的评价。这种在制度问题上的对照讨论，在小说中设置为霍尔茨有意的转述，而他在其间只扮演评说者的角色。当然，这种评说，也像主角对待苏联和体育比赛的态度一样，是清晰而鲜明的。霍尔茨向奥尔加转述，沃尔夫冈认为："在我们这里没有自由，因为我们不允许去西方，选举也不是真正的选举，而且我们的议会也不是真正的议会，因为那儿所有的决定都是一致通过的。"(PH 50)但霍尔茨反驳沃尔夫冈的观点，认为对方是上了西方蛊惑的当(PH 50)。作家在人物对话和观念交锋间，带出西方、政治、民族、自由、钱等要素，呈现了角色们对西方的向往、同西方的比较、对西方的批评，以及对自身的辩护、维护乃至骄傲。因此，这种对话，不仅构成情节肌理，呈示人物思想和性格素质，也成为小说整体的思想内涵。在这里，虽然小说设置了一个张力维度，但不是为了肯定这一观点——尽管其中也清晰地展露出社会情绪和倾向的涌动，而是为了引起主人公的反应和反思。果然，霍尔茨在奥尔加面前明确表示不认可沃尔夫冈否定性的观点(PH 53)。

　　霍尔茨认同公民学课程任课教师对西方的批评:"西方制度是表面民主,[……]所有的党派都从同一批康采恩那里获得钱的捐赠,他们的法律受到那些特意为之支付了钱的代理人的影响,而且在议会里,这里讨论的是什么,全然无所谓,因为执政党想要什么,他们就会决定什么[……]"(PH 50-51)霍尔茨以老师的这番分析来质问沃尔夫冈,他是否还一直想强调西方有民主,而这里没有民主(PH 51)。霍尔茨坚持认为沃尔夫冈"代表了一种完全错误和有害的态度[……]"(PH 54)因此,上述在日常中展开的讨论和所展现的态度,无疑勾画了霍尔茨学生时代思想和政治态度受到民主德国主流意识形态影响而形成的一个基本支点,这就是他相信并愿意接受他所受到的政治和思想教育。

　　在霍尔茨的政治养成中,早期的版本还涉及拉美地区的革命向往。彼时向往或奔赴异邦尤其是拉美地区的革命,不仅在民主德国,而且在联邦德国也是风尚,很多进步的青年从联邦德国去往尼加拉瓜(PH 151)。舒尔策笔调细腻,提及霍尔茨和他的朋友沃尔夫冈回家路上遭遇阵雨。这时霍尔茨设想尼加拉瓜那边的雨当是让人舒服的,犹如给人温暖的淋浴,而他们当下在他所处的环境里却是冷雨(PH 151)。从天气入手的感知,映衬的始终是对尼加拉瓜的向往,而且是革命框架下,而不是作为旅游观光客似的向往。这种对革命的热忱,与虚构情景外部指涉的20世纪60年代或20世纪七八十年代相映照。

　　小说也切入勋伯格太太这样久久浸淫于民主德国历史和社会的老人的线索,以局部的多线索叙述式展现霍尔茨所处的特定历史与社会环境,特别是对霍尔茨成长可能有影响的那些要素。勋伯格太太在她65岁生日时,回顾自己的父母和老师如何助她成人。相关起作用的要素还包括天主教信仰、音乐、学校教育。她回顾自己一生的日常。日常在她这里是父母、学校、信仰、学校教育和音乐,由之构成淡静、满足的日常氛围,但是有一天,她父亲与朋友共同经营的一家事务所被党卫军查封,父亲也被投入集中营(PH 152-153)。也就是说,战争、迫害和集中营等要素破坏了这一切。这样的场景,包括与勋伯格太太其他交流情景中所带出的布拉格之春及其在民众层面激发的期待问题(PH 160),也包括佩特拉比较纳粹时期与苏联时期的某些状况时遭到霍尔茨质疑的情形(PH 160),驳杂地构成了霍尔茨的日常世界。其中透出的观念和氛围在思考维度上对霍尔茨是有激发力的。

正是在勋伯格太太这个生日庆典聚会上,霍尔茨的入党问题被提了出来。场景中的相关建议与讨论,不单是提示了霍尔茨在党派政治中可能的第一步,而且集中地带来了霍尔茨在信仰选择和思想认识上已实现的积累。勒弗尔等人认为霍尔茨应当加入基督教民主联盟。基督教民主联盟这个来自联邦德国的老牌政党,就是像西方的钱和资本在历史转折期大规模切入东方那样,也颇为及时地将触角伸了进来,而且首先争夺的就是年轻人。勒弗尔说,他们需要霍尔茨这样勇敢的人来改变什么,只是在场的贝埃特反驳说霍尔茨是共产主义者。勒弗尔又指出,霍尔茨同时也是基督徒,并以自己的父亲为例,说他父亲当初之所以从西方迁过来(PH 158-159),"是因为社会主义更近基督教精神"(PH 159)。这一番交流涉及主角霍尔茨的认识和选择,更展现了其选择的个性。共产主义或社会主义在角色的世界里并无规范性区分,只表示一种有别于资本主义的精神信念,但却作为清晰的一极,与仍被认同为资本主义宗教信仰的基督教放在一起,结合在一起,是颇为特殊的。这种认识与背后的逻辑,被舒尔策纳入小说叙事,不唯角色塑造的需要,而且也意在揭示角色所处的政治生态。也就是说,在这一个时间层面,这种已形成的政治和宗教信仰杂混的状态,表面上也体现在主角博弈和矛盾性的思想情状和行动逻辑上,但更体现了作家的一种政治态度,因为在小说中,主角的矛盾性和天真在思想信念上,最终并没有被设定为与资本主义结合或调和,或是全然选择资本主义信念。

霍尔茨入党,虽有一些程序化的操作,但并不复杂,只是相关的几点,在角色刻画与语境揭示上值得关注。

霍尔茨应约参加基督教民主联盟招新委员会的考查(PH 164)。在回答问题时,他准备说明为何要加入基督教民主联盟,并欲坦承他对之所知不多,而且不准备隐瞒之前曾有过加入德国统一社会党的徒然尝试(PH 165)。不难看出,霍尔茨对于加入基督教民主联盟,既无充分的认识、良好的准备,更没有奋发的追求姿态,而且他的政治态度和信念,在不断的变化过程中,可能体现了日常生活中霍尔茨性格里淡然或昏昏然的一面,或是与角色年龄和品性相关的不确定性和缺乏坚定性,因而也是政治上的某种投机性,而且也印证了其他角色在他信仰选择上的观察,并再一次让人联想到在霍尔茨将要入党时的虚构情境中,存在多种政治力量的竞争。

佩特拉也是基督教民主联盟争取的对象。在面试现场和填表环节,霍尔茨遇见佩特拉。在这里,我们看到霍尔茨在郑重地表达:"我们需要公共性。是要求国安局那些同志寻求公开对话的时候了。"(PH 169)然而,对这种角色视角下严肃的政治性场合,舒尔策添上了一个拆解性戏笔。在场的佩特拉用脚尖顺着霍尔茨的大腿往上移(PH 169),性的挑逗切入准备加入基督教民主联盟这样的党派政治选择。

从霍尔茨这一端出发,舒尔策同样也有对政治等问题的嘲弄和戏笔。他写霍尔茨为了延缓性高潮的到来,采用分心术,一时不知该想什么,但接着就想到,比之想苏联和基督教民主联盟,想尼加拉瓜来得更轻松些(PH 164)。舒尔策在庄谐之间将性爱活动与公共生活中的政治要素关联起来。要么将目光投向东方、西方或拉丁美洲,或是关联党派政治,而且是转折期有西方色彩的党派。这似乎说明,政治在霍尔茨这里如日常,也时时在日常之中;同时也意味着,霍尔茨的政治个性既属日常性的平凡,他也并没有那么庄严地对待政治,而只不过就像性爱随缘发生那样,率性对待政治。

然而,霍尔茨既然答应了入党,其加入党派,是与权力追求或至少是与一定政治诉求表达相联系的。他认为入党不是私人性质的事情,表示将来要做议员,说他不理解,为什么基督教民主联盟要认可德国统一社会党的领导地位,认为他们这么做仿佛是自己视自己不重要,而恰恰是基督教信仰使基督教民主联盟的人要高于那些人,而且,只有信仰基督,才使共产主义者达至人性的完善(PH 167)。看得出来,霍尔茨的信仰选择和信念表达,虽有日常的随机和随缘,但哪怕他初入楼堂,或者说刚签字入党,他显然就想到了党派之间的权力问题,而且有向主流位置党派挑战的意味。最显眼的是他将基督信仰放在引领位置。虽然他接着也说共产主义反过来又迫使基督徒行动(PH 167),也就是他意图从两方面将这两者结合与调和起来,而且表示要一再强调这种事实性的结合和联系,但无疑,他人生早期对共产主义满满的信念,其实只是他最终信仰选择的背景和前奏。不过有一点也是清晰的,他并没有完全否弃共产主义,而只是在权力竞争关系和功能联结中有一个优先性。

霍尔茨的政治观点进一步展示出来。他觉得应公开讨论过去及其问题,并认为这也许是他作为议员后的主要任务之一(PH 168)。显然,霍尔茨还只是计划参选议员,就已有这样的计划,而且是与政治传统和主流相抗衡。因此,他貌似不经意甚至是被动采取的政治举动,还是显示了他整个生涯发展的政治性,这是他主动着色的政治性。当然,他这种种政治选择,虽然经常是西方的视角,但他到底身处民主德国社会,因此底子里的烙印犹在。他认为他所加入的党派,不应用联邦德国富人们的党派名字——基督教民主联盟,而用基督教社会联盟这个名字更好,并提议用基督教共产主义民主党(Christlich Kommunistische Demokraten)这个名称(PH 168)。不难看出,霍尔茨对西方也似乎保持着一种展现区分的姿态,然而他依然要调和,或者说,在他心里,或他的信念追求中,共产主义、基督教和所谓民主,是可以杂糅在一起的。

小说发展到第五部第一章,时间已到 1989 年 9 月。霍尔茨在党派政治中开始迈出自己的脚步。他在奥托·努施克之家也就是民主德国基督教民主联盟党部所在地集会上发表演讲。演讲中他提到上万名民主德国公民,首先是年轻人,其中大部分是德国自由青年联盟(FDJ)成员想去西方,在不体面的情况下在匈牙利或联邦德国驻匈牙利大使馆露营,谈到了戈尔巴乔夫的新思维和裁军问题等。历史语境中的匈牙利越境逃离事件和戈尔巴乔夫的所谓改革思维,在此被显性纳入小说叙事。霍尔茨的发言在大厅里引起不安,但扩音设备效果奇佳,他似乎因此获得了信心,后来更是信心暴增,以为自己是"船桥上的船长"(PH 185)。霍尔茨的演讲,犹如《新生活》中的图尔默,也是公共场合的政治性演讲,只不过此次是在党派集会。他们一样慷慨陈词,选取批评的姿态。霍尔茨批评媒体日益无趣,空气愈加肮脏,直接挑衅在场的基督教民主联盟党主席和德国自由青年联盟中央委员会第一书记,批评他们过于仁厚而纵容了谄媚(PH 186)。但他的重点在于宣示后面的观点。前面他提及匈牙利事件等,都是以否定的句式表达,说他不想谈这个问题或那个问题。现在他说他想谈的就是"马克思主义和基督教不可分的亲密关系"。他认为阶级斗争和博爱是一体两面的事,呼吁在场的领导要领悟到将基督徒和共产主义者团结起来的牢不可破的兄弟般联系(PH 186)。而他作为批评者和逸出者的关键态度还在于呼吁,与德国统一社会党领导层告别的日子到了(PH 187)。但现场虽有少数人支持他的观点,却并无掌声和回应,前面已有并不认可他观点的躁动,到后来有人叫他滚,并被多条大汉拿住,架出演讲厅,竟无人施以援手(PH 185 - 187)。霍尔茨在党的集会这种公开场合下的政治首秀宣告以失败告终。舒尔策冷峻地展示了霍尔茨演讲中与变化时局紧密相关的判断和观点呈现的过程,一并也刻画了当时语境下政治生态的一个细部。

但显然,霍尔茨在过渡期之前与过渡期之中,思想、政治、经济和社会生活层面急速发生变化并形成冲撞的当口,是没有收住脚步的。某种意义上,他在狂奔。

时间发展到 1989 年 9 月,已进入民主德国相关形势发生明显变化的特殊时期。霍尔茨在狂奔之前,似乎要隐修、沉淀一番。他被抓了起来,或者是自认为被抓了起来,而且是作为唯一一个被囚者囚禁在那里。然而他在监室里并未遭到虐待。他吃饭吃得津津有味,一点也不感到无聊,有太多的事情要透彻思考。监室给他激发,在这里他可以每天写一封读者来信。显然他在写读者来信上自感积累了经验,有信心,而且觉得这种形式颇能集中表达他的政治观点和态度。他能在安静中研读经典作家,并尝试从理论上论证自己的观点。他虔诚地向天父求助,请求赐予他真正的见识和理论,好让他寻求一条通向社会主义的最佳路径,且能够继续向共产主义发展,相应地他认为大家要在所有党派和组织中,要在这个社会的所有地方凝聚起来,以共同建构一个每个人的自由发展成为所有人自由发展前提的社会。在这里,我们能清晰感到马克思主义思想在他头脑中显著存在。随着时间的推移,霍尔茨分分秒秒感到自己越来越接近正确的位置,俨然已成功地进入监狱,仿佛已选定基督教和共产主义烈士为他所指明的那条道路。

霍尔茨在这里获得隐修般的待遇,将自己一向想将基督教与社会主义/共产主义结合起来,乃至创造一个更美好社会的意愿在这里凝结成形。舒尔策将这种顾盼自雄和沉思比拟为霍尔茨成长过程中必有的环节,但又一以贯之地反讽处理似乎这一有些高尚和深刻的情景。他让霍尔茨自疑:"我该怎样在错误的监牢里经历正确的事?在民主德国监牢里的英雄主义其本身就已是矛盾。"(PH 203)又或者是这样的问题:坐牢是坐对了还是坐错了?(PH 204)霍尔茨思绪万千,还是不停在脑海里写着一封读者来信。也就是说他非常乐意借助这种形式表达他的政治诉求。他想到,民众的意识没有也未能得到发展。因为国家和党的领导人待民众如待小孩,曾几何时,民众行事如小孩,如不良少年,不成熟而且处于青春期。他还在考虑,哪些阶级和阶层得退避与消亡,以便让每个人的自由发展成为所有人自由发展的前提(PH 204)。霍尔茨以为他在为天下、外在和形而上思考并求问。犹如在洞喻之中,他思忖,从监室的墙壁会传来回声吗?他高声问:"不可能吧?"(PH 204)他大声对着墙壁喊,但没有回声。霍尔茨在监牢中,或要弄得悲壮一些,自我设定为在监牢中,思考种种与人民和国家相关的大事,这成为他政治生活向前发展的一个基本环节。

霍尔茨主动地或也像图尔默那样被推着进入斗争性的政治生活。他走上了德国剧院的舞台,站在演讲台前,数百人和无数的闪光灯前。这时已是 1989 年 10 月 15 日。主持人吹赞他的被捕和写读者来信的经历,为他赢得雷动掌声。就像被主持人赞扬,霍尔茨之前和之后也被他周围的人,尤其是被其基督教党派圈子里的人如勒弗尔(PH 190),或是被养父虚夸地赞美为英雄。只有他的女友佩特拉指出他满嘴责任、社会主义、世界革命和基督耶稣之类的大词(PH 172)。但霍尔茨被捕的经历,不再意味着生命和其他危险,反可用来炫耀与分享,表明当时的政治生活氛围已发生很大改变。

其实,在这个集会上,霍尔茨只是以女友佩特拉代言人的身份发言,是代为报告后者在 10 月 7—8 日之夜遭受刑讯的情况(PH 210)。女友正在康复之中,尚不能亲临现场。同时霍尔茨也讲述了自己前往莱比锡劝阻警察和国安人员的事情(PH 210-211)。

在这类演讲中,掌声和笑声的喧嚣一再中断演讲,就像作家在描述其他场景时所呈现的那样,可能还会有嘘声。就仿佛这些政治演讲,是在讲

笑话、抖包袱,整体弄得就像嘉年华。然而,舒尔策在这里面植入了一种
与角色整体思想、政治态度和时代氛围相称的庄严,尤其是要赋予主角那
种求取摆脱并向往与实践所谓新生活(PH 210)的坚持。霍尔茨想要给
在场者鼓劲,说在这几周,做欧洲历史先锋的任务落在了德意志民主共和
国公民的肩头。提醒大家,自己过去以为是守纪律,却只不过是顺从;但
违背自己理智和感情行事是扭曲自己;与资本主义的竞争关键不在谁生
产得更多、更快的问题,而在于创造条件,应让这里的每个人从事有意义
的工作,生产高品质、耐用的产品,过上幸福美满的生活,摆脱所有社会恐
惧和困苦。大家正是为了这一自由而斗争(PH 211)。霍尔茨在此表达
的诉求,无疑体现了他的政治与社会理想。

　　而且,我们看到,霍尔茨此时已发展到政治行动的鼓吹者。他认为:
"我们已生活在一个新世界。这个世界之所以新,是因为我们视之为可以
改变并因此已开始改变我们自己和我们彼此。这个新世界在我们心中、
伴随我们、在我们中间产生。昨天对我们尚陌生和遥不可及的东西,今天
已近在咫尺且成为必须,而且明天已成为理所当然和日常,是的,明
天——周一,在莱比锡走上街头,已是理所当然的事情!"(PH212)毫无疑
问,霍尔茨这个所谓流浪儿,可能缺乏精神和思想的厚度,但显然能敏锐
地顺应时势。而且他从一进入叙事场景偏就是政治性动物,紧追时政。
接下来他呼吁在场的每一个人其所在城市登记一场在同一天和同一个时
段的游行。"我们为了宪法上规定的权利和自由而游行,只要求这些,不
多不少。我们要求的,不单是对我们,而是对所有人都有利且至为重要的
东西。"(PH 212)他再次得到了现场听众的掌声和呼叫,主持人也颇为激
动,建议 11 月 4 日游行,呼吁为了出版和言论的自由游行,为了自由选择
居住地的权利和工作的权利。在场听众和应的呼声此起彼伏,要求报纸
和电视不仅要公告示威游行,而且要加以报道,将之记录下来,应现场直
播(PH 213)。这种公开场合下的造势和舆论节奏,就是以这样的线路鼓
动起来。

　　舒尔策在这番激昂的场景之后,来了一个小小的拆解。主持人一再
催促霍尔茨最后将他女友被刑讯的那份记录在舞台上读出来,也就是说,
主持人属意的还是霍尔茨在这场演讲中作为代言人的定位。集会上的慷

慨陈词,只是促发性的加戏。在角色层面,这一拆解也有反应:霍尔茨感到一下子从做人(Menschensein)的最高峰跌入了最低谷(PH 214)。

在霍尔茨的日常生活里,现实政治变化的要素一步步占据前台。一个最初被设定为流浪汉性质的角色,在其前半段人生中,本质性地因为历史进程的推动,因为突然大规模涌入的资本主义意识形态要素与既存的主流意识形态在他所在的变迁、断裂的日常世界中激荡博弈,时刻冲击并影响他的感受、认知、价值评价和政治实践,而不得不成为,甚至有意识选择成为一个在党派政治和公共政治空间里崭露头角且在时代大潮中积极发挥思想和政治行动共同规划与推动作用的人物。

霍尔茨在他这个外在引导的特定发展时期,可以说高度关注"影响每个人日常生活"的"政治变化"。[①] 例如匈牙利事件,在小说叙事中,之前在禁止旅行的情景中叙及,这次在《彼得·霍尔茨》第五部第三章又有所展现。舒尔策的叙述是借助电视新闻报道,呈现集中而巧妙,且保持在虚构情景的发展逻辑之内。霍尔茨与佩特拉在家居环境中看电视。后者说,她感到匈牙利已开放边境了。霍尔茨一下子从床上跳下来。新闻报道显示,西方电台带来了对越过奥地利边境的民主德国居民的采访;在莱比锡发生了欲离境旅行者的游行;波兰团结工会的领导人莱赫·瓦文萨将对联邦德国进行4天的访问等(PH 193)。这些非常清晰提示历史正发生迅速改变的关键性信息,两周前尚令霍尔茨震惊,但现在边境开放却让他觉得很好,有利于那些对民主德国不满的人由之认识西方。这些人如果回来,会用完全不同的眼来看待自己的国家,并因此要保留他们的住房和工作。这样的细节,再一次提示,霍尔茨尽管可以一再在党派集会上为了迎接或推动新的政治变化而慷慨激昂,但心中很大的位置还是让渡给被给予的民主德国意识形态的。维护现存秩序、"阻止"自己"去改变[……]生活"[②]的动机还是真实存在的。而且,这种矛盾的一面,在舒尔策后期小说中几个重要主角身上均可清晰观察到。《新生活》的主人公图尔默也是不愿去西方的,即便在送别他妹妹去西方时一度有追随而去的

① 参见[匈]阿格妮丝·赫勒:《日常生活》,衣俊卿译,重庆:重庆出版社,1990年,第104页。
② 同上,第105页。

冲动；而亚当，这个《亚当与伊芙琳》中的主角，一路追随伴侣去捷克和匈牙利乃至后来越境去奥地利与联邦德国，其核心的动机除了留住他对伴侣的爱之外，就一直是要将妻子劝回民主德国。这些人物思想和行为的设定，在面对民主德国问题上表现出来的一致性和共性，一定程度上反映了作家对民主德国意识形态根基和影响力的认识。作家符合历史语境地呈现这一观念和行为逻辑的底色，让其发挥作用，并激发相关的不确定性、矛盾性和冲突性。

　　然而，霍尔茨注定是矛盾的。他在党派政治视角下显然一直保持着他一个时期以来对当下状态批判和期待的眼光。他后悔昨天在奥托·努施克之家的演讲不够具体，否则，听众会是另外的反应。他想到要写一封信来弥补（PH 193）。他以口授的形式，让佩特拉用打字机打一封读者来信。后者情绪不稳，一直想知道霍尔茨从哪里窥破了她与勒弗尔的那档子事儿。霍尔茨在信中声明要立即开放去联邦德国、去西柏林的边境，认为民主德国社会的追求不能、不可以模仿西方；物质性的富裕不应作为第一要义来宣传；所期待的生活和社会变革：不要残酷无情的竞争社会；为了更节约和不那么破坏自然地生活，要保存社会成就中那些经受了考验的东西并同时为创新赢得空间；期待有序的环境，但不需要假冒代言人的国人所实施的家长制作风；期待有能够决定事情并公布结果的选举；公正是自由和自信的人们怀着共同体意识行动的前提；期待免遭暴力并可以信赖他人；期待有面向所有人的有效卫生事业；期待能根据当下的可能性参与出口与国际贸易，但既不做其他国家的债务人和奴仆，也不做经济弱势国家的剥削者；民主德国的所有公民应参与社会改革，参与苏联正指引性进行的改革进程；民主德国的媒体要成为能允许不同声音讨论所有问题的平台；他和其他民众作为基督徒有天定的责任，成为大地上的盐，也就是真正社会主义之汤中的盐。基督徒无所畏惧。是时候了（PH 194 - 195）。这封信简直就是一份宣言，是霍尔茨在此时期全面的思想纲领。毫无疑问，他是基于他的观察和经验，是在评价现状，更重要的是想改变社会现状，并着眼于未来。他尤其关注基督徒身份，似乎借此可以引领这些变革愿望和要求，似乎可以无惧，似乎在比较中，从民主德国政治、思想和现实权力传统发展之中，真正会发生改变，或刻意要显示这种改变。然而,这宏大的宣示在后来的情节发展中却被消解。霍尔茨对是否真给报社寄出这封信颇感踌躇,只是想以此为佩特拉做点什么,消除她的压抑。而佩特拉也认为这封信有乌托邦色彩,报纸绝对不会登载(PH 196)。其实,在角色之外的层面,当舒尔策设置霍尔茨将变革的引领责任放在基督徒身上时,就已是嘲弄的开始了。

然而,霍尔茨虽然在是否给报社寄出自己的思想纲领上犹豫不决,在游行的鼓动上却是并不迟疑的。这是他党派政治生涯中清晰的一个点。他认为“这关涉我们最终结束真正存在的社会主义的时代,打开通向资本主义大门的问题。我这么来判断他们时下历史的处境,这一革命性情势”(PH 216)。霍尔茨这个貌似幼稚的政治动物,其实一点也不幼稚。他把握局势的变化并顺势抓住他觉得应当和可以抓住的东西。

而且,他还在跟进局势的发展。

他在家中坐等电视直播 11 月 4 日的东柏林游行。他认为,游行直播比游行本身更重要(PH 235)。他清楚这是一种开禁,也似乎很知道宣传、鼓动的作用。这种表演性,从其后来的当众烧钱看,应当说早就存在于其认识、态度和行动上了。他其实想听游行集会上的演讲者是否会谈到共决和工作问题,但无一人涉及,连霍尔茨的养父赫尔曼也发现这场游行上无工人或农民发言,是演员式的角色组织了这次游行,是一种表演性游行(PH 235)。作家在此点出了游行在当时真实的动员状态,是一场没有真正动员起工人、农民这些基本民众参加的游行。

在游行发生的几天后,霍尔茨又一次在党派集会上亮相。在这场集会上,他对自己的定位及他与时局关系的认识,更向前推了一步。他参加基督教民主党内部一系列派别聚会。各反对派别云集,纷纷上台表达自己的主张。霍尔茨也试图让人记住自己的名字和脸,以表明自己的在场,因为所聚集的这些人毕竟在接下来的这些年——即便不是几十年——将决定这个国家的命运(PH 235 - 236)。

会议期间,“和平与人权倡议”代表正要上讲台发言,突然,一个年轻女子喊道:柏林墙开放了,不是开玩笑,柏林墙开放了。对这一突然的消息和呼喊,在此竟然未引起欢呼(PH 236)。在这些从事党派政治的人物这里,在这样的场合,并未如在《新生活》中那样,引起激动。勒弗尔和会议召集人都呼吁保持现场秩序,继续开会(PH 236),这或许是因为在游行等之后,出现柏林墙开放的局面被视为理所应当,或者是被视为干扰了他们正常的党主席选举活动,也就是他们很认真地自以为,他们此刻正决定国家的未来。总之,霍尔茨现在参加的党派政治活动层级越来越高,而且我们清楚地看到,他在政治上似乎正一步步变得成熟。他考虑的不仅只是倡议性的价值诉求,而且在行动上准备参与现实政治生活的规划和实践。

从作为补充与深化的线路看霍尔茨的党派政治生活与其政治生活的倾向,我们不妨选择霍尔茨的政治引路人勒弗尔。

霍尔茨早期显然受到成长环境的影响,本能地坚持主要在成长环境中被给予或所获得的政治观念,但加入基督教民主联盟之后,则受勒弗尔很大影响。他自己也认可这一影响。他说,对勒弗尔所讲过的一切,他都会以他自己的方式加以解释并依照行事,这已成为他的第二天性(PH 257)。霍尔茨感到,将来还坚持两个德国的存在是错误的,这种坚持"恰恰意味着拒绝社会的变化。我们将利用我们革命的活力,在彼此靠拢的过程中促成在联邦德国的根本性变革"(PH256)。霍尔茨所思考和主张的是,如何利用民主德国作为社会主义国际的优势和他们时下正尝试的变革的力量,去改造德国。这种态度和雄心,是很典型的,与民众普遍被西方钱的力量所迷相映照。舒尔策在自己的随笔文字中,也曾清晰指出在特定历史过渡期那些属于抗议范围内的民众如何起到推波助澜的作用。然而,霍尔茨也绝对不是要为基督教民主联盟、为西方唱赞歌,他还是要表明他对民主德国的肯定,虽然他也清楚地表明,将来应当是一个联邦德国的国家形式。在他看来,在民主德国是人民选择他们的领导,无论是工厂中的劳动者之于他们的经理、教师之于他们的校长、大学之于他们的领导层,还是诊所之于他们的主任医师,都是这样的模式(PH 257)。选举问题,是政治生活中的重要问题,霍尔茨以此来说明德国的优越性,表明他清楚政治生活的结构和运作,而且能适应性地展开自己的行动。

在党派政治框架下,霍尔茨因为其日常生活中常在的勒弗尔而不断延展和深化他对政治、对国家和对未来的思考。同时,我们也是从这样一条思考展开的路径看到,舒尔策怎样在虚构现实里真实而深刻地揭示转折期的历史、政治动态图景。

在基督教民主联盟在柏林召开的一次特别会议上,有西柏林前市长在场,现场还有一位从巴伐利亚来的联邦德国政治家(PH 254‑255)。会议一个重要的主题就是德国的统一,在场的政治家有多人谈及,统一问题显然已在这个基督教民主联盟(民主德国部分)的议事日程上。针对实现民族统一这个目标问题,勒弗尔认为,身在民主德国当下的他们必须改变自己,但更多的应是联邦德国要改变自己。"民族统一的想法,给我们提供了将我们革命的成果带入西方并在那里生根开花的机会。"(PH 255)而且,霍尔茨颇为认同勒弗尔的观点,并且将他的话引申开去:比之过去,比较有新意的是要将有些成功的经验向西方输出。而且,前提是统一这一条件(PH 254)。在虚构现实中表达的关于德国统一的观点或乐观认识,其实是在历史的现实语境中根本缺乏的。在舒尔策看来,在民主德国内部当时的各派政治力量之间,同时从西方政治家的表现看,面对民主德国在过渡期该如何发展,以及两个德国会有和应当有怎样的未来的问题,都缺乏足够清醒的预判。① 而这些恰恰缺乏的认识与准备,放在霍尔茨的赞赏之中,于是就明白无误地成为了一种期望性的表达。

勒弗尔作为柏林特雷普托区的基督教民主联盟地方党部名誉主席,几乎每天抱怨从波恩没有任何指示过来,"一句话也没有"(PH 257)。霍尔茨对此的认识是,那些人对在民主德国发生的改变感到害怕(PH 257)。这说明,霍尔茨感受、参与并推动了他所在环境中的变革,而且对这种变革有信心并认可,就像他前面所提到的,希望能由之改变联邦德国。而且他还借西方人的嘴说:"过去几天,我常听西部的来访者说,在你们这里这么开诚布公地讨论,在他们那里早就没有了。"(PH 257)这也进一步印证了霍尔茨对民主德国及其变化的认可和信心。这种变化,他虽未明言,但在他看来一定能有利于民主德国的发展,是积极有效的。

霍尔茨的党派政治活动,总是与勒弗尔联系在一起的。既然是勒弗尔将他引入基督教民主联盟,关于时局及关于东、西方政治都有能引起霍

---

① Ingo Schulze:"Mein Westen". In: Ingo Schulze: *Was wollen wir*? Essays, Reden, Skizzen. Berlin: Berlin Verlag, 2009, S. 272.

尔茨共鸣的观点,霍尔茨当然是心悦诚服地投桃报李。他赞美勒弗尔能说会道,懂得很多,熟知法律,在教会有根,是个好父亲和好丈夫(PH 217),关键是认为他是竞争基督教民主联盟领导的上佳人选(PH 216)。

当然,勒弗尔有一番自谦的推辞,他觉得做候选人要求很高:要足够聪明,要明显亲近教会并具备一定组织能力,此外不可以被视为要为基督教民主联盟迄今为止所推行的政策负责,要做好准备,有能力去面对大量民众,与之交流并将他们动员起来(PH 226)。但霍尔茨还是要提名勒弗尔做党的主席(PH 227)。由此可看出,霍尔茨与勒弗尔的关系越发深入了,同时也说明他在党派政治的卷入日深。而且很显然,他随基督教民主联盟活动,以参与其集会等形式,直接参与、推动了当时政治生活的改变。

霍尔茨自己也忍不住一次次走向前台。他在演讲台上呼吁民主。民主化应作为一个过程来理解,在此过程中形成共决和合作的最好可能性。这是一个实践问题,而不是书桌问题。但他以个人的自主为前提。共决意味着不仅是政治上的,而且也是工作岗位上的共决,齐头并进(PH 232)。他还说感谢作家格吕宁,但也批评这个作家。他认为现实不是用纸笔可以消除的,要去改变(PH 232)。他要行动,认为文学的形式和书斋中的呼吁不足以改变现实。

勒弗尔当选了基督教民主联盟地方党主席,达成了重要的阶段性目标。霍尔茨意识到,"我们必须同时改变一切"(PH 237)。政治生活及其变化,在霍尔茨这里现在是非常认真对待的了,他不仅怀着一直以来的理念,而且想到在改变外在的同时改变包括自己在内的一切。

他决定过境去西柏林一游。他在特雷普托警察局缴费后在身份证上盖了一个允许出境旅行的章(PH 237),就这样实现了出境自由。在这边的边检处,他9月份认识的边境士兵无一人当班(PH 237),同时,他本计划在西柏林边检人员面前展现自信的姿态,而且不准备微笑,可是远近居然看不到有谁,他可以向之出示证件。舒尔策无疑是想以史笔描述当时的状况,但不乏戏笔,将霍尔茨的态度和这个角色骨子里的那种自以为是的天真劲,拿过来戏谑一把,让其顾盼自雄的意图和四望空寂的情景,形成有趣的映照。霍尔茨在此表现出试探和调查的兴趣,在他光顾的第一家商店,他问女售货员有无《新时代》可买,对方在书报收货架上翻捡后,回答是没有，又探问《新德国》，同样没有，而没有的现状，正合乎霍尔茨的期待（PH 238）。看来，霍尔茨也知道，在西柏林，在西方，人们的关注点，政治、社会生活不一样。在往市中心探问前行时，他有一次还遇到了他这边的人中的熟人，对方说是来访友（PH 239）。他又转到柏林墙所在的地带，在勃兰登堡门附近，突然感到在这儿一个人也不认识，转悠无趣。后来穿越被称作城西公园的动物园区域，在公园内用午餐，将面包分给拾荒的老人吃。然后这个老人问霍尔茨从哪来，霍尔茨答从柏林来，又补充从民主德国首都来，从柏林的特雷普托来。老者似乎因此被勾起了惨痛回忆，很激动，泪流满面（PH 241）。老人说民主德国啥也没有，所以大家都跑了过来。霍尔茨反驳说民主德国有足够的东西，指出对方刚才吃的面包，就是从那边带过来的，可不能说什么也没有（PH 242）。老人之前问霍尔茨用欢迎金买了什么，得知他什么也没买，后来又求他领了欢迎金给他。自然被霍尔茨拒绝。霍尔茨说："对不起，我可不想要你们国家的货币。"（PH 242）这是很本质的一场对话，反映出即便是拾荒老人对民主德国也是俯瞰的态度，也反映出霍尔茨恰恰对自己的家国怀着固执的肯定，哪怕他在党派政治里已全然做好了改变的姿态和准备。而且，他这次访问西柏林，完全是观察的、探寻的姿态，骨子里有一种莫名的骄傲，与图尔默不同。他知道无趣，也没有购物的欢愉，压根儿就没想到并没有购物，而且拒绝领取欢迎金，坚决的态度里清晰地划出界限："我不要你们国家的货币。"（PH 242）而图尔默的醒悟是在他回返之后，报复性的发作让其否定自己的过去和几乎相关的一切。而霍尔茨继续探问拾荒老者，或许是为了转移话题。他问推车上的旧报纸多少钱一公斤。但老者仍执意要霍尔茨为他去领取欢迎金，而霍尔茨坚决拒绝，说不可以这么干，说是诡计，这钱由纳税人支付，但只对商家有利，而且将民主德国居民弄得神魂颠倒（PH 243）。钱的问题在此以欢迎金的领受与否为焦点，体现了霍尔茨的批评态度与一贯的认识。这个扭结，处理平实，至少反映了当时的部分现实。总有些这样清醒的批评者。霍尔茨在西柏林现场的表现，在不多的交往关系上，尤其是在其中所体现出来钱、经济和两种体制对比间财富状态的想象上，集中地由政治倾向展现相关的差异性。他给老人解释他们革命性的变革，讲述已写在纸上的权利，说他们现在真的要得到了

(PH 243)。而且,他拿出钱夹,表示要送 20 东德马克给老人,面对对方可用之做什么的疑惑,说可以去民主德国买东西,然后他会惊讶地发现什么都可买到,他会看到,在民主德国不仅不是什么也没有,相反物资却是比这里要丰富很多。在这里,20 西德马克比之倒是什么也不是,用 20 东德马克在东德买到的生活用品,是 20 西德马克所能购买的三倍(PH 243-244)。同时,霍尔茨现身说法,说自己是泥瓦工,所挣多于所需。针对老者没有工作的状态或者是想到了这点,他不那么客气地提到在民主德国已实现劳动权,人人都被需要(PH 244)。

一趟西柏林之游,在与拾荒老人其实不那么具有辩驳性的对话交流中,还有在想象性的过境情景中,变成了非常热切地宣示社会主义优越性。主角的骄傲之情发乎内心,溢于言表。

而且,在此前的另一个场景里,霍尔茨就已表现得像一个社会主义体制的捍卫者。

因为要大规模修缮接手过来的房子等,也就是迫于钱的压力,他承担起额外的工作,在佩特拉的鼓动下,开起了黑出租。做事只为了钱,就不是为了工作,而又必须得这样,这让他感到不快(PH 178)。因此,在开出租车时,钱的要素让他在东、西对比过程中极为纠结,甚至愤怒。霍尔茨从一个乘客手里在 20 东德马克之外又收到了 20 西德马克,竟然认为不该收这脏钱。说钱脏,因为西德马克来自剥削环境(PH 181)。来自西方便判决为肮脏,依据是阶级斗争学说中的剥削概念。钱作为日常商品社会的交易工具,被霍尔茨这么敏感地在其意识形态性上明确加以选择,说明他在所在社会环境中形成的主流思想教育已深入骨髓,即便是他似乎也同时选择了基督教信仰,并要将共产主义认识与基督教信仰联系起来,甚或将基督教信仰拔至更高的引领位置。更决然的行为是,霍尔茨送佩特拉回家时,又向她要回了本已拒绝的 20 西德马克。然而他点燃火柴,将之烧毁(PH 182)。这种态度,在小说最后达到高峰。只是,不仅仅是钱的制度环境与其他要素起了影响作用,而且也在于霍尔茨在钱里面所看到的权力与诱惑。他要以自己有权处置的方式来示范性毁灭钱中所凝结的权力和诱惑。

我们似乎看到,霍尔茨在党派政治里兜了一转,经历观念和精神上的诸多变化,尤其是经历资本主义与社会主义体制各具优势的比照和坚定辩护的过程之后,末了似乎又回到了他进入党派政治之前的状态。

霍尔茨认识到他的西柏林之行并非失去的一天,很有收获,因为他直到那时才真正可以判断,西方的劳动者,要将权力握在自己手中,道路漫长而艰险(PH 245)。他的这份认识,在作家笔下是热忱的、真诚的。作家就是这样让角色在自己的轨道上奔放地前行。

比照的笔法还来自对主角周围人物情状的挖掘。霍尔茨的养父母也去了西柏林。他们去西柏林采购归来,收获满满,兴高采烈。霍尔茨问他们是否领了那笔欢迎金,讽刺他们乞讨(PH 246)。在钱的问题上,他的态度坚决、鲜明,以此展现辩护和维护民主德国的立场。作家总是在经济的关联中,展现日常生活、现实政治、历史巨变,以及角色发展、情境营造和主题内涵。在角色层面,赫尔曼吹嘘拿这钱如何简便,"你不必表达感谢,出示护照,拿钱,走人",而且反驳道:"你不要坏了我们的心情。这是礼物,没有附加条件,那个国家的礼物。如果我们的国家做不到这点[……]"(PH 246)霍尔茨依然毫不容情,批评他们是出卖了自己的名誉(PH 247)。赫尔曼反驳:"别唱高调了,那里到处都站的是为社会主义与和平而斗争的斗士,而且非常乖巧地等着领钱,非常乖巧,告诉你。"(PH 247)霍尔茨突然感到悲哀,又突然感到他们的革命有被这区区100西德马克威胁的危险(PH 247)。

舒尔策通过前述几个细腻的场景,以钱这个要素深切地展现民主德国和联邦德国现实性的民众心理与行动,表现了主角的奋争与大众趋附世俗利益及其两相抵牾的现实。

而当霍尔茨后来开始大规模集聚物质财富时,他在基督教民主党内曾经的引路人与似乎可引之为同道的勒弗尔出任了政府高官后,他在党内和党派政治内的角色却向异议者、反对者方向发展。在接待作为说客前来的女新闻发言人时,他表示自己倒真愿意当初是加入了德国统一社会党;而且当初国安局想用他,他真心感到骄傲。他批评现在的政府所做的一切,有关自由、民主和富裕的一切都不对。"我们期待的可是一个完全不同的社会![……]"(PH 307)这是高度概括和鲜明的对现状的批评声音,对变化后现实的一种强烈质疑,以及愿望落空后的一种失落。这个社会,不是霍尔茨所希望的,不是他当初与勒弗尔等人一起曾通过政治活动所能争取到的。霍尔茨还表示,他不理解,为什么所有人都骂共产主义?说他们选择了一个完全错误的方向(PH 308)。他不理解,"为什么勒弗尔同意我们加入北约,而不是去军事化,为什么每一家企业必须私有化,而且马克可以败坏一切[……]"(PH 309)。他的疑问还包括:"如果少数几个人所拥有的比其他人多几百倍、几千倍或上万倍,那么民主何存?"(PH 309)我们异常清晰地看到,虚构现实中的霍尔茨,在这里就是作家舒尔策的代言人,作家在其非虚构文字中尖锐抨击的问题和一再表达的政治、经济权力与权利诉求,在此有对应性呈现;而且我们从角色霍尔茨在其政治生活现在所达到的巅峰状态看,可以断定,霍尔茨与时下的政策和当权者有着非常强烈的区分,在价值理念、经济、政治、社会和军事的发展方向、路径和措施等方面展开了强烈质疑。这样的区分姿态与质疑和不满的声音,不仅体现在他的思想和观点表达上,而且准备在行动上展现出来。作为谈话另一方的女新闻发言人,表面上劝告而实则语含威胁地说:"如果您在这些事情上拿不准,建议您不要接受那些采访[……]您可是东部著名的基督教民主联盟党员啦。"(PH 309)霍尔茨在此时断然表示要退党,因为他不再对之有信仰(PH 309)。

至此,我们简直看到了一个与自己坚持既久的发展过程决然告别,与变化后的时代根本决裂的斗士。其尖锐的批评声音,体现了霍尔茨政治理念和立场上一种深刻的扭转和清晰的矛盾对立性,并由之揭示了一个复杂多变而病象与表面性希望相扭织的时代。

第二节　国家权力之下的秩序

舒尔策在《彼得·霍尔茨》《新生活》和《手机》等作品的虚构现实中,充分调动相关历史语境要素,呈现转折期前后东、西方关系中的经济生活、政治生活特别是党派政治等,在追求艺术之真的意义上塑造个性角色和揭示金钱与政治交织基础的意识形态。其中,他以分散的状态,主要从人物塑造的角度,当然,也兼顾所涉及要素内在肌理的剔析,在角色的讨论、转述或报告文字中,偶尔也通过直接的情景描述,来呈现国家机器的压制和监视作用,以达到在日常生活中"阻止"和"维护"①的目的,实现"主流政治意识形态"②的稳定与巩固。

在《手机》中,短篇小说《作家与超验》表面涉及转折期民众在外在世界急剧变化、自我适应异常困难的情况下生存颇为艰辛的状态,实则隐藏着一则民主德国的秘密警察被揭发的故事。苏联移民亨丽埃塔在德累斯顿生活 30 年,作为牙医退休,但日常并不宽裕,不得不"捡破烂"补贴家用(H 78)。有一次破烂捡到了 X 女士头上,也就是亨丽埃塔搬走了属于 X 女士的腰型小桌,并锯短了桌腿。后被发现,遭 X 女士污言秽语谩骂,而且被威胁拿出 500 马克来作为赔偿(H 78)。在这种情况下,X 女士被揭发曾做秘密警察。面对证据,X 女士立刻从一开始的不可一世变得局促不安,想要拥抱亨丽埃特,请求亨丽埃特不要把她想的那么坏。她是被迫写这个东西的。"我不是自愿的",她喊道,"我没有伤害任何人!"(H 79)。最后 X 女士是张皇失措地逃了出去,仿佛被当众扒光了衣服般感到羞耻。这个在转折期的故事,就像舒尔策在《简单的故事》中对昔日的当权或得益者所进行的描述那样,意不在揭示他们的经济、情感与精神的窘境和不同生活世界间存在状态的尖锐对立,而在于揭示相关角色哪怕迟来的羞耻感或根本就不会产生和表现出来的羞耻感,或是其他有激发力的感情。

在《新生活》中,则是另一个方向的故事,有对过渡期民主德国社会压制性质的揭示。但这里的政治话语,一定要放在虚构现实的关系中细加考察。被警察调查的场景发生在演讲场合,主角图尔默虽似被强推上讲坛,但他上台后演讲,呼吁与鼓动,却是激情澎拜。或者是他的妻子的朋友,因为误闯边检处而遭受拘押、殴打的强制措施,而其母亲因为被怀疑要参加游行而被误抓且受重伤,这样的叙述更让人对强力机构产生恐惧、质疑乃至否定的情绪。

《新生活》中的图尔默一定不是一个特别热心政治及其活动的人,但

① 参见[匈]阿格妮丝·赫勒:《日常生活》,衣俊卿译,重庆:重庆出版社,1990 年,第 104 页。
② 同上,第 104 页。

他一再被卷入。很典型的则是一再经历和听闻与国家强力机构相关的暴力事件或暴力叙述。妻子的女友因为生日庆典之后在回家途中误闯东柏林边检处,被视为有挑衅行为,被强行带走和关押。他不忍看妻子为朋友强烈担心的极度焦虑而介入救援行动,但奔走呼号无果,甚至连关押地在何处也无从得知(NL 474-478);拜访朋友时偶遇朋友的朋友刚从收押处被强力机关认为可以释放了而释放出来(NL 457-462),听其长篇描述如何因为参加游行而被抓捕,见其累累伤痕而心惊;母亲在德累斯顿火车站这个就随后举行的游行而言处于比较外围位置的地方(NL 497),充其量只是作为一个并非真要参加游行活动的看客被抓,然后遭到殴打和拘押,就像其他许多在游行示威中被抓走而受到折磨的人那样。她最后带着严重的伤情从不知所在何处的关押地出来,只自己隐忍地躲到朋友家养伤,不想让儿子知道这一切而为她担心和愤怒(NL 497)。而且,图尔默自己在一些事件关联中被国安人员盘查,甚至曾遭受拘捕,后来最终被取消公民资格(NL 184);这些事件和经历对主人公无疑产生了深刻影响。图尔默还是愤怒了。他在家庭生活圈子里讨论妻子所在剧院就时局变化要发布的表态公告时,怒问妻子:"那些人为何不直接说:必须拆去柏林墙[……]你们走上街头去,鼓起勇气,不要再被吓到。"(NL 499)而且他表示,就是要将"一切置于疑问之中",发生在母亲和妻子朋友身上的事情已将义气置于疑问之中(NL 499-500)。

图尔默的确是颇深地卷入了当地的政治生活,甚至在一定程度上以自己和周围一群人的政治活动刻写了当时的政治生活。他参加"(阿尔滕堡)新论坛"活动,参加报社在教堂等处举行的集会,参加党派和社区竞选活动,悄悄回德累斯顿或去莱比锡等城市遭遇或者围观那些游行示威,或者向剧院和警察当局反反复复争取要以剧院名义组织游行,特别是当他被推进教堂内集会的现场,被簇拥至发言席前,他并非一定是被强迫着要求演讲,因为他演讲时那么慷慨激昂,那么体系。在发表演讲那一刻,他觉得这是自己千百回设想而命定地终于等来了的时机(NL 508)。他连用十七个以"我们"开头的排比句,指斥"我们"在坦克穿过布达佩斯时、在柏林墙修建起来时、当"布拉格之春"到来之际,也就是在一系列历史关头,麻木不仁,不义,不智也不恤,揭穿"我们"在其他与这个国家相关的场合和情景中顺从、怯懦而且虽然偶尔心怀羞愧却乐于表演,对政治、对权利、对社会问题假装不问不闻(NL 508-510)。当然,他要博得的不会只是现场热烈的掌声。他非常清楚自己在干什么。他知道他在表达自己的政治诉求或代表和以为能代表一部分人表达政治诉求。当他断然否定其所在社会中"我们"这个群体及其与体制之间的关系时,实质上是在鼓动改变现状,重新选择发展道路和生活现实。

然而,图尔默又绝不是一名真正敢于直面的战士,虽然我们不能说他那场演说就是情势之下的表演。从《新生活》整个谋篇布局看,舒尔策尽管在日常生活秩序与特定历史风云变幻交织的框架中,描述了其多重职业身份,从而在个体和时代的互动关系上显影了图尔默这个角色,但显然无意于以阶段性发展的模式来刻画典型。然而,他还是在细节处以对比性的矛盾来呈现小说主角和与之相关的时代氛围。

图尔默是会表演的。他在所处的环境和事态格局中学会了表演。那是他在校长室接受来自国安局人员的询问,也是他第一次经受这样的询问。当对方怀疑他和母亲去布达佩斯旅行,是为了非法逃离民主德国时,他极为愤怒。他说自己连做梦都没有想过要离开这个国家。这里有他的位置,有他的根,有他的家和学校,有他的精神家园。他想当一名作家,是不会自愿离开这个文学乃最重要之物的国度的。最有意思的是,他一再重复地质问,他到西方去干什么。他清楚地意识到这一质问颇具说服力,"只差一点儿就可成为真理"(NL 229-230)。他用为民主德国辩护的姿态为自己和母亲辩护。

然而,我们也清楚地看到,当西方不再是曲折地以礼物和其他一般性物质利益形式隐伏在东部,而是比方说借助周报西部投资人的身份来到阿尔滕堡,俯视而傲慢地、利诱且夸赞地鼓动大家共同努力,推动产生"真正新的东西,一个标志,也就是为整个国家树立一个榜样"(NL 298-299)时,也就是说,当西方真正要全面进入东部并由此带来所谓过渡与转折时,图尔默被推着,或是主动迈步向前,高呼"这是我们的国家"(NL 510),并呼吁"我们"不再想把罪责揽在自己身上,忍耐已到尽头,不再掩饰,不再隐瞒,不再祈求,要行动,要上街,要摧垮国安系统之类,要自由选举,要自由媒体,要民主归来(NL 510)。他在演出结束后的这一檄文式演说词,在针对个人和当局的层面,展现了似乎要一击而成的姿态和决心。如果说当初他开始写作时那个热切的西方梦未始没有诱引,那么他演讲时所处的时代变局,则强有力地起到了催生作用。

而在《彼得·霍尔茨》中,小说所提示的1989年,在西方势力慢慢而后迅猛切入进来的东方世界,形势是瞬息万变的。因此,在家庭范围内,也不可避免地要讨论政治、经济形势的变化,尤其是政治斗争。养母贝埃特认为街头抗议于事无补,公开的对抗不会有任何效果。这在100年前也许奏效,但今天情况要复杂得多。霍尔茨反问:"那要怎样改变这个世界,要忘记共产主义? 机器是不会革命的,必须是我们自己革命。"(PH 205)霍尔茨的这种所谓革命意识,从他过渡期参与一系列党派政治活动的情况看,是完全可以理解的。霍尔茨认为人们已经觉醒。但养父提醒霍尔茨想想他女友佩特拉的遭遇:佩特拉,还有游行的人遭到了殴打(PH 205),而且佩特拉被抓了起来,遭到刑讯(PH 206)。值得关注的是,霍尔茨认为,正因为这样,那就不能因为害怕躲起来,如果不继续干,则一切白费(PH 206)。霍尔茨没有被说服,也未被吓到,反倒有些斗志高昂。他这种情形,符合他性格、思想认识的发展和行为逻辑。在另一层面上,我们发现,佩特拉在游行及其后遭受暴力,是由霍尔茨的养父转述的,而且后来在党派集会上也体现为一份始终未说出的刑讯报告(PH 214)。养父的转述之后,有霍尔茨针对养父转述意图的反驳;而佩特拉被刑讯的文字记录,也只是作为符号性的存在。也就是说,这种哪怕很严重的相关伤害,尽管可提示历史语境下抗议活动冲击与压制之间的激烈,甚至可提示体制性力量的重压,但作家并未以直接的场景来呈现,而核心着意处,还是霍尔茨这个角色在变迁的历史语境中政治维度上的复杂多变性。主题层面的指陈,在此转化为角色性格和精神品质揭示的艺术要求。同样的情形,我们同样在霍尔茨经济生活的呈现中可见到典型例证。霍尔茨的财富急增,不是过程性地呈现出来,而是在这个主角受伤昏迷状态中由他人的描述转述出来。而财富的影响和关于财富影响的思考,却在文本现实中正面、深入推进。倒是在霍尔茨政治生活的表达上体现了大有区别的叙述样态。因为霍尔茨这个角色已慢慢发展成政治意识形态的表达者和体现者,或者说为了塑造这样一个政治性角色,霍尔茨的党派政治生活,其思想辩驳与表达状态以及意涵,成为了舒尔策角色生活中的重点。即便是霍尔茨的经济生活,其重要作用也最终体现为如何从经济线索入手展现角色的政治性。

我们从霍尔茨这个角色塑造的角度,看到了作家在虚构现实层对民主德国与霍尔茨关系的设置。

与女友佩特拉当初因为受到胁迫自 17 岁起便向民主德国国安局提供信息(PH 191)不同,霍尔茨接受国安局的询问和考察,则完全是诱导性的。被派来的是作为音乐专家的一男一女。询问地点在校长办公室,校长也参与其间,说是他们专为霍尔茨而来(PH 83),是有一个奖赏给他(PH 82 - 83)。小说呈现为,在这样的环节,背景中也不可避免地要站着教育机构、教育工作者或管理者。来人动员霍尔茨继续唱歌。而且,那位女同志认为,霍尔茨前面加入的那个教堂乐队不错。霍尔茨认为这对他的确是个奖赏,但他否定那是个教堂乐队(PH 84)。他们 5 人组合一个乐队,只是在教堂练习。霍尔茨解释说:"我们不是教堂乐队。我们只是在那里练习。我不是基督徒,安德烈亚斯也不是,伍尔夫肯定不是。"(PH 84)霍尔茨为什么要否定是教堂乐队?因为事实上那确实不是教堂乐队。其实,未必就是霍尔茨本能地感到教堂乐队可能会有问题或既然是教堂乐队就已经是问题。

正题由那名男子切入。他要了解乐队成员的计划、想法,喜欢什么,厌恶什么,为了什么而兴奋,觉得什么要批评,目的是让党、学校和父母,也就是所有人能更好地对青年人的需求作出反应(PH 86)。他们希望霍尔茨与他们合作,启发他记日记,与他们不时碰面(PH 86),而且不要让人知道他在帮助他们(PH 87)。他们想给霍尔茨取个假名。霍尔茨觉得保尔·柯察金(PH 87)不错。柯察金是霍尔茨非常欣赏的著名人物。他们也同意霍尔茨用此名,欢迎霍尔茨加入他们的行列(PH 87)。考察与通过的环节看来非常简单。一切举重若轻。霍尔茨在学校生活阶段,在与音乐相关但其实更可能与作为特定交往空间——教堂相关的情景中发展成告密者和监视者。作家波澜不惊地在霍尔茨成长的过程中,纳入这样一个在当时历史条件下从日常生活另一面看似平常的场景,而且似乎契合霍尔茨其时的思想状态。虽然他是被导入一定的轨道,但从其天真和热切看,却未必不是得遇时机时的自愿投入。

小说对国安局如何发展告密者虽然只是简笔,但描述告密的场景却是针脚绵密的。告密接待的场所,不是国家安全局的什么机构,而是放在文化机构内,文化机构又似乎混在居民楼里(PH 95)。这种日常性的渗透布置,是相当特别的。

因此,霍尔茨在"施密特太太"门牌处按门铃,实际上是寻访一家文化机构。他被一位女同志让了进去(PH 95 - 96)。霍尔茨以为对方就是施密特太太,对方说她不是,而且说她叫什么无关紧要,且认为霍尔茨来得太早了(PH 96)。这是之前那对去学校询问过霍尔茨的男女同志中的一位。霍尔茨其实是按照约定前来汇报的。那名男同志也被女同志叫了过来,后者指着霍尔茨手中拿的汇报稿,表扬说霍尔茨已准备得很好了(PH 96)。女人叫霍尔茨柯察金,男人称他为保尔。这样的称名固然是约定的假名,但其中的奥义在于显示这种交往颇为正义,而且能给霍尔茨以英雄般的鼓舞。从霍尔茨这个角度看,之前他爽快地答应参与监视活动,这次提前而且如他自己所说迫不及待地要来汇报,都已表明这种监视活动非常自然地能被他接受,而且颇具吸引力。这反过来也说明了霍尔茨的思想和政治态度中内含着告密的因素,而且心怀感激,俨然是加入了一项庄严的事业。他给女同志送了一点黑巧克力,表示是为了感谢他俩,感谢他们曾来学校找他,还说都等不及要来这里了(PH 97)。

霍尔茨果然是在监视他参加演出或试演活动的那个在教堂里展开活动的乐队,是来汇报的。男人说:"很好奇啊,柯察金,乐队干什么了?你们排练积极吗?"(PH 97)霍尔茨答,只排练了一次,第二次泡汤了,因为洗车,"因为有西部来的客人〔……〕"(PH 97)。霍尔茨这时喉头发紧,口干。很有意思。显然他很紧张,或者意识到了什么,被唤醒了什么,内心一定起了波澜。而且他也清晰地意识到了这种紧张:"我不知道,我为什么这么紧张。"在此氛围中,他还突然问起苏联的一名著名政治家,问这人是谁(PH 98)。作家在这里似乎不经意地要带出某种历史感。

舒尔策对这种属于日常但又非常特别的场景和事件,细致而不动声色地描述,一方面是写作技术的娴熟,另一方面将其中的意蕴揭示得意味深长。越是日常,也越让人不平静地琢磨。其描述细腻,跃然纸上。例如接待霍尔茨来汇报的那位男同志单手划火柴、点烟。《彼得·霍尔茨》这部作品,整体平实,系从孩子的视角和其思维、行动逻辑出发,而且是从自以为是的红孩子视角出发,因此在人物特征的显现上,表现为单纯、执着等,其所观察、叙述的场景和叙述本身别样、有趣。我们时时可感到内容和形式的有趣,特别是在人物与环境的关系上,在这个场景中也似乎可清晰触摸那一份天真的反讽与历史背景前的幽默。

霍尔茨向他们汇报第二次排练为什么未能进行。本来是想和安德烈亚斯一起去排练,但后者要洗车,西部来客的车。霍尔茨想帮忙,赶紧洗完车后再去,但最后没有成功。接待霍尔茨的男女问访客是谁。男人向女人确认,指明是那个律师的堂兄。霍尔茨还告知其中的访客奥利弗对我们德国曾怀着错误想象和认识,以为这里窘迫,来后却发现井然有序而且整洁。女同志打开本子,一直在记,霍尔茨没说话时,也一直在记(PH 99)。显然,询问很详备,清晰地涉及要监视的对象,最初是乐队,因乐队的关联而涉及西部来客。而西部来客,迅速成为重点。

霍尔茨说是奥利弗的父亲强迫奥利弗洗车,他不想让奥利弗跟着一起去参加乐队排练。为什么是强迫,因为那车不脏,闪闪发光。男人要女人不必所有都记载,因为柯察金同志之前已做记载。他拿起了霍尔茨之前做的记载(PH 99)。这种监视与告密,无疑在霍尔茨是心甘情愿的,的确有如那个男人所发现的,早有准备。

霍尔茨在男同志的追问下,告之他与奥利弗的父亲等谈论联邦德国青年的失业率与职业禁忌、联邦德国的大公司与南非的合作等。奥利弗很害怕地问他父亲这些是否是真的,因为他发现一直以来他被骗了。但安德烈亚斯与霍尔茨站在一起,"与我们站在一起",虽然他不得不与那些人中的谁住在同一套住房里。据霍尔茨报告,安德烈亚斯总是读《新德国》报,并由之获得信息,这有助于安德烈亚斯确立党派的有阶级意识的立场。霍尔茨还报告说,他建议奥利弗就待在这边。安德烈亚斯也认为这建议不错,待在这里上学和参加相关的课外活动,会让奥利弗开心的,而且他还年轻,肯定能迅速摆脱西方的影响(PH 100)。但奥利弗表示要想想,显然有顾虑,例如担心这里买不到可用于他的欧宝车的零配件(PH 100)。但是,男同志突然认为霍尔茨撒谎骗了他(PH 101),认为骗他就是骗党、骗整个工人阶级(PH 101)。霍尔茨似乎有那么一刻真在编造。尽管作为撒谎者站在这里,他仍很高兴这位男同志如此犀利。也就是说,霍尔茨这个告密者,也颇能享受作为叙事者的快乐,或者是太想使自己所监控的对象和场景显得饱满或重要。当然,他似乎一直牢记着他的任务,他自我鼓舞地表达:"他们很快会发现我可不是一个撒谎者。"(PH 101)那么,霍尔茨这种自我激励与表达,是要以什么来表现他是一个诚实的告密者呢? 要拿什么来作为呈献呢?

舒尔策以霍尔茨一个小孩子的视角切入告密和监视这个沉重的话题。虽然在其他作品中,已有点染性地呈现,但在这部展现霍尔茨成长史的作品中,是集中而举重若轻地展演出来。作家似乎想表现事情的严重性,已发展到无孔不入的地步,连小孩子也不能置身事外,虽然以通过霍尔茨这种认真而偏偏天真的方式,使告密的性质和必有的道德评价意味平添了几分滑稽色彩。

下面的内容还显示,侦察的线索发展到了联邦德国:霍尔茨说他们家已经有了一名侦察兵,就是养母贝埃特的哥哥克劳斯。本来霍尔茨认为这个克劳斯恶毒攻击民主德国,还以为他是敌人。可这只是伪装。他与其太太和双胞胎儿子去了捷克斯洛伐克,并由那里去了资本主义世界。他目前在西方"为我们工作"(PH 101-102)。

但那个男同志要霍尔茨做的却只是关照他的朋友们,在学校、教堂和乐队中睁开眼睛、张开耳朵,而且首要的是要求他如实汇报(PH 102)。毫无疑问,这个男子已发现了霍尔茨叙述的热切和问题。霍尔茨自己也的确是有意无意地享受着这个热切。而且舒尔策利用角色的孩子气和其个性,有意将本应压抑或严肃的场景偏离了方向。

当那位女同志问霍尔茨乐队现在的情况如何时,霍尔茨绷不住了。他说,他告诉他们党派来的两位专家找了他,他们想支持乐队。而乐队成员对之也很兴奋,问是如何认识的,情况如何,说要他们提建议,让他问候他们并表示随时热烈欢迎他们到来。作者从角色实际和逻辑出发的戏笔,让本应极其机密的监视成为共知的游戏,将政治审查、监视与告密行为所含的道德评价化为乌有。那位男同志其间两次用力敲桌子,因为霍尔茨在乐队成员询问下,还透露了他和党派来的两位同志说了些什么。霍尔茨还以为敲桌子是表示兴奋地赞同,受到鼓舞,继续说个不停。只是那女同志点题:"他出卖了我们。"(PH 103)而霍尔茨似乎依然不明就里。错位的交流格局,显然是作家有意在道德和政治的沉重中植入这种拆解的轻松和幽默。最后,那位男同志气得对霍尔茨骂道:"笨蛋,你是一个蠢透了的小笨蛋,柯察金。"(PH 103)然后,男人拂袖而去。女人则指责都是霍尔茨的错。但霍尔茨自辩,他何错之有(PH 104)。最后滑稽的场景是霍尔茨带来的黑巧克力被女人打开了。两人对吮第二块巧克力,巧克力"将他们的嘴唇连在一起"(PH 104)。也就是说,女人在这么严肃的场景氛围中,不能抵御巧克力的诱惑,而且暧昧地对吮这作为诱惑之物的巧克力。那么,严肃的监视任务,当置于何地,而且这女人虽然是作为权力的代表,一旦得到了合适的机会,便轻易滑入了浅层次诱惑与暧昧之中。当然,这一场景都是第一人称叙述者讲述的,可能就是不可靠叙事,就像在他所描述的场景中,之前已被场景中的角色斥为"撒谎者"那样(PH 101)。

对于霍尔茨与国安局的合作,在后续情节中,有更充分层面的展示。数年后,霍尔茨与过去的乐队成员重逢,霍尔茨自己表示很骄傲能与国安部门一起合作,是对方不愿与他再合作,第二次会面结束了与对方的合作关系,这曾让他非常尴尬并感到羞愧(PH 109)。这不是道德的自责,是羞愧被对方剔了出来。安格莉卡对霍尔茨当时的情况与周遭情形的总结颇为到位。她指出,霍尔茨与国安局的这种合作关系将整个乐队毁了(PH 109),同时也指出,他过去就是个榆木疙瘩,却偏又活跃,斗争心强。倒是周围的人甚至一次也未因为与国安局合作的事情恨过他(PH 109)。

我们在这份详细的分析性重述中,可见的并非监控本身,或是监控之下怎样的秩序得到了维护或巩固,而主要是在揭发与告密的情景中,霍尔茨这个最终也表现为精神流浪儿的角色的阶段性与整体性品格特质与思想特质。其中,霍尔茨这个角色的性格要素和作家的叙事策略共同完成了这类哪怕是阶段性特质的呈现,同时也拆解了角色层面的命运之困和角色层面之外一个历史话题的沉重性。

第三节　不在场的信仰与宗教

从阿格妮丝·赫勒的眼光看,作为信仰的宗教作为"以人类对超越性的依赖为根基的'集体形象'"[①],在日常生活中体现为"构造要素"[②],常常以日常生活"主要组织者"[③]的面貌,"在管理经济活动,组织施舍,规范和监督家庭'义务'的习惯中起着作用"[④],而且,"在某些条件下""能够成为引诱人'走出'自己日常生活的意识形态力量"[⑤]。在舒尔策的作品中,宗教问题以及并非能完全归于宗教之中的信仰问题,其实都不是本体论问题,而是要有宗教和信仰的问题。因此,虚构现实中的基督教或东正教信仰,偶尔经历被消解的局面,但从整体上看,实质上更多的还是作为一种意识形态力量,在民众中提供一种引领走出日常生活的可能性。而且,在特定历史时期东、西方博弈的格局中,所谓信仰,要么在一般意义上作为一种最终可能体现为精神性力量的东西发挥作用,要么作为某种政治信仰,或作为对西方的现实向往,或者干脆就作为一种世俗的利益,并不具备超越性。也就是说,宗教与信仰问题在舒尔策的文本现实中,整体上作为一种缺乏、不在场或虚假的允诺而展现悲、喜剧交织的性质。

在舒尔策的第一部作品《三十三个幸福的瞬间》里,宗教问题的观察和讨论,借角色视角下圣彼得堡光怪陆离的日常生活,即有展开。

圣像[⑥]崇拜是俄罗斯文化与东正教的独特传统。小说中的第一人称叙述者——女主人公瓦伦蒂娜是一位在博物馆工作长达八年的资深馆员,负责看管圣像。然而近期圣像上一再出现两个潦草书写的名字安东和万卡,也就是圣像某种意义上遭到了毁损。相关可能的疑犯司炉工和

---

① ［匈］阿格妮丝·赫勒:《日常生活》,衣俊卿译,重庆:重庆出版社,1990 年,第 97 页。
② 同上,第 101 页。
③ 同上,第 100 页。
④ 同上,第 101 页。
⑤ 同上,第 103 页。
⑥ 此处的圣像,系指以平面画像的方式来表达神灵、圣者或神迹,为东正教的传统艺术品。

楼房管理员否认刻字,但馆长还是以酗酒的缘由将二人解雇。瓦伦蒂娜也因监管不力被扣奖金并被威胁解雇。为了保护圣像,最后给圣像加装了玻璃罩。其间发生一件有些神奇的插曲:一名年逾六十的拖拉机手参观博物馆,跪拜圣像,后突然起身撞碎玻璃罩,于是便跪在玻璃碎片中,再次亲吻画中圣母的脸,祈祷、痛哭。而这一刻,老人此前不停流血的嘴唇恢复常态,竟是圣母膝间的救世主在流血,仿佛是圣主在替这个虔诚的跪拜者受难。几天后,三位女士到来,跪地亲吻无玻璃罩的圣像。后来更有大批参观者涌入博物馆。于是博物馆起售门票,收入大增。馆长到处进行巡回报告,获取个人名利。报纸相继报道曾发生在老人身上的奇闻。神父也时常来到博物馆举办各种宗教活动。艺术研究专家因无法找到圣母像的记载,推测其非出自人之手,而是从天而降,因而应将其归属于教堂。第一人称叙述者瓦伦蒂娜则重获奖金并获得声名。被开除的万卡和安东因出售圣母像的照片,从寂寂无名的被解雇的底层员工变为身家万贯的知名富商;他们聘请拖拉机手为他们工作,保障吃住,这样那个拖拉机手也从最虔诚的信徒变为贩卖圣像照片的打工者。如此种种,圣像差不多完整地成就了一条利益化、商业化的线路。作家从宗教圣像及其偶发故事这样的细节入手,提示宗教活动在变化的历史语境下必然地要面临商业化的操作问题,从中揭示宗教即便是在庄严的仪式里也只能在日常的世俗里与利益相伴,并不能真正发挥灵魂抚慰乃至提升的作用。

还是在《三十三个幸福的瞬间》里,舒尔策给我们同样有意味地展现了一个宗教意义上的幸福瞬间。故事的女主人公裸露全身,在众目睽睽之下向一位衣衫褴褛、生命危在旦夕的老人提供了后者在离开这个世界之前能最后勉强接受的一次性服务。围观人群感动于女士的自我牺牲,将她视为圣人、俄罗斯的救星。他们像敬仰一个复活的圣人那样向她鞠躬,并如同在东正教堂,一边吟唱,一边点燃蜡烛。作为叙述者的"我"同样产生了强烈的感激、爱和钦佩之感,泪如泉涌。这在"我"是"自童年时代以来从未有过的"。"我想要亲吻地面,想要跪下,这样歌声就永不会沉默。"(AG 263)此刻的场景极度热烈、虔诚,俨然已是一场最狂热的圣人崇拜。然而,老人去世后,围观者纷纷向被奉为圣人的年轻女子捐钱,与此同时,女子"向各处飞吻"(AG 266),以示谢意。圣人膜拜的场景戛然而止,就像街头的一场艺术表演之后收取看资的情景,到最后彻底显露出商业化活动的本相。世俗也极令人惊骇的日常场景,本来似乎要展现圣人式的度化作用,在人性与神性结合的层面上焕发可能有的宗教的光辉,却被迅速添上彻底消解的一笔。这一笔具有强烈讽刺的意味,也揭示经受了体制之变的俄罗斯日常生活失去根基后的那种迷惘与扭曲。

在《彼得·霍尔茨》中,宗教的问题以更完整和更细节的姿态展示出来。

从霍尔茨的内外在发展轨迹看,这个主角的发展体现在其对所在世界体制性等诸多问题的批评性认识上,也体现在其顺应发展变化中的社会、历史情势而从事的政治活动上,无疑也见之于他在现实政治面前关于信仰问题的一般性认识与宗教信仰的选择上。霍尔茨坐飞机去旅行。他从法兰克福机场打电话说,他把信仰忘了,说是信仰一下子就走了,他把它丢了。电话那头曾一度体现为对立面和障碍的朋友沃尔夫冈说:"那么,那也不可能是真信仰。"(PH 320)也就是说,真信仰是不可能丢的,不可能轻易丢的。更尖锐的问题也是沃尔夫冈提出的:"没有信仰,你想怎么生活呢?"(PH 321)

霍尔茨开始变得有钱的时候,他偏偏感到自己没有了信仰,似乎有一种警醒和显在的失落。这让我们有必要检视他成长的来路,看看他在信仰上有怎样经验、体认、反思乃至由之去行动的过程。

在早期生活中,霍尔茨与基督教、教徒和他们当时处于地下状态的活动均有关联。在排斥宗教的氛围中,宗教偏偏成为了很长一段时间与他相陪伴的重要日常。而且,后来当他走向思想成长,走向国家命运转折这样的大事,也就是参与推动历史进程发展时,他依然还是在基督教的背景和影响渊源中,甚至以皈依者的姿态发展他的党派政治与政治思想。其基督教与共产主义融合发展的思维是非常有个性的,当然也被证明只是他个人政治意识形态上的虚妄。倒是他推动发展的民主德国基督教民主联盟在民主德国体制之变中发挥了很大作用,而且在其个人发展层面,即便是比较清晰地远离了党派政治的日常,也恰恰因为在基督教民主联盟政治活动圈得到充分的思想磨砺,而对市场经济思维和原则持开放接受态度并积极实践,最终获得了从经济生活审视政治并展现自己政治姿态的可能性。

在霍尔茨由流浪儿进入家庭生活框架时,他开始通过一个非常特别的场景接触基督教。

这是霍尔茨的姐姐奥尔加和其男友霍尔格偷尝禁果的场景。霍尔茨以为是发生了强奸,直接冲了进去(PH 64),接着带有质问性质地问霍尔格是不是基督徒(PH 65)。他不相信霍尔格是真基督徒,见他衣领上写着基督万岁字样,与之发生争论,涉及耶稣的影响和存在与否问题(PH 66)。这么一个暧昧的性爱场景,由于霍尔茨错误意会而闯入,竟化变为一场基督教问题的争论。这也并非因为霍尔茨对基督教有多么虔诚、热切,相关知识和认识有多深厚,恰恰相反,讨论基督教问题在他是第一次。舒尔策常常就有这样的拆解之笔,在霍尔茨向国安局人员告密的场景中,在他借党派集会慷慨激昂的时候,乃至在他于财富积累到爆发点时表演性、宣示性烧钱的时刻。

我们从相关争论也的确看不出霍尔茨对基督教一定怀着特别的热情。但霍尔茨后来还是应邀与霍尔格等人一起参加了基督徒大会(PH 67)。在会场,霍尔格作为基督徒为霍尔茨等祈求上帝,要在上帝那里为那些没有上帝之言陪伴而成长的人祈福,不要让他们迷失,为他们祈求智慧和恩典,祈求上帝打开他们的耳朵、眼睛、心灵和知性(PH 71)。但霍尔茨似乎并不认同也不愿接受上帝作为启智和心性敞开之途。他表示真想对霍尔格喊:"别这样奉承上帝。我要告诉他,他这么说,是狂妄自大,简直是侮辱人。另外,也没有因为他们的祈求而发生什么,什么也未改变。"(PH 71)他不相信上帝。看到大家一个接一个跟着霍尔格这个巨人念阿门,他感到不舒服和悲哀:"为什么有这么多人信仰上帝?"(PH 71)最后他认为信上帝这一迷信会对建设共产主义构成威胁,而且认为"共产主义需要坦诚的、生活乐观的、受过教育的、有胸怀的人。他们彼此支持,自愿——因为这对他们是一种需要——表现出团结的精神,而不是出于为死后确保某一种利益的算计"(PH 72)。

基督徒大会的场景,可以说比较完备地呈现了霍尔茨在信仰问题上的态度。其中的上帝和共产主义要素,在宗教世界和革命精神世界中都是核心,在霍尔茨的这个发展阶段,只有非此即彼的选择,他似乎怀着对共产主义而不是对上帝的信仰,由此也足见霍尔茨的态度得以养成的土壤。然而,在霍尔茨的成长经历中,宗教要素必然要参与进来,而且是与历史语境中的主流思想观念和信仰——共产主义交织地呈现。

霍尔茨地下性质的宗教活动,和他公开的对主流意识形态的认识和认可,形成矛盾的结合状态。霍尔茨自愿或不由自主地参与其中某些片段性的活动,于他是一种经历性淬炼,可以更充分地向他所接受和被给予的主流政治观点与态度靠拢并被强化。然而,虽是这样通过对比、通过多层面的经验过程,例如经过音乐,丰富并坚定主人公内在和外在的选择,却并未赋予他的包括宗教认识在内的信仰与政治信念以永恒性质。外在的时代变迁,强有力地改变着这个虚托的孤儿和在历史与体制之间真实的流浪者。霍尔茨早年短暂的寻访,已充分说明问题,他要寻回的不仅是一个老院长,内中自然也必然包含着情感的依靠,更多是秩序的重建,而他所体认的秩序,虽有孩提的天真,但同时却有天真或朴素的坚定,而且来自于其所在环境强有力的灌注。他在一个个机缘中进入和深入他所在的社会生活,非常本质地以流浪者姿态切入。

虽然霍尔茨声称是或在人际交往场合表现得像一个无神论者(PH 108),但他依然偶尔参加教堂弥撒,听牧师布道。布道者历数战争死亡人数,指出这个世界正以飞快的速度奔向难以想象的灾难,每年有 5000 万人死于饥饿。谁要是不起而反抗,做点什么,就是反社会分子(PH 113),并向霍尔茨等在场者晓谕:内、外在的拯救,始于服从上帝的那一刻(PH 115)。在布道者鼓动下,霍尔茨心有所动,他已"听见基督的声音"(PH 111)。牧师的话对他产生了直接的作用。他对养父母说,他昨天晚上九点受洗,是基督徒了;说是找到了信仰,说信仰不是逻辑之事,只要准备好了说信奉,即可获得(PH 118);现在他终于知道,他不再是一个人,而且一切确实有了意义(PH 118)。在他看来,基督徒也可以当职业军人,甚至可成为更优秀的战士,因为他们必定没有了对死亡的恐惧(PH 119)。

舒尔策在霍尔茨身上,现在又安排了宗教的线索,使这个角色在奔涌的时代洪流中丰富地单调,强悍地虚弱,充满希望地幻灭。

霍尔茨在似乎皈依后,作为基督徒迈出多步。不仅有初受时的得悟,而且在弥撒之后,还会自我安排去参加"青年礼拜"活动(PH 117),甚至在去德累斯顿探访奥尔加时,在厨房坐下,拿出旅行所携剩余干粮,并将他受洗时安格莉卡和伍尔夫送给他的福音书《新约》打开(PH 121)。这似乎成为了一名虔敬信徒的基本动作,而且具有联想意味:物质的、精神的食粮随时在身,尤其是踏入旅程或者旅程小憩时兼得般不可或缺。更有意思的是,他认为基督徒和共产党员是一体的:"一回事儿。共产主义是基督教的另一面。我因为基督教信仰,是又得到了一个支柱。"(PH 123)霍尔茨的调和论,看似天真,仿佛却也天真,只是在他这里,至少在他成长的阶段却是得到了他认定的,或者当别人质疑他自称信仰共产主义却又选择皈依基督教时,以此作为自辩的借口。

霍尔茨因为养父的建议来找奥尔加谈谈他的新状态。原来霍尔茨在职业学校被人误解,他们不相信他会一如既往地出于信念想成为职业军人(PH 124)。也就是说,在别人看来,霍尔茨难以信仰和信念两相兼顾,虽然霍尔茨认为信仰基督的战士更无死的恐惧。这种怀疑,霍尔茨认为,与沃尔夫冈有关。这人是他从小的同学,但一直处在他的对立面。在职业学校想不到又碰到一起。这人似乎处处跟踪、监视着他。他的两次教堂活动,沃尔夫冈都在场跟着(PH 124)。这足可让他产生联想的恐惧。至少他有了一个真实的监视者甚至敌人。所以,他因宗教信仰和在现实生活中同时遇到了困扰,故前来找奥尔加求计。

而就是这样的情景,一方面让我们感到了宗教信仰在霍尔茨身上并不能解决宗教信仰所引起的现实麻烦,而另一方面,又非常意外地让我们看到,宗教和现实的困扰怎样诙谐地让霍尔茨一时离开了正困住的日常。

霍尔茨未见到奥尔加,却在奥尔加的住处遇到了她不请自来的所谓朋友贝蒂娜。在贝蒂娜的第二次要求下,霍尔茨陪她喝酒,并探问对方是否在信仰问题上有自己独特的经验(PH 125)。然而,因为酒,在讨论信仰相关的问题时,一个在霍尔茨眼中的老女人,居然对他产生了性的吸引力。他的感官受到了扰动。他不得不求助上帝的帮助。他以向上帝求助来自救,然而,此时他选择上帝,却不是为了灵魂的救赎,而只是非常实际地为了抑制自己现实的担心。也就是说,上帝在这里于他更多只是功能之求。霍尔茨祈祷道:"主啊,只有你才能帮助我。"(PH 126)他一下子明白了,直到昨晚前,他的生活还是美好无比的,但恰恰是在有了信仰的现在,他却不能控制自己的欲望,而且要毁掉自己的未来(PH 126)。他求助上帝的引导力量,却未能实现自己的意愿,他还是与贝蒂娜发生了性关系,而按照他的原则,他是不想与他不爱也不准备娶的人发生性关系的(PH 126)。他祈祷上帝不让贝蒂娜怀孕,以后他会更小心,且会定期自求欲望的解脱,从此要将自己的欲望扼杀在摇篮里(PH 126)。他也表示不想把罪责推给贝蒂娜,他说知道,作为基督徒在性上要自律(PH 126);特别是表示,他"得学会区分,在符合我天性的东西——上帝所是和上帝所欲——与我的利己主义驱使我之所为之间进行区分"(PH 127),也就是区分上帝的旨意和他自己的欲望。

作家舒尔策让霍尔茨有此顿悟,反讽信仰的作用,而且说要自己定期泄欲,以此灭欲,放在一个差不多还只是半大孩子的年轻人这里,这种决心、祈愿和计划,有一份夸张的决绝和幼稚的决然,且之前在霍尔茨的第一人称叙述视角下,贝蒂娜是个老妇,但从故事后续不多的展开看,也并非真老,只不过是角色的一种主观判断。这既显出了主角的稚嫩,也透露了她对他并未有真正的吸引力,只是这女人白色的裤子怎样凸显她的臀部,对他产生了勾引作用(PH 126)。

后来贝蒂娜走后,霍尔茨又手淫(PH 129)。显然,他被撩拨。他一边祈求上帝助力控制,却并未控制自己的欲。在迈出欲的第一步后,已收不住脚步,或者也正是要落实去欲的祈愿。在信仰与欲之间的控制关系上,作家舒尔策结合霍尔茨的天真,来了一个小小幽默。与贝蒂娜的这桩性事,并不是激昂的,也不是色欲的,因为结合地放在主人公向上帝求助的关系里,似乎也说明了霍尔茨在何种程度上靠近和利用了信仰。当然,这也在某种程度上提示着角色的成人关联,因为不管有怎样的前提,贝蒂娜成了他生命中的第一个女人。但另一方面,霍尔茨在奥尔加面前没有承认他曾与贝蒂娜发生关系。曾经向上帝求助解困性事可能之后遗症的主人公,却要掩饰自己的性事,另一方面又感到自己是在撒谎,而且"是每说一句都似乎在扩大自己的谎言"(PH 132)。也就是说,他颇为纠结于自己的撒谎。他想要在另外的场合,向奥尔加承认这一性事,并请求她原谅(PH 132)。只是他到底未能坦承,似乎是时机不对,或者就根本是没有做好准备和不具备这份勇气。因此,这一机会主义性质的基督徒,既然并无真正的信仰,自然不会有哪怕是对恶的真正认识和愧悔,只不过是有权宜的自我宽慰。作家以此情景和丰富的细节,精微地展现宗教信仰在角色的信仰里,既或是被监控或者被禁止的对象,也并未在需要直面的现实政治与经济语境中发挥超越性作用,只是在霍尔茨某种意义上的成年礼中,在欲望的张力关系中被用作现实的工具。

然而,在霍尔茨的其他选择中,宗教的审视性指向外部,不再像在他的性事上那样显示他的幼稚和虚假的掩饰,而是展现,他在人生发展的道路上多了几分现实政治问题上的思考。

在霍尔茨要成为职业军人的愿望与基督徒生活方式之间,他的姐姐奥尔加认为两者是相悖的(PH 129)。而霍尔茨虽一直有成为职业军人的打算,但在偶然选择了基督教信仰之后,却对和平怀有强烈祈愿,颇为警惕战争,且并不认为职业军人的生涯必然要与战争联系起来。而且,他对西方及其历史进行审视的眼光,时时在其间发挥作用。他谴责德国的一系列著名公司和银行曾助虐希特勒。他列举了十余家相关机构的名字,并指斥,没有它们攫取利益的贪婪,就没有百万倍的谋杀。而且这些公司和银行今天几乎没有谁被谴责、被剥夺财产或被国有化,它们还在为杀人帮和暴乱者付钱(PH 129 - 130)。他进一步的观点是,"军备竞赛对谁有益?只有那些以此赚取利益的人获益,可不是我们。恰恰是作为基督徒,我拿起武器,为了保护我们自己"(PH 130)。这个逻辑并不悖谬,霍尔茨现在就是在不同观念与信仰的矛盾辩驳动态关系中成长。对他来说,基督教是很懂和平本质的以及和平何以成为可能的。只是,如果他了解基督教的发展史,特别是了解基督教与其他宗教在其政治与财富权力乃至军事纠葛中的交往史,则定会另有认识。

虽然我们并未发现霍尔茨因为和为了宗教而脱离、逸出他的日常世界,但也的确看到在宗教的背景前,他的政治认识在其底色上增添了新的色彩,并由此在一定程度上显示为动态的矛盾性。

霍尔茨也很清晰地表达自己在现实政治框架下的观点和对基督教的认识,而且将两者联系起来看,认为并行不悖。他集中表达自己的所好与所信奉的东西。他所呈现的,应是当时社会条件下少年典型的思想与教育养成："我最喜欢的书是《钢铁是怎样炼成的》,电影中最爱《班长恩斯特·台尔曼》,我喜欢工人斗争之歌,我觉得这一切很美,因为它们给我勇气,我可从中汲取力量,而且当然是从信仰中汲取力量。"(PH 141)鉴于这一表达,格蕾塔显然迷惑了。她问霍尔茨是基督徒还是共产主义者。后者答:所有人都是他兄弟姐妹。而且那些准备为了更美好世界而奋斗的人,则都是他的同志(PH 141)。这里面,霍尔茨非常强调为更美好世界奋斗这一特质。这也许是他的天真、倔强的一个支撑性精神要素,值得关注并连续追踪。在这里,基督徒和共产主义战士似乎要结合在一起。当然,这是角色过程性的表述和自我体认。当命运最终让他放弃基督教信仰和现实的政治信仰时,经济的大潮让他顺势成为经济的弄潮儿;而当作为财富占有者的成功并不能使他感到更幸福和更有价值时,霍尔茨这个曾经的基督徒,却没有再次向宗教求助,而是假借艺术之名,并在经济的轨道上,试图克服财富给他的重压与虚无感,因为宗教在他这里,实在再也不能给出面向未来的允诺。

第四节　向西方逃离

一　向往的"逃难剧"

2019 年 7 月,在柏林墙倒塌三十周年纪念日即将到来之际,联邦德国驻捷克大使馆发布消息,为一个红色方格图案旅行箱寻找昔日的主人。三十年前的 1989 年秋,曾有一批早就有特定计划的民主德国人,简单收拾衣物,佯装外出度假,但其实是前往布拉格,寻机前往联邦德国。他们从使馆围栏翻入院内,最后竟聚集起数千人。许多布拉格市民前来围观这部"逃难剧"①,同时也是为了通过栅栏给"逃难剧"中的人递送茶水、药物之类——就像近三十年后在慕尼黑火车站欢迎八方涌来的难民那样。

---

① Danko Handrick：*Prager Botschaft sucht Kofferbesitzer*. 11. 07. 2019https://www. tagesschau. de/ausland/deutschebotschaft-koffer-101. html. (2019 - 7 - 15)

为了掩人耳目,"逃难剧"中的人们,将自己的行李留在火车站的寄存柜,别无他物地前往大使馆。其中一人的侄女用一个红色旅行箱帮着从火车站取来了衣物。由于有此请求者众,这个小小的红色旅行箱便在火车站和使馆院子间来回摆渡。但是,这一年的 9 月 30 日傍晚,联邦德国外长根舍等来到了使馆阳台上。他说,他们来,是为了告知剧中人今天可以离开。院子里一片欢腾,淹没了根舍的后半句话,从而成就了一个著名的半个语句表达,同时也在使馆围栏边留下一个小小的红色旅行箱,再也无人问津。"逃难剧"中的人们乘汽车去火车站,然后专列通过民主德国的国土,前往联邦德国。于是,空箱待人三十年。而使馆的悬问,是要将红箱交还给主人,但求相关故事交换即可。①

那么,这会是一个什么或是一些什么故事?

从 2019 年 9 月 28 日"每日新闻"对当年逃离者第三十次聚会的音频和视频报道来看,空箱待人的故事竟无人提及。也许,当初这就只是消息发布单位和媒体共谋的一个噱头,因为这个或这类故事其实是不必特别悬问的。其事件、情绪和心理乃至其他要素的基本构架,不必悬问。

但为什么他们当初竟如此强烈地要逃离?

民主德国民众的物质生活从当时的情况看,在华约国家中无疑属于上乘。舒尔策也认为,民主德国整体的发展水平颇为可观。他举公共负债水平为例,以一组清晰的数据指出民主德国的公共负债远低于统一后的联邦德国。②

在一篇题为《来吧,我带你去看世界》的回忆性文字中,作者写道:"我母亲总是说,民主德国女人缺乏时尚感。原因在民主德国身上。在这里,大家从来没有学会过穿着打扮,或者说没有形成这方面的能力。也没有

---

① Danko Handrick：*Prager Botschaft sucht Kofferbesitzer*. 11. 07. 2019https://www. tagesschau. de/ausland/deutschebotschaft-koffer-101. html. (2019－7－15)
② "根据纳税人联合会统计结果,我们欠债 20300 亿欧元,人均欠债 24700 欧元(根据联邦银行1999 年的计算结果,民主德国的债务为 200 亿德国马克,人均负债约 1200 德国马克。经合组织计算的结果是民主德国人均 674 美元。即便这点是很慷慨地扣除了通胀因素,人均负债也不超过 1000 欧元)。" Ingo Schulze："Unsere schönen neuen Kleider. Gegen die marktkonforme Demokratie — für demokratiekonforme Märkte". a. a. O. , S. 10.

选择的余地,有什么穿什么。另外,社会主义集体不允许个人风格存在。谁穿得特别,那就很惹眼。也许,我母亲是对的[⋯⋯]。"①

这一段指向过去日常的回忆,看似平常,却很清晰地提示了对选择可能性的期待。恰恰因为缺乏另一面与替代,强制性的整齐划一催生着向往。可以印证的是,在那场三十周年聚会的采访现场,回忆的声音告诉我们,那些当初逃离民主德国的人对未来是怀着怎样强烈的憧憬——虽然未来于他们也并不确定,是怀着新生活即将开始的那种狂喜(Euphorie),是怀着希望和梦想前往联邦德国。②

在布拉格"逃难剧"中,尽管当时淹没根舍讲话声的欢呼沸腾着似乎被拯救的快感,尽管当初的那一批逃难者把自己的逃离弄成了一个年年可重复的纪念性节日,尽管他们,还有其他以各自方式进入或被带入联邦德国另一制度之境的人们,可以有千差万别的动机、理由或原因,但这些人的旅程或人生目的地,同样也没有太多的营养。

关于两德统一,比较正式的说法是"德意志民主共和国加入德意志联邦共和国"③。这种"加入",并非那么表层地看,是"通过权力的运用、决策的引导和政策的落实",也通过作为"德国统一基石"的德国马克发挥作用④,更深一些看,是因为"新思维"的整体性影响、体制运行的日益僵化,作为抗议游行直接导火索的选举政治问题,似乎一夜之间由巨大的不可能成为了可能。

在庆祝德国统一三十周年纪念日的时候,基本的判断是,统一已经实

---

① Carolin Würfel：*Komm，ich zeige dir die Welt*. 19. 09. 2019. http：//www. zeit. de/entdecken/2019-09/ddr-erbstuecke-reisefreiheit-familie-geschichte.（2019 - 9 - 20）

② Vgl. Kilian Kirchgessner：*Fest der Freiheit in Prag*. 28. 9. 2019. https：//www. tagesschau. de/multimedia/audio/audio-78161. html.（2019 - 10 - 15）；Tagesschau：*Historischer Satz in deutscher Botschaft：Fest der Freiheit in Prag*. 28. 09. 2019. https：//www. tagesschau. de/multimedia/video/video-600633. html.（2019 - 10 - 15）；Tagesschau：*"Fest der Freiheit" in Prag erinnert an DDR-Botschaftsflüchtlinge*. 28. 09. 2019. https：//www. tagesschau. de/multimedia/sendung/tt-7035. html.（2019 - 10 - 15）

③ Ingo Schulze："Unsere schönen neuen Kleider. Gegen die marktkonforme Demokratie — für demokratiekonforme Märkte". a. a. O.，S. 5. 顾俊礼："1990 年 10 月 3 日,德意志民主共和国按《基本法》第 23 条的规定加入德意志联邦共和国。"参见［德］卡尔-鲁道夫·科尔特:《德国统一史》(第一卷),刘宏宇译,刘立群校,北京:社会科学出版社,2016 年,第 1 页。

④ 同上。

现,但在似乎已统一起来的联邦德国东、西部之间,在统一三十年后的今天,仍存在差异。① 在政治家层面,看法整体上是乐观的,虽然也同时指出了努力的方向。德国总统弗兰克-瓦尔特·施泰因迈尔,虽然警示了社会分裂和政治领域内不信任不断增长的问题,但乐观地认为,统一三十年后,德国已成功"走过一条向重新统一的自由、民主国家发展[……]的道路"②,而时任总理安格拉·默克尔大体也在一条与施泰因迈尔类似的认知线路上,她认为统一"已基本成功",并呼吁民众要有勇气,"真正克服目前尚存在的东、西方之间的差异",并致力于促进"我们整个社会的团结"③。

而在德国学者和普通民众看来,德国的重新统一则更多意味着不平衡等问题。统一之后的历史发展,也是存在问题的。据联邦政府统计,东部的民众有"62%的人抱怨要么没有工作,要么只有报酬比西部差的工作",西部 32%的民众也同样将之视为对东部民众的不公,特别是有"57%的东部居民感到自己是二等公民"④;民主德国出生的学者、社会学教授科尔莫根对德国统一的认识,也主要放在东部民众的视线里。他认为首先是年长的东部民众将德国的重新统一看成是加入,是接受联邦德国的制度,这之间,西方成为标准,而东方只不过是适应西方。⑤ 这种调查和感觉并非是情绪化的,很清晰、深刻地反映了德国统一之难、裂隙弥合之难。同时,联系舒尔策来看,不难发现舒尔策在自己的文学表达中揭示这种分裂性,是立身于所处的世界并把握了这个世界,而且直面问题,清晰地展现了批判的姿态。

德国统一后第二十九个年头的相关调查和分析展现了更细节一些的问题。尽管德国东部的经济力量达到德国西部水平的四分之三,工资和

---

① Kristin Schwietzer: *30 Jahre nach der Wende. Das lange Arbeiten an der Einheit*. 27. 09. 2020. https://www.tagesschau.de/inland/deutsche-einheit. (2020 – 10 - 2)

② Frank-Walter Steinmeier: *Keine Pandemie hindert uns, stolz zu sein*. 03. 10. 2020. https://www.tagesschau. de. /inland/steinmeier. (2020 – 10 - 5)

③ Angela Merkel: *Einheit ist "im Großen und Ganzen gelungen"*. 03. 10. 2020. https://www.tagesschau. de. /inland/merkel. (2020 – 10 - 5)

④ Kristin Schwietzer: a. a. O.

⑤ Ebd.

个人可支配的收入达到了西部水平的 85%，而且考虑东、西部生活费用的不同水平，东、西部之间的差距可以说还进一步缩小了，但是相关调查表明，当时就有超过 50% 的东部居民感到自己是二等公民。[①] 虽然东部也有民众并不把自己看作"转折的输家"（Wendeverlierer）[②]，但即便是统一后出生的东部的年轻人，对所谓民主成绩的满意度也要低于西部的同龄人，他们中每五人就有一个觉得自己更像是民主德国人，而不是德国人。在东部这里，失业问题堪忧，安全问题堪忧，人口问题堪忧。人口流失颇为严重，目前已减少到只相当于德国 1905 年时的人口水平。[③] 对民主的理解也发生了变化，选举所体现的抗议，越来越清晰地表明了这一点。[④]

种种现实问题，都涉及基本的生存与发展需要，乃至更高的需求，其间引发的失落、痛苦与愤懑是巨大的。上面采自报道的现象描述，已点出其中某些问题。博希迈耶教授所指出的身份焦虑问题，点题更清晰："[……]东西部的身份认同想象发生了激烈冲突，产生了直到今天也没有完全解决的德—德疏离问题。1989 年 11 月 9 日柏林墙开放带来的胜利感，在东部和西部很快就少有所感了。重新统一之梦，更多的是变成了文化身份危机的梦魇，在原属东德的地区尤其如此，原属西德的地区也是这样。在西部被蔑称为'东部佬'的德国东部居民，其间是因为感到了给他们施加了侮辱的那种傲慢，而且也因为'西部佬'殖民胜利者的作派——这些人现在在东部地区，无论是在经济、政治还是科技、文化领域，都占据了越来越多的位置——失去了自我价值感。毕竟正是这些民主德国人通过 1989 年秋的民主革命使德国的重新统一成为了可能，而现在他们却不得不经历这样的事：享受他们自由斗争成果的获益者，真真切切地在对他

---

① Vgl. Kai Clement: *Bericht zur deutschen Einheit85 Prozent des Westniveaus*. 21. 09. 2019https://www. tagesschau. de/inland/steigende-wirtschaftskraft-im-osten-101. html. (2019 - 10 - 22)

② Vgl. Kristin Schwietzer: "*Wir sind keine Verlierer*". 12. 05. 2019. https://www. tagesschau. de/inland/wende-bilanz-101. html. (2019 - 10 - 22)

③ Vgl. Kai Clement: a. a. O.

④ Vgl. Kristin Schwietzer: "*Wir sind keine Verlierer*". 12. 05. 2019. a. a. O.

们进行殖民统治[……]"①

那么,曾为体制变迁实际奔走,在柏林墙开放/倒塌前后和转折期仔细观察、深切感受、认真反思并富于犀利洞见的舒尔策,怎样看待德国重新统一后的社会现实?他在多篇演讲与访谈中,都表达着这样一种判断或吁求:在德国东部,整个国民经济都被抛向了市场,一切唯经济发展马首是瞻。生活的一切领域,尤其是医疗与教育,无一能幸免私有化、商业化与利润的追逐。但凡盈利的,均被私有化;但凡会产生损失的,均被社会化。抵抗、质疑和对其他可能性的期待,均已不复存在。为了能过上自我决定的生活,需要民主,但要阻止与市场相适宜的民主,虽然它是民主新装中最漂亮的一件。要创造与民主相适应的市场。②

舒尔策无疑看到了德国统一后存在的关键性问题。这位有深沉历史感的作家,在回望中,同样看到了匈牙利1989年的边境开放(NL 438)、布拉格的逃亡事件(PH 442)和所谓布拉格难民列车(NL 450)等。他在一系列作品中,揭示面向西方的逃离有怎样的过程、怎样的结局,而后是一个什么问题。

我们注意到,在《三十三个幸福的瞬间》这样的早期作品中,舒尔策已

① Dieter Borchmeyer:*Was ist deutsch? Die Suche einer Nation nach sich selbst.* Berlin:Rohwohlt · Berlin Verlag, 4. Auflage 2019, S. 914.
② Vgl Ingo Schulze:"Unsere schönen neuen Kleider. Gegen die marktkonforme Demokratie — für demokratiekonforme Märkte". a. a. O., S. 1 - 17. 特别是这一段文字比较清晰地体现了作家的相关认识与态度:"随着柏林墙的倒塌,苏联的分崩离析,两大阵营间的边界消失,在西方国家发生的抵抗以一种近乎令人恐惧的方式渐渐停止。所有政治决定所依恃的目标就是经济发展。[……]政治的目的就在于促进发展。实际上所有的问题要想得到解决,都必须首先从经济发展这个针眼里过一过。而推动增长的最佳手段就是无所不包的私有化。小政府,大市场,也就是说,更多自由,就会有更多富裕。几乎无人提问:自由为谁?自由何来?富裕为谁?资本主义、阶级斗争和利益最大化这类语汇在语言使用中都会尽可能避免。追问谁靠什么获益,追问这个对谁有利,那个对谁不利,都被视为是粗俗的,是庸俗思维的明证。就在为了描述一个新现实越发需要这些语汇与追问时,它们却偏偏从日常生活中消失了。而意识形态在于,让这些事实和现实看起来好像是某种既存东西,某种凭自然法则发现的东西,我们该对之满意,与之相适应才是。这种语言用法将人们从政治、社会、经济和历史的语境中引开,不让人质疑,并将人引向这样的地方:在这里,没有对现实的质疑,在这里,所有的困难都只是实际困难,而且对立的利益关系只存在于表层。"Ingo Schulze:"Unsere schönen neuen Kleider. Gegen die marktkonforme Demokratie — für demokratiekonforme Märkte". a. a. O., S. 7 - 8. (2019 - 8 - 25)

着手从多个维度观察和表现西方对东方社会的影响,其着眼点在于西方职业生活中的工作态度,或美元的诱惑,也在于从体制变化之后的俄罗斯向西方逃离。因为现实生活落差而产生的基本生存保障或对更好物质生活的追求,成为这种逃离的真实动机。

小说集中的第 26 个故事,从第一人称叙述者角度,讲述一群人艰险穿越边境进入芬兰的旅程。在这里,角色视角下的描述采取对比方式,涉及这一旅程牵连的两个世界一系列表象的呈现:入境芬兰后,天空逐渐放晴,柏油路平整顺畅,草地青葱茂盛,最终一行人得以坐在漂亮宽敞的露台上惬意享用牛排、香槟、咖啡和甜品,而在来路,俄罗斯阴雨连绵,树木光秃,柏油马路凹凸不平、时有时无,汽车老旧破损、故障频发,更严峻的是遭遇谩骂、威胁、围攻、殴打和刁难式检查,甚至有同伴在中途被人从车上拉出,惨遭毒打并拖入沼泽。叙述者的叙述,符合特定历史条件下[1]向西方逃离的预设。似乎一定是这样的线路,西方才获得想象的意义。这一群人发出感慨:"我们终于做到了[……]我们终于成功地完成了我们的使命。"(AG 202)他们在对西方生活的渴望中,以日常真实的牛排、香槟、咖啡和甜品等实现了他们的"使命"。作家无疑看到了旅程的艰险和相关的安慰,但当"使命"一词出现在角色的表达中,反讽的意味还是显在的,因为这一旅程清晰区分于出埃及的逃离。只是"迦南地"的想象,的确难以从角色或角色之外的世界里剥离。

在《彼得·霍尔茨》中,舒尔策在逃离的主题下设置了更复杂的关联。

其中,奥尔加舅舅克劳斯的逃离,更像一个东方间谍乔装进入西方的故事。克劳斯带上家人绕道布拉格,就像在后来的布拉格逃离事件中那样,部分程序叠合,因被怀疑是派出的卧底,在大使馆遭受过严格的审查,在过境时也曾经经受细致盘查。也就是说,这次出逃完全采用一套逃离模式。然而,这一逃离后来成为克劳斯在转折期吹嘘的资本。他自诩外逃第一人,到处贩卖所谓逃离故事,准备写下来这一切,但似乎受到包括来自西方的威胁(PH 441 - 442)。这个逃离的故事并未提供真假逃离的真相,也有别于进入芬兰犹如入迦南地的故事,但无疑提示了在特定历史

---

[1] 结合这个故事的时代背景,系指经历体制变化之后,俄罗斯最初的那段历史时期。

变化时期,逃离几乎要成为一个可以谋取名利的手段。

在奥尔加的故事里,她的逃离牵涉更多的权力与政治要素,而且也成为一个讨论的话题。按照奥尔加的自述,她因为与来自西方男友的交往,受到国安局的威胁,而不得不选择去西方。逃往西方费尽周折,在西方与男友的关系反倒远不如两人当初在民主德国时生活的状态,因为奥尔加没有工作,未能在西方社会得到相应的位置,钱成为他们中间的大问题。其实就是关系不睦。奥尔加又在过渡期回到了她原来的环境中。来自西方的苏珊娜指责奥尔加的逃离,认为当初离开了她该在的位置,去了西方。她说:"你曾是有机会的,但我没有。"(PH 357)她所指的机会是"改变什么,彻底改变什么"的机会(PH 357)。也就是说,在她看来,奥尔加当了逃兵,错失了机会,本可和应留在当地彻底改变什么,成为历史的推动者,参与历史的发展进程。她似乎一下就以此将自己放在了历史正确发展的方向和发展的制高点上。当然,按照奥尔加的思想和发展逻辑,她即便留在当地,也不会有多大政治作为,至少不会成为反对派。然而,哪怕就是反对派,苏珊娜也在其中发现了问题,对反对派一副指斥的态度。她说她还从未像在民主德国这里这样"经历过如此腐败的、痛苦的、虚荣的、贪得无厌的反对派。(他们)忘记了一切,昨天他们还一心企求的一切。恰恰在整个的所有财产被剥夺、被倒卖的时候,他们还在为万德利茨镇的小资产阶级储藏室而生气"(PH 361)。值得注意的是,苏珊娜关注和批评的是那些跟着西方乃至随之摇旗呐喊的人,不是过去的当权者,是新一批欲夺权者。在苏珊娜看来,这些人贪婪、狭隘,缺乏真正的精神。毫无疑问,奥尔加很乐意将自己描述成国家暴力的受害者,但她的逃离,在一个更高尚名义的逼视下,未能称其为受害,而相反成为一种政治责任的背叛,因为她不在所谓好的反对派中,特别是不符合在过渡期复杂、微妙环境中西方对其中的政治局势发展所怀有的期待。毕竟,我们在经济领域看到了泽尔格这种在转折期积极推行资本主义市场经济原则的急先锋,在党派政治领域更看到了勒弗尔争夺权力、直接塑造当时的政治生活。因此,更清晰地说,奥尔加在苏珊娜看来,因为她的逃离,没有能成为西方可以依靠的代理人与他们观念、逻辑乃至方案的实施者,这就是根本问题。倒是在讨论现场的霍尔茨一直保持沉默。舒尔策安排了这个细节，借助霍尔茨的体认表明，这个时代的种种斗争非常令人迷惑地存在矛盾，霍尔茨一直以为能独自批评性地面对这个时代，不过是不自量力的假象而已（PH 362）。

在《亚当与伊芙琳》中，卡佳自称是一个逃离者。亚当追随伊芙琳一行人去巴拉顿湖途中，接收她搭乘便车。后者出现时，处于饥饿状态，口头上表达模糊：问她从何而来，答道从那儿的什么地方来，问她想去哪儿，表示还不知道（AE 69）。但她后来还是忍不住透露了一点她的故事：她曾试着横穿多瑙河，当时她们还是三个人，后来另外两人就这么失踪了，不知所踪（AE 76）。在她的叙述中，她是属于西逃者行列的。我们还得知，她准备进入匈牙利，但没有签证，过境时只能躲在亚当的车后备箱里（AE 76）；她自己在西方也建立了联系。最核心的是，她表示去西方是为了"更好地生活，真正地生活"（AE 80）。她认为自己过去的生活一眼望到退休都是那个样子，她无法忍受了。她的亲戚也都在西方。她想去那儿上大学，附带打工。然而接着，我们了解到，其实是只有她一个人曾试图偷渡多瑙河，没有其他人失踪这回事（AE 80）。这个修正性的信息，固然表明女人的叙述与表现并非可靠，但也说明这个女人潜逃西方似乎下定了决心。

然而，在爱的名义下紧紧追随妻子而来的亚当，来源与去向其实皆有些晦暗不明或有意遮掩的卡佳，在亚当突然的意会中给了我们到底还是令人惊心的逆转：他们两个人都是国安局的人，要检验其他同事工作的可靠性（AE 81-82）。原来，他们去匈牙利，旅途中的种种幌子都是为了打探，想探查其他人何以越境。这是双重的拆解，拆解爱的虚像与潜逃西方的决心和计划。亚当爱的动机，卡佳有些悲剧色彩的潜逃尝试，或者说至少是她的潜逃本身，似乎成为了国安局控制力的伪装。

然而，逆转发生在亚当的意会与卡佳的叙述中，舒尔策在这里很好地利用了角色叙事的不可能性。在后续情节展开中，再无其他相关证据确认这个逆转能够成立，因为我们看到，最后卡佳还是事实性地抵达了西方的日常生活。

二　日常中的东、西方检视

伊芙琳与亚当一行人在巴拉顿湖度假,就像他们在旅途和所谓度假期间所见到的很多住在河边帐篷营地里的人那样,是为了伺机逃往西方。在这种伪装的度假环境中,固然有显在的风景、家居氛围与情爱游戏要素,但东、西方的比较与相关的现实思考也不可避免地要成为他们的日常。

亚当与米夏埃尔无疑是情敌,却也并不妨碍他们在越境去西方或回到西方的目标牵引下产生交流。事实是他们在经过一段时间的观察后,常在一起深入沟通。米夏埃尔把西方拔得相当高。亚当问米夏埃尔能否在他们那边找到工作,米夏埃尔回道,只要真想,就能找到工作,只是并不一定就是所期待的那份,而且声言进步留驻在西方;而对东方,他表示对东方从未有过兴趣,且认为东方 20 年前在经济上就被西方抛开了;对东方的环保问题多有批评,指出这里的癌症统计率、高污染车辆和湖泊污染等问题(AE 171)。在这样的对话中,亚当并没有多少言语,只简单辩护"我过得不赖"(AE 171),并对自己的工作满意,正是他能干且他想干的事(AE 174)。米夏埃尔显然牢牢把控着交流过程中的话语权。例如从生物学角度谈人生命的长度(AE 172),甚至延伸到生死观和生活观。对于前者,他认为人们必须摆脱暂时性和死亡性;对于后者,当亚当问他生活和劳动的关系时,问他生活是劳动或工作,还是为了生活,他说对于他而言,工作就是生活,并反问亚当:"你难道不是这样?"(AE 174)这无疑表明,米夏埃尔似乎对自己所说的颇有信心,尽显优势。甚至在亚当问他爱不爱伊芙琳时,对方也直接回答:爱,不然就不待在这里了。并说他早就该在汉堡了,离开三周实在太长,可能会因此失去对一切的把握,不仅会影响自己的生存,甚至还有其他人的生存,毁掉整个计划(AE 174)。而他似乎甘愿承担这可能的巨大代价。

同样在故事的发展进程中,放缓的近距离交流场景,让伊芙琳和卡佳也有了更多沟通。只是她们的话题更切己,首先只围绕她们自己的生活与瞩目的关系展开。从伊芙琳的叙述中,我们知道亚当将他的女顾客作为他的创造物,不是为这些人裁剪的衣物成为他创作的成果,而是将这些人变成自己的情人。他与这些人绝不只是暧昧,而是偷情,被当场逮住。伊芙琳现在依然怀恨(AE 176)。而更值得观察的是卡佳近乎局外人的视角。她认为,亚当对她可是正人君子,“一个真正的天使”(AE 178)。不过,他比之米夏埃尔就是一个孩子(AE 175)。“米夏埃尔知道自己要什么,在他身上,事情会向前发展,总是能成事,是一个真正的研究者。他处处都在,能说数十种语言,这是一种广度,他的呼吸自由得多,不是年复一年呼吸同样的空气。”(AE 176)当卡佳提及米夏埃尔的呼吸自由时,她实际上是本质性地透露了她内心的认识。她通过对个体自由品性和状态的肯定来表明她对西方的肯定。看似闲聊的日常交流场景,一方面展现了角色们在潜逃西方前被迫要有的等待状态,另一方面是最后一次通过心理、情感和观念上的准备过程,将对东、西方体认和对西方的向往推展至高处而且保持这种高位状态。

　　女人间此刻相对轻松而摒弃了防范的交往关系,可以让角色们的生活、观点和态度,更自然、更集中甚至更隐秘地流淌出来。伊芙琳告诉卡佳,亚当有一个姑妈在西方,虽非血缘关系,但总是来访。其丈夫是逃过去的,不想再待在东部或者是不允许待在东部(AE 178)。亚当有钱,甚至很有钱,懂得享受,每晚喝啤酒,坐在花园里,抽雪茄,与邻居也颇合得来。他很独立,这点吸引了她。他很有性格,真正放得开,不像她在大学里遇到的人,那么谨慎、乖巧(AE 179)。伊芙琳在闲聊中关于亚当情况的分析性介绍,实际上也是对最后亚当去西方后整体生活和精神状态失据的一个预示,部分也提示了亚当与她不同,非但不是潜逃去西方,反而是抗拒去西方。

　　伊芙琳还告诉卡佳,亚当想要自己的孩子,她曾为亚当怀上孩子,但堕胎了。她认为带着孩子去西方没法待下去(AE 179),也就是说她为了去西方而选择堕胎。而卡佳告诉伊芙琳,说她的亲人都在西方,她是唯一留下的。她也曾堕胎,但男方是个真正的罪犯(AE 178 - 179)。至此不难看出,伊芙琳整体上是差不多铁了心要去西方,但又嫌弃亚当只有一个并无血缘关系的姑妈在那里,关系不硬。因此,她选取了一条投机性的实用主义路线,虽然至少在过去,她欣赏亚当的性格和生活态度,但还是因为米夏埃尔有通过婚姻关系将她带出的允诺或暗示而选择与对方纠缠在一起。只是,从她闲聊的语境看,她对卡佳也指认她对这"两个男人"(AE 180)均无多么深厚的感情。她很清楚亚当根本不想去西方(AE 80)。她与他们的关系及其调整,实质上完全服从于她潜去西方的目的。然而,她在这之间同卡佳谈起现实状况改变给她的触动,部分也涉及了她内心的不安与思虑:"如果你开始思考这些,当这突然成为现实,当你突然问自己,我究竟是怎样生活的,生活该如何继续下去[……]"(AE 178)也就是说,她现实的选择,即便是权宜之计或首先是出于物质生活的考虑,也还是颇有自疑与自省意味。更明白的答案,系由卡佳随之补全:"而后就失去了安宁。我甚至想,我们有义务离开,可我们不知道生活意味着什么。"(AE 179)卡佳点出了潜逃的压力,就像伊芙琳一样表达了对生活出路和命运不确定性的担忧。舒尔策在日常细腻处,通过寻常百姓角色深切地揭示,潜逃西方往往不是体制之选、意识形态之选,而是在个体存在意义上更多涉及物质性日常改变的诉求,虽然内中也不能完全排斥所谓自由精神的要素。

三 抉择与惩罚

米夏埃尔带上卡佳开车走了(AE 203)。这一次的离开,从叙述角度看,推动表面性的度假生活尽快显现出其核心的冲突来。

伊芙琳坚持留在巴拉顿,也就是匈牙利的度假圣地巴拉顿湖北岸的小城巴拉顿费莱德,未与米夏埃尔同行。这样便与亚当重又在一起了。她坚持留下来,或许是前情尚在,也是因为她还在思考去西方是否能成行的问题。但其中的张力主要体现在去与留的问题上。两个同样是东方背景并面临抉择困难的角色以面对面的讨论来直接面对。

亚当应当是开心的。他终于又坐在了伊芙琳身边。他表示想回返,并提出要与伊芙琳一起开车回去,并问她:"你真要去西方?"(AE 212)他说他一直在说,他要回去,去西方他能做什么呢。而伊芙琳反驳他,说他做的可是另外一回事,例如他跟着一块儿过来,把那些文件、她的化妆品和他们那只龟也带了过来,而且到处在找工作,并向米夏埃尔打探在西方工作的事。因此,她以为他是在认真考虑去西方这件事(AE 213)。亚当的解释是,他跟着干这些,就是因为爱(AE 213),并问伊芙琳是什么时候明白了自己想走,当然这里的离开是指离开度假地,不让这样的状态继续。伊芙琳答,她真正确定要离开,是在这个早晨。而且她避而不答,是否是因为米夏埃尔离开了她才也要离开,只回答,她只是知道,她不会回去(AE 213)。也就是说,她并非是要去西方才离开此地,只不过是不想回去才要去西方。西方只是她摆脱在她看来的困境的手段。

从前面的情况看,伊芙琳对西方的想象,也无非只是限于自由、畅快旅行的便当,与卡佳比较,她更多限于摆脱自己的困境,后者倒是谈到米夏埃尔在西方,呼吸要自由得多,也就是尚有这种浪漫的想象。所以,伊芙琳不想回去的动机更清晰,也真切,均来自对过去日常的判断。过去的那种状态,是她不愿再忍受的。"因为我不想回去。我不想再在饭店做招待,不想再去申请大学学习位置,并再次被拒绝,不想再看种种嘴脸[……]"(AE 214)但是,与这种表达和态度有些相悖的是,虽有自由旅行的吸引,甚至有与米夏埃尔的婚姻允诺,或者说至少与其保有情人关系这个要素,但伊芙琳在米夏埃尔匆忙离开时也并未跟随,而是选择留了下来。倒不一定就是度假地的生活太有吸引力,或者是对亚当感情深厚。但她到底是留了未走,不像之前一再诅咒或拒绝亚当的追随而来,愿意与亚当待在一起并与之讨论去留的问题。这说明她对亚当似乎并非真正绝情,更重要的是实质上她根本不知前路为何,动机并不强烈,只是她愿意一试。她表示,她不知是否真正喜欢那边,但想一试,而且无论如何要试试。亚当劝她别试,说要是失败了怎么办,"我们可是只有一条命"(AE 214)。但伊芙琳坚决要试,说正因为如此,要试。亚当说那只不过是一场游戏,"我们从未说过,我们要去做这个尝试"(AE 214)。显然,伊芙琳越境去西方,她已有决心舍命一试。这是提高到生命的意义上去了。而从中我们也清楚地看到亚当为了挽回伊芙琳,假装一起计划和推动越境去西方,但他清晰地只将之作为一场随时准备撤退的游戏来看待。

然而,伊芙琳毕竟是为去西方进行了准备的。她认为现在犹如乳牙将脱,要长出真正的牙齿,而这给她,一直给她一种自由的感觉。但亚当反驳,认为这种自由的感觉是幼稚的,而伊芙琳决然回答,如果说自由是幼稚的,那她就是这么个幼稚的人,但她感受到了这种自由。而亚当认为最好认真思考一番。伊芙琳再驳:"我不再需要思考这个问题了,我已思考太久[……]你为何不过去? 我为什么要过去?"(AE 215)她认为,谁不想过去,就是没有思考过。亚当反问:"我根本就没想到过要去西方,那我为什么要思考这个问题?"(AE 215)他们两人之间的辩驳,说明了亚当不去的坚定,而且他要影响伊芙琳,但伊芙琳其实已为有朝一日去西方在生活中做足了准备。之前她已辞职(AE 215),而且在为自己安排情感上的退路,她清晰地知道自己不愿、不能回去,而为了越境去西方,心理上和认知上已进行了铺垫,将之视为自由,视为反思的结果,而且不同意亚当不过去就不要思考的观点(AE 216)。

在边境开放的事情上,他们也是针锋相对的。伊芙琳期待匈牙利边境能开放,而亚当认为"他们不会再让我们出去了"(AE 216)。在两人的关系上,亚当已确认他们现在的处境,知道要么跟着过去,要么他们的关系就会结束(AE 216)。伊芙琳更是指出,安雅一家很愿意留下亚当,让他作为裁缝,作为女婿,作为情人(AE 217)。但即便是争辩过后,两人也并未分道扬镳。作家至此安排了这样一条线索:在小说起始处,因为亚当偷情或至少是与其女顾客之间暧昧的交流场景被撞破,作为两人冲突或伊芙琳离家出走的缘起;而后作为一个冲突的出口,设置来巴拉顿湖度假,但旅途安排夫妻间的冲突和其他情感的小花絮;在度假地,过境与否和如何过境,成为内在线索,其余的要素,例如情感纠葛和表面的散淡的度假生活成为点缀;接着是过境问题的思考和推动,放在持有不同立场的亚当与伊芙琳之间,虽展现了他们夫妇可能存在的情感基础,但真正是将去留的矛盾细微而多层面地揭示出来。因此,亚当与伊芙琳不可避免要争论,但也不可避免在情感上,更重要的是在去西方和不去西方的问题上,要相互争取。亚当提议,一起待到明天,或三天,或是再待一周,伊芙琳表示随他的便(AE 218)。而且,在他们争辩之后,伊芙琳也仍感到亚当对她来说是亲密的(AE 218)。

亚当与伊芙琳离开巴拉顿湖度假地,开始他们需要进一步选定方向的路程。路途上,两人为了回民主德国,还是让伊芙琳中途下车而后去西方并就此彼此告别,展开了一番讨论。但最后,他们终究是过了边境。也就是说,伊芙琳带着亚当来到西方。在边检站,匈牙利人没有盖章就放了行,奥地利人也示意他们过去。两人进入奥地利,开至格拉茨附近。伊芙琳显然很高兴,她问亚当:"你就一点也不开心?"(AE 222)亚当真是不开心,答:"不开心,干吗要开心?"(AE 222)他们也总结了整个这趟旅行,伊芙琳认为不算是轻松的度假,亚当认为毕竟也还算成功地走到了这一步,但他们都认为自己是某种类型的难民(AE 224)。这种自我认定大抵是切实的。在此时的处境描述中,舒尔策设置了他们在宾馆内阅读和讨论《圣经》的情景。谈到上帝造人、创物,谈到上帝以男人肋骨造女人,谈到了生命之树,也就是那颗智慧与善恶之树(AE 225)。谈到蛇引诱亚当夏娃食禁果。谈到上帝警告人,伊甸园中所有树上之果皆可食,唯独不可采食善恶之树,否则必须死,必须逐出伊甸园这个不死园而死(AE 226 - 227)。作家在此让角色们在西方的宾馆里读到《圣经》,应是很自然的事。只是让他们恰恰在刚过边境来到西方的时候,一起详细阅读并讨论逐出伊甸园的故事,显得并非偶然,而是大有深意。他们读到了并谈论这个故事中的开眼、启智、知善恶、知羞耻,也感受诱惑,了解并要经历死亡,然后方知生命,并了解了开启慧眼而要承受惩罚的代价。所阅读和讨论的《圣经》中创世纪的内容,似乎是映衬着他们的等待与尝试,尤其是伊芙琳引领性带动来西方,是有如食用智慧果,一方面有了思考力,另一方面也是经历了世界转换之变,虽不知到底是被逐出还是进入天堂,但至少有一种惩罚被预示性地祭了出来,那就是,他们对西方的想象可能会破产。

四　抵达的幻象

在一次接受采访的过程中,舒尔策提到,有人常常问他是否已抵达西方,言外之意就是问,他人在西方,是否感情和思想也已在西方。舒尔策对此是非常反感的,因为他从中最直接感到的就是那种西方式的傲慢。[1] 而且,从他一贯的态度看,他恰恰是出于深切的期待,而对统一之后的联邦德国所存在的一些根本性问题,例如经济逻辑问题,是持强烈批

① Ingo Schulze: "Mein Westen". a. a. O. , S. 277.

评意见的。但是,角色世界里的亚当与伊芙琳等人,是避不开这个问题的。而且,更精准的提问应是:他们能进入西方吗?

一如之前在日常的氛围与节奏中,舒尔策将逃离的过程及其中的心理、精神和角色关系等方面的问题,由矛盾的张力关系细腻而典型地呈现出来,此时在西方的世界里,也是有选择地描述角色们过程性进入西方日常生活所获得的喜悦和所遇到的重要问题。作家在接受采访时曾明确表达,《亚当与伊芙琳》的故事"不仅涉及民主德国,而且也涉及其后开始的新时代",并提及他真正感兴趣的是"依赖性与自由之间的那种转变"。[①] 因此,他一方面试图由这种转变来刻画角色的物质、精神与情感状态,另一方面也展现过渡期西方世界、西方与东方之间沟通关系中发生的历史变化,从而两相结合地揭示直接面对西方世界时所产生的角色层面内、外的日常生活政治。

亚当与伊芙琳到达慕尼黑,住在这个中转人鲁道夫家。总之,这两个主角非常过渡性地越过奥地利,到达巴伐利亚,这个可能的目的地。那么,这里是怎样的景象、品质和意味?在这里,可以确定的是,伊芙琳似乎依然放不下过去,或更准确地说,还没有为现在做好准备,她表示自己先得重新适应亚当(AE 241)。也就是没有真正准备好重新接纳亚当,因而也意味着没有适应她和他的重新开始,而且是在另一个世界,他们要来且终究是已经到来的这个世界里。也就是说,他们先遇到了一个他们之间关系的问题。虽然暂且还只是伴侣关系中的一方感到有疑问,需要调整,但所遇到的问题实际上是涉及本可以在这个不同于过去的世界里作为依恃的基础性力量。这是一个在后来的日常生活铺展过程中真正成为绊脚石的问题。

接着的问题是,在西方的世界里,他们要登记。这是他们新环境下面对外部关系遇到的第一个严峻问题。伊芙琳和亚当在面对自己的过去,面对东、西方之间的关联时,全面经受审查,非常直接,破除了任何可能的想象的玫瑰色。

---

① Anke Sterneborg:"Ingo Schulze:'Leider ist die DDR ein beliebtes Sujet für Anmaßungen'", 9. Januar 2019. S. 2. https://www. zeit. de/kultur/film/2019-01/ingo-schulze-adam-und-evelyn-verfilmung-schriftsteller-ddr/komplettansicht. (2021 - 4 - 27)

　　详细的过程揭示,非常有利于展看角色从本拟进入的世界中一步步后退或只是愤怒地原地踏步。

　　伊芙琳在工作人员指导下填表。她的全名是伊芙琳·舒曼,又被问及出生年月,其父母的情况,生日、出生地和职业,问及兄弟姐妹,问及伊芙琳的教育状况,问她是否一个人过来的。又问起她的伴侣卢茨·弗伦泽尔,也就是在他们伴侣之间、在朋友圈被称为亚当的这个人。这个本名被挖掘出来,里面就显露了这个登记的非比寻常。对方又问他们何时认识,住在何处,亚当的职业,问伊芙琳想离开民主德国的念头始于何时。伊芙琳回答说一直有这样的念头。对方问她大学是否学教育学,伊芙琳回答说学过一年半,想学艺术史、日耳曼学或法文,因只有教育学有学习位置而未能如愿。对方问他们是否已入党,是否参加过青年组织,他们去匈牙利是否是为了利用这个机会。伊芙琳回答她想离开,亚当是跟随而来,但她拒绝明确回答,亚当是否不想来,是否想阻止她来,说这是他们的私事。审查人员又问亚当是否在部队服役过,是否是在民主德国国家人民军中待过,问他的军阶,是否在边防军中待过,接着又绕回到了那个他没有得到明确答案的老问题,即亚当为什么不愿意让伊芙琳来“自由世界”(AE 247)。而之前,伊芙琳已经进行了说明,提到不能说亚当不想这么做,他想跟她在一起,因此最后一起来了。但审查人员认为弄清楚这个问题对亚当个人也是有好处的,因此又问,亚当为何没有立刻想与她一起过来,她是否对自己的生活伴侣拿得准。伊芙琳嘲讽地问:“你们认为亚当是间谍?”(AE 247)并且她算是辩护地提起,只有亚当不去参加投票选举,只有他嘲笑民主德国,根本不把民主德国再当一回事。而审查人员反驳说,尽管如此,他还是想留在民主德国。伊芙琳说,他感到舒坦。对方继续问亚当的情况,问他在匈牙利时是不是往民主德国打过电话,是否与已回民主德国的哪个人有过接触。伊芙琳回答,亚当用车将他们的一个朋友送到了火车站。对方又问:这个女朋友是回了民主德国吧? 伊芙琳答:是的,因为私人原因。对方补上一句道:那么私人也未必吧(AE 243 - 247)。伊芙琳说:“如果你们想知道,那还涉及一个男人,从西方来的男人,从汉堡来。”(AE 248)对方问他的名字。伊芙琳说知道,但不想说。对方依然还是对亚当感兴趣,话锋一转,问的是弗伦泽尔先生是否与民主德国驻匈牙利大使馆有过接触（AE 248）。显然，工作人员对他们的行踪相当了解，而且似乎高度怀疑亚当。伊芙琳警觉地问，他干吗要去与民主德国使馆联系。对方答是例行询问。但对方问的是，当时亚当在使馆行为如何，是否是逼迫她去大使馆，甚至暗指是亚当偷走了他们的证件钱包，迫使他们去使馆补办证件和出钱，而亚当自己的证件并未丢失。当然，伊芙琳不相信亚当是在伪装和设局。对方敏锐地抓了伊芙琳在为亚当辩白过程中用到的"他们"一词，便问谁还在去大使馆补办证件的这群人里面，于是伊芙琳又谈起这个想游过多瑙河且其时将证件弄丢了的女朋友，但拒绝告诉对方她的名字，而后又谈到亚当怎样用车将这个女孩偷带过境。对方又问汉堡来的那位先生与弗伦泽尔先生之前是否认识，且还想问其他问题。但伊芙琳带有了结性地告诉他，亚当是因为爱她才跟着过来，不是出于政治原因，他与民主德国不相干，他同她一起逃了过来，他们俩现在在这里，这就是事实。她还表示：如果是刺探，那亚当究竟要刺探什么呢？（AE 249 - 250）

总之，这是伊芙琳在与亚当一起逃入并试图进入的这个新世界里，接受的详细询问。这个漫长的问答，非常彻底地点到了他们来到这个世界之前的经历。虽然对方一再表示是例行公事，询问是他们的义务（AE 250），仿佛很寻常，只是核心的问题最后表明，一条明显的线索指向并不在场的亚当，询问的意图和内容颇不寻常，均提示亚当有民主德国间谍的嫌疑。至少这份来自新世界官方的怀疑，非常清晰地体现为扰动要素，足以破坏任何对这个所谓新世界的想象与寄寓。《圣经》在这两个主角逃离的旅途，有机缘呈现的就是天堂这个桥段。只是他们当初开始这段潜逃之旅时，不是出于对天堂的向往，而是自选或跟进性地来到这个所谓自由的世界。而现在，在这个世界的入口处，真实而强烈的怀疑，是他们最初获得的最真实也具有很大考验性的待遇。

伊芙琳与亚当能抵达西方吗？看来是难的。

至于亚当是否是间谍，舒尔策给我们来了一个小小幽默。他在那一番严密的询问之后，在接下来的一章，拟定题目为"间谍们，两人一组"（AE 252）。这实际上是亚当与伊芙琳坐火车出行，一路叹赏火车在阿尔卑斯山前开行时所见到的美丽风景，仿佛是要去寻访米夏埃尔。两人交流或相互"刺探"的是彼此情爱或欲望关系中的花絮。虽然亚当也问到了，伊芙琳与米夏埃尔在一起时后者是否怀疑过他亚当是国安局的人，而从情节的发展看，这也并非间谍之实的确证，反倒是在最后，演变为伊芙琳的自得，因为她发现亚当的魂是在她的身上。她引出亚当的表白："我的魂真的一直在你这里。"（AE 255）当然，这一次的交流也透露出，他俩被分别询问，都被问到了另一半的情况，而且都回复要询问者直接问他们的另一半。亚当表示不解，他们这算怎么回事，伊芙琳说得干脆：他们在找间谍（AE 257 - 258）。至此就很有趣了。到了联邦德国，也就是所谓西方，亚当表达了他的无奈：他将一切都扔在那边不管，而在这边，他却不知怎样去挣自己的面包钱。而伊芙琳似乎很满足，说他们在西方，有了所有的证件，得到了护照，卖车而得的 3000 西德马克，能够学她想学的专业，房子能免费住着（AE 256）。也就是表面上看，或者从一方面并从她的视角看，是这样一番景象。但是，更本质的是她甚至比亚当更清楚或更能直接地点明，联邦德国相关机构的人员是在找间谍（AE 258）。因此，其间嘲讽的意味就非常明显了，亚当与伊芙琳投奔西方，而西方却似乎是势所必然地待他们如间谍，或者就是要找出间谍。在他们看来，亚当有迹象就是间谍。

　　这是亚当与伊芙琳最初面对这个世界时必须接受的方式，是他们在西方接受的第一课。他们没有任何理由可以避开或者拒绝。这一课内含的西方的控制与排斥力量，命运性地切入他们新的生存，不仅塑造了他们在西方最初的时日，而且隐性地影响着他们后来的日常生活与情感生活。舒尔策将角色们在西方的生存及其对这种生存维度的体悟，非常真实和现实地放在他们的日常生活场景中来细致展看。

　　接下来的场景是，伊芙琳与亚当搬到了慕尼黑，住在亚当的姑姑吉泽拉家。之前亚当曾电话与之联系（AE 238）。吉泽拉坐下来与伊芙琳喝酒，说："为了你、你们干杯，为了你们的到来和你们的新生活干杯。"（AE 261）毫无疑问，在亚当的姑姑眼里，他们来到西方就意味着新的生活。伊芙琳显然也认同这种说法。她提到，她之所以离开民主德国，是认为生活中应当有些其他的东西（AE 261）。也就是说，虽然她之前一再提到，她只是提到她知道要离开，而且知道不能回去，或者说到了西方后，很满足于得到了她过去求而未得的那些物质的便利和生活中该实现的基本权利,例如上大学修习自己愿意选择的专业,但这次她透露出来的,意味着在心底里的某个角落里依然保持着某种基于日常生活但似乎又超越于此的东西。随着在西方日子的铺展,他们的其他愿望也逐渐展现出来,例如他俩期待能在慕尼黑哪个位置不错的地方有自己的房子,铺有地板,带有修剪很好的花园。更重要的是,他俩已将《圣经》带在手边。而且不只是上次那种方式的阅读,似乎是想常常翻阅,并将其中的表达与他们的心境和想法勾连起来。伊芙琳对亚当说,《圣经》上什么地方写着,"信仰、爱和希望。爱,我们有了,对你自己的信任,也有了,你只缺希望,就缺希望,但你有我,我就是那个希望[……]"(AE 267)。这段话是非常重要的提示,借《圣经》中的表述,表达此时伊芙琳对他们在变化后的世界里所处境地的认识。当然更多的是表示了伊芙琳此时对自己与生活满满的信心。只是,伊芙琳在新的环境里的成长或变得明朗了的变化,是否真正意味着她足以成为亚当的"希望",倒是需要经受检验。

伊芙琳在这里又与卡佳见面了。后者也到了西方。两个女人见面的场景,让我们更全面地了解到他们的生活在西方怎样一步步伸展或失去。按照卡佳的观点,伊芙琳适应此地,仿佛就是此地而生;但亚当于此地不相宜,就像是一张假币;而伊芙琳反过来也羡慕卡佳,因为得知后者的叔叔给她提供了一间房,认为她这儿有亲戚,有一个真正的家(AE 271)。也就是这场谈话,勾画了他们现在的处境或感觉中的处境。而且,卡佳承认她差点爱上亚当,但亚当对她没有感觉,而且认为亚当对伊芙琳是真爱(AE 271 - 272)。

当然,伊芙琳对亚当的情况看得更切近一些。她指出,亚当现在无所事事,因为这里大家什么都买成品,派不上用场,整天只坐在电视机前等。在他们的那个叔叔眼里,他们就是经济难民(AE 273),是逃兵(AE 273),现在是留在那边的人在战斗,他们是英雄(AE 272)。这一番归纳与转述,清晰地点出了亚当无用武之地并被轻看的尴尬之境,而且间接呈现亚当本来不愿出走的民主德国,正有一批人,为了变化而站了出来,而亚当却被迫处于或的确处于这样一种颓废状态。虽然亚当想到要斗争,不是闲坐,但在他的处境里,他也只是为了改变目前的生存状态而挣扎。

在他所自的环境里,亚当当然也从不曾是什么英雄,或者说他并不曾在政治或职业上想有什么壮举。这点从后续情节来看,也得到了证实。

亚当提及莱比锡发生了 20 万人的大游行,而且柏林也会有大游行,但他态度明确,说不希望他们的游行达到目的(AE 282)。然而,在他当下不同于他所自世界的现实中,他平凡的职业与日常生活,相对于伊芙琳可能的入乐园,却是失乐园似的,没有可能保持与继续。因此,我们看到了亚当在西方处境中真实的困难和最终发展而成的绝望。

还有更棘手的问题要揭示出来,虽然不是为了来西方才出现的,但的确是到了西方后并且的确是在相当程度上为了能够来到西方才会隐伏且到现在才暴露出来的问题。伊芙琳透露她背着亚当从米夏埃尔那里弄了一点钱支付租房押金(AE 274),而且感叹,如果米夏埃尔多给她一点时间就好了,虽然口头上说不知后不后悔,但终究还是流泪了(AE 275)。这个流泪大有讲究,原来她怀孕了!她不能断定孩子是米夏埃尔的,还是亚当的,而且亚当也不知道这一情况(AE 275)。是否留下这个孩子,伊芙琳也说不知道(AE 276)。这里涉及的困境,是多重的:谁是孩子的生父,固然一时难以弄清,但其实是伊芙琳不愿弄清楚,而且不想让与她有瓜葛的两个男人,也就是一个来自东方、一个来自西方的男人知道她怀孕的事实。总之,这里面显见地存在伦理的困境。同时,经济的困境涉及基本生存,这也是一个基础性问题。因此,这个本可以意味着喜悦和希望的孩子,因为由来存疑和伊芙琳不愿直面这个疑局,在真实的西方环境和条件下,恰恰首先成为了伊芙琳的困局——虽然比较而言她的抵达似乎相当顺利,而且显然要成为她与亚当共同生活的障碍。

在这个投奔西方天堂的故事里,角色们缺钱成为常态。亚当在这里毫无用武之地,一度想要奋起,投了很多求职信,但均被拒绝。他已知道伊芙琳怀孕,问过谁是孩子的父亲,然后表示要考虑一下。而从伊芙琳的叙述中,我们确证,她绝对不能说是亚当的"希望",而且她自己也没有能力展现这份"希望"。她说她已五天未与亚当说话了(AE 285)。也就是说,在就职无望、孩子身份成疑的环境里,她也是压抑的。这个被认为天性快乐的人,被其他角色衬托并确认是焦虑的(AE 285 - 286)。而且,事实表明,亚当也未将自己的"魂"灌注在伊芙琳身上,虽然他一度表白伊芙琳就是他的"魂"。伊芙琳觉得不可理解,或感到越发糟糕的是,亚当常常失踪,不辞而别。昨夜,而且是夜半,又一声不吭地走了。如果他在家,也只是沉默地、失神地站在窗前,他似乎"在尝试使自己适应死亡"(AE 289)。也就是说,伊芙琳发现了他们之间交流的断绝,尤其是亚当这一可怕的消极状态,一种迫使自己适应死亡的状态(AE 291)。然而,偏偏伊芙琳不愿向别人说起,哪怕是向卡佳也不愿诉说亚当这一可怕的境况,不然就觉得是"背叛"(AE 289)。或许伊芙琳对亚当还是有一份尊重和关心,但对这种状态,她看得真切,也感到痛苦。在一个很少见的长长内心独白里,她认为亚当爱她也恨她,从爱她起就恨她;知道他对自己很愤怒也很失望;发现他总是往瑞士打电话,感到并希望他喜欢瑞士,瑞士是"他的西方",想到过他在瑞士能成就一番事业(AE 291)。伊芙琳似乎也在为他俩设计和寻找脱困的路径。而且,她作为虽非决然的但毕竟最后在一起的命运共担者,在西方的经验中一起经历。只是,她不是一种引领者、拯救者,在她所经历和正经历的世界里也绝无可能肩负起这样的责任,甚至不是一个劝导者。

然而,这一切并不能妨碍伊芙琳向自己诉说。她作为一个清晰的观察者在诉说中所体现的关心、忧切,展现了亚当在不情愿进入西方后的挣扎与反思。亚当的反思有些要脱离他一贯的视角和生活姿态。他变得犀利,对外部世界的显著特征把握清晰,抨击也不容情。他对周围一切的认识和判断就是过剩:太多的话,太多的连衣裙,太多的裤子,太多的巧克力,太多的汽车(AE 291),也就是物质过剩、言谈过剩,而这样的态度,会引起通货膨胀,会因此埋葬一切,埋葬真正的东西,正确的东西(AE 291)。他看到了这个世界物欲横流,看到这问题危险的后果。他甚至很犀利而清晰地由之谈到他实际上是想到了人的原罪问题(AE 291)。他认为这份原罪,就是人们想拥有越来越多钱的欲望,而钱会败坏一切。这种贪婪的情形,不只在瑞士存在,而是普遍性的(AE 292)。这个亚当,也是因为自己的劳动曾获得钱财,至少在他的伴侣眼中过去是有钱的,只是在西方,失去了继续和发展职业的任何可能性,从而陷入无钱并非常窘迫的境地,而他偏偏像霍尔茨那样,虽然走到这一步的线路不同,却殊途同归地产生了对钱强烈批判的态度,且抨击钱之后的欲望,之后的整个世界。在这里,这个世界就是真实的西方的世界。

在这种渐至绝望的生活中,所幸他们在巴拉顿湖度假地曾一度有过的交际小圈子还在交往。伊芙琳与卡佳几次见面,同游苏黎世湖,并能比较深入地交流。而且,卡佳还将她现在的男友马雷克带入了这个交往圈(AE 288)。而亚当和伊芙琳似乎中途还是回到过亚当在东部的住处,因为此时柏林墙已经开放(AE 288),民主德国正处于过渡状态。但这次短暂的回返,显然不是凯旋,也不是如舒尔策笔下其他从西方回返东部的人物常常表现出的那种得意并自以为占有优势。他们只是发现了他们的住处被人闯入,遭到了搜查或劫掠,总之是遭受了破坏,到处都是被撕碎的照片,被揉成一团的信件和账单(AE 298)。一片乱象。然而,亚当在笑(AE 299),而且是"又在笑了"(AE 300),但伊芙琳知道那不是笑,又不知可用其他什么词来表达。从中,我们不难感受到眼前房子的乱象给亚当所造成的内心冲击。他的笑,不是笑,是哭泣或控诉?但伊芙琳视角中的呈现,只暗示了某种压抑、负面的性质。然而,重要的是,亚当以此方式在发声了。伊芙琳从中感觉到,她这时又相信亚当了(AE 300)。亚当去西方后,后期越发寡言,甚至一言不发,许是现在哪怕一片破坏性的乱象却感到熟悉的住处氛围对他有激发力,让他能打破他的沉默,而且,哪怕是这种打破沉默的笑根本不是笑,甚至可能是很可怕的东西,却给了伊芙琳心灵上莫大的安慰,似乎让她在亚当身上重又看到了熟悉的伴侣。这是舒尔策非常犀利的一笔。在东、西方两个世界及其意味的揭示上,作家借角色们的日常生活,他们的命运及其波澜,意味深长而本质性地表达了他的认识。如果在西方只能沉默,在东方只能惨笑,那么,安慰在哪里,希望在哪里?或者这些许满足,只能采取伊芙琳的姿态?

在这个日常也很特别的小插曲之外,亚当与伊芙琳在西方的生活还在继续。他们在这里新租了房子,也就是没与亚当的那个姑父(姑姑吉泽拉的丈夫)同住了。伊芙琳在继续大学学业,并在等待他们的孩子出生(AE 310),而且想象在孩子出生的六月,能有太阳、蓝天、山岗,四处郁郁葱葱,想象孩子出生在一个"最美好的世界"(AE 311)。舒尔策现在在伊芙琳的希望中植入了希望,就像在亚当的惨笑中植入了安慰。从伊芙琳的口中,我们明确得知,这孩子是她和亚当的孩子(AE 310)。不但孩子身份的危机克服了,而且被认为或者至少是被希望出生在一个美好的世界,而这个世界,是在他们现在所处的这个位置。同时,伊芙琳这个角色的发展在日常层面也更进一步。她还想着能趁早出售他们在那边,也就是留在民主德国的房子,希望亚当能从东部收购装饰品、瓷器、古钱币和箱子之类,也就是收购古董之类,然后在这边出售(AE 311)。她颇能适应这边的生活,经济和生活头脑灵活,而且非常欣赏和享受在这里的生活(AE 313)。也就是,这种生活于她如果是新的,首先是指物质的维度,同时也涉及她选择和愿望的可能性。但亚当不屑于这种生意。同时,当伊芙琳想象几年后也许可以回到东部去时,他竟然脱口而出地问:"回去?回到那些偷我自行车,偷走我们一切,砸了我们一切的那些邻居身边去?"(AE 310)他显然十分反感。当初他不愿来西方,想将伊芙琳劝回东部,未成;待在西部,发展未成,甚至生计窘迫,并对自己绝望;而面对重回东部的可能性,也因为现实的刺激,而断然拒绝;同时对于在东、西方之间利用一些便利和条件赚取经济上的好处,也完全不屑。那么,他在一个变化的历史语境中,在一个正在或已经被西方掩盖的世界里,何以处世界,何以安身起命?舒尔策在这最后一刻给我们成功塑造了一个像图尔默和霍尔茨那样复杂而深刻的角色。

亚当只能更多的是遭遇危机,受到损害。虽然他的某些选择和态度,体现了一种执拗和反抗,但绝不是政治意义和思想觉悟上真正的觉醒与反抗,而只是生活中和囿于自己环境的挣扎。因此,唯有如此,舒尔策使亚当这个角色,至少在一定层面和群体中具有了某种代表性与典型性,这是一种取自日常,并不复杂却意味深长的真实。而且,作家在这个具有某种代表性的人物身上发掘出一种比沉默和惨笑更沉郁的内涵。就像塑造霍尔茨和图尔默那样,他让亚当在他的故事最后,在其生活面临更向好或更深危机的变化时,从他的日常处境中来了一个惊人的爆发:亚当站在院子里焚烧照片。这是非同一般的举动,因为照相是亚当重要的爱好,所获得和积累的相关照片是他自以为的成绩的展示,涉及他过去的职业经历和成功经验。其中包括他作为女装裁缝为那些女主顾所量身定做的新装的照片。更微妙的和对他更有激发力的是其中一叠叠女人的照片。这些照片至少在伊芙琳眼里是"他(亚当)的女人们"的照片(AE 313),而且显然一直为其所珍藏。而现在,他非常平静地烧毁他职业和欲望或情爱关系中的记忆与成功,烧毁靠他最近、最为他珍视的东西,也是他过去生活在职业与欲望这两个重要方面凝聚成为他个性的一个东西。这意味着什么？是与过去告别？是以为能告别而面向未来？是以这种销毁过去的姿态象征性地表达拥抱新生活的决心、信心和期待？还是要表达既回不到过去，或许也不愿回到过去，而且也不能真正有新的开始从而绝望？或者只是自嘲或游戏？这一切皆有可能。

只是在伊芙琳的视角里，亚当在烧毁照片时的平静与冷静让她感到害怕（AE 313）。他边烧边笑，而在邻居男子用铁锹来拍灭火时，也参与灭火，灭火成功时与邻居一起吼了一声，然后还不忘转过头去对在远处观看的伊芙琳等脱帽、微笑和点头（AE 314），仿佛这是完成了一个壮举或某个游戏。然而，伊芙琳这时感到一阵寒意袭来（AE 314）。在这一情景中，她为什么感到害怕与寒意？是窥破了烧照片的举动，将之视为毁灭，多种关联中的毁灭？或者只是保持在日常生活层面，对与亚当关系中的自己和未来担忧和绝望？作家又一次在小说结尾处，在所有关系和情景，相关的命运和思考不能再向前推进时，而且在公共的空间，设置了这样一个在角色行为逻辑上突转并在虚构现实发展方向上呈现开放性的结尾。

很有意思的是，小说结尾的重点不是放在伊芙琳这个更适应而且似乎也更适宜西方世界的角色身上。她更多只是一个观察者、反应者，而不是一个有意味举动、方式或行动的展现者。她与米夏埃尔这个来自西方并有美妙允诺的角色之间，并未主线地发展出所谓愿望与幸福的实现，婚姻和旅行的允诺仿佛从未有过；在她这一端，也并无相关的追求与失落之类。只是因为支付房租而得借钱的现实日常需求，才让她与米夏埃尔在这个所谓的新世界里产生交集。伊芙琳在西方世界中的呈现，其幸福感及其幻象或悲剧性，都不是关注的重点。而《亚当与伊芙琳》所有表达强有力的一击，是放在亚当这里。甚至可以作为希望之象征的将出生的孩子，最后也是落脚于亚当，表明是一个东方的孩子——而这一切，是这么的意味复杂。

总体上看，《亚当与伊芙琳》在一种部分时段表面轻松实则整体上颇为凝滞的情绪、心态关系与情景中，聚焦转折期特定历史事件背景前日常生活的一个别处，将逃离和抵达之间的状态，放在东方与西方这一本质性张力关系中，揭示伊甸园的虚像及其间的悲剧与反讽要素。

第六章　意识形态性揭示

　　舒尔策在文学的世界中,自个体与群像性角色角度,着意于历史与体制之变过程之中、之前和之后的东、西方张力关系在日常生活不同层面的命运性安排和观念交锋,核心地展现转折期的意识形态话语,同时在其非虚构文字中,揭示东方世界在"糖汁小径"等外力和内力作用下崩解的教训和意味,尤其是其中国家和民众层面相应责任缺失的问题,而对于他最终所处的西方社会,通过批判性分析经济发展至上逻辑、全面私有化问题、民主与公平问题等,揭示民众在以人为目的的意义上所遭受的严重损害。意识形态话语的揭示,在舒尔策的文学作品中,有与其非虚构作品中思想观点相应呈现的特征,却是化在角色命运与世界的塑造中展示的,而且在审美世界中呈现意识形态话语时,恰恰是舒尔策不准备提供救世的乌托邦方案时一种有意味的选择。正是在这里,他将几个层面的意识形态思考最有张力和最有意涵地表达出来,并由之比较全面地展现了他的意识形态姿态。

第一节　非虚构作品中的意识形态话语揭示

一　对于西方的思考

(一) 历史终结论的虚妄

20 世纪 90 年代,即民主德国、苏联和东欧阵营经历体制巨变带来的历史剧变之后,相关的"民主国家正经历着痛苦的经济转型"时[①],所谓历史终结论一时甚嚣尘上。这一政治理论与论调,以为是所谓自由民主制最终取得了普遍合法性,虽然福山也有所限制地认为"我们所见到的胜利与其说是自由主义实践,不如说是自由主义理念"[②]。所激发的观念与舆论上的陶醉感,实质上就是认为资本主义体制取得了最后的胜利,是"历史在自由中站在顶峰"[③],是摧毁了东方阵营,是宣告了"针对现实的其他选择已经了结、失败或者只是乌托邦"[④],并因此彻底排斥并不需要再有其他作为竞争或选择的其他可能性,从而使西方资本主义世界这一阵营俨如"历史的胜利者"[⑤],俨然成了过去世界的终结者,人类历史上可以有的最后一种政府形式。

福山过去一直在为自己的历史终结论自得或辩护。他虽然承认尤其

---

① 见[美]弗兰西斯·福山:《历史的终结与最后的人》,陈高华译,孟凡礼校,桂林:广西师范大学出版社,2014 年,第 II 页。

② 同上,第 66 页。

③ 同上,第 1 页。福山在其《历史的终结与最后的人》出版二十二年后,在《华尔街日报》2014 年 6 月 6 日发表文章,其中写道:"当时我认为,历史(从宏大的哲学意义上说)展现了完全不同于左派思想家所设想的结局。经济现代化和政治现代化的过程,并没有像马克思主义者断言和苏联宣称的那样,通向共产主义,而是走向了各种形式的自由民主和市场经济。我写道,历史在自由中达到顶峰:民选政府、个人权利,以及劳资流通只需适度政府监管的经济体制。"似乎他要对当初的结论有所修正,因为他认识到发表这篇文章时的 2014 年,相关"情形与 1989 年完全不同",而且"威权国家在发展","许多现存的民主国家运转不良","发达民主国家",例如美国与欧洲,在过去的十年里"都遭受了严重的金融危机",但他相信,他的"根本思想仍然是基本正确的"。

④ Ingo Schulze: "Mein Westen". a. a. O. , S. 277.

⑤ Ebd. , S. 279.

是当下的西方政治出现了倒退，其意识形态严重分裂，自由主义的影响力正在削弱，却并不认为他的结论有错，而且似乎借现在的俄乌冲突又一次得到了证明自己的机会。他在接受媒体采访时认为："这种新秩序正在形成。这是西方民主阵营数年来反对威权政权斗争的结果[……]。俄罗斯正在走向崩溃[……]"①他非常武断地判定俄罗斯正在走向失败，以为新的世界秩序正在到来或者回归。俄罗斯资深媒体人阿科波夫反对他的这种论调，认为他现在已沦为一个平庸的宣传者，对历史的发展进程也一无所知。②

　　而对于舒尔策来说，历史终结论也是个很有刺激性的问题，不仅在于相关的观点和结论，而且是因为提示了当时的一种历史氛围，特别关涉舒尔策在这个历史转折期的经验和判断。因此，舒尔策在检视东、西方之变时，指出了其间的虚妄："以其真实存在形式出现的西方，按照其自己官方的自我理解再也没有相对立的概念了。我们已抵达一个没有其他选择方案的世界中，民主、自由、社会公正与富裕似乎只在实行生产资料私有制的市场经济中才能存在。"③舒尔策显然并不认可这种有浓厚历史终结论傲慢与过于乐观色彩的自我理解，指陈问题的实质："由一个没有其他选择方案的世界派生出了这样一种政治，允许为'排斥并没有了其他选择方案的决定'之逻辑上的荒唐作宣传。"④这种排他性并疯狂生长的政治，就是他所指出的"（20世纪）90年代达成"而"到今天仍没有丝毫改变地发挥着作用"的"霸权"。⑤当福山宣称历史终结的时候，他是以为西方的民主价值观取得了最后胜利，历史的进程成了一种单向甚至单极的发展，似乎在为已然成为了现实的霸权微笑。舒尔策在此批评私有化，不单是将之作为一个现实政治的问题，而且实际上已涉及资本主义私有制的根本

---

① 弗兰西斯·福山的采访言论，转引自"盲人引路！俄媒批福山沦为平庸的宣传者"，https://news.ifeng.com/c/8GviLcaZQP1。（2022 - 6 - 19）

② 阿科波夫的批评意见，采自"盲人引路！俄媒批福山沦为平庸的宣传者"，https://news.ifeng.com/c/8GviLcaZQP1。（2022 - 6 - 19）

③ Ingo Schulze："Unsere schönen neuen Kleider. Gegen die marktkonforme Demokratie-für demokratiekonforme Märkte". a. a. O. , S. 9.

④ Ebd. , S. 12.

⑤ Ebd.

问题。

　　舒尔策清晰地处在这个世界中。他在随笔文字中对民主德国和联邦德国的历史巨变与对世界格局的认识，虽只是点染性质，却也判断精准。他指出柏林墙开放/倒塌这一最关键性历史影响事件及其后的场景；提示当民主德国居民爬上联邦德国驻匈牙利大使馆围墙时，意味着用脚投票的显著事实；指出联邦德国过去和现在都是一个充分演练冷战如何结束的范例，"东欧集团的政治性内爆、冷战的结束，以及因此出现的两极世界秩序的结束，没有一个国家不受到相关影响"[①]。就像上述文字中已指出的，但他对福山所表达的历史乐观主义颇不以为然，敏锐地指出，其中的一个问题就是福山等人将西方看成了一个无矛盾的整体，没有了对手。西方成了"历史的胜利者"；西方所为，都是正确的，东方之所行，都是错误的；而处于西方世界中的人已然抵达了"一个所有世界中最好的世界"，"从此以后所施行的都只会是正确的事"[②]。他进一步指斥，"历史的胜利者"以为可以不需要论证，不言自明，可以立身讨论之外，可以对民主德国的生活保持一种自大的姿态。[③] 在他看来，这种论调、姿态和氛围是让当时的世界错过了其他发展机会，而唯有所谓经济的增长和效率等存在下来。整个社会的发展呈现一边倒现象，"社会福利变成了成本要素和增长的刹车。市场成为圣牛，私有化成为意识形态［……］，社会一年年极化。人们忘记了自由与平等是有同样权利的要求。没有社会公正的自由，不是自由"[④]。然而，"发展与收益的最大化"作为"应当引领我们进入未来的探矿叉"，却"已被用坏"。[⑤] 舒尔策的相关认识和判断，表明他看透了历史终结论的逻辑。他不认可这种逻辑，带着怀疑与嘲弄。他清楚问题的实质所在，也非常警惕其中的傲慢与陶醉。他认为，历史终结论的强制性选择，以其所设定的体制性逻辑，带来的不是社会真正的全面发展，而只是经济的单向发展；带来的也不是真正的兼顾公平的自由。他针对所

---

① Ingo Schulze: "Unsere schönen neuen Kleider. Gegen die marktkonforme Demokratie-für demokratiekonforme Märkte". a. a. O. , S. 7.

② Ebd.

③ Vgl. Ingo Schulze: "Mein Westen". a. a. O. , S. 279.

④ Ebd. , S. 277.

⑤ Ebd. , S. 279.

谓"后历史世界"①,在一系列非虚构表达中讨论联邦德国新现实下个人存在与权利、经济体制,乃至民主、自由和幸福等基本问题,揭示这些问题的实质和由之可见的西方迷梦。

(二)人作为目的的本质性问题

对历史终结论的关注,虽不能说是舒尔策在非虚构文字中呈现意识形态话语的逻辑起点,但历史终结论中高调涉及的一些本质性问题,如体制问题、个人权利与民主、自由价值理念问题等,都是舒尔策反复重点讨论的对象。他的视角,就像在虚构世界中那样,由经济问题及其关联入手,是其典型操作模式。

舒尔策对德国重新统一后的发展形势,与德国政治人物和民众对德国发展形势的体认有交叠处,但视角更清晰、判断更犀利。

他看到了联邦德国经济生活普遍性的负面状态②,更给出具体的例证说明其中涉及民众生活的变化。"在过去十年间,实际工资下降了2％,德国居民中10％的人拥有整体财富的三分之二;而德国居民中较为穷困的一半人口[……]只占有整体财富的 1.4％。[……]而且这种趋势还在发展。"③其中的贫穷问题,贫富极度分化问题,是非常显著的。作家所点出的这种状态,与新联邦州居民相当一部分自视为失落者/失败者的自我评价是相映衬的。当然,重新统一之后德国的经济问题,因为面对东部的历史旧账,更因为德国社会在其时欧洲与国际社会频发的社会、经济、政治、环境甚至军事危机中不可置身事外地受到影响,体现为全局性的问题。

更严重的问题,在他看来是经济发展至上的问题,"所有政治决定的目标就是经济增长","政治就是为了促进增长","任何问题要想有解决的可能,都须过得了发展这个针眼"。④"发展这个针眼"失衡地成为唯一原则,

---

① 见[美]弗兰西斯·福山:《历史的终结与最后的人》,陈高华译,孟凡礼校,桂林:广西师范大学出版社,2014 年,第 Ⅵ 页。
② Ingo Schulze:"Unsere schönen neuen Kleider. Gegen die marktkonforme Demokratie-für demokratiekonforme Märkte". a. a. O. , S. 3.
③ Ebd. , S. 3 - 4.
④ Ebd. , S. 7 - 8.

所有生活领域的私人化和经济化没有了控制的边界，相关氛围极度膨胀。

　　相应的问题在经济发展逻辑的轨道上接踵而至，这就是私有化的全面铺展。"为了获取增长的最佳路径，当实现全面的私有化。少一些国家干预，更多一些市场运作。也就是说，越自由，就越富裕。"然而，就是在这里，全面私有化的发展策略就是有意忽视了人作为目的的本质性问题："几乎没有人问，这自由是为了谁？到底是什么东西的自由？富裕是为了谁？"[1]而恰恰在这里，舒尔策精准地看到了其中的问题和危害。正因为经济的发展不是以人为目的，那么与人相关的利益受损，存在受到威胁，乃至社会生活遭到破坏，其中的民主与公正价值观和原则被掏空，就是势所必然的了。

　　舒尔策特别指出："盈利私有化、损失社会化的论断可以作为概括过去二十年的标题。还未曾有过私人财富如此巨大的时候，还从未有过公共债务如此高筑的时候。"根据纳税人联合会统计结果，我们欠债 20300 亿欧元，人均欠债 24700 欧元（根据联邦银行 1999 年的计算结果，民主德国的债务为 200 亿德国马克，人均负债约 1200 德国马克。经合组织计算的结果是民主德国人均 674 美元。即便这点是很慷慨地扣除了通胀因素，人均负债也不超过 1000 欧元）。"[2]在与民主德国对比并与历史发展时期进行比较时，舒尔策看到了现在贫富两极分化，公共利益与公平受到损害并承受巨大压力的尖锐问题。而且，看得出来，作为民主德国背景的作家，他列举关于民主德国的债务作为比照，并非是要为他曾属于其间的历史辩护，而是表达他，也许还有大量民众，对所谓新世界的期待遭遇了严峻现实的挑战。而且表明，他对民众受损害的状况、对私有化全面推进的趋势持批评态度。他列举柏林自来水公司被私有化，而柏林水价在联邦层面攀升至第三位的事实，发问："这些人怎么会想到要将自来水私有化呢？又怎能允许民众对清洁之水的权利被利润的追逐损害？"[3]他看到了私有化的吞噬力："如果各色机构财力耗尽，就得有更多财富私有化，岗

① Ingo Schulze："Unsere schönen neuen Kleider. Gegen die marktkonforme Demokratie-für demokratiekonforme Märkte". a. a. O. , S. 8.

② Ebd. , S. 10.

③ Ebd. , S. 3.

位裁撤,第三产业也得私有化[……]"①"几乎没有任何一个领域,能幸免私有化,并因此能幸免商业化,也就是能避免追逐利润。最受冲击的是医疗和教育领域。"②其忧切极为鲜明。他警惕这种利润的追逐并质疑:"难道最大的利润真是最重要的? 难道更重要的,不应是很好地维护共同体,让社会与生态的要素一如人权问题一样发挥同等重要的作用吗?"③显然,舒尔策看到了这个新世界逐利的本质结构带来了强烈的排斥性负面影响。在这个世界里,所剥夺的是人存在的基本要素,后者作为想象,曾在向往中熠熠生辉,而现在差不多是迅速地表现为现实性假象。

(三) 经济发展至上逻辑中的民主虚像

毋庸置疑,舒尔策对所处社会中的经济至上主义问题是明确持批评态度的。因此,我们也看到他要一再回到联邦德国唯经济发展马首是瞻的相关问题上来。然而,此前要看看舒尔策一个反驳的姿态:针对相关作者不满于对经济至上主义的批评,一概而论地将这些批评者归入反对资本主义、粉饰过去的浪漫主义者,是"想回到民主德国去/回到更好的过去中去"。④ 舒尔策很不满意这种武断的指责,不满这种不愿真正面对他的批评,动不动就粗暴地认为他批评所处的资本主义世界就是因为念念不忘民主德国社会的做法。在一篇回忆并致敬布莱希特的演讲中,如他自己说是"离题"而实际是正面提及别人对他的"狂吠"——"那个人是想回到现在已不复存在的以前那个国家中去"。⑤ 在他看来,这已不是批评,而是接近人身攻击。显然他认为,他之批评当下,有着更深刻的态度和更深切的关怀,绝非可用一个简单的怀旧来概括甚至矮化。因此,他要针锋

---

① Ingo Schulze:"Unsere schönen neuen Kleider. Gegen die marktkonforme Demokratie-für demokratiekonforme Märkte". a. a. O. , S. 11.

② Ebd. , S. 16.

③ Vgl. Ingo Schulze:"Mein Westen". a. a. O. , S. 278.

④ Ingo Schulze:" Nicht nur in eigener Sache. Ein Artikel samt seiner Vor- und Nachgeschichte". S. 1. http://www. ingoschulze. com/text_Nicht_nur_in_eingener_Sache. html. (2019 - 9 - 20)

⑤ Ingo Schulze:"Dankrede für den Bertolt-Brecht-Preis der Stadt Augsburg". S. 2. http:// www. ingoschulze. com/text_brecht. html. (2019 - 7 - 29)

相对地说,他今天就是要挣钱。① 而且他指出,"这个国家正走偏的东西,
在阻止更多的人为了过上有尊严的生活而挣得足够的钱"。② 也就是说,
他要表明他对当下提起批评绝非为了逃避,而是在态度鲜明地表达他的
现实关怀。在这里,他对金钱的腐蚀力,对特定时期钱的渗透和扩张力,
对经济至上主义对社会发展和公正的损害是警惕的、反对的,但他也肯定
金钱作为谋取有尊严生活的手段,具有正当性和必要性。这也是他在虚
构现实中要一再讲述经济困窘及其故事的缘故。

在进一步分析这种唯以经济发展为导向的现实政治时,舒尔策切入
时任总理安格拉·默克尔提出的概念"迎合市场的民主"③,将问题的实
质揭示出来。他认为这就是皇帝的新衣,他似乎就成了那个破除虚假场
景、道出真相的男孩。"迎合市场的民主就是我们这些新的民主外衣中最
漂亮的一件,是据我所知显然尚无人对之表达不满的新衣。"④而揭开这
层面纱,还不是他的真正目的,他是在非常重要的方面指出真相的残酷与
危害性。他认为现在是民主被倒置了,应当考虑"与民主相适应的市场而
不是迎合市场的民主"。是在与民主相适应的市场上,"不能允许钱所带
来的一切存在"⑤。舒尔策显然认为应控制金钱的能力与其侵蚀一切并
损害民众利益和权力的倾向。也许,这就是为什么他在自己核心作品《彼
得·霍尔茨》的最后部分会安排烧钱的场景,从而表达一种拆解的意图,
虽然在另一方面,他是以几乎所有作品中的故事与他所用到的主要关联
来描述与表达钱及其意味。

舒尔策在其虚构作品中,对于历史、体制和政治之变,就是不惮直接
表达的,在其政论文字和演讲中,针对所处"民主社会"⑥中失衡的发展和
掩饰性状态,剖析更透彻,在所关心的核心问题上,视域更为开阔。他在

---

① Ingo Schulze:"Nicht nur in eigener Sache. Ein Artikel samt seiner Vor- und Nachgeschichte". a. a. O., S. 1.
② Ebd.
③ Ingo Schulze:"Unsere schönen neuen Kleider. Gegen die marktkonforme Demokratie-für demokratiekonforme Märkte". a. a. O., S. 12.
④ Ebd.
⑤ Ebd.
⑥ Ebd., S. 13.

一个层面上嘲弄了"民主世界"①核心人物的虚伪,在另一个层面上进一步以联合国范围内广泛问题上的例证,指明所谓民主世界的胜利,并没有带来真正的繁荣,而且舆论上有强烈掩盖和伪装的倾向。皇帝的这身新衣不仅披在统一后的联邦德国身上,而且披在欧盟及其之外的世界身上。他提到托马斯·杰弗逊作为重要起草人之一在《独立宣言》中所表达的天赋人权思想:"我们认为真理是不言而喻的,即所有的人都生来平等,造物主赋予他们某些不可剥夺的权利,其中包括对生命、自由和对幸福的追求。"②但舒尔策同时又拆解性地提及杰弗逊1826年去世时,他留下的遗产中就包括了对200多名奴隶的完全占有权。也就是说,杰弗逊不管是被迫,还是自愿,都是弗吉尼亚最大的奴隶主之一。当他拥有这些奴隶时,很讽刺地就是必然剥夺后者被"造物主"赋予的"不可剥夺的权利"。同时,当福山以为要终结对抗性的两大世界集团在体制、价值观和社会、经济发展力等方面的竞争,从而使世界在所谓民主体制下一劳永逸向前发展甚至就只是保持这种状态存续时,在联邦德国层面,所面临的问题断不容回避:贪婪、投机狂潮、肆无忌惮的利润追求;医生被迫像商人那样行事;自己的退休金或保险总要被别人赚去一笔;学校教育体系中,家庭出身起着决定性作用;既然武器的生产能带来众多岗位和巨额利润,那裁军措施何以实施;如果增长是决定性标准,那么生态经济又怎可成为可能③;从联合国成员国2000年所设定的"千禧年目标"来看,也就是要"减少一半的饥饿人口、确保基础教育,增强妇女权利、降低儿童死亡率、改善给母亲们的健康供给、与艾滋病等作斗争、保护气候及西方国家与南半球国家间的全球性发展伙伴关系"④,可以说,其成效乏善可陈,甚至相关指标不降反升,或不升反降,总之是危机更甚。这种全面的根本性的危机局

---

① Ingo Schulze:"Unsere schönen neuen Kleider. Gegen die marktkonforme Demokratie-für demokratiekonforme Märkte". a. a. O. , S. 13.

② Ebd.

③ Ingo Schulze:"Rede von Ingo Schulze am 19. November auf der Demonstration 'Aufstehen' vor dem Brandenburger Tor". S. 1‐2. http://www. ingoschulze. com/text_aufstehen. html. (2021‐8‐29)

④ Ingo Schulze:"Unsere schönen neuen Kleider. Gegen die marktkonforme Demokratie-für demokratiekonforme Märkte". a. a. O. , S. 13.

面,实在不能勾画美好的社会与世界图景。然而,这样的发展窘状,却不为这个世界所见。"傲慢何来?"舒尔策借齐格勒的话说:"苏联的垮台[……]创下了一个黑洞。柏林墙(理所应当必须的)倒塌埋葬了所有解放的前景,甚至驱逐了任何一种抗议的念头[……]。自柏林墙倒塌以来,那种试图思考另一种世界秩序、另一种记忆和另一种意愿的想法都陷入声名狼藉之中。"①虽然舒尔策在引述时,顺着论者的视角点出了这是一种猜测,说明了其谨慎,但这已足以表明他惊讶、批评的态度。这种批评、抗拒能力被耗尽,在当下现实面前只有容忍甚至满足与得意的状态,这种缺乏矛盾性、斗争性和眺望性的贫乏的精神局面与政治氛围,是无法忍受的。其实质当然是自以为是的历史终结认识。其所造成的后果就只是如其前面已指出和现在要再一次加强点明的问题,即追逐利润的片面性缺憾清晰地浮现出来:"东部的自由解放,资本主义生产方式的接受和因此而成为可能的经济的全球化解放了追逐利润的欲望和行动,这是迄今为止因缺乏政治上相应的对抗力量所留下的东西。"也就是,革命性的力量已荡然无存,唯有对利润的追逐尚存。因此,单向的更大规模和更彻底的私有化,乃至财富的掠夺和被掏空就是必然的。而且他在谈到这种"对整个国家的掠夺"时,直指资本的贪婪。正如马克思所指出的,"[……]资本从头到脚趾,每个毛孔都滴着血和肮脏"②,在资本主义原始积累和扩展过程中,以剥夺、掠取、征服、奴役甚至采取杀戮的血腥方式贪婪地追逐剩余价值。舒尔策显然也接受这一视角的资本认知,甚至还引述了马克思这一论断的注解:"[……]如果有百分之二十的利润,资本就会蠢蠢欲动;如果有百分之五十的利润,就会冒险;如果有百分之一百的利润,它就敢冒险践踏人间的一切法律;如果有百分之三百的利润,就不怕犯罪了,也

---

① Jean Ziegler: *Der Hass auf den Westen*. S. 120 ff., München 2009/201. Zitiert nach Ingo Schulze: "Unsere schönen neuen Kleider. Gegen die marktkonforme Demokratie-für demokratiekonforme Märkte". a. a. O., S. 14.

② Karl Marx: *Das Kapital. Kritik der politischen Ökonomie*. Erster Band, Buch I: *Der Produktionsprozeß des Kapitals*. In: Karl Marx, Friedrich Engels *Werke • Band 23*, Berlin: Dietz Verlag, 1962, S. 788.

不怕冒险了,哪怕冒上绞架的危险也在所不惜。"①马克思对资本的揭露是毫不容情的,舒尔策在此还举例说明了资本垄断的问题。他看到了在经济发展中,资本逐利的本质特性和操控冲动。

舒尔策多层面地集中剔析所谓民主体制下为市场所控制的民主及其问题时,不单是为了指陈民主的虚像和与之相关的发展困局,而是根本性地揭开了现实政治中意识形态(就像他揭露德国当下的意识形态如何将现实装扮成既存之物而无须质疑那样)维护和掩饰现实的同谋作用。虽然他未挑明,但至少福山历史终结论的论调,在他的揭示中,犹如《皇帝的新衣》中织工的那个欺骗性预设——只有配不上其岗位的人或愚蠢的人,才看不到他们织就的非凡的新衣——诱使那些所谓岗位胜任者和聪明人与骗子一起共同打造并传播新衣的虚像,哪怕他们非常清楚这种同谋关系。舒尔策要打破这种在目前社会、历史条件下,习见的、普遍的意识形态。

面对联邦德国社会及其在重新统一后发展上的问题,我们发现,舒尔策警惕所谓民主社会为了自己的经济逻辑调动粉饰性话语并进行意识形态性操作,甚至也能确定舒尔策既没有在他虚构的文学世界里,也未在其非虚构语境认知和反思中提供某种乌托邦方案,但仍然可以说,他在批判相关的社会问题和个体精神状态时,还是很鲜明地展示了他怀着希望面对社会和未来的努力。他核心性地表达了这方面的诉求。他为他所处的在他看来正处于一片虚假性喝彩声中的民主社会开出了共同体的救治之方,并将希望寄托在承担起相关责任的核心人选身上,但同时也未忘记作为基础的大多数人。"作为这个国家的公民,为了能过上自决的生活,我依赖民主。但民主首先意味着一种共同体,能够肩负起自己责任的共同体。如果这个共同体缺乏财政支持或恰当的人选,那么这个共同体就会成为疑问。因此,要选出能认识到共同体利益所在并能阻止劫掠的代表。共同体需要有代表想要去并有能力去阻止迎合市场的民主并创建适应民主的市场。共同体需要有代表致力于让自由与社会公正不可分地彼此相

---

① Ebd. Fussnote 250. 此外可参见 Ingo Schulze:"Unsere schönen neuen Kleider. Gegen die marktkonforme Demokratie-für demokratiekonforme Märkte". a. a. O. , S. 14。

依,不只是在国家层面上,而且共同体需要有一个想要和要求要有共同体的大多数。"①这一层面的诉求,清晰地体现了舒尔策在经历一系列否定性探讨后,其意识形态批判中的肯定性维度。他将民主、经济发展、自由和社会公正放在一条轴线上,试图通过共同体平衡地、通过合适的代表人选有效地、通过广泛的大多数共同地落实这一轴线,而且非常精准也是长期以来,以不同表达形式聚焦经济发展正反两方面的问题及其与政治和其他关联相交织的问题。同时,他在直面现实政治的表达中,以与虚构作品中的情形相似但指向完全不同的方式向民众发出呼吁,而且有信心重新激发民众的力量,"我们只需要将'我们是人民'的呼声从历史的博物馆中释放出来即可"②。也就是说,历史的经验记忆与当下的诉求叠合在一起,他再次寄希望于民众曾有的力量。当然,舒尔策的呼吁与信心,也未必不是如他一再所揭示的那样最终不过是一种虚像。然而,舒尔策所反对的"迎合市场的民主",既然是时任总理默克尔的表述,可以说出自主流而且至少代表主流政治态度和施政方略,而舒尔策不仅洞悉并反对其中的经济逻辑和与之紧密相连的政治策略,而且也明确质疑为这种发展逻辑服务的话语操控,这说明他具有足可称道的省察力、批判精神与政治勇气,其表达和行动本身展示了舒尔策又一个敏锐的意识形态姿势。

对于西方问题的关注和分析,舒尔策的眼光并非局限于联邦德国社会,而是有更宽广的视域。在针对欧盟问题的演讲中,他认为:"抵抗民主主义和种族主义,并为建立一个公正的世界而战,这两者是一体的。在这个(要建立的)公正的世界里,不是最大利润和股东价值,而是社会公正与生态经济决定我们的生活和工作。"③这种一再展现的思考姿态,表明舒尔策对重大的时政问题有清晰而深入的跟进。外在日常中困难或棘手的一些层面,都一直在他眼中与表达中,果断而明晰,而且总是一再回到那

---

① Ingo Schulze："Unsere schönen neuen Kleider. Gegen die marktkonforme Demokratie-für demokratiekonforme Märkte". a. a. O.，S. 16.

② Ingo Schulze："Unsere schönen neuen Kleider. Gegen die marktkonforme Demokratie-für demokratiekonforme Märkte". a. a. O.，S. 16.

③ Ingo Schulze："Rede am 19. Mai 2019 in Berlin vor der Volksbühne auf der 'Glänzenden Demonstration-Unite & shine'". S. 1. http://www. ingoschulze. com/text_volksbuehne_2019. html. (2020 - 9 - 15)

些核心的问题上。其中,对市场要素问题的讨论,在《彼得·霍尔茨》等作品中,曾一再以辩驳的方式展开过,而现在,舒尔策又再度表达了对市场经济原则的批评认识:"在医疗和养老保险、教育领域,运输行业,水、能源和煤气供应与住房方面,市场经济原则不适用或只可以发挥次要作用。"[1]这里面实质上体现的是对资本主义经济逻辑的警惕和对社会发展公正问题的关切。

在欧盟这个大框架下,舒尔策不仅关注生态经济问题,而且显然也关注气候变化、难民逃亡原因、武器出口、德国与法国军备预算和支出近年来大幅增长问题,同样也提及要反思"我们生活的方式",要严肃对待民粹主义、种族主义和新殖民主义,并表明态度,"武器不能解决冲突,这一课我们当是学到的了"[2]。作家非常敏锐地生活和思考在他的时代里。在当今或不仅限于当今的世界里,武器话语常常大行其道,但舒尔策不以为然,而且对欧盟突出存在的问题,也持强烈审视与批评的态度。最后,他来了一个尖锐的拷问:"为什么围绕欧盟—欧洲又围起了一道道新的围墙,怎样能事实上改变这一点?"[3]

舒尔策从来不是一个对所处资本主义社会大唱赞歌的人,而且表明了一种鲜明介入的姿态。他提及自己在差不多三十年前经历并参与推动过一个体制的改变,颇有信心地说:"谁要是曾经有过改变一个世界的经验,那么也会认为现在的第二次是可能的。"[4]不难看出,他似乎乐于展现自己改变现实世界的信心、经验,尤其是斗争的姿态。

(四) 意识形态塑造与操控

在《再一次认真对待自己》一文中,舒尔策总结性地分析了一再萦怀的几个重要问题。他再次指出:"一切问题再明显不过:民主的废除,社会与经济上极化现象加剧,贫富分化,福利国家溃败,私有化和因此而产生

---

[1] Ingo Schulze: "Rede am 19. Mai 2019 in Berlin vor der Volksbühne auf der 'Glänzenden Demonstration-Unite & shine'". S. 1. http://www.ingoschulze.com/text_volksbuehne_2019.html. (2020-9-15)

[2] Ebd., S. 2.

[3] Ebd.

[4] Ebd.

的所有生活领域（教育、医疗和公共交通等）的经济化，对极右翼的视而不见，媒体的废话连篇[……]，或隐或显的审查制度。"①舒尔策非常清楚并高度关注联邦德国社会生活中的这些问题。这既表明了他犀利的眼光，也展现了他批判的政治态度和思想倾向。其中，民主、社会公正和经济化问题是他长期的关注点，从其整体性的文学表达来看，是放在不同体制、不同历史时期和不同情景关联中，自个体的日常生活层面，借助经济生活、政治生活等领域的话语来呈现其批评性的省察与思考。他指斥知识分子保持沉默，他只能再一次重复他常常在表达的意见。从这里，足可见其批评姿态的坚持。他的批评其中就包括他对联邦德国当下那些显见的意识形态的认识。他认为严重地扭曲了社会发展进程和破坏了社会公正的私有化（"利润被私有化，而损失被社会化"）在实践层面被置于优先位置，在话语层面也被赋予了理所当然的合法性。"因为东欧集团的崩溃，几个意识形态成为一种霸权，后者无可争议，以致大家将之视为理所当然。其中的一个例证是私有化。私有化被看成了无限积极的东西。所有不能私有化的东西[……]被视为低效的和对客户不友好的。因此便产生了这样一种公共性氛围，或长或短地必然会导致共同体的自我剥夺。"②另一个他也一定要揭露的意识形态操弄，就是被他称为"发展针眼"的与私有化相关联的问题。"另一个繁荣灿烂的意识形态就是关于发展的意识形态，'没有发展便一切无从谈起'，默克尔总理几年前就这样宣示过。如果不谈这两个意识形态，欧元危机问题也就无从谈起。"③显然，舒尔策将主流话语中的经济发展命题与私有化联系在一起，指出它们一度压倒性的兴盛，被某种作为同谋的公共性氛围烘托，但却只会产生非常负面的后果，或使共同体失效，或导致欧元危机。他一再抓住这两个核心，揭示他观察到的一系列后果，批评其中的不公、伤害和强制性。

而且，他进一步指出，批判性审视经济发展至上乃至利润追逐等问

① Ingo Schulze："Sich selbst wieder ernst nehmen", S. 1. http://www.ingoschulze.com/text_
Sichselbstwieder.html. (2019 - 8 - 25)

② Ingo Schulze："Sich selbst wieder ernst nehmen", S. 1 - 2.

③ Ebd.，S. 1.

题,被有意引向另一个方向:"资本主义、阶级斗争或利益最大化这些表达在语言使用中尽可能被回避。问谁在什么上赚了钱,这个对谁有利,或是那个对谁不利,被认为是无礼的,是粗俗思维的表示。为了描述新的现实,需要这些表达和提问,但恰恰在这一时刻,它们从日常中消失了。"①他直接点出了其中的操控策略,显然颇为不满意这种摒置任何批评的掩饰性话语方式。"这种语言用法被诱导离开政治、社会、经济和历史的关联与问题,导向一片祥和之地,那里没有对现状的质疑[……]。这些新的通用游戏规则被设置为唯一值得追求的规则并被绝对化,谁不接受它们,谁就是置身在这套话语之外。"②

在公共意见塑造方面,舒尔策认为电视是最重要的媒介。顺带他回忆起电视在民主德国时期的重要作用。这个鲜明的例证,带出了西方于东部民众那种诱惑力,某种情感性而非一定经过理性审度的诱惑力。其细微处可见深切的个性,一定也不亚于他叙事作品中的相关描述。舒尔策回忆道:"对我这个德累斯顿人来说,西方电视无非就是日常性的平常事,但却是让我感到如家人般亲近的事。因为比之我们在德累斯顿能收到的电视,我能相信西方电视。德国电视二台在一个个短暂的停顿间出现的图像[……]在一个孩子眼里,简直就成了对金色西方一派景仰的认知标志。"③舒尔策点出了民众在当时对西方态度和认知的一个例证。这个例证之所以成立或有可能和有必要经受检验,是作家因为历史的必然与偶然已置身于这个"金色西方",并能清醒地以现在的发现去反衬当时那份信任的盲目性,或者说,其实是为了对比性地表达同一个认知主体的"震惊"。他"震惊"地发现德国政府竟然会为针对塞尔维亚的战争而辩护,而且媒体在最初几周放任这类谎言传播。这也就是"意识形态国家机器"④在起操控作用。只是舒尔策不认可这种操控。在他看来,无论是公

① Ingo Schulze:"Unsere schönen neuen Kleider. Gegen die marktkonforme Demokratie-für demokratiekonforme Märkte". a. a. O. , S. 8.

② Ebd.

③ Ingo Schulze:"Rede zur Verleihung des Mainzer Stadtschreiberpreises 2011". S. 4. http://www. ingoschulze. com/text_stadtschreiber. html. (2019 - 8 - 15)

④ 孟登迎:"意识形态国家机器",见赵一凡等主编:《西方文论关键词》,北京:外语教学与研究出版社,2006 年,第 772 页。

共电视台还是私人电视台,都成了国家电视台,而且只不过是东部那类电视台的继续。他认为电视失去了求真与批判的精神,第一次感受到了一种"社会性失落感"①。也就是说,舒尔策通过对比和例证,分析指明电视台在公共意见塑造上责任和作用的缺失,表达了他的失望与批判态度,而且也恰恰表明了他对公共意见的期待,同时也带出了他在公共意见考察角度下对西方虚像的哑然失笑。

舒尔策不懈地在公共场合对涉及联邦德国当下生活的核心问题发出自己批评的声音,针对"社会性的理所当然"(不论是实践还是话语层面的理所当然),呼吁建立抵抗性与对抗性"公共意见"②,以期形成社会层面的新的意识形态。他的这种努力,也正好体现了他个性化的意识形态表达及其姿态。当然他意识到,自己从东部来,或客观形成了这个东方背景,可以有自己的个性视角,但面对西方新的经验,也恰恰存在局限的一面。然而,他究竟不会为这样的优势或不利处所左右,依然毫不犹豫地利用自己从东部经验中获得的理解来点出他以为要点出的实质。"公共意见创造和改变我们觉得属于社会性理所当然范畴的东西。从东部来的人,从自身经验出发,只是部分了解社会性理所当然范畴内的那些变化。针对1987年的人口统计而引发的抗议,我们的反应是惊讶,某种方式上也是不知所措。我那时也没有那么充分地理解当时的那种愤怒,但同情那些抗议者。我欣赏他们的清醒与决然。他们带着这种清醒和决然,尝试去抵抗误以为不民主或事实上不民主的实践。而今天,这种民主的愤怒何在? 这种政治上的清醒何存?"③舒尔策的这个问题很尖锐。他发现现在缺乏这种起而奋争的精神和气概,表达了他在敏锐认识基础上的不满。更重要的是,他呼吁这种从民主德国的抗争实践中所表现出来的和他认为需要保存并发挥作用的精神与气概。如果说舒尔策在自己的生活实践中,同时也在其文学作品中,均表现出和借以表现出批评、奋起的姿态,那么在进入重新统一后的联邦德国社会后,或者就其文学发展生涯和

---

① Vgl. Ingo Schulze: "Rede zur Verleihung des Mainzer Stadtschreiberpreises 2011". a. a. O. , S. 4 - 5.
② Ebd. S. 4.
③ Ebd.

所展现的思想与精神姿态而言,其奋争的身姿,精神气质上是一脉相承的。舒尔策在体制、历史、社会面前,作为个体并代言个体,指陈主流意识形态一定程度上的虚假存在,表现为一个清晰的保持距离的忧思关切者和批评者,尽管经历了不同历史时期并借助了不同的展现路径,都表现出对所谓民主、自由和幸福等这些理念与实践方案有节点对照、有梯次发展的思考与探索,从而使其意识形态涵指,实际上全部集中于当下的思考立足点并向过去同时面对现在追问,且现在的追问更直接、更全面、更透彻。这几个方面被他凝聚起来,向未来、向更本质性的东西推进,展现出未知的开放姿态,从而使其意识形态思考在体系性且有意味的揭示中保留一种开放性。所谓民主、自由乃至幸福、公正之梦,成为一种远不是完成态的文学表达,尽管这一表达具有思想和风格上的个性,具有自身独特的意涵。

(五) 在西方世界中面向未来

针对别人一再对他所提的问题:“您抵达西方了吗?”[1]作家说,他现在只会这样反问:“您指的是哪个西方? 1989 年时的西方,或是 1999 年的西方,或是今天的西方? 您指的是莱茵资本主义(西德),还是指纯粹的资本主义?”[2]西方及其在不同历史时期和体制之间附着其上的种种理解与意味,在作家这里,是有明确区分的,而且不是本身彼此区分,而是放在内涵变动的东方面前比照地进行区分。

作家在文学虚构世界里,区分性地展现了一系列关系中的西方。他不是停留在将之视为现实中没有给出的回答或未展开的讨论,而是在历史语境中命运性展现复数的西方。在现在针对“您抵达西方了吗?”这个问题,回之以一连串反问,似乎意味着对这一问题或问题的提法表示不耐与不满,其实想表达的就是问题所涉及的问题:抵达西方了吗?

舒尔策在《长长的访谈》中直接表明:“东方与西方是此岸与彼岸的世

---

① Ingo Schulze: "Mein Westen". a. a. O. , S. 277.
② Ebd.

俗表述。我在这一种生活中没有成功获得的东西,也许在另一种生活中,
也就是在西方成功得到了。如果说东方退场了,那么就只存在这么一个
世界了。"①在获得感的表达外,舒尔策显然非常在意东、西方世界同在的
关系。紧接着,我们在期待的意义上读到了作家对西方的批评与真正的
失望:"我的问题,正如我所说的,不是东方的消失,而是西方的消失,一个
带有人的面貌的西方的消失。"②在其他场合如演讲中,他也同样不避这
样尖锐的表达:"我的问题不是东方的消失,而是西方因为雪崩性将所有
生活领域进行经济化处理而消失。这种(全面性)经济化日益使自由与民
主等概念成为傀儡,可谓咎由自取。"③舒尔策对西方的批评,表明了他及
其笔下一众人物曾对西方怀有多么深切的愿望和多么热烈的想象。西方
其实恰恰占据了他的本以为属于新世界的世界,只是绝非他和他的角色
们曾期待的世界。这个世界在舒尔策看来,是失去了人的样貌,占主流
的逻辑是损害民主的普遍私有化与经济化。在虚构的世界里,这种在
寻求中对比的眼光和失落乃至非常反感的场景也是常常可见。例如
《亚当与伊芙琳》中两个同名主角来到联邦德国后的遭遇,尤其是亚当
在职业、生活方式等方面所遭遇的严重挫折和态度转变,很说明问题。
在《新生活》中,主角图尔默的体认也是在部分交流场景中非常清晰地指
向那种西方于他已不再存在,也就是不再能确立之时的那种迷茫。只有
当主人公飞往蒙特卡洛时,他才又感觉到"仿佛那个西方还在"。也就是
说,在别处,在这个主角的感觉和认知里,西方是不存在的,而不是曾经处
于社会主义体制之下的东方不在了。因此,这样的感觉对角色自然是很
有冲击力的。

　　在《我们漂亮的新装:反对迎合市场的民主,拥护与民主相符的市场》
这篇长篇演讲中,舒尔策细化地指出了相关问题:在当下的现实中,一切颇
为分明,"民主在不断弱化,社会与经济不断极化发展,在贫富问题上分化,

① Norbert Niemann: "Ein langes Gespräch". In: Heinz Ludwig Arnold (Hg.): *TEXT +
　KRITIK*, München: edition text + kritik im Richard Boorberg Verlag GmbH & Co KG,
　2012, S. 63.

② Ebd.

③ Vgl. Ingo Schulze: "Vorstellung in der Darmstädter Akademie". a. a. O. , S. 2.

福利国家破产,一切生活领域(教育、卫生事业、公共交通等)被私有化并因此而经济化,对极右主义的无视,公开与隐藏的审查[……]"①。这就是他所处的联邦德国的现实。

结合这一透彻的观察与前面几个层面问题的讨论,可以说,在舒尔策看来,他是处在西方而没有抵达他期待的西方。他在真实且尖锐地面对这个作为存在处境的西方时,质疑西方世界中的经济、政治,尤其是经济逻辑与民主体制的问题,揭示内中偏离的实践,以及虚假的观念和热望。这种批评的检视中,潜藏着舒尔策对西方理想状态的期待。因此,种种现实的矛盾性困局,并不能妨碍他以一种坚守乃至介入的方式在所立足的现实中向前眺望。他在"适应民主的市场"中②,期待一种"能够肩负起自己责任的共同体"③;面对意识形态操弄和"社会性的理所当然"④,希望能建立抵抗性"公共意见"⑤;在从其所处世界看,事实上已失去另外一种可供选择的体制和世界方案时,期待能焕发人民曾经的解放力量⑥。而且,从人的角度,他不仅反复谈到和呼吁要保障民众物质的基本甚至充足条件,而且强调在经济发展中人的尊严⑦,以及经济、政治发展中人的公平权利⑧。他知道,这不是对自己也不是对世界的允诺,但面对西方的未来,他清晰地表达了他的愿望和要求以及忧切。

因此,舒尔策着意于这种未来开展思考时,其实有两重判断。

第一重判断:1989 年至 1990 年的历史与时代转折,也可以被视为

---

① Ingo Schulze:"Unsere schönen neuen Kleider. Gegen die marktkonforme Demokratie-für demokratiekonforme Märkte". a. a. O. , S. 3.

② Ebd. , S. 16.

③ Ebd.

④ Ingo Schulze:" Rede zur Verleihung des Mainzer Stadtschreiberpreises 2011". a. a. O. , S. 4.

⑤ Ebd.

⑥ Ingo Schulze:"Unsere schönen neuen Kleider. Gegen die marktkonforme Demokratie-für demokratiekonforme Märkte". a. a. O. , S. 16.

⑦ "我们必须弄清楚,为了什么我们需要经济,从经济中想得到什么。我们必须弄明白,可以给所有人带来符合人类尊严之未来的社会条约是什么。"Ingo Schulze:"In der Grube. Über die Zukunft des Kapitalismus". a. a. O. , S. 286.

⑧ Ingo Schulze:"Rede am 19. Mai 2019 in Berlin vor der Volksbühne auf der 'Glänzenden Demonstration-Unite & shine'". a. a. O. , S. 1.

"自未来的一种倒退"。① 按照舒尔策成长语境下的理论话语和未来发展
方案,整个社会是向无阶级的社会发展,现在回到资本主义社会,自然是
一种倒退。而在现在所处的这个资本主义世界,向未来展望时,除了可以
预料到的环境与气候问题、廉价原材料与劳动力剥削问题外,在苏联和东
欧一些转型的国家,虽然似乎有了政治自由,社会却陷入前现代状况,民
众日益贫穷。从更大范围看,所谓自由与公正也无从谈起。市场和私有
化调控着一切。面对种种问题,西方一筹莫展。②

第二重判断:对未来可以和应当怀有希望。他说:"对一个更美好世
界的期待是巨大的,也是有道理的。由于东西对峙的结束,冷战和军备竞
赛的结束,金钱和力量现在或许可用来解决这个世界真正的问题:获取清
洁的水,与饥饿、疾病和环境破坏作斗争;而且不再有代理人战争,富裕和
教育会在世界上铺展开来。现在还有什么会起阻碍作用呢? 或者这只是
一个希望而已? 难道这不恰恰是必不可少的? 或者说,我这只是自
欺?"③舒尔策在此点出的是民众在当下语境中凝聚起来的面向未来或者
更准确地说是立足于今天的关键诉求。世界的和平,人与社会的发展及
其品质,都是很长一段时间以来这个世界面临的尖锐存在的问题。只是
舒尔策还是在这种对"更美好世界"的乐观性期待中,植入了一份犹豫与
自嘲,因为他所在的历史和现实实在是太过经常地提示着这个世界并不
美好。

所以,我们看到,舒尔策在表达对西方和对未来的期待时,是很有克
制的。他的期待涉及政治、经济乃至价值观层面等,但更多还是放在人的
社会存在与发展上。

如果说在虚构现实的日常生活中,舒尔策常常将目光投向过去,放在
历史突变和转折期或之前与之后,最后落脚于人的命运性状态,那么在非
虚构的表达中,则是更明确地直面在现实生活中广泛存在的问题。他特
别深掘的还是经济问题。在经济这一基础问题及其问题组中,人总是出

---

① Ingo Schulze: "In der Grube. Über die Zukunft des Kapitalismus". a. a. O. , S. 280.

② Ingo Schulze: "In der Grube. Über die Zukunft des Kapitalismus". a. a. O. , S. 280 – 286.

③ Ingo Schulze: "Unsere schönen neuen Kleider. Gegen die marktkonforme Demokratie-für
demokratiekonforme Märkte". a. a. O. , S. 5 - 6.

发点与归结点。所以，舒尔策在讨论外部世界的种种问题时，总是与人联系起来。例如，他认为："整个对效率的痴迷，例如技术进步，并不会造福于整个人类，甚至不会造福于这个国家的全体国民，而只会让个体富裕，当七百万人'全职工作'也不再能维持生活，那些失业者就更不必提了。这个体制的理所当然性是荒唐的［……］"①从经济角度看人的问题和体制的问题，才切近实际；而从人的视角，特别是从人作为民众或一个整体的视角出发，检视发展、进步、效益和公正，才更见本质。

似乎可以说，舒尔策实际上是在明天期待为了民众的存在而有一个更好的今天。他的期待是，而且也不能不是此岸性的。正是此岸性，展现了他的认识深切与期许的凝重。

这也就是为什么他颇为着意于一个未公开的自来水公司合同被废止而民众意愿相应获得了胜利的消息。不难理解，他是在其中看到了此岸性的希望，恰恰维系于觉悟的民众自身。他把这个例证提升至很高的程度："［……］这是自柏林墙倒塌以来，民意第一次获胜。［……］我们可将这个过程欢呼地称为民主历史性的时刻，因为从底层开始成功地做到了促进公共意见并为了有利于民意的形成而改变共同体。"②他所欢呼的，无疑是他所肯定和所期待的。他在这一事件中看到了形成公共意见的重要性和公共意见的力量，在自己的情感、思想和价值维度中，又一次展现了倾向民众和民主的基本态度。他是一个清醒的、时时面向现时的作家，正是这样的姿态，才表明他偶尔面向未来时，即便身处西方的现实，也还是试图站稳自己的脚跟。

二 对于东方的思考

东方世界，清晰地展现于舒尔策核心性置于转折期的主题视域，也由之在作家的文本世界中选择并凝聚而成转折期所涉的民主德国。因此，它在作家的文学虚构世界里成为思考与表达的重要对象；但是，从作家创

---

① Ingo Schulze："Nicht nur in eigener Sache. Ein Artikel samt seiner Vor- und Nachgeschichte". a. a. O. , S. 3.

② Ingo Schulze："Rede zur Verleihung des Mainzer Stadtschreiberpreises 2011". a. a. O. , S. 4.

作和思考形成的实际状况看,主要在东、西方张力关系的探讨中,东方世界也常常表现出一种背景或框架性质。从这个意义上讲,较之于处在西方现实中检视西方问题,舒尔策在其非虚构文字中,对东方世界问题的关注是显著减少了的,因为对于他来说,东方世界比较而言毕竟不具备紧迫的当下性。然而,这也并不妨碍他自当下出发,在回忆中讨论和思考曾特别触动他的情景、事件、现象和问题。于是,我们看到他在面对失去的选择性世界方案时,在情绪与思考交织的线路上,表达惋惜之情、批评的态度,并揭示了"糖汁小径"所凝聚起来的历史氛围和现实幻象。

(一) 1989 年的回忆

舒尔策生长于东方,对这个东方的世界虽在其文学作品与非虚构文字中表达了足够复杂的情感、认识与反思,但他无疑怀有温情。他从他当下所处的联邦德国触景生情地想起了当初在民主德国时期那些小城与较大村庄书店中常常见到的情景。他称那些书店为"真正的宝盒",甚至感叹"偏远之地,常遇奇迹",而且认为"每一处乡野之地都能改变生活"。[①] 他的奇迹和乡野之叹,指向不单是书,但首先是书,而且是指在当时历史情景中已能见到并融合在这一框架内却依然令人感到惊喜的书。他拣选"岛屿"和"雷克拉姆"等出版社所出版书籍的书名,例如《都柏林人》;历数那些主要是西方来源的作家,包括马拉默德(Bernard Malamud)、弗里施(Max Frisch)、品钦(Thomas Pynchon)、加缪(Albert Camus)、恩岑斯贝格(Hans Magnus Enzensberger)、奥登(Wystan Hugh Auden)、策兰(Paul Celan)和贝恩(Gottfried Benn)。当然,他也提到了在书店里仍是有作家只能迅速而悄悄选定,例如陀思妥耶夫斯基(Fjodor Michailowitsch Dostojewski)、霍夫曼(E. T. A. Hoffmann)、诺瓦利斯(Novalis)、让·保罗(Jean Paul)和兰波(Arthur Rimbaud)等。[②]

这一特定的回忆,提示了舒尔策文学与思想成长过程中的一个小小环节,而且特别重要的是,至少提示了已出现在民主德国意识形态主流之

---

① Ingo Schulze: "Damals in der Provinz". S. 1. http://www.ingoschulze.com/text_damalsinder.html(2019 - 7 - 29).

② Vgl. Ebd.

外或者甚至就在其中的文学领域内所发生的变化。20 世纪七八十年代，笔锋犀利的老一代作家，例如海纳·米勒等，以艺术的求变，表现历史和现实中"无法摆脱的暴力、压制与恐怖的关联"[①]。而"普伦茨劳尔贝格"诗派向民主德国文学传统中排斥的现代派传统靠拢，在亚文化——成为反文化和反公共性的基础——的替代性团体里[②]，进行新的艺术尝试，发展自己的诗学策略。乌韦·科尔贝、贝尔特·帕彭福斯-戈勒克、扎沙·安德森赖讷·舍德林斯基和杜尔斯·格林拜恩等诗人，展现出对形形色色整体性观念和一体性强制拒斥的态度。虽然他们这种被抽掉了政治含义的颠覆，不为米勒所认可，被视为"追求自主的虚假例子"[③]，但他们"批判占统治地位的话语，抨击语言的形式、图像、比喻，甚至包括语法，以语言批判来作含蓄的权力批判"[④]。也就是说，这一历史时期文学领域内或隐或显带有抗争性的表现，也恰好印证了舒尔策现象性的观察与直观的体认。书店中出现西方文学尤其是现当代文学作品，无疑是这一整体氛围性变化的表征之一。

舒尔策 2017 年在接受德国《时代周刊》采访时说，他对民主德国的日常生活其实颇多美好回忆，如在个人交往方面，还有成千上万的人不约而同地走上大街那种明朗而礼貌的情景。他认为这种记忆，要区分不同历史时期，例如要区分 20 世纪 50 年代、20 世纪 70 年代和 1989 年柏林墙倒塌以后的时期。他提及 1989 年以后突然产生了许多发展的可能性，例如民主化向经济领域扩展等。[⑤]

舒尔策在其他不同的场合也一再谈及 1989 年。这个关键的历史节

① Michael Schneider: Bertolt Brecht und sein illegitimer Erbe Heiner Müller. In: NDL 46(1998), H. 3. S. 126. Zietiert nach Gerrit-Jan Berendse: "Karneval in der DDR. Ansätze postmodernen Schreibens 1960 - 1990". In: Henk Harbers (Hg.): *Postmoderne Literatur in deutscher Sprache: Eine Ästhetik des Widerstandes?* Amsterdam-Atlanta: Rodopi, GA2000, S. 235.

② Alison Lewis: "Die neue Unübersichtlichkeit. Die Lyrik des Prenzlauer Bergs: Zwischen Avantgarde, Ästhetizismus und Postmoderne". In: Henk Harbers (Hg.): a. a. O. , S. 262.

③ 谢建文:《德语后现代主义文学研究》,上海:上海三联书店,2015 年,第 41 页。

④ 同上,第 42 页。

⑤ Tina Hildebrandt und Claudia Bracholdt: "Ingo Schulze: Was war an der DDR gar nicht soschlecht?" 9. November 2017. https://www.zeit.de/video/2017-11/5639483700001/ingo-schulze-was-war-an-der-ddr-gar-nicht-so-schlecht. (2022 - 3 - 17)

点对他的生活与思考,就像本论著在前面几个章节或隐或显已论及的,具有非常重要的意义。

舒尔策回忆自己经历的 20 世纪 80 年代,说这是一种越来越宽松的状态。他写道:"我出生在 1962 年,20 世纪 80 年代经历过统治者怎样一年年更多地向防御状态发展。言谈、辩论和行动的自由空间像在日常生活中争取而得的自由空间那样一步步、一部部书和一篇篇文章地扩展。虽然我对那些变化——1989 年秋会发生怎样的变化当时无法想象,但我可以肯定,会有什么事情要来。我感到自己处在一个正确的位置,为自己领受了那个孩子的角色,那孩子能透看,理解发生了什么事。这点并不难,因为毕竟大多数人,至少是那些我与之交谈并寻求与之建立密切关系的人,会观察到与我之所见相似的东西。"①在这里,作家清晰地描述自己在民主德国所观察和所经历的整体社会氛围的变化。他以《皇帝的新装》中的那个孩子自比,视角放在"自由空间"②的扩大及其可能意味与所引起的困惑上。他的这一回忆,从个体经验角度,很好地勾画了当时在一个层面上的历史情景。从中也不难读出作家的态度,他是乐见这种氛围的,而且也颇为关注其中的所谓自由。

虽然在其文学作品中,例如在《新生活》《彼得·霍尔茨》和《亚当与伊芙琳》等作品中,均有不同场景涉及柏林墙开放/倒塌的消息,但都只是一闪而过,没有展开叙述,而在他的数篇演讲中却对柏林墙开放事件及其相关的发展有一种清晰的表达。"1989 年 11 月 9 日是令人愉快的一天。对我来说,这是一系列快乐日子中的一个,是许多必须的改变中的一个。我主要指的是下面的可能性:可以在莱比锡 1989 年 11 月 9 日周一游行之后在全国游行,能说想说的话,刊行想刊行的文字,能与那些政治组织联合起来而不会遭受惩罚,能思考并大声说出,我们怎样将民主社会主义落到实处。1989 年 11 月之后的几个月,讨论如何将企业转化为真正的人们财富这类建议,也成了理所当然的事情。民主化进程因此也扩展到

---

① Ingo Schulze: "Unsere schönen neuen Kleider. Gegen die marktkonforme Demokratie-für demokratiekonforme Märkte". a. a. O. , S. 4.

② Ebd.

了经济领域。"①这段回忆是在历史事件发生的二十年后,依然可见舒尔策政治上的那种热诚。他在多个场合所表达的那种所谓自由的感觉特别明显。与此同时,其认知视角也带出了政治的变化似乎必然要与经济领域相关联的事实。

舒尔策在另外的场合,关于那场历史剧变也曾表达过喜悦之情。我们引述在此,似有重复之嫌:"匈牙利开放边境时,我自然是高兴的,柏林墙倒塌时,我自然是高兴的。当初有谁不高兴呢?"②舒尔策在这里显然也不想掩饰自己的心情和背后的态度。接下来,就到了我们关注的重点。但见他话锋一转,问:"然而,这是问题所在吗?"③看得出来,1989 年到底要引发的,而且在他看来需要认真思考的,是深广得多的东西。可以说,1989 年至 1990 年这场历史与体制巨变,深刻影响了与作家生活世界紧密相关的创作主题和思考姿态。

舒尔策认为,"历史上发生的事情,不会过去,不论我们意识到了没有,会在我们的当下继续发挥作用"④。这个特定历史时期东部经验的代表性表达者⑤,一再回忆起 1989 年的时代氛围。他举例在 1989 年秋许多场讨论中,有一位朋友提及,如果大家不知国家如何运作,没有能力做相关区分,那么要求改变,则是可笑的行动。要代替现在的执政者,那得清楚一个国家、一个县和一座城市如何运转,不然就只会使国家陷入混乱。舒尔策说他已记不得是如何作答的。他现在在文章里这样来表达也许是他当时的认识,但至少是他现在确定的认识。他们所要求的,"不是选一个县议会里更好的主席,或是改变某些规定或法律,而实际上关涉的是整

① Ingo Schulze: "Rede von Ingo Schulze am 19. November auf der Demonstration 'Aufstehen' vor demBrandenburger Tor". a. a. O. , S. 1.

② Vgl. Ingo Schulze: "Mein Westen". a. a. O. , S. 1.

③ Ebd.

④ Ingo Schulze: "Unsere schönen neuen Kleider. Gegen die marktkonforme Demokratie-für demokratiekonforme Märkte". a. a. O. , S. 4.

⑤ 例如,君特·格拉斯认为,"首先是在新联邦州,存在一批杰出的叙述者,譬如英戈·舒尔策"。Jobst-Ulrich Brand: "Heinrich, was meinst du dazu?" — Interview mit Günter Grass. In: *Focus*, 4. Oktober 1999. http://www.focus.de/politik/deutschland/interview_aid_178732.html. (2022 - 2 - 15)

体和更宏大的东西"①。舒尔策的态度在这里是清晰的,在他的作品中,在那些特定时期里的争论与集会上的演讲,多有讨论国家未来与变化的呈现,其中激昂处,似乎潜藏着一种反讽,但表达了作家期待变化的态度。他呼吁与呼应着这种历史之变,内中也显示了他选择的倾向性。

(二)"糖汁小径"

面对历史巨变,舒尔策的反思意图和姿态是很清晰的。

舒尔策从《皇帝的新装》中那孩子的呼喊,联想到 1989 年民众的呼声,指出了其中所蕴含的力量:"我们呼喊,拆除柏林墙! 于是柏林墙消失。我们呼喊,要允许开办新论坛,于是新论坛被允许开办。我们呼喊,要么现在民主,要么永不,于是民主来了。我们呼喊,国安局必须清除,国安局于是被清除。[……]我们呼喊,自由选举,于是有了自由选举[……]"②当然,从表述的整体看,未免有夸张性质,但舒尔策的这个视角提示了民主德国过渡期汹涌的历史氛围。这种日常生活中的政治,在一个层面上刻写了舒尔策及其作品,尤其是在几部主要作品中,体现为重要主题之一。舒尔策显然并非陶醉于这种呼声,而是敏锐地在"呼喊"之中或之后的现实政治发展状态中发现了一个严重的问题,"即便是说东德基督教民主联盟在 1989 年秋发挥了某种作用,那也是令人不快的作用[……],那时便产生了一条(诱引大家)走向西方的'糖汁小径'(Sirupspur in den Westen)"③。他在此显然有指斥的意味,而且着眼点就是"糖汁小径",至少是批评东德基督教民主联盟在诱因的氛围中发挥了推波助澜的作用。而这条引向西方的"糖汁小径",正是舒尔策在其一系列作品中,在东方与西方之间往返线路上倍加细致地描述与一层层揭示的。在《新生活》中,他曾由深度挖掘其中的党派政治来暗讽这个问题,然后又在《彼得·霍尔茨》中继续追踪。他在其他多种关联中,尤其是在经济要素的雕琢中,展现了"糖汁小径"的形态、效能与虚幻性。

---

① Ingo Schulze: "Unsere schönen neuen Kleider. Gegen die marktkonforme Demokratie-für demokratiekonforme Märkte". a. a. O. , S. 4 - 5.

② Ebd, S. 5.

③ Ebd.

　　在接下来的文字里,他更直接指出在诱惑之下形成的眩晕状态,以及在其后的发展过程中,奋争而得的权力从民众手中滑落,落入金钱的逻辑设定中。"'一夜之间富裕'的允诺魅力无限,甚至根本就没有反驳的声音。这个计谋成功了。刚刚争得的权力从手中滑落了。民主的时代已成为过去。在那个时代,金钱和财产状况几乎不起作用,在企业、学校和大学或剧团可以即便不是那么简单地按照自己的意愿选举新的领导。"①这是一种深深的失落感,也暗含着一种面向反面的希冀,也就是希望民众的意志能得到贯彻,而不是钱与财富的权力高涨。然而,这只是民众在面向西方时不切实际的热望,因此必定难以实现或无以为继。舒尔策发现热忱、热切之后的真实,不仅在民众层面,不仅在他们所关注和追求的那些核心性权力、利益诉求上,而且国家层面,根本地说在世界方案选择层面,都是非常令人失望的局面。"柏林墙倒塌透露出来的信息表明[……]社会主义也完成了自己的历史进程。而在当初,哪怕是东欧集团没有提供一种替代性的方案,但至少在东、西方两个世界存在期间,也曾有过关于这一替代性方案的思考。1989 年秋的反抗本来可以是一种替代性方案的开始,但发展的情势很快就清晰:谁想超越现状,谁就会很快失去公共语境中的重要性。"②他清晰地感到:"[……]社会主义作为真实存在之资本主义的替代方案立即被清除了[……]"③也就是说,在舒尔策看来,他曾经所处的东方世界,本来应是或就是在西方世界面前的另一种选择,而且即便是被期待的变化可以发生,但现实性的"糖汁小径"却只是将人们引向西方,从而使这个世界失去了新的发展可能性。舒尔策对东方世界的这个判断和期许,以及对在西方之外失去另一种选择性的叹惋与仍希望有另一种选择性同时存在的期待态度,本质性地展现了他的政治意识形态。他虽然并未明确地、更体系地提出他的救世方案,但很明显,他期待在变化的轨道上能有一个更兼容的选择性世界方案存在。

---

① Ingo Schulze: "Unsere schönen neuen Kleider. Gegen die marktkonforme Demokratie-für demokratiekonforme Märkte". a. a. O., S. 5.

② Ingo Schulze: "Dankrede für den Bertolt-Brecht-Preis der Stadt Augsburg". a. a. O., S. 5 - 6.

③ Ingo Schulze: "Rede von Ingo Schulze am 19. November auf der Demonstration 'Aufstehen' vor dem Brandenburger Tor". a. a. O., S. 1.

在舒尔策看来,这种选择至少不应没有选择地落在西方世界身上。因此,他在处于西方的现实中时,要一直批评西方的问题,因为这个世界,实在不是他和从其所代拟的立场出发所要选择的世界。然而,他又不得不接受他的现实,因而我们看到,他要思考那场历史与体制之变并一再感到失落。"不是两个德国的联合,是东部加入西部。当时意味着,要忘记过去的一切,要学会现在的全部东西。整个国民经济都被抛到市场上,留下的只是一个 70% 至 80% 的去工业化地区。我们到今天还在为之付账。"①

民主德国并入联邦德国无疑不是舒尔策所期待的。而进入西方的框架,也不容半点幻想存在,只有经济和市场决然的手在发挥作用。所以,热切、允诺与不得不醒悟之间的状态,其中所凝聚的人、社会、历史及其关系,在舒尔策的文学作品中讨论最多,揭示最为集中、有力,最为生动,虽然情绪与笔调复杂。

(三) 过渡期的缺失及其问题

当我们读到舒尔策批评性检视在历史剧变过程中可以细加剔析出来的过渡期及其问题时,是能又一次感受到这位作家对失去的选择性世界方案所怀有的复杂情感的。

舒尔策从经济的角度来探讨民主德国何以发生突然性崩塌并未能很好度过过渡期,从而最后与联邦德国以联合的方式重新统一。在他看来,这中间缺乏一系列相关的准备与东西方的合作。他以虚拟语气来表达本可以实现的期待:"直面震惊、思考、反思并真正为联合进行准备。与东方联合,对西方来说也当是反思迄今为止的实践并改变自身的一个机会。在冷战结束之后,在军备竞赛结束之后本该有真正的'和平红利'。"②因为没有真正利用好柏林墙开放/倒塌后的那个历史时段,就像一般的历史结论所表明的那样,民主德国是加入联邦德国,与后者的联合并未实现。

检视其中失败的原因,包括德国统一社会党未能从自身出发引入改

---

① Ingo Schulze:"Unsere schönen neuen Kleider. Gegen die marktkonforme Demokratie-für demokratiekonforme Märkte". a. a. O.,S. 5.

② Ingo Schulze:"Mein Westen". a. a. O.,S. 276.

革,政府首脑们相反也以另一个版本的"历史胜利者"(反法西斯阵线的代表和胜利者)自居,觉得无可撼动。然而,在舒尔策看来,恰恰又是民主德国政党与国家的某些负责人在政权瓦解过程中发挥了作用,还有那些非暴力的游行者起了作用。最主要的还是经济的利好产生了巨大的诱惑力,以致那些反对派也没有为历史格局的突变做好准备。同时,连科尔这样的政治家,在起初阶段也是犹豫的,然后才迅速拥抱他"东方的姐妹"。① 此外,还有西方直接参与这一历史进程的政治家志得意满地宣称"(世界上)已无其他(选择性与替代性)方案,民主德国[……]已经破产"②。但舒尔策对最后一点习见的西方视角的认识,在回顾性的判断中是高度怀疑的。他指出从债务角度看,当时民主德国负债总额不高,民众人均负债只有 674 美元,而在他写下这些反思文字的 2009 年,联邦德国居民人均负债约为 20000 欧元。他非常犀利地指出了"糖汁小径"在关键历史节点上的影响,即"经历过短缺经济的民众很容易被劝而引向奢华"。这些具体的利益诱惑包括,针对民主德国居民的储蓄,在四千额度前,按 1∶1 比价以东德马克兑换西德马克,超出四千额度部分,比价则为 1∶2。而"大部分居民都做好了准备,非常乐意相信(西方的)圣诞老人"③,虽然每个人都明白,这么做很快会出现严重问题。然而,就是这些诱惑和被接受的诱惑,以及其他要素叠加,在作家看来,使柏林墙倒塌之后,历史剧变的发展历程最终以"加入"的方式画上句号。而后,针对所谓过渡期和时间涵盖更长的转折期,舒尔策同样更多地保持着经济生活的分析视角。他指出当时典型的社会情状与原因,归纳起来就是:东德马克与西德马克 1∶1 的兑换政策;托管局在民主德国采取的措施;将国有财产转化为全民所有财产的实践。舒尔策认为,这些措施与实践所带来的最终都是问题,或直接促成了"加入"现实,或引起了"加入"之后德国东部经济、民生和社会公平等方面的问题,并事实形成了当时经济至上的发展逻辑。也就是在一夜之间,将其整个国民经济抛入市场,以使其私有化,但这样又造成了严重的供过于求。即便是出售不动产与地产等,也不能从中获益;

① Ingo Schulze: "Mein Westen". a. a. O. , S. 272.
② Ebd. , S. 274.
③ Ebd. , S. 273.

将住房过户或廉价出售给租客,想以此创造一种安全感甚至某种信誉度,却事与愿违。① 舒尔策看到并反思这些问题,整体上持批判与期待立场。虽然并不能给出或事后设计解决的方案,他依然认为重要的相关问题在过渡期并未能认真思考并提出恰切对策。其间涉及卫生事业、保险业、交通系统、幼儿园与全日制学校、企业生存等问题,特别是牵涉这样一个核心问题:政治本应将公民作为公民来对待,激发他们的责任感,而不是以竞选中福利等方面的美妙允诺诱使他们放弃自己应当肩负的责任。② 而且,舒尔策将自己的这些疑惑、认识和思考,不仅展现在其非虚构文字中,而且将之带入文学,作为重要的情节与主题内容来呈现。当他整体性地面对历史与体制之变,面对东、西方世界交织的关系和情状时,他无意也无法提供一个有效的现实性架构来解决即便是在所谓新世界条件下也不得不面临的,在他看来严重的问题和困局,虽然是新的问题与困局,而且曾几何时这个新世界及其被刻意张扬的允诺还至少曾是柏林墙倒塌前某些民主德国民众的向往。因此,舒尔策在向文学的虚构世界撤退时,意在寻找自己相关思考的出路,在更有意味的表达中,呈现一种超越乌托邦的更深刻的意识形态诉求。

第二节　文学世界内的意识形态揭示

在舒尔策的文学世界里,转折期所凝聚的日常生活,不论是经济的、政治的,还是情感与艺术的生活,都与意识形态话语紧密相关。舒尔策正是从这些日常的生活世界来揭示其中的政治意识形态话语,且注重以审美的日常性和个性来进行各有侧重的呈现与相关诠释。

1989 年 11 月 9 日柏林墙开放/倒塌,中经过渡期,及至民主德国加入联邦德国,德国重新统一,从历史角度看,体现为政治上的转折。"1989年至 1990 年的政治'转折',可被视为过去二十年德国文学最重要的事

---

① Vgl. Ebd. , S. 274 - 275.
② Vgl. Ingo Schulze: "Mein Westen". a. a. O. , S. 276.

件。小说、戏剧、诗集、文选,还有随笔、文献性文本、报告、回忆录,其间以难以计数的巨大数量急速增长。"①同时改变了德国历史和世界格局的"转折",成为"转折"之后相当长一段时间内乃至德国当代文学整体发展脉络中最重要的反思和表达对象之一。英戈·舒尔策、托马斯·布鲁斯希(Thomas Brussig)、埃里希·略斯特(Erich Loest)、罗伯特·梅纳塞(Robert Menasse)、克莱门斯·迈耶尔(Clemens Meyer)、延斯·斯帕尔舒(Jens Sparschu)、克尔斯廷·亨塞尔(Kerstin Hensel)、克尔斯廷·詹茨(Kerstin Jentzsch)、贾娜·亨塞尔(Jana Hensel)等大多有民主德国背景的作家以文学的方式同"转折"的历史紧密联系在一起②,包括老一辈著名作家克里斯托夫·海因(Christoph Hein)、君特·格拉斯(Günter Grass)和托马斯·罗森洛赫(Thomas Rosenlöcher)等作家在内,也同样在自己的文学创作中对"转折"作出了清晰回应。

虽然文学史和文评界定评性地或主要将舒尔策列为转折作家,而且是卓越的转折作家,但舒尔策本人对此持保留意见。他认为,他的作品"可一直就是涉及切近的当下的,只有三部作品以 1989—1990 年间的转折期为背景[……]可要是谁出生东部,就立马会被贴上标签。'转折作家'是个很糟糕的词。我想,要是没有柏林墙倒塌事件,我也会成为作家,但会写完全不同的书"③。当然,没有民主德国乃至联邦德国巨大的历史之变,诚如舒尔策所言,他因为自己的才华和其他可能性,也会登上文坛,而且也意识到会是与现在完全不同的作家。然而,他对现在的认识是不足的。他固然可以反感乱贴标签的做法,或者更进一步说不满"转折作家"可能有的弦外之音,但是,他的作品史现实告诉我们,他直接写转折期或过渡期历史的作品明显不止三部,典型的即可列举《简单的故事》《新生活》④《手机》《亚当与伊芙琳》和《彼得·霍尔茨》,主题上宽泛涉及还远不

---

① Fabian Thomas:a. a. O. , S. 3.

② Vgl. Fabian Thomas: a. a. O. , S. 15 - 16.

③ Anke Sterneborg:a. a. O. , S. 1.

④ 在《千篇故事尚不足》中,他所发表的五部作品中,"只有《新生活》是围绕两个世界之变而展开"。也就是说,对《新生活》的转折小说性质,他还是认可的。Vgl. Ingo Schulze: "Tausend Geschichten sind nicht genug. Leipziger Poetikvorlesung 2007". In: Ingo Schulze: *Was wollen wir*? a. a. O. , S. 60.

止这几部,而且其中的《新生活》《亚当与伊芙琳》和《彼得·霍尔茨》这三部长篇小说虽各有侧重,在某种意义上可说思想性与艺术性上都非常有个性化的充分展现,特别是《新生活》与《彼得·霍尔茨》可谓作家思想与艺术品质兼得的代表性作品。而且,他的随笔与讲演文字,其突出的政治性与政治意识形态性,虽然就像作家自己所认识到的那样总是切近现实,但认真分析不难发现,他的思想和观点讨论框架总是能回溯或牵涉到转折期,或者是他所自世界中的体制与多方面秩序问题等,作为比较的背景与基准线,或是反思的真实起点。因此,在这个意义上,我们认为舒尔策是一位成就显著的转折作家,是把握住了他的本质方面,是对其创作独特性的认同和赞扬。而且,恰恰是因为没有办法假设,也必须从作家的美学和思想实际出发来认识和评价作家,所以转折文学乃至转折作家,乍听之下,似乎是有如作家所感受到的那种寻常乃至地方性或过于宽泛,但实际上,当文学史与文评界聚焦于这类文学与作家如何深刻而艺术地开掘体制之变这一核心构架中的历史巨变问题时,恰恰意味着具有思想和艺术上的个性与深沉的历史责任感。只是我们虽然看到了转折文学的框架与客观所形成的作家方阵,而且也认识到包括舒尔策在内的这个作家群体"新的写作"①具有鲜明特色,但并不能确定舒尔策在民主德国及其文学现实性不复存在后,是试图在历史的回溯中追补性构建"某种经验与叙述的共同体"②。其原因也在于,舒尔策在相关采访和演讲中非常明确地反对他人对其怀旧的判断。他恰恰警惕的就是"东方怀旧病"。

　　基于上述考虑,我们以舒尔策对过渡期乃至转折期的文学表达为研究对象,认为以此是掌握了舒尔策最基础的文学文本和坚实的思

---

① 尤丽安娜·朔恩埃希分析道:"[……]仍能发现一些共同点。其中包括:日常生活内容日益占据优势地位,回溯童年时代的回忆与生活等多重空间,与'他人'相区分,对社会进行全面批判的趋势与不可靠叙述者的叙事立场。"Juliane Schöneich: "Zwischen Erinnern und Erfinden-Narrative Strategien zur Identitätssicherung in Texten ostdeutscher Autorinnen und Autoren". In: Margot Brink/Sylvia Pritsch (Hg.): *Gemeinschaft in der Literatur. Zur Aktualität poetisch-politischer Interventionen.* Würzburg: Verlag Königshausen & Neumann GmbH, 2013, S. 157.

② Ebd., S. 153.

想与艺术资源,能充分展开其意识形态及其诗意表达形式问题的研究。

对于民主德国社会的转折期,舒尔策借助渗入和侵入东部的西方来映照,从"民主德国个体的角度叙述他们生平中的存在性断裂"[1],过程性地展现了日常生活中个体角色的困境与挣扎,也就是那些主要体现为"失败"[2]的经验,"这是一种基础性的不确定,往何处去的问题完全敞开"[3],同时也揭示其间与角色所处生活和思想秩序冲突的要素,以及对这种冲突和解决方案的评价;对于重新统一之间和之后的联邦德国社会,他既在角色的世界里,借助西方的诱惑来描述和揭示其影响力和腐蚀力,又深入挖掘角色视角下西方的幻象,并在非虚构表达中,集中而深入地从经济逻辑视角揭示联邦德国社会生活发展的撕裂性、偏废性,进而高度质疑了西方尤其在过渡期及其之后所祭起且在现行条件下仍标榜推行的民主、自由、平等、公正等价值观念(这点已在第六章第一节展开讨论)。也就是典型地针对民主德国与联邦德国之间的这个转折期,针对转折语境中与重新统一后的联邦德国社会,整体上表现出考虑历史语境而又试图超越历史语境规定性地展开自己的观察、分析、批判性思考,从而展示自己的政治意识形态姿态。

一 角色世界的日常政治

综观舒尔策的文学作品,钱及其与政治和生活世界的一系列关联,是作家着意展现且着墨颇多的重要主题。相关的呈现与揭示涉及《三十三个幸福的瞬间》《简单的故事》《新生活》《手机》《亚当与伊芙琳》和《彼得·霍尔茨》等作品,在《新生活》和《彼得·霍尔茨》中尤为集中与意涵丰富。值得关注的是,舒尔策并未将钱的问题置于经济学、政治学或国际关系学的研究范式下进行探究,而是选择在日常的经济生活中,且偶有逸出地对钱及其关联加以多样化、个性化的呈现。将钱的要素切入与人物成长历

---

① Gerhard Friedrich: a. a. O. , S. 154.

② Ebd.

③ Ebd.

程、职业、情感、观念紧密相关的经济生活,并将体制乃至现实政治等特定
历史要素纳入虚构角色对钱的思考、态度与处置中,集中再现了钱在德国
东部民众体制剧变过渡期的日常生活中所起的重要作用。同时,舒尔策
在虚构现实中揭示的钱及其相关问题,远远超越经济问题本身,与个人心
理、精神状态密切相关,与政治扭结杂糅,在特定历史时期的东、西方张力
关系中,带有时代与制度印痕。钱在日常生活中体现为权力的压制,展现
了西方诱惑及其幻灭的维度,而且在典型角色图尔默的生活中,恰恰提示
着与过去世界的彻底告别,而当这个主角放弃自己的政治梦想,尤其是放
弃具有生命性与精神超越性意味的写作时,新生活却不能开始,从而存在
困局;在另一个典型角色霍尔茨的生活中,表演性的烧钱行为及其仿效烧
钱的呼吁,是象征性地在为钱所具有的权力、所代表的机制,乃至钱在其
中发挥核心作用的那个世界送葬。钱在转折期及其之后的经济和政治生
活等关联中,展现了一种否定性的思考和力量,具有强烈的意识形态个性
意味。而西方作为对东方的诱惑进入东方,成为舒尔策作品讨论的核心
问题之一,同样也是在日常生活中,在东、西方两种体制之间的碰撞与矛
盾关系中,而且主要从经济生活视角呈现出来。钱作为转折期西方权力
的手段,切入相对贫困的东方生活,从而在某种意义上实现了对东方生活
的控制;而东方民众对西方的认知与体悟,也经历了从希冀、向往向失望、
幻灭发展的深刻改变。作家通过将日常生活的细节过程性地诉诸笔端,
充分展现他对西方的批判性认识。

在情感的空间里,舒尔策的赋予也同样具有多样性。虽然相比经济
和政治问题的探讨,情感的勾画一直并非舒尔策作品表达的主线,但在一
系列关系中,也恰恰是在与经济、政治问题形成的关联中,一方面,比较直
接地呈示欲,颇为复杂地展现爱,或者说也一般性地将男女情感表现为日
常生活中应有的成分;另一方面,也是将男女的情感用来揭示特定历史语
境中,角色们特别因为钱与政治的必然联系性而被迫承受的命运。

男女情感作为日常生活中的必要构成要素,在舒尔策多部作品中均
有涉及,但却是经济与政治生活核心主线外的一条副线。舒尔策笔下勾
画的民主德国历史转折期的情感生活,并非单纯展现爱恋的美好或失爱
的痛苦,而是必然与钱和政治要素形成交集,在二者共同作用下,虽有多

种样态的呈现,但内核均属于带有时代标记的、毫无感情厚度的,且以钱作为关系实质的情感纠葛。作家以此展现特定历史时期,人类最基本、最至诚情感的缺失,以及爱的虚幻与迷惘。

在《三十三个幸福的瞬间》中,相关的场景展现在体制变化之间,情爱被金钱收买的情形,揭示了在情爱关系中,西方以钱来展现的手段与权力;而《简单的故事》中刻画的夫妻之忠诚、情侣之依恋以及一夜情之欢愉,均因体制剧变而带来的基本生活条件丧失、身份自疑、人际交往变化等问题,遭遇种种失败、痛苦与不幸,并由此将一个普通民众所处的这个已成或将成的所谓新世界,本质上刻画成一个受损害的世界;《新生活》中,图尔默大学时代的爱情因钱的窘困而无疾而终,而后的情爱和夫妻关系则与历史变化之中的社会责任、艺术追求、政治诉求等密切关联,特别展现了转折期具有矛盾性与虚像性的党派政治生活对情爱的毁灭性干扰作用;《彼得·霍尔茨》中,霍尔茨的几段男女交往关系,更多的是在钱的逻辑中形成的依赖、施舍、缺乏真挚情感的性爱关系,而且也必然地与政治要素关联在一起,常常展现为一种嘲讽性拆解政治与宗教信念的要素;而《亚当与伊芙琳》中的夫妻关系与男女情爱交流,在西方的诱惑机制中,呈现出一种在东、西方两种体制力量间矛盾相搏的状态,揭示了所谓天堂之梦在西方必然破灭的结局。

艺术生活,同样是舒尔策用以表达其意识形态话语的路径。

舒尔策在虚构现实中,主要展现民主德国社会和转折期的艺术生活,以及艺术如何逸出日常成为人们表达政治主张和意识形态的工具。在《新生活》中,图尔默与艺术的联系主要通过他的"写作梦"这一形式来表达。写作这一艺术创作贯穿了主人公的各个人生阶段,是激变的外部世界在他身上的映射。他先是用写作来勾画对西方的热烈向往,却在一次西柏林之旅后因思想受到剧烈震荡而放弃了写作。也就是说,以写作为表象的艺术生活在图尔默处的存续,取决于他对外部世界的反应。在这里,图尔默写作生活的放弃,体现为其个人政治的表达。这是他借艺术这一"自我意识"①的表达手段,向正向西方变化的时代表达抗议与否定。

---

① [匈]阿格妮丝·赫勒:《日常生活》,衣俊卿译,重庆:重庆出版社,1990年,第114页。

在《彼得·霍尔茨》中,艺术场景的设置或与宗教相关,与共产主义信念和社会主义的普遍现实相对照;或表现为投身艺术的尝试,包括霍尔茨青年时代组建乐队的经历,也包括日后他与奥尔加一同迎接西方归来的艺术家,现身多个艺术家聚会场合等。但总的来说,霍尔茨与艺术之间存在本质性的隔阂,即他从来不是一个艺术家,骨子里也不欣赏艺术。艺术之于他,更多的是一种功能性存在。两德统一之后,艺术成为霍尔茨获得财富的一种手段,同时也是泽尔格这样的西方思想拥趸传递乃至渗透其观念的一种包装,是他与霍尔茨思想碰撞的出发点。舒尔策通过这一艺术营构,展现了东方日常生活里观念交锋的张力。最后为了摆脱巨额财富,霍尔茨开始了表演性质的烧钱,事实上也是借助艺术活动这一外壳,想要通过这种形式来激发人们对西方世界中金钱逻辑的反思,批判联邦德国社会经济至上主义的重大问题与危害,展示向美好生活追求的必要性与可能性。

政治生活就像经济生活一样,是舒尔策的日常政治分析与呈现的最重要对象。

舒尔策以虚实结合的方式描绘了民主德国以及转折时期及其之后的政治生活,其中,党派政治与集会是作家着墨颇多的内容。《彼得·霍尔茨》某种意义上可看成是主角的一部政治发展史。舒尔策在小说中揭示了他对相关政治体制的思辨与批判。霍尔茨参与的政治活动,以其与亲友或党内同事的辩驳形式生动地展现出来,内中牵涉不同时期东、西方政治理念与体制的思考。小说最终在政治维度并在政治必然与经济相结合的维度上,非常饱满地将霍尔茨塑造为一个多种政治信仰交集而且政治与宗教信仰扭织的矛盾杂合体,同时也像在《新生活》中那样,透彻地勾画了西方理念在变化的历史条件下向东方世界渗透的路径与状况,特别是揭示了不同体制之间与经济、文化和思想意识发展等紧密相关的政治生活的操控力。

针对民主德国的政治,舒尔策对相关的秘密监控也时有虚构层面的表达,但其核心并不在于揭示国家权力通过监控是否达成或者说体制性力量的重压收到了怎样的效果,着意点还是常常以反讽的手法表现小说中的主角和其他角色在变迁的历史语境中政治维度上的复杂多变性。

宗教信仰在舒尔策的作品中被描述为一种试图与政治信仰看齐但实际上根本无法匹敌的意识形态力量。正是受制于外部力量,以及外部世界所塑造的角色类型,宗教在此并不是一种超越性力量,不能真正保障民众的日常生活或引领他们走出日常,其只在实用性上发挥功能,要么是角色攫取财富的伪装手段,要么化入借以压制性欲的滑稽场景。总之,绝非真正的信仰,而是被刻画成了历史剧变期只能是功能性工具的这样一种样态。霍尔茨恰恰通过将宗教揭示为不成其为宗教,不能成为一种意识形态力量,从而在政治意识形态维度上又一次呈现了一个拆解姿态。

在两德统一后三十年的今天,批判性地回顾审视这一段历史,普遍认为虽然统一已基本完成,但也产生了在德国东、西部之间发展不平衡性与不平等性问题,以及东部身份认同危机问题等。特别是在舒尔策看来,东部,也就是所谓新联邦州,唯经济发展论和全面私有化带来严重问题,尤其使人难以成其为目的。

在其一系列文学作品中,舒尔策政治上关注的视点与其在非虚构文字中的表达还是有所差异。他细致且广泛渗入性地在其日常虚构现实中描绘西方资本主义对东方的渗透,以及东方世界中的部分民众对西方的热望和憧憬。这种渗透体现在物质层面、情感层面、宗教信仰层面,特别是在政治与经济观念和体制层面;而憧憬和热望,见之于日常生活的经济、情感维度与价值选择姿态,本质性的体现则在幸福和更好生活的追求上。其中,由实际的逃离所展示的最终只是一个幻灭的过程。当《亚当与伊芙琳》中的男女主人公在到达西方世界后完整经历严格的身份审查与种种生存的困局,尤其是他们彼此之间在期待和现实一系列落差之间产生关系危机之后,西方是否能够抵达,而且是否真实存在的问题,就尖锐地摆在他们面前。同时,作家额外或特别设置以《圣经》中的伊甸园故事来进一步激发天堂的憧憬,强烈反讽地揭示了西方想象的深刻悲剧性。

二　天堂迷梦

在《亚当与伊芙琳》这部小说中,一个以度假名义在比较微观层面展开的逃离,通过一对情侣在变化的日常生活空间中呈现的非常有限的情爱张力,实质性揭示了过渡期及其前后,东、西方在个体层面力量的消长与意味问题。首先,作家在名字和关系角度设定上就有影射亚当与夏娃这一对关系的意图,从而使虚构现实中处于社会底层的情侣/夫妇关系在联想意义上获得类型化和更一般性特征,并将西方作为天堂的想象联想明晰化。假借度假旅行名义离开民主德国并假道匈牙利的逃离,即或在匈牙利,在尚未抵达真实的西方世界前,也本质上因为角色们内心的期待,以及受这种期待影响而形成的处理逃离过程中外部世界和角色之间关系的行为方式,似乎使"将西方神秘化为内心天堂的这一主题再一次浮现出来"。[1] 至少在伊芙琳的角色视角下,虽然对西方一再显出有所保留的态度,但她一再在与她相关的关系中强化她所选择的旅行方向,使她和一行人的度假之旅成为必须的逃离,然后才令这一心理、言语和行动层面被强化的旅行,在向西方推进的过程中慢慢被暗示为,并以《圣经》中的伊甸园故事昭示为天堂,接着在进入西方的现实生活时,竭力让自己相信并维护这个所谓天堂。但是,在亚当这里却是完全相反的认识和判断,而且在他的生活世界中,也恰恰体现为完全不同的状态。他在民主德国时还是颇为成功的时尚裁缝,能以其裁剪装扮有效影响他人的生活,而在西方,则完全失去了任何施展自己的机会,也因此失去了规划自身生活的可能性。如果说东方生活于他某种意义上尚具天堂性质,那么在西方,就是"西方的幻灭和去神秘化"[2],是被逐出天堂。而且在西方的日常生活中,他自己也逐步体会并认识到,本质上是失去了自己的"尊严"[3]。这个进入和逐出天堂的关系,舒尔策以角色视角来展现其中的矛盾、对立性质,而且通过这一对夫妻不同的

---

① Gerhard Friedrich: a. a. O. , S. 160.

② Ebd.

③ Ebd.

天堂理解和境况呈现,揭示了于两个角色各有差异但实则具有共性的天堂虚假性质。

　　作家提及,当初他在《亚当与伊芙琳》这部小说的朗诵会上,曾一再被人问到:天堂位于书中何处?他答:"如果我能明确回答,那么,这部小说就是多余的了。对亚当这个自立的女装裁缝来说,天堂似乎最有可能在东方。但这么看可常常又是忽视了亚当的反抗性。然而另一方面,他没有做这样的选择,因为明确拒绝那种体制是不可想象的。女人们,例如卡佳,倒是在西方寻找天堂。但也许天堂也只是时间上有所限制的东西,也就是说,或许可知在巴拉顿湖畔的那几天或那几周。其间,角色们感觉到能自主地在东、西方之间作出自己的选择。或者,天堂存在于伊芙琳的希望中,这个希望就是一切变成其他的样子,整个世界发生改变?"①舒尔策这个回答非常有意思,颇不确定,然而又清晰,且意味深长。他谈这个天堂问题,当是兼顾了他的文本意图设置和这部小说虚构现实给人的激发。其回答不确定处体现在:亚当的天堂很可能在东方,但考虑到他反抗的举动,似乎他自己说到底也并不认可;如果说卡佳的天堂在西方,可她也只是在西方寻找天堂,而且文本现实提示,通过伊芙琳的眼睛确认,她在西方有了一个家,但这个家远未具备天堂特征;对于女性角色而言,天堂也许位于她们在巴拉顿湖畔度过的那段时光。虽然她们也享受度假的那份安详——且不论她们与男性角色之间那种暧昧但紧张的情感或心理关系,但度假在逃离的巨大焦虑中,甚至到最后连表面的假象也难以维持;而最应当和最有可能在西方找到天堂的伊芙琳,虽然在个人外在的几个方面得遂心愿,但本质性地因为她与亚当共同的生活遭受了失败,其天堂只能处于希望之中,而且舒尔策将这个希望提升得很高,那就是伊芙琳所处的西方世界整体发生改变,而这无论如何只能是伊芙琳的奢望。因此,她的天堂之梦,在双重意义上遭到了否定。不难看出,作家尽管在小说世界的最后留下了一个"东方的孩子",但绝不意味着已处于西方世界这个时空中的角色们,尤其是亚当,能够借此在某种意义上营造一种想象,即

---

① Ingo Schulze："Tausend Geschichten sind nicht genug. Leipziger Poetikvorlesung 2007". a. a. O. , S. 59 – 60.

似乎能回到东方其实并不真实存在的天堂氛围中去。因此,作家的这一笔,实际上也带有消解性质。作家实在无意于在角色们的所有梦想和心力汇聚的西方,乃至在由西方向东方回望的过程中,设置一个天堂,哪怕是一种想象;而且,从作家写作的情况看,《亚当和伊芙琳》是清晰地以东、西方之间的逃离和追寻为主题的小说,进入和在西方世界的相关表达如此丰沛,却依然只是以天堂意义不确定的意义空间来表示天堂在东方、在西方和在变化后的世界里均不存在。而且,这种表达的方向和思考的姿态,也再一次提示舒尔策不准备提供任何乌托邦方案。从中我们似乎能感到他的某种悲观,但仿佛更多的还是来自他情感与思想表达力量中那种批判性的冷峻。

简要归纳而言之,舒尔策在虚构现实中,从经济生活、情感生活、艺术生活乃至政治生活等诸多方面关涉并揭示政治意识形态问题等,注重以审美的日常性和个性来进行各有侧重的呈现与相关诠释,此其一;其非虚构作品所展现的思考,不论是经济问题,还是经济政治问题,以及与之紧密相关或恰恰由之体现出来的政治意识形态问题等的思考,尤其是东、西方问题这条线索的分析,也往往取批判的立场,风格犀利而主题集中,此其二;从作家写作与发表的时间轴线看,其虚构和非虚构作品的生产常常系交错进行,因此作家的思想观念也相应地在其文学创作中映照性呈现出来,放在虚构的历史时空中,放在主要角色身上,主要以辩驳的方式展现其内含的质点、丰富性、矛盾性乃至悖谬性,此其三。

作家思想和意识形态表达的第二点和第三点特征让我们认识到,舒尔策固然在其非虚构文字中,基于体制与历史之变,并针对变化的联邦德国现实,在经济与政治意识形态等问题上有直击本质的揭示,且在虚构作品中,注重从剧变之中的日常经济生活角度,鲜明而个性地展现不局限于意识形态等问题的思考范畴,但说到底也并未能通过这类揭示,呈现一种全面的经济、政治思想方案。而且,从作家虚构内外的表达看,事实表明他无意于提供这样的方案,且清楚地知道自己作为一个作家的边界。因此,我们看到,舒尔策的意识形态揭示,在经由虚构世界面向审美世界并进入审美世界时,才是丰富、灵动和深入地展现他的思想内涵,从而使思想揭示保持足够的穿透力,并成为一种有意味的艺术揭示。正是思想的艺术揭示方式,让一个核心性的意识形态问题探讨,绝对不是止步于或者说绝对不能止步于有体系的思想观念安排,而是必须以思想与艺术表达高度融合的方式及其个性,成功地转化为思考的方式与表达方式,尤其是使进入或退守文学世界的这一思考方向选择,成为作家在政治意识形态表达上的一种思想态度,因为意识形态思考,在他这里核心不在于答案,而在于提问这一种姿态。本书面对舒尔策的意识形态问题,也正是主要以其文学世界的相关思想凝结作为讨论的出发点和归结点,因为只有保持这样一个逻辑,我们将要揭示的问题,在细节里,在整体格局中,借助角色的世界,才说得更明晰、丰富与动人,才在艺术之真的意义上,将历史之真说得更具个性而深切。

第七章　意识形态性揭示方式

　　我们以舒尔策的文学文本为典型材料来讨论其意识形态揭示方式。舒尔策的写作意图与方法追求，与他所要表达的主题内容及主题内涵的现实性紧密相关。就像作家谈到的，是从材料、从对象中确立自己的表达方式。历史与体制巨变之间的世界内涵塑造了作家在一般特征之外个性化的写作风格，而其个性风格化写作风格也更有利于在东、西方张力关系间的意识形态问题讨论。

　　当然，其写作风格也受到美国、俄国和德国文学传统的影响，虽起源各有差异，但整体上看，现实主义风格清晰，思想态度上取批判立场。

　　舒尔策在创作早期，以短篇形式场景性地展现个体及其之间的关系，变化的环境与氛围放在背景中；在其文学表达的中后期与近期，叙述方式上虽坚持细分的场景设置，体现为短篇或自成线路的短篇系列，但最后还是以长篇来比较宏阔与深切地展现转折期的生活与思想图景。在这里，他抓住了对象上一系列的对立、矛盾与变化。一切的要素，尤其是政治、经济要素，其过去的状态与现在的变化，新的问题和特质，是置于两大阵营对立、裂解、矛盾冲突之中或以此为鲜明背景在变局的前台中展现。作家的重点将个体置于全面和特定的日常生活中或与生活世界构成的张力关系中，又时时假借直接和貌似简单的目标，提供一种试图摆脱过去并拥抱所谓新生活与新世界的想象性，而且艺术地（尤其是反讽的姿态）展现他们在体制之变过程之中和之后的内外在对立与矛盾状态。当他本质性地揭露旧有体制在日常生活与政治范畴的压制性力量，拆解和否定资本主义体制之下的经济机制及其与政治体制相交织而形成的权力虚像与权利剥夺时，就已是在清晰地展现他的意识形态姿态。

第一节　自传、历史与现实要素

在历史与虚构之间，舒尔策调动自传要素与历史、现实元素，在艺术之真的意义上展现历史之真，且将非虚构文字中表达的思想观点映照性纳入虚构现实中的思考层面，兼用脚注等文本技术，强化为历史和时代留存档案的意图与印象。

纵观舒尔策的文学作品与其非虚构表达，的确可以发现，作家的生活和思想经验艺术地融入了他的文学创作与非虚构思考文字。而且，其随笔与演讲文字中的主题，例如党派政治中的诸多认识、市场经济思维和原则等，相较文学而言，表达更直接、集中和尖锐。同时非常显著的一点是，这些主题常可在作家的文学创作中存在一种清晰的呼应关系，并主要以辩驳的方式展开。

在一次采访活动中，舒尔策针对采访者的问题——"在您的某些叙述中，例如《三十三个幸福的瞬间》和《简单的故事》中总会出现一个作家形态的叙述者，您为何引入虚构的自传性要素？"①他这样回答道：叙述的刺激来自日常，而他的经验是有限的。作家之外的角色身份，他当然也可选择，但他缺少详备的相关知识，他几乎觉得第一人称形式是最恰达的叙述形式，作为作家，作为故事叙述者，他想说服他的听众。② 在被问到他的题材、材料何来时，他再次谈到他创作的刺激来自日常，来自随处，但很难确切地说来自何处，而且坐下来写作这种激发很重要，写作过程中可以引向任何方向。③ 这里面的信息至少有三点提示：(1)舒尔策写作更多取自日常，而且是他经验范畴内的日常；(2)他信赖这种日常经验，知道怎样把握出其中重要的内涵，但又清楚地知道其边界何在，因而谨慎避开可能的

---

① Ingo Schulze: "Interview mit Ingo Schulze". S. 2. http://www.ingouschulze.com.text_interview.html. (2019-9-29)

② Vgl. Ebd.

③ Vgl. Ebd.

陷阱;(3)他在写作上有自己清晰的追求,要以恰当的形式有力地去表达自己,并在读者那里展现说服力。的确,他创作的现实,时常有限度地带有这种自传性,或者虚构的自传性,从而使他的虚构世界具有清晰的历史语境性。

作家一再将历史事件纳入叙事。不论是在东欧阵营历史上发生的"布拉格之春"等重要政治事件,还是转折期及其前后的政治、历史事件与各种经济措施,尤其是后者所涉及的时间点、事件进程与措施内容等,常点染性地纳入情景的营造,特别是角色的塑造。例如,霍尔茨应邀参加施罗德的竞选参会,由之牵涉到自己烧钱表演的审视与对钱的再思考(PH 558‐561);他在竞选总理候选人邀请艺术家与策展人参加的一次活动上,同姐姐奥尔加和朋友泽尔格论及政治,对方希望施罗德能获选总理,菲舍尔当选外交部长(PH 555‐556)。而之前同样由霍尔茨带出的一个场景,描述欢迎赫尔穆特·科尔等联邦德国政要在转折期访问民主德国,在含义表达上涉及四个层面的推进。霍尔茨通过总理办公室,收到了科尔来访的时间表,便向东德基督教民主联盟地区负责人勒弗尔要求前往德累斯顿面访西方来客。这一描写,说明了霍尔茨的政治热情,尤其是他面向西方的政治热情,而且也提示了他在党派政治中的参与程度和现在的位置,此其一。他在早班火车上遇见的一群人,同样也是准备去机场欢迎科尔。这群普通人带着西德国旗,对以西方名义前来的科尔一片热忱,尚未得见这位西方来客,便自拟为来客的朋友而在霍尔茨面前颇有些自傲并表现出轻慢之色(PH 259)。在这里,已预先透露历史情景中民众对西方的那一片热络之情,此其二。在欢迎现场,更多手持西德国旗的人站在搭建起来的讲台周围等着联邦德国总理到来,"就像是过圣诞一样,我们在等圣诞老人到来"(PH 262)。这是在民众对西方的热烈氛围中讽刺性地似要一下子洞穿民主德国民众至少是在德累斯顿现场欢迎的民众对西方的幻想,此其三。最后在欢迎现场,对立的两派民众群情激昂。一方是对联邦德国和科尔的欢呼,要求科尔拯救他们,呼吁德国统一:"我们是一个民族!"(PH 263);另一方的呼声则是"民主德国,我的祖国"(PH 263)。德国重新统一之前的一个场景,由科尔的到访串联起来,氛围、幻想、期待、观点与矛盾,层层推进,此其四。

游行、集会、举办论坛与创立杂志和演讲等，以历史事实形态，也在相当大程度上作为自传要素，进入《新生活》和《彼得·霍尔茨》等文本，在角色层面，常常表现为挣扎、反抗和追求的内在性释放，在历史氛围的提示上，与转折期西方的民主、自由价值观念引导，特别是经济要素诱惑相关。在角色与语境氛围交织的层面上，则不时体现为激昂中的幻想和无限庄严性中的表演。而且，就是在这里，相关的描述将所涉氛围、逻辑乃至角色在一个阶段的性格和观念层面等推向极致，从而产生某种反讽性。

舒尔策在其小说创作中，例如在《新生活》中，虽然不是为了写作自己的自传，不是为了展示虚构现实与转折期及其前后时期的历史和社会现实之间的相合与相近，不是为了显示是"地方性（特色和个性）报道"①，但的确不避讳采用他个人的生活经验和所经历的外部世界要素。例如，在《简单的故事》中，"几乎所有所提及的地名与街道名都有现实基础"②，以增强或至少展现他所呈现世界的"真实"③，或者更准确地说，是为了展现一种艺术之真。弗里德里希在研究《简单的故事》时也认为，"西方渗入正在解体的民主德国的现实，裹挟并弄乱了文本中的众多角色和关系"④，而且整体地看，正是转折期这个中心性变化要素，使小说的部分角色虽一再在不同职业和私人生活场景描述中分散开来，却又能以一再变化的视角与不同的角色赋予而能在叙事层面串联起来⑤。这里面，实际上已提及舒尔策利用历史要素时的一个最大史实——包含了体制与历史之变的转折期。

转折与转折期在舒尔策这里，作为一种历史和传记要素关联，最典型地体现在《新生活》这部长篇巨制中。在这部转折文学的代表作中⑥，舒

---

① Horst Dieter Schlosser：„Ostidentität mit Westmarken? Die dritte Sprache in Ingo Schulzes *Simple Storys* zwischen DDR-Deutsch und Bundesdeutsch“. In：Christine Cosentino etc. （Hg.）：*An der Jahrtausendwende*. Frankfurt am Main/Berlin etc.：Peter Lang GmbH，2003，S. 57.

② Ebd.，S. 56.

③ Ebd.，S. 57.

④ Gerhard Friedrich：a. a. O.，S. 156.

⑤ Ebd.

⑥ 有评论批评这部小说是"一部厚厚的在自己的故事脂肪里游动的简单的故事"，意即《新生活》文本篇幅很大，却并无新意，只用自己拥有的材料重复了如《简单的故事》那样的（转下页）

尔策颇显性地带入了与转折期有或近或远关系的历史事件与语境性的时间和空间维度,其个人生平[1]、思想与情感维度。而且,作家有意通过脚注这样的文本技术,参照性地带入历史事件、情景、人物乃至观念,有意在虚构与历史之间形成佐证或检视的关系,有时也兼涉反讽的关系。托马斯的判断是:"这样就产生了一种真实的光晕,一种对'转折'事件文献式呈现的紧密,以及同主角恩利科·图尔默之间极度的情感接近性,以致所虚构的这个主角的生平有时让人觉得基本上就是舒尔策的一部自传。"[2]在一定程度上,托马斯点出了作家有意和无意将自己的经历,尤其是将自己的思考带入作品的事实。甚至我们从作家其他作品的内容与主题看,也总是能捕捉到作家现实中的生活和思考姿态。但是,从《新生活》虚构现实深入并艺术地呈现转折期民主德国社会所达到的广度和深度看,绝对不能简单地说就是作家的自传。

因此,我们极有限度地看待舒尔策作品的自传性,只有这样,才能不受限制地看待作家在历史与虚构关系问题上的处理方式,并真正进入作家呈现的文学世界,借此展看其文学政治介入性。

而且,我们并非着眼于其文学世界所涉及的情景、事件、人物乃至语境等是否与当时的外在现实相合,或是文学作品的历史之真达到了何种

(接上页)叙述。Vgl. Iris Radisch:„Die 2-Sterne-Revolution. Ingo Schulzes groß angelegter Briefroman *Neue Leben* ist der beste aller schlechten Romane über die deutsche Wiedervereinigung". In: *Die Zeit* 42(2005),S. 3. Zitiert nach Fabian Thomas:a. a. O. ,S. 5. 但更多的评价是非常肯定的,例如克雷克勒尔评价道:"这不是转折文学,这是世界文学!"也就是说,这部作品的主题与意义绝不限于"转折"问题,而是属于世界文学范畴的。Vgl. Elmar Krekeler:„ Enrico, mir graut vor Dir! Nachrichten aus einem Niemandsjahr der deutschen Geschichte:Ingo Schulze schreibt den großen historischen Roman über die Wende". In: *Die Literarische Welt* , 15. 10. 2005, S. 1. Zitiert nach Fabian Thomas:a. a. O. , S. 5. 而舒尔策自己面对读者的反应,也是有所表达的,其中还特别体现了他对自己文学创作的要求和信心。在一次采访中,舒尔策被问到如何面对自己作品的接受情况,例如《新生活》出版后好评如潮的状况。他回答说,他自己坚信,没有出版过垃圾。也就是他对自己的作品很有信心,当然同时也提示他面对文学的责任心。同时他也清楚地表明期待读者对其作品的反响。他表示,这是对他继续写下去的鼓舞。每一份赞誉对他都是一份鼓励和力量增添,而如果遇到了一致的反对之声和漠视,会让他很难坚持写。Vgl. Ingo Schulze:"Interview mit Ingo Schulze". a. a. O. , S. 3. (2019 – 9 – 29)。

[1] 例如,托马斯认为,《新生活》中的主角在作为不幸的作家这点上与舒尔策颇有交集。Vgl. Fabian Thomas:a. a. O. , S. 73.

[2] Ebd. , S. 6.

程度,而是意在揭示,舒尔策这样的作家历史地处在体制之变的过程中,充分认识体制变化之中和之后的世界,而且点出了如下两个与不同体制世界相关且彼此关联的核心问题,即"随着民主德国的结束,'金色西方'的幻想结束了"①,同时"那个东方曾向往的西方,消失了,不在了"②,也就是西方无论是作为"星座"还是作为"实质"也消失了③。这也就是为什么舒尔策除了在《新生活》和《彼得·霍尔茨》等核心文学作品中,象征性地以烧钱之类的方式来宣告向过去的世界,更是向资本主义的意指告别,而且在其非虚构文字中也集中批评一边倒的经济化问题与全面的私有化问题。我们也恰恰是在这里,在历史与自传要素参与进来从而更深切呈现的特定现实及其核心问题中,更清晰地看到了舒尔策意识形态话语批判的个性姿态。

第二节 "风格自对象中产生"④

舒尔策取他山之石,重点接受并发扬德布林的文学理念"风格自对象中产生",以切近现实的本质态度,尝试多样的写作技术与风格,形成自己的艺术个性,并在与思想个性互塑互成的过程中,展现自己主要聚焦于转折期及其前后的政治意识形态揭示姿态。

在一封虚拟的致布莱希特的信中,他表达了他写作的初衷和后来为了生存如何一度离开文学。其中,他非常清晰地展现了自己的文学追求与当时的时代氛围:"作为中学生、大学生和编剧,我徒然地追寻着我自己独特的声音,不想迎合的声音。而后以'转折'一词虚假标示的那些事件将我带向新闻写作,而紧接着,不管愿意还是不愿意,我作为一份广告报

---

① Fabian Thomas: a. a. O. , S. 75.

② Lothar Müller, Thomas Steinfeld: "Dann habe ich noch versucht, die Prinzessin auf der Erbse reinzuschreiben. Von Hexen, Teufeln, Zahlen und Worten: Ein Gespräch mit dem Schriftsteller Ingo Schulze über die Wendezeit 1989/90 und seinen neuen Roman". In: *Süddeutsche Zeitung*, 1. 10. 2005, S. 16. Zitiert nach Fabian Thomas: a. a. O. , S. 75.

③ Ebd.

④ Ingo Schulze: "Dankrede für den Bertolt-Brecht-Preis der Stadt Augsburg". a. a. O. , S. 4.

出版人想获取革命红利,其实失去了那份寻求独特声音的追求,经济上的生存之战占据了我的时空。[……]我蔑视文学。"①也就是说,他那一段时间离开了文学,去"为自己和家庭经济上的生存而奋斗"。②

舒尔策比较含蓄地谈到他文学最初的缘起,实际上可追溯至在学校宣传橱窗里见到的那本诗集和那首批评当局的诗以及内中所表现出来的令他惊诧的批判精神。后来在他一度放弃文学后,却是苏俄作家弗拉基米尔·索罗金的作品颠覆了他到当时为止的所有阅读经验,给了他决定性影响,让他体悟到如何将那么多不同的叙述风格用作表达的手段。③ 他明确指出,是"他的长、短篇小说与剧本略有些迟疑地成了我写作的催化剂和助产士"④。

但更重要的是,他回忆去圣彼得堡时所经历的爆炸性现实变化。这给他非常大的触动。纷繁、驳杂而矛盾的图景交织在一起,他需要以写作来确定自己的方向。也就是说,写作于他又有重要的生活和人生意义。没有文学,也就没有了方向,或者说无以寻求和探索人生的价值。"1992年底,我作为商人去了圣彼得堡,为了在那里创办一份广告报。在那里,因为资本主义影响的渗入,生活环境发生了爆炸性改变。这一资本主义表现为渗透一切的贿赂、卖淫,特别是强者的权力。过去被吸入当代。突然间,不仅一切同时呈现出来,而且具有同等价值。普希金和陀思妥耶夫斯基时代的沙皇统治,20世纪初的现代性实验室,十月革命时期的彼得格勒,斯大林时期的列宁格勒与德国对列宁格勒的封锁,赫鲁晓夫时代、勃列日涅夫时代、戈尔巴乔夫时代和吞噬一切的现在。"⑤在圣彼得堡,其近现代以来所经历的所有重要历史时期及其政治、意识形态与思想经验都浮出历史地表,交混并存,形成一切皆在、一切皆有可能的当下。这种结论性的观察与感受归纳,更多体现了对舒尔策强劲的激发作用。我们看到了舒尔策对圣彼得堡作为对象物的多元、不确定与矛盾交混性气质

---

① Ingo Schulze: "Dankrede für den Bertolt-Brecht-Preis der Stadt Augsburg". a. a. O. , S. 3.

② Ebd.

③ Vgl. Ebd.

④ Ebd.

⑤ Ebd. , S. 4.

非常敏感,在时代和历史观察中,明显表现介入性的紧张与兴奋状态。他"这时开始"他的"写作","为自己寻找方向"。① 他以写作来介入和回应他在异乡感受到的或许正合其意愿的新现实。其首部文学作品《三十三个幸福的瞬间》,正以其叙述对象和表达风格极其驳杂的特征,成为了这一段现实与想象交织之生活的生动写照。他信手拈来他所发现的材料,采用呈现在他面前的各种风格。他认为不是一位作者写作了这部书,而是三十三位作者写下这本书。在总结《三十三个幸福的瞬间》的创作经验时,他曾表示:"[……]我和(作为对象的)材料间产生了一种对话,由这对话形成了不同的写作风格和不同的音域。"② 显然,交混、复杂的现实及其多变的气质,促使他以多样的声调展现多样的现实。因此,他在这个立足点上,有批评认为他在这部作品中尚未形成自己的风格,他非但不痛苦,而是要欢呼。他声称,他绝不寻找自己的风格。③ 这虽然只是他在自己文学生涯初期的创作意图表态和表达,但其文学道路后来和整体的发展却也表明,他这种艺术态度对他是本质性的。他重视多样性、多变与不确定性,从头开始似乎有意识地追求风格的开放生成性。当然,既然是在创作开始的阶段,其实也难掩模仿、学习的痕迹,或者也的确是尚未形成一个为其所独有的东西。不过,他在清楚地认识到其表达对象的态势和特质后,愿意以一种开放的表达态度来处理,也反映了他在艺术上的独特见解和追求。然而,这种开放性追求还只是其艺术气质的一个侧面,他的文学技术尽管兼收并蓄从现实主义到现代主义乃至后现代文学的表现手段,形成杂驳的样态,但其艺术风格,因为对象和题旨,也因为思想风格切近现实和当下,相应地在与思想风格互塑过程中,主体上形成了鲜明的现实主义特征。

舒尔策学习、借鉴"卡弗、布莱希特、德布林,包括歌德、托马斯·曼,某种程度上也涉及 E. T. A. 霍夫曼"④。在此过程中,他追求不定型的定型与个性。其中,他尤其与阿尔弗雷德·德布林在风格理解上产生了强

① Ingo Schulze: "Dankrede für den Bertolt-Brecht-Preis der Stadt Augsburg". a. a. O. , S. 4.
② Ingo Schulze, Thomas Geiger: "Wie eine Geschichte im Kopf entsteht". a. a. O. , S. 100.
③ Ingo Schulze: "Dankrede für den Bertolt-Brecht-Preis der Stadt Augsburg". a. a. O. , S. 4.
④ Gerhard Friedrich: a. a. O, S. 153 – 154.

烈呼应。他认为德布林的小说和理论文字颇可印证和解释他自己的写作。德布林否定他具备一劳永逸完成的"自己的"风格,而是"风格自对象中产生"。① 因此,不以写作风格去选择表达的对象,而由表达的对象选择、确立表现的风格,既包括了习得的要素,在这里显然也体现了舒尔策那种从开始文学创作起就有意不追求固定风格的独特风格,由之表明了他的文学尝试个性和审美思考。

在接受关于《手机》的采访时,舒尔策谈到最新的社会状况,认为"在某种方式上又回到了走向前现代意味的道路上"。② 他所指的是,在他所处的西方社会中,现实的社会平衡已全然为一种普遍的经济化耗尽。面对这种变化,就像他在相似的表达中曾强调指出过的,他尝试仿效德布林的传统,从对象中寻访风格的东西,找到与这种现实相称的声音和结构。③ 作家一贯性地揭批德国重新统一后全面经济化和私有化带来的一系列严重问题,由表达的对象来确定表达的方式,也是着眼于对相关对象进行切实、有力的揭示。

舒尔策无疑有非常明晰的表达对象意识。正是在这个意义上,他理解并利用"东部视角"。也还是在一篇访谈中,采访人提及,舒尔策被视为民主德国来源和范畴的作家,文学评论界也特别强调他的"东部视角"④,舒尔策认可并解释了这个东部视角。他认为:"东部视角从趋势上看,是新来者、参入其间者的视角,后面两者不会像已在者那样洞悉已存在的东西。但他们也拥有完全不同的经验,会对在西方成长者所视平常甚至自然生就之物感到惊奇。"⑤这一问答很重要,一方面提示了文学评论界对舒尔策文学创作的基本评价,另一方面也表明舒尔策以一种包容的态度面对"东方视角",而且知道如何将这一视角发展和展现为像他这样的作家的独特视角。东部视角在他看来,不是一个局限的视角,不是封闭在民主德国这个特定历史时期的视角,而是一个在变化的历史条件下符合历

① Ingo Schulze:"Dankrede für den Bertolt-Brecht-Preis der Stadt Augsburg". a. a. O. , S. 4.
② Ingo Schulze:"Interview mit Ingo Schulze". a. a. O. , S. 1.
③ Vgl. Ebd.
④ Ebd. , S. 2.
⑤ Ebd.

史情势、在动态发展的视角。当然,作为一种后来者的视角,对相关既存物存在经验上的不足,但因为具有自身独特的经验,特别是对所经历新环境的开放性认识与把握态度,恰恰显示出一个整合的个性角度。这种角度,就像访谈所表明的,对舒尔策来说体现为多层面的肯定和欣赏,而且从其文学创作的整体上,具有区分性含义。这一点在东、西方问题的呈现上也清晰可见。无论是西方怎样来到东方,还是西方如何以政治、经济等方式出现在东方的日常公共生活中,或是西方在情感关系或情感及金钱与西方向往相交织的空间中呈现,抑或在西方的旅行、商务之行或较少见地以成功的逃离进入并经历西方的日常,都分明体现为一种东方视角;不管是相遇的、比较的、审视的、失落或满足的状态,都放在这一框架里。这也并非因为视角的个性与历史性,但的确因为这一视角,建构了这种状态。形式要素因为其历史与选择性,也成为一种思想内涵的表达,而且尚可品咂出有强烈针对性的意识形态意味。

还是在布莱希特面前,舒尔策表达了他作为自信的读者期待何种文学。他写道:"我需要一种文学,不仅在每一种关系中敏锐的文学,而且是通过其整个制作方式展现了一种对立方案的文学。您称之为陌生化和叙事化的东西,我不仅在德布林或索罗金那里,而且在凯尔泰斯·伊姆雷与埃斯特哈齐那里,还有在其他作家那里,在他们各种不同的表述与展开中所发现的东西,我都将之视为对感知必要的一种训练,对责任的一种训练。我们必须将理所应当之物、熟悉之物作为陌生的和未知的东西来呈现。文学应当步步惊异,而不应将任何东西作为给定之物来接受。"①很显然,舒尔策借助他山之石,锻炼得目光如炬。他期待内容与形式紧密结合,强调文学形式上的创新性。

第三节　多样的文本技术尝试

在思想承载之外,舒尔策从一开始就一直非常重视文学的形式要素,

① Ingo Schulze: "Dankrede für den Bertolt-Brecht-Preis der Stadt Augsburg". a. a. O. , S. 5.

积极并成功探索叙事技法的多样性与合目的性，在时间、空间的叙述线索，以及内容与形式互动等问题上，都留下了自己鲜明的印记。

一　长篇小说中的短篇小说

　　舒尔策在其创作早期，特别是《简单的故事》中，运用从美国小说家卡弗那里习得的短篇小说技法，以短篇小说的写法塑造特定的人物群像。《简单的故事》中的几乎每个章节都可作为短篇小说来读①，短篇小说的特征清晰可见。然而，这种写法也已展现舒尔策叙事上的独到处。也就是说，这里的短篇叙事，一方面固然区分性地体现为整体中的局部、长篇小说框架内的短篇小说，但另一方面又映衬乃至勾画着长篇小说的全景图。

　　小说的时间段相对集中，放在德国重新统一这一历史转折点前后的五年，也就是 1989 年至 1993 年；在空间构架上，虽有柏林、意大利的亚西西和美国的纽约作为故事发生地，但主体以图林根小城阿尔滕堡为核心背景地；在人物设置上，小说中"近四十个角色总是在变化的、令人意想不到的情境中出场。读者得对他们保持一种整体性通观。情节的突转或偶然事件将原本少有或没有联系的角色聚在一起，又将他们分散开来。许多角色间的聚散几如轮舞。角色对彼此扭结的关系常常知之甚少，有时是毫不知情"②。在角色们的叙述中，在那些对话和对话性场景中，遮掩、暗示、影射、信息断裂、伏笔与重复，潜藏着足够的戏剧张力。小说中，日常生活的事件片断、逸事性片断和情绪片断，分布在二十九个短篇故事中，因为外视角与人物有限视角带来的信息、情感和观点的省略与空白，形成情节的片断性与断裂处；同时，一个个故事戛然而止的开放性结尾也让人颇费思量。在错综复杂的人物与事件关系中，只有前后勾连地一步

① Hans-Joachim Hahn：Konversationsunterricht als Literaturgespräch. Ingo Schulzes *Simple Storys* im Unterricht Deutsch als Fremdsprache. In：Matthias Harder（Hg.）：*Bestandsaufnahmen. Deutschsprachige Literatur der neunziger Jahre aus interkultureller Sicht*. Würzburg：Verlag Königshausen&Neumann GmbH，2001，S. 216 – 217.
② Stefan Munaretto：a. a. O.，S. 56.

步收集、分析相关的信息,才有可能完善这些断续的情绪、情感、生活事件乃至环境氛围网络。但另一方面,在小说最为复杂的角色关系安排中,大部分角色彼此认识,命运虽有差异,但彼此常常有再次相遇或交集的可能性,更有二十多人在日常的生活片断里重复出现,且"毛伊尔和舒伯特这两个家庭"体现为人际交往纽带①,地点框架、时间框架,尤其是事件框架,又能以常在的伏笔勾连角色们的不安、失望、生存的威胁、迷惘与依稀的幻想,从而廓显内容层面的联系性。②

转折期多变的社会现实与人物命运,在 20 世纪 90 年代中期尚未见定型,舒尔策采用与之相适宜的不那么确定的方式来叙述,通过视角跳跃、人物及其关系设置多样、叙述线索多变、情节关联模糊或断裂等文本技术,进行了一次获得很大成功的尝试。

同时,非常重要的一点是,我们必须看到,舒尔策在不同的体制与世界中穿行,历史地处在这之间的矛盾处、裂隙处甚至断裂处,所处世界在舒尔策身上时常展现出情感、思想观念等方面的矛盾性甚至分裂性。因此,外在历史与现实的变化不定和矛盾性质,与受其强烈影响的内在反应,让舒尔策在艺术地展开历史和现实的个性揭示时,势所必然地会展现和强化某些技法意识。弗里德里希认为:"舒尔策选择多样性的内容,但这个多样性,如果切近一点观察,则可发现总是一再服务于这一点:分裂性的重述、敞开、碎片性、所述现实(也能将超自然魔力事件中的那些空间包含在内)的动力学。"③这种特征性分析有其合理性,反映了舒尔策在内容与形式上选择的状态和方式。恰恰是这些处理方式,展示了作家艺术处理的日常生活如此丰富、生动并保留了矛盾的特质。《简单的故事》与之前的《三十三个幸福的瞬间》在短篇小说样式的尝试上就已是矛盾性的提示,而后这种对矛盾性作为形式要素也作为主题要素的关注与运用,在《新生活》《亚当与伊芙琳》和《彼得·霍尔茨》等作品中一直都有清晰体现。舒尔策惯常借助章或节的转换,变化叙述空间,同时变化交流场景,从而变化场景中的所有要素,连续、深化,特别是断裂/跳跃性或矛盾性地

---

① Volker Wehdeking: a. a. O., S. 34.
② 参见谢建文:《德语后现代主义文学研究》,上海:上海三联书店,2015 年,第 219—221 页。
③ Gerhard Friedrich: a. a. O., S. 153.

展现一切相关的人、事件、氛围和主题等。

二 叙事的复调性与线性

从某种意义上看,舒尔策根据所描述的圣彼得堡复杂、魔幻的现实,早在学习俄罗斯作家弗拉基米尔·索罗金的过程中,就曾借助《三十三个幸福的瞬间》尝试过复调性。在这部作品中,"新旧要素交织[……]这是一部讲着多种语言的散文。所有角色和图景看起来像形形色色的引证[……]"①。

当然,作家复调性技法的高峰状态还是体现在《新生活》中。

《新生活》这部书信体小说在表达形式上可以说是一部独白,是作为主角的图尔默面对他设置的读者(当然也是与他生活不同层面紧密相关的人物)不断倾诉他所理解的、没有理解和误解的世界,实际上与三条书信交流线索中作为接受者一方的薇拉、约翰和尼科莱塔并不那么相关,是图尔默需要以这种方式,例如通过给尼科莱塔致信,检视自己主要在民主德国时期的青年生活和其他生存状态。虽然主角有告别姿态,但小说的核心处在于通过书信叙述中展开的回忆来创造一种可能性,让"过去和现在的思考与生活方式并置在一起"。② 小说展现出叙述的复调性,主要体现在主角作为写信人和致信人在与三位收信人——曾经的爱人、青年时代的朋友和妹妹之间展开交流时,在叙事主题、情感维度选择和叙述声音上的区分性与交织性。

《新生活》在相关书信中分三条线索所呈现的,不仅仅是图尔默在不同人生阶段和不同层面的生活与认识。因为虚构层面致信人与收信人三组的不同关系,加上角度和立场的变化,使得叙事在内容和主题层面形成比照性、交织性和矛盾性共同作用而产生的张力,从而呈现不确定性。而

---

① Helmut Böttiger："Der Ich-Jongleur：Ingo Schulzes Versteckspiele". In：Heinz Ludwig Arnold(Hg.)：*TEXT + KRITIK*，München：edition text + kritik im Richard Boorberg Verlag GmbH & Co KG，2012，S. 20.

② Cesare Glacobazzi："*Neue Leben* von Ingo Schulzes als Schelmenroman：Formelle Aspekte und wirkungsästhetische Funktion der pikaresken Tradition". In：Viviana Chilese，Matteo Galli(Hg.)：a. a. O.，S. 169.

且,更复杂和更有意味的是,为了艺术之真地表现转折期中核心时段——1990 年上半年的生活,而又不抛开整体历史构架性的真实呈现,小说在构架与表达上,多重折射与映照。舒尔策在虚构现实中以"舒尔策"之名,作为虚拟的作家,放弃自己写作一部商业小说的初衷,只让本可能成为这部商业小说主角的对象——图尔默,以兼有的失败作家身份,作为第一人称叙事者和经历者来叙述自己的故事。同时,舒尔策又将写在虚构层面中相关信函背面的部分信函草稿或底稿,作为长达 100 多页的附录列在小说最后,这样就形成了图尔默以自己的信函草稿或底稿来比照自己在分别致函三位收信人时所展开的叙述,在小说正文与附录涉及的同一段生活间产生了一体两面,哪怕是不对称性的两面状态。舒尔策在此借用了浪漫派传统,例如 E. T. A. 霍夫曼《雄猫穆尔的生活观》中的双文本技法,只是他的处理带有重构性质。[①] 如果说在《雄猫穆尔的生活观》中,是两份相关的传记交错排列,那么在《新生活》中,则是以主体与附录形式呈现,其效能并非体现在命运等方面强烈的对照性,而是像植入文本中的脚注那样,在小说主体内涵呈现上起补足、修正作用。

同时,小说中还设计了自拟的所谓出版者并未放弃作家角色和发挥的场景。作为出版者的作家在虚拟前言中直接以《新生活》这部小说作者"英戈·舒尔策"这个名字签名,也就是说,小说中那个虚拟作家兼图尔默书信作品出版人似乎就是现实中的作家舒尔策,在为小说前言签字时出场。这位作家正是有意运用了这一线路之下的动能,刚开始是为创作自己的小说而收集、梳理资料,并一一征询图尔默书信及其虚构现实所涉及的一系列角色(包括图尔默情爱生活中的角色、其原生家庭中的角色成员,以及其职业生活如办报经历中的角色等),以小说素材收集者的面貌介入小说拟展开的现实,到最后才决定放弃作为作家的身份而最终转为图尔默书信体小说出版人,发挥催生小说的作用,就像是现实中的作家舒尔策亲自上场确证了一般。虽然就小说展开而言,这里还只是预告性的,但在读者这里,却是在小说整体构架层面概要并重大提示性地似要告知,是一个真实的经历者在转折期及其前后时期进行文存性倾诉。

---

① Vgl. Gerhard Friedrich: a. a. O. , S. 156.

　　进一步看,虚构层的作家角色在小说前言(当然也属于小说的虚构体)中宣称完成任务而退场后,其作为出版者和加工整理者的功能角色就凸显了出来,并实在地以添加脚注的方式辩误补正,且最后将图尔默主体书信背面的文字编入文本,在主体虚构现实中纳入了另一个部分参照、呼应的虚构现实。我们在这里清楚地看到,舒尔策在内容和形式上精心经营,以这种鲜明的复调性来呈现他意欲表达的现实,不仅是要多角度、多层面地呈现这样一段日常现实,并由此深刻地揭示其中的政治、经济和生活问题,而且更清晰地致力于作为一个作家怎样有艺术个性地呈现和揭示相关的意识形态问题与他的姿态。他知道,当他不能现实地哪怕想象性地提供乌托邦方案时,他在艺术里不仅是一种撤退,而且恰恰是创造性地激发审美感受中的思考力,由之实现另一种意义上的实践方案。因此,在《新生活》中,非常明显的就是,舒尔策努力在内容和形式上创新。他充分考虑到内容呈现的需要,进行相关形式实验。这一实验比较繁复,虽有批评,但整体上赢得赞扬。舒尔策在传统书信体小说形式中,结合双文本结构等创出了他在文学创作中的一个特色层面。同时,他非常清晰地将形式要素实验,融入小说主角命运性与思考性的展开,尤其是在日常生活中的意识形态性问题上,重点展现了东、西方张力关系上的政治意识形态批判。

　　就像前面分析的,舒尔策在短篇小说形式的应用上颇为坚持,在《三十三个幸福的瞬间》《简单的故事》与《手机》中均有典型呈现。他在《简单的故事》中展现了长篇格局中的短篇小说这种拓展性运用,非常贴合转折期复杂多变、矛盾断裂的社会生活、情感生活与思考空间,是技法上的灵动与个性,成为意识形态问题既有微观层面又指向宏观的独特把握方式。

　　我们知道,舒尔策追求不定型的艺术风格,但实际上贴合表达的对象还是足够清晰地展现了个性的风格样式。如果说《新生活》是舒尔策小说形式实验一套坚持既久的笔墨,那么所描述对象的特点,《彼得·霍尔茨》选择线性叙事,也可谓正合舒尔策的艺术理念。

　　这部小说以一个貌似天真的流浪汉视角,冷峻而幽默地描述主角对制度、对宗教、对社会秩序之信念的辩护性坚守与坚持的失去,且由其对党派政治和金钱之权力的争夺和放弃,对西方幻觉的破灭,以及对所在历史、制度语境审视等经历和经验,展现历史与制度急剧变迁之间颇为深广的特定社会变化图景。因为贴切霍尔茨这个所谓流浪汉,舒尔策在情节推进上采用清晰的单线条线性发展秩序,即便是所描述和表达的内容在相当大时间跨度内,尤其是在历史剧变要素作用下,显得丰富而复杂,也没有在主述线索之外另辟路径,只在这一线索展开的过程中展现出来。

三 场景处理的多种手段

舒尔策善用场景营造的手段,其"叙事艺术的高超处在于既能从日常场景也能从以文学史方式传递的(也就是颇为造作的)场景中获得令人惊叹的东西"[1],而且注重借助经济与政治要素的扭结,表达与时代相契的情感和思想诉求,尤其是政治意识形态反思。

在《亚当与伊芙琳》中,空间安排放在情爱关系的张力中,本质性的是放在东、西方的张力关系中。起初是亚当与伊芙琳的家居套房,内中展现的是亚当一贯性的背叛和伊芙琳长期的愤恨与最终的爆发——离亚当而去。接下来的空间是去度假地的旅途,其间有花边性的相遇,虽有挑逗、诱惑,并有过境的些许繁难,但总体是亚当不放弃追随他认定的爱。接着是度假地巴拉顿湖与随后的度假生活,其间有一系列情感的纠结或涟漪,但清晰展露的是亚当真实的动机——并非真是为了表达对伊芙琳坚持的爱,只不过是坚持地要争取伊芙琳回返民主德国。其后的情景空间是抵达布达佩斯之后的等待状态。伊芙琳、卡佳和亚当坐在与民主德国和联邦德国大使馆差不多等距离的街角咖啡馆,等待米夏埃尔打探归来(AE 181)。这种等待本质上是为了在东、西方张力关系中破局。最后是处于西方世界而似乎又不能进入西方世界的心理与情感空间,因为亚当的失败与拒绝,展现为不可抵达或无以抵达的虚幻。舒尔策就是在这类空间的缓慢推进中,一步步将东、西方力量在个体身上的争夺乃至西方终究只能体现为虚像的矛盾主线揭示出来。

---

[1] Claudia Stockinger: "Mit Leichtigkeit und Raffinesse: Ingo Schulzes poetisches Verfahren". In: Heinz Ludwig Arnold (Hg.): *TEXT + KRITIK*, München: edition text + kritik im Richard Boorberg Verlag GmbH & Co KG, 2012, S. 35.

《彼得·霍尔茨》长达近 600 页,基本按编年体叙事,在线性叙事中对篇章细加切分(仍有鲜明短篇小说之风),一个个叙述场景安排极为精心。小说对时间与时代的发展常只是暗示或点染,其细密的笔触不是放在时间和情节发展的线索环环相扣的锻造上,而是放在场景呈现上。

场景营造是舒尔策叙事形式上又一重要特征。一方面,在烧钱这类表演性行动与情景上有充分体现。其中,主角的情绪、思想与行为动态,尤其是经济、艺术与政治要素交织呈现的状态,刻画尤为精细。另一方面,有时也体现为压缩和间接性叙事。例如,《彼得·霍尔茨》第六部涉及的场景就是角色视角下的这种尝试。在该部第一章至第四章,几位家人探访者,面对受伤住院、一直昏迷未醒的霍尔茨,描述他财富的急增与社会和政治生活的巨变。作家在这里有意只呈现局部,并抽去了某些关键性情节或场景元素,同时又在第一、二、三章各位探访者的独白性主观叙事与第四章的对话交流中,进行了密集而重要的信息安排。因为省略了叙述所涉行动在虚构现实层的展开,相关事件与情状只在其叙述层面呈现。也就是说,这里并未采用绵密的线性工笔,而是利用了间接性叙述的便利来形成跳跃而凝练的叙事。我们在其他一些场景,也可见到类似的情形。譬如,霍尔茨女友佩特拉被刑讯的事实,是作为文字记录呈现出来的。也就是说,这里只是一种符号性存在。相关的伤害哪怕很严重,足可提示历史语境中抗议活动冲击与压制之间的激烈,乃至体制性力量的重压,但作家并未以直接的场景来呈现。其核心着意处,还是霍尔茨这个角色在历史语境变迁中,政治维度上的复杂多变性。主题层面的指陈,在此转化为角色性格和精神品质揭示的艺术要求。

在舒尔策的小说中,政治性或党派集会与演讲会,成为角色们讨论、表达或展示政治观念、诉求或主张的典型场合,而家庭日常相聚、生日庆典,乃至探视病人的场合等,也往往成为观念集中呈现或交锋的场合。

例如,生日场景也可成为现实政治表达的契机。为了给霍尔茨庆祝生日,奥尔加在白炽灯灯具公司的大厅里组织放映了一部阿根廷电影,讲的是工厂被占的故事。众多来宾中颇有人为电影所触动。安德烈亚斯发表感慨道,社会主义制度尚有所希冀,而资本主义是什么也不能期待的了(PH 510)。埃尔克借这部电影,结合了她差不多一直以来所持有的观点表示道:人民的财产属于他们,要实行工人控制下的国有化(PH 512)。小说中的这些角色,因为一部电影,表达自己对社会主义和资本主义的认识以及历史变迁条件下的抗争要求。这无疑既带出了虚构语境中特定的氛围或话题,同时也表明作家紧紧抓住体制之变中对立的线索,借他方电影来展开映照性叙述。电影中演讲者的呼吁,更有现实联想性激发力。在小说虚构现实内、外,重新统一之后联邦德国的民众中,有相当一部分人感到自己在生活中、社会地位和身份认同上面临很大困难,是迷惘者、失败者或是被剥夺者。这声呼吁其实也是强烈的警告:"我们不允许搬走我们的机器,我们不允许夺走我们的工作,我们不允许剥夺我们的未来。"(PH 514)

同时,为了展现角色世界中与时代相呼应的情感、思想诉求和现实政治反思,另一个重要的表达手段与特质就是非常显见地运用经济与政治要素扭结。

《新生活》中,图尔默的办报及其相关的经济活动,对角色发展与角色所处世界变化均有刻写作用,被过程性地,尤其是以参与阿尔滕堡公共政治生活塑造的方式呈现出来。图尔默经历的经济生活,不可避免地与转折期的政治现实及其发展变化联系在一起。在这里,不是为了展现主角的经济生活本身,而是为了展现变化的世界和为了所在世界的变化,借用经济的方式来介入政治。

如果说在图尔默的命运性发展过程中,兼有清晰的军旅和大学生活、情感与艺术生活,同时才有经济与政治在特定历史条件下的交织呈现,乃至政治生活的展示,那么在《彼得·霍尔茨》中,我们看到小说由经济线索入手并一直保持这条线索,然后才将之与政治生活扭织起来融合性呈现。在一定程度上可说,显在的经济要素在与政治生活交织发展的过程中,因为市场经济思维与原则的讨论和实践、财富问题成为政治表达的一个关键性推手等,最终成就了一部表达政治意识形态的小说。当然,以党派政治为核心的政治生活,相关的思想辩驳与表达以及涵指,更是叙述重点。在经济与政治要素扭织之间,同时也借助党派政治,外部渗入的意识形态与既存意识形态驳辩、博弈,虽未实现政治意识形态新质,事实上是向资本主义意识形态融入发展,但这种有独特视角的过程性揭示,尤其是切入象征性的批判资本主义意识形态的举动和姿态,不仅个性地成就了霍尔茨这个实质上的政治意识形态表达者和体现者,而且让舒尔策借助思想内涵个性化的选择方式,并借由霍尔茨这个典型角色,有艺术意味地表达他自己的意识形态问题思考。舒尔策不是霍尔茨,但非常清晰的是,他借助霍尔茨及其世界,在对社会主义和资本主义制度下的不同世界述说与追问。

四　语言运用的历史语境性

为了角色及其现实塑造的需要,舒尔策在角色用语上充分考虑了其历史语境要求。

从《长长的访谈》中可以确认,舒尔策作为在社会主义制度下成长的作家[1],因为体制之变,对语言之用产生了一种"原则性的怀疑"和"距离(感)"[2]。基于从民主德国和重新统一后的联邦德国这两个完全不同的世界所获得的经验,他知道无法用一种语言和风格来表达体制之变中的两个世界。他问:"如果我想叙述什么,用一个或用同一个句子、一种或同一种风格用在两个不同的世界身上,会发生什么呢?"[3]这种怀疑与思考,在其早期作品如《简单的故事》中,体现为"第三种立场"[4]的选择。所涉及现实处于过渡期和进入联邦德国所谓新现实之后,内中的变化与来自过去、已内化的记忆和经验并置、杂混,不同现实层面的用语各有侧重,"所有语言上的民主德国特征,在舒尔策这里或多或少与过去的经验相关,而在这部分历史记忆之外的现实,则主要为输入的东西与语言标志占据"[5]。但在另一层面上,在施洛塞尔看来,存在语言使用上的"第三种立场"。[6] 也就是说,变化后的现实和"只是表面被接受过来的新生活方式"

---

① Vgl. Norbert Niemann: a. a. O. , S. 61.

② Ebd.

③ Ebd.

④ Horst Dieter Schlosser: a. a. O. , S. 67.

⑤ Ebd, S. 66.

⑥ Ebd. , S. 67.

终究只是"美丽表象"①,并不深入,而相应地,尽管有"西方的语言输出如洪水而至"②,角色们在语言使用上却"选择了自己也颇不确定的第三立场,意即不再使用民主德国的用语,但(真正属于)联邦德国(的语言)却还并未到来"③,因此,这些角色告别旧有的语言,但绝不是使用这个或那种体制下的语言,因为带有新的意识形态意味的语言并未真正形成并被接受。这种语言使用及其态度,一方面反衬着转折期虚构情景内外的社会现实,另一方面是为了切合角色的意识形态倾向,而且也恰恰展现了角色们的意识形态倾向。

不难看出,舒尔策对不同的体制语言是有清晰区分的。他认为,一种体制的语言主要"基于意识形态理论",另一种语言则是用在主要以商品、市场和金钱来调节的社会制度里。④ 舒尔策经历、体认并反思这两个制度不同的社会,在体制问题上有精准的把握,知道用语言去呈现和揭示时那种必要的区分以及处理的难度,也清楚这种认识反过来促使他对自己提出新的反思与表达方式要求。

舒尔策在文学表达中区分而又一体性地展现语言之用,这点在《彼得·霍尔茨》中得到了非常充分的体现。在这里,主要是借助主角霍尔茨及其周围世界在体制变化过程中形成的高度对照的语言之用。在霍尔茨人生发展的前半段,与他自己和外在世界经济与政治内涵杂混性的变迁相适应,其语言表达整体上是政治性的,采用了典型的民主德国时期的用语;而在后半段,慢慢变化为经济性用语,主要采用了从西方、从联邦德国输入的语汇,尤其是经济语汇和与集会、党派政治相关的语汇。只是其政治色彩因为民主德国政治生活影响与西方政治生活影响相搏而依然存在,而且,这种经济语言本质上透露着政治生活矛盾、冲突与变化的逻辑。同时,特别要指出的是,在舒尔策这里,语言内涵与风格上的对照性区分,实际是为了对应性地表达霍尔茨这个主角及其世界这一轴线上呈现的社会历史生活,展现矛盾性整体涵盖的不同阶段与不同范畴及其交织状态。

---

① Horst Dieter Schlosser: a. a. O. , S. 66.
② Ebd. , S. 63.
③ Ebd. , S. 67.
④ Norbert Niemann: a. a. O. , S. 61.

　　霍尔茨这个第一人称主角的角色用语是颇为简单的,但又体现了其语言表达上贯穿性的天真与倔强,因此简单亦复杂。而且,语言表层下的观念和价值内容,既显示与主角成长和历史变化形成共振的时间维度上的变化特征,又显现出特定体制要素变化期辩驳和交锋之间杂驳的性质。尤其是主角在成长过程中更倾向于采用有政治色彩的语言,在经济上渐渐发迹过程中更倾向于选择经济性语言,而从整体上看,又同时存在政治与经济色彩用语杂糅的习惯,在角色用语层面也实质反映了角色所在世界的相应设置性和选择性,由此在另一层面上,展示了舒尔策以角色用语及其相关内涵为据的意识形态话语。作家通过主角前后各自倾向于政治性或经济性但整体上也杂糅的语言,表达了他对角色在其世界中所遭遇问题和其思考方向的批评性认识与解释,而且还通过激发角色语言的简单特性,以此简单语言承载思考与被赋予及强加价值观念之重时所形成的张力关系,并通过此简单用语和所勾画的主角心理、情感思想态度,以及行动上的单纯、复杂、沉重和矛盾间产生的落差关系,展现出一种反讽。这是角色的虚构世界所透出的反讽,也是以角色和小说用语与修辞风格来映照虚构现实表面上庄严,实际上却令人发笑并深思的内涵。

第四节　人物群像中的典型角色

　　可以肯定说,我们讨论舒尔策的意识形态揭示问题,只有在思想与艺术共同凝结的维度上,关注并分析其典型角色塑造,才能充分理解舒尔策如何以艺术的方式展现其意识形态姿态。

　　舒尔策在日常生活的表现上,最有张力的一种方式还是以人物群像,特别是典型角色来展现其意识形态话语揭示的艺术个性。

一　人物群像

　　《三十三个幸福的瞬间》包含三十三个小故事。这些故事篇幅不一,短则十几行,长则二十多页,通过一个个滑稽可笑、荒诞离奇、忧郁伤感的故事,生动地描绘了苏联刚刚解体后俄罗斯人的生活境况,将读者引入一个陌生的、奇异的、神秘的、令人困惑不解的世界。小说中众多男女角色轮番登场,有俄罗斯当地的,有来自西方的,或年少或老迈,或贫穷或富有,或志得意满或遭受失败,但他们共同面临的一个问题是,体制剧变使他们的生存状况发生了很大改变,其中有的变得颇为混乱无序。

颇有意味的是,多个故事的女主人公都是文学素养极高的博学之人,尤为热爱俄罗斯文学,或吟咏诗歌,或发表文学评论,均非刻意显示,而是不经意间的自然流露。如第一个故事中容貌姣好、穿着时尚开放的女主人公,虽系风尘女子,却能自由谈论《洛丽塔》,比较两位苏联作家左琴科与普拉东诺夫的作品语言,甚至能高声朗诵著名诗人普希金和布罗茨基的诗歌(AG 11);再如第五个故事中的塔斯社女门房,常在工作之余,吟诗听曲(AG 39)、阅读名家名作(AG 39),但这位对俄罗斯文学涉猎甚广、热爱至深,具有深厚文学素养的古稀老妪却为了争夺一瓶兰蔻香水而与年轻人撕打在一起;又如第十五个故事中与三个女儿相依为命的单身母亲,为了再次找到养家糊口的支撑,不惜牺牲个人名誉,向每一个有稳定收入的男士投怀送抱,这样一位因生活重压而不幸沉沦的女性却在俄罗斯文学中找到了"唯一慰藉"(AG 104)。这些兴趣高雅、诗词名作信手拈来的女性角色,显然在体制之变中都遇到了物质生活等方面的困境,或不得不出卖色相,或在日常生活一个不经意的瞬间露出窘态,这是她们不得不承受的命运性困厄。

小说中的西方男性是作家着意刻画的又一典型的角色类型,他们大多来自德国,少数也来自美国。在多样的交流场合,无论是在与俄罗斯女子一面之缘性质的邂逅之中,还是在与俄罗斯女同事们共事月余的相处过程中,抑或在与俄罗斯少女结为夫妻后朝夕相对的时候,他们似乎都富有而慷慨,或博爱地施予经济资助,或带来以效率为先的工作理念,或推崇自由民主,在俄罗斯民众中灌输个人主义观念。这些人实则一副居高临下的派头,伪装或强制地传播西方的思想和价值观念等。只是从相关故事的结局来看,这些俄罗斯角色并未在西方的援助或所谓"先进"理念与原则影响下获得真正的幸福体验乃至幸福生活,而是常常只能在矛盾与冲突中经受痛苦。

舒尔策在《简单的故事》中，成功地塑造了一组日常可见但又具有特定历史和社会内涵的人物群像，这是一个在转折期新的社会制度和历史环境中受到损害或深感迷茫的群体。他们中，有民主德国时期的追随者，在新时期却自我标榜为过去制度的牺牲品；有过去年代的受迫害对象，作为新时期的复仇者，深陷新境遇下的困境和自己往日记忆的纠缠，最后猝死；有从来就处于社会边缘的作家角色，在两种制度的交替中选择了自杀；有饱受噩梦折磨的女性角色，一直在良心谴责和恐惧压力中经受痛苦，永无自救和被救赎的可能；有一再失业，人的基本尊严也受到威胁的艺术史研究者，在基本的生活需求中苦苦挣扎；有对西方生活和爱情怀着乌托邦式幻想的宾馆女服务员，在一种天真而又无助的状态中被强奸，最后梦醒，似乎成为某种幻灭的象征。当然，还有其他一些类型的角色，在转折期的生活浪潮中沉浮，或摇身一变为新的获利者，或怀着冥冥的希望迈步向前。整体地看，小说人物塑造的类型化和多样性都值得称道，但文本的着力处和给人印象格外深刻的地方还是体现在：(1)迷茫的或受损害的角色群体；(2)比之男性更具生活韧性和生存技能的女性角色，她们似乎更有希望，能更好地适应改变后的社会环境，总在尝试着寻找新的方向，寻找自己的位置和身份。

在《手机》中，舒尔策虽偶有涉及统一前及转折期时角色生活的描写，但聚焦点显然是统一后的德国社会。他着力于描绘 20 世纪 90 年代中后期乃至 21 世纪初在资本主义浪潮中沉浮的民众形象。他们中有走在信息前沿的报社记者，却因手机这一新兴通讯媒体对私人生活时空全方位的渗透和侵犯而焦虑不安；有原核电站建设者，在经济衰退和帮派纷争的背景下惨遭解雇，困厄于家长里短的琐碎；有民主德国秘密警察，试图隐迹于人群，却在铁证面前溃败一地；有喜获晋升的律师事务所合伙人，在晋升之日似遇真爱，最终却发现一切不过是同事的恶作剧而已，所爱之人竟是妓女；有爱沙尼亚的博物馆管理员，在猎捕棕熊的过程中目睹在动物纯良比照前人性的丑恶，转而帮助棕熊逃脱；有前往埃及参加"作家大会"的作家，在旅途中目睹女友与翻译"坠入爱河"却无能为力；有发迹于转折时期的原德累斯顿工业大学学生，事业腾达却对爱情与幸福深感迷惘等。他们的生活，多限于支离破碎的日常，也时有挣脱日常经验而现出斑斓之色的时候,但不同情景与人物背后,呈现的都是人物内心所处的困境。这些角色在保护与破坏、坦白与隐瞒、真情与假意、期待与失望之间纠结和撕裂,在科技发展日新月异,社会财富急剧增长的当下,对幸福生活求而不得的失落,比以往任何时候都显得更沉重。

二 典型角色

图尔默与霍尔茨是舒尔策在东、西方张力关系中揭示非常有力的角色,也是形象展现饱满而富于意蕴的两个人物。

(一) 图尔默

图尔默在三条不同的叙事线索中,各有侧重地呈现自己的军旅、大学、经济、政治、艺术与情感生活,想以告别的姿态面对自己的过去及其生活世界,但在决然的告别中,只能怀着对期待前景多方的怀疑,究竟未迎来新的生活与世界。这个身在东方的"西方孩子"注定只能在深刻的自疑中徘徊。

弗里德里希在他的分析文章中指出,图尔默以及他周围的人,从他们西部的亲戚寄来的包裹和礼物中感受并美化西方,在自己所处的世界之外恍如发现和创立了"一个通过自然的道路不能抵达的更高的平行世界"。[①] 在幼年的图尔默心中,西方作为"一个内在世界超验性的实体"[②],来到他的头脑中。甚至他在生活中长期追求、作为他似乎受到上帝神秘感召而视之为使命的作家生涯,也是为了"礼赞西方,而批评[……]东部世界"。[③] 的确,在东部的世界里,西方一直是包括图尔默在内的众多角色日常生活中向往而不能抵达的那个部分,一种近乎盲目信仰的地方。然而,图尔默就像在《简单的故事》《手机》《亚当与伊芙琳》和《彼得·霍尔茨》中的角色或主角那样,没有"幸福的生活"与结局,只能经受梦醒或梦断的失望与绝望,也就是放弃作为生命召唤的写作,放弃展现艺术抱负乃

---

① Gerhard Friedrich: a. a. O. , S. 158.
② Ebd.
③ Ebd.

至政治意图的戏剧事业,放弃一度极为热忱的公共政治生活,放弃包括经济经营在内的职业生活,放弃夫妻间与家人间必要的甚至任何的交流。舒尔策调动经济的、政治的、艺术的、情感的要素及其扭结,非常充分地揭示了西方迷梦在转折期东、西方世界之中与之间的虚像性和幻灭感。比较而言,东方现实政治与意识形态压制性力量固然是所要展现和剖析的一个层面,但东方之中的西方问题,在这里借助图尔默,也是一个首先要揭示的问题。

在舒尔策这里,东方与西方的关系无疑是相互依存的,这种辩证思维清晰地体现在图尔默这个人物的塑造上。恰恰是因为柏林墙真实和象征性的存在,塑造了图尔默的内心世界,并从这一内心世界出发,才在"不可抵达"的意义上标示了"西方内在超验性维度的本质条件"。① 因此,图尔默作为"分裂世界的造物","没有它(柏林墙)就不可能存在"。② 而且,他在这个分裂的世界里,当他遭遇个人和职业的危机时,就不是失去了他在这个分裂的世界中的位置,本质的是"失去了他内心的彼岸",而且他自知。当民主德国的社会存在成为历史时,图尔默身处似乎已成此岸的西方世界,在"巴利斯塔这个梅菲斯特一般的漫画性资本家"诱惑、刺激和教导下,屈从于"数字和金钱的魔力"③,完全转向此岸性存在。他的这种转变,带有强烈的内在动机。他在身处东方世界时使用"恩里科"这个名字,在西方现实中则改成了具有西方色彩的"海因里希"。然而,虽然他一度努力去学会在经济的逻辑中掌握世界,但终究未见能效。因此,一次浅显的西柏林之旅竟能成为打倒他的最有力一击。当试图以反思的姿态来进行最后的挣扎时,也只能面对没有任何明确脱困方向的局面。或许,有一个场景有所提示。他在一次雪野场景中,在感知中确认了"雪、空气、远处的狗吠和市喧",还有"妻子米夏埃拉和养子罗伯特",才仿佛"在这一刻踏上了这个地球"并"第一次处在世界之中"(NL 656)。只是,这也并非他坚实的此岸。他内心根本上就只有放弃,而没有为自己设想和设计任何未来。

---

① Gerhard Friedrich：a. a. O. , S. 159.

② Ebd.

③ Ebd.

我们在《彼得·霍尔茨》之前,差不多在同样的维度上,看到了一个在历史与体制剧变间既积极又被迫采取消极姿态的角色,有着共振性命运和观念逻辑。这个复杂而有局限性的角色,在转折期的特定历史语境中,展现出挣扎的过程与彻底失败的状态。

(二) 霍尔茨

如果说《新生活》是以转折期的典型个体来揭示一种放弃中的失败,《亚当与伊芙琳》是以过渡期中的逃离来展现最终没有出路的命运性过渡状态,那么《彼得·霍尔茨》则非常清晰地展了舒尔策在东、西方和几个历史时期之间穿行、审察的眼光与姿态,是完整地揭示东、西方世界并试图超越这一历史结构的个性呈现。

主角霍尔茨在小说中是作为孤儿来呈现和揭示的。然而,他这个孤儿身份随着其生活世界的展开,成为一件非常可疑的事情,或者说,是特定的社会与政治氛围共同塑造了一个假象。

转折期一个陌生女人的来访,揭开了霍尔茨的身世之谜。来人是霍尔茨潜逃去西方、现在回返来寻亲的生母卡琳(PH 286)。在她的回忆和揭示之中,我们知道,之前她曾多次在相关孤儿院寻访霍尔茨的下落,也了解到霍尔茨父母遇车祸身亡的消息不确,因为那场车祸根本就不存在。然而,过去是生身父母车祸双亡的消息,让霍尔茨去孤儿院生活,而且在他成长的过程中,以孤儿的身份和气质流浪并踏入社会。他一直都在寻找引路人,以及精神与情感的支柱。他也的确常常获得了这样的陪伴。他开始流浪之旅时,是为了寻访后来表明是其外公的孤儿院老院长。虽终未重逢,但老院长产生的感召作用也并非虚浮的传说;后来霍尔茨似乎想在党派政治中寻找前进的方向,受到勒弗尔很深的影响;在种种生活形态间,他也试图在不同女人身上寻得慰藉或情感的支持。

现在生母来到了霍尔茨身边。按照她的叙事,当初的情况是,她与霍尔茨的生父因为有了霍尔茨而结婚。后者坚持要去西部,说她不跟去就一个人离开,但她愿意留在民主德国。而生母的父亲想做县督学,在学校也颇受欢迎,职业上有为。他对霍尔茨的生父不信任,在其女儿与丈夫要逃往西方前的那个晚上,突然出现在他们夫妇的卧室,威胁说,要么将他们送进监狱,这也是其责无旁贷的事,要么走人,但不能带霍尔茨离开。生母的父亲为了自己想留下霍尔茨,也为了他的国家要留下霍尔茨。结果是生母跟去了西方,但后来与丈夫离婚。这对外逃的夫妻被宣告因车祸而亡。霍尔茨被放在孤儿院,他的外公然后很快将整个孤儿院接受下来,由一个县督学,成为了孤儿院院长(PH 290-291)。

而在霍尔茨生父西格蒙德·霍尔茨的来信中,对于霍尔茨的身世,却有另外的揭秘。生父声称霍尔茨的生母在周刊上留下的证言是假的。他说,尽管霍尔茨不大可能是他的孩子,但他是霍尔茨的父亲。当初卡琳告知他已怀孕时,他就知道自己不可能是孩子的父亲。虽然卡琳与别人私通,他俩还是待在一起。唯一的原因就在于当时修建了柏林墙,有很多人想要逃离,包括他自己。他不得不待机而动,却又一直处在有可能被卡琳告发的危险中。他不想冒坐牢的风险,因此被迫同意结婚,于是霍尔茨就这样成了他的儿子(PH 419)。

在这矛盾的叙述与揭示中,霍尔茨真成了没有父亲的人。最初是传言父母车祸双亡,成为孤儿;而后历史条件发生变化,按照透露出来的消息,他不过是西逃之时代剧中的被抛弃者,而不是孤儿;到最后,随着东、西方之间的两个世界历史形势发生更大变化,由其中的当事人指正,曾一度似名正言顺拥有父亲的霍尔茨,成为了一个可疑的私生子。同样有意思的是,来自生母的暗示提醒,这个生父在西部颇有些发达,是想找借口剥夺霍尔茨可以获得的财产继承权,而在霍尔茨这一端,则是根本无意于理睬这个真正的或名义上的父亲。总之,这种过程性揭开的身世谜底与孤儿身份的悬疑,在虚构现实与小说叙事这两个层面,可以有多重含义的揭示。这也是作家如此精心设计和我们在分析霍尔茨这个角色之前颇费周折清理其身世问题的原因。

霍尔茨的身世问题,涉及特别历史条件下的逃离与留下,涉及告发与掩饰、谎言与真相,涉及情感的虚假与权力和物质利益诱惑的真实性。本质性的是提示国家权力对个人的压制,也揭示了东、西方张力关系对个体命运的深刻影响。向西方的逃离和过渡期从西部的回归,使相关叙事不可避免地从角色的个人叙事要走向历史大叙事,牵涉深刻变化的历史情景,同时也展现了霍尔茨的政治态度和情感位置。

孤儿的身份由确定变为不确定,是霍尔茨在失去了养父之后,面临生父之名最终要被瓦解的局面。养父一向对霍尔茨赞许有加,尤其认可其在制度和社会局势发生变化过程中,在政治集会和党派活动中所发挥的作用,甚至称他为英雄。而对比性的是,霍尔茨那个自我证伪的生父,釜底抽薪地否定他与霍尔茨可能有的关系,而且将自己扮演成婚姻关系与历史的受害者,而在另一层,他对过去耿耿于怀的同时,又知道怎样利用他在西方环境中获得的交流工具,或至少是这么声称。他表示,如果霍尔茨为了新的开始需要帮助,他准备在其能力范围内提供建议,但对方不得有非分要求,不然他会以法治国家提供的一切手段来对抗。他要警告霍尔茨可能利用新的历史条件下对他有利的因素或因为被激发起来的欲望向他靠拢和伸手。在这被牵扯进去的身份探查游戏中,我们看到霍尔茨并不在意物质的利益,也无意于利用这之间似乎可以利用的条件来谋取物质的利益,而是展现了他政治态度与认识上的底色。霍尔茨对生父来信中轻慢地使用共产党员一词显得十分生气。他要表明,他们过去唯一所追求的就是成为共产党员,而且“共产主义是我们这个社会未来发展要实现的东西”(PH 420)。他怒而将来信撕碎。生父无疑触动了他观念上保持的东西。

至此不难确定,霍尔茨这个表面失去怙恃的孤儿,在自我认同上就是一个孤儿,只不过因为历史和体制之变,而在情感、思想观念和行为上以逸出日常的方式非常入世地穿行于不同的历史时期、不同体制的世界和这类世界不同的日常空间,矛盾地保有天真、狡黠、幽默的气质,特别是在世俗中一直选取一种批判的姿态。当他离开孤儿院,决然踏上追寻之途时,他就成了这样一个在特定历史条件下哪怕莽撞向前迈步的孤儿。在成长的过程中,他想做一名职业军人(PH 60),要为大家能继续在和平中生活作出贡献(PH 72),又表示如没有职业军人可做,愿做泥瓦匠,认为这是一份体面的职业。在与年轻同辈交流职业选择的看法时还表示:“我们不该问,社会能为我们做什么,而要问,我们能为社会做什么。”(PH 60)这种个人服务集体,或如此界定个人与集体关系的真切,在霍尔茨这里似乎是真诚的。这一点无疑也是他职业选择与成长的思想基础之一。霍尔茨在民主德国的主流政治和意识形态熏陶下,显然受到了深深浸染。

而在经历过转折期政治与经济生活的急速变化，接受并利用资本主义市场经济信条时，他作为俨然的资本或财富新贵，在其人生的外部发展达到顶峰状态时来了个烧钱的表演与宣示，展现了针对自己的成功及资本主义经济逻辑的拆解姿态。

从霍尔茨整体的发展情况看，这个角色在孤儿的个性特质上，很明显体现为一种在生活世界乃至精神世界中的流浪状态。流浪展现了他生活、品质与观点发展过程中的寻访，集纳了体制和历史巨变间的感受、观察、思考、行动和评价。在一系列观点、情绪和行动与事件中，他虽然表面上一直为那个已成过去的社会体制下的价值观念辩护，但历史性地处在而且学会处在历史进程所带来的变化后的世界。然而，他的表现又常常显示他不在他所处的现实中。他既不在彼，也不在此，也不在更高处，虽然不排除另外的选择尝试。他尽管有成长的过程，但拒绝成长的气质贯穿其外在和内在发展的始终，在心理、思想观念和行动上表现出清晰的矛盾性。这是一种有限的回返与逃离乃至离弃，整体上是霍尔茨体会和认识到的心理、现实生活与精神上的困局，因为经济生活对于他固然意味着宽松但同时也体现为巨大的心理和精神负担。正是在这些矛盾处，作家给我们塑造了一个单纯、多变而意涵复杂的角色形象。

在博尔穆特看来，霍尔茨这个孤儿"一直追求善"，"天真而乐观地为了一个更好的世界奋斗，而且从还是孩子时起就尝试着废除金钱。他相信这一点，就像相信社会主义的允诺。（最后），他为之献身的那场革命成功了，其结果却不是基督教—共产主义的民主，而是资本主义的市场经济。这个市场经济以财富来褒奖他的无私。他越富有，越绝望，并越有想法地要尝试体面地摆脱金钱。英戈·舒尔策幽默并带有弦外之音地讲述了他的这个故事"[1]。作家在此借助一个孤儿实质上的流浪，紧扣钱这条核心线索，以此来展现民主德国20世纪70年代、20世纪80年代早期、转

---

[1] Ingo Schulze: "Beim Schreiben merkte ich, dass es immer dann uninteressant wurde, wenn Peter in eine Alltagslogik verfiel und reagierte, wie ich reagiert hätte". Ingo Schulze im Gespräch mit Christoph Türke und Matthias Bormuth. In: Monika Eden (Hg.): *Konstellationen. Gespräche zur Gegenwartsliteratur.* Göttingen: Wallstein Verlag, 2018. S. 201.

折期乃至历史巨变之后迁延至 20 世纪 90 年代后期的日常生活。

而记者和作家索博钦斯基细致分析的是霍尔茨的幽默气质:"这个民主德国的孤儿,比他周围所有的人都认真对待社会主义。认真的程度甚至超出了相关政党与国安局所允许的程度。他非常天真,甚至因此而做不了一个探子,却在小说数百页的大篇幅内以真正的共产主义来教导他的朋友和敌人。按照题材的要求,这部流浪汉小说(本该)让流浪汉角色经历种种有趣的冒险,但作家没有这样加以描绘。(霍尔茨)笨拙而闹剧性地跌入这个世界,触发了大量让人微微一笑的笑话和滑稽场景。其间,总是一再自离生活现实最远的距离呈现非常暖心的幽默。例如,柏林墙倒塌时,霍尔茨非常严肃地抱怨道,民主德国现在或许会成功地收留那些目前得以涌入这个社会主义国家的遭受迫害的人士与无家可归者。"①索博钦斯基在角色分析上,以外在现实为比照对象,精准抓住角色的观念与行为逻辑和特征,指出霍尔茨受到一系列外部引导,惊异地经历他的世界却并不自知,由此产生滑稽、幽默和矛盾处,也借此点出作家表达上的某种反讽性。

索博钦斯基进一步着眼于霍尔茨的批判性特质展开分析。他认为,舒尔策在《彼得·霍尔茨》这部小说中塑造霍尔茨这一角色,是为民主德国一个持批评态度的公民,为这个生活在真正社会主义制度内的老好人立下了一座纪念碑。所塑造的这个"新人",作为社会主义发展过程失误的批判者,批评官僚主义和国安局等,历经东方集团的崩溃,然后在抵达资本主义世界之时,却又视资本主义为更大的灾难。他抨击其中的不平等、剥削与异化。② 霍尔茨对所经历的两个世界保持一种审视的、批判的眼光,而且化为行动,在经济、政治、艺术生活及其扭结中,甚至在性爱的问题上,都有展现,常常体现为一种幽默、冷峻的否定性力量。

我们似可说,霍尔茨这个寻亲与被寄养的孤儿,热切地求知、探索,天真地辩驳,参与过渡期和转折期的政治、经济活动,依然保持着对社会主

---

① Vgl. Adam Soboczynski: "'Peter Holtz': Von Nicaragua träumen. Ein DDR-Schelm wundert sich im Kapitalismus: Ingo Schulzes Roman *Peter Holtz*". In: *ZEIT*, Nr. 37/2017, 13. 9. 2017.

② Ebd.

义的一种信念和感觉,但后来真实地离开政治实践,以房产作为最基本也非常重要的发展平台,接受资本主义市场经济信条,获得外部支持,俨然一个并不张扬的资本或财富新贵,然而仍怀有拙然心性,想以赚到的钱为社会做点什么,包括间接地协助开办妓院。

作家很典型地展现了霍尔茨童年、少年乃至成人后的经历,虽非全景式展演,但也颇为宏阔。其间,钱的要素被充分调动起来,在主人公成长的过程中,在有关经济和市场的讨论与运作中,发挥了重要作用。在霍尔茨试图从经济生活中有所逸出时,他借助既有房产开设画廊,让艺术成为另一种赚钱的手段,而且的确成了有效的赚钱工具,却不是作为日常中的革命要素和个人素质提升手段;在他很有钱时,竟以烧钱来摆脱钱,并且表演性地体现为对钱的秩序的蔑视与反抗。因此,在霍尔茨身上展示出来的经济线索,与政治生活相扭结,展现为一种清晰的否定性的政治意识形态话语。

第八章 结论

本书的研究属于主题研究,研究的核心问题是舒尔策文学作品与政论性文字中的意识形态话语,诗性表达的方式研究则聚焦于他的文学创作。

所选取的首要研究对象是这位作家最重要的六部叙事作品:《三十三个幸福的瞬间》《简单的故事》《新生活》《手机》《亚当与伊芙琳》与《彼得·霍尔茨》。其中,《新生活》和《彼得·霍尔茨》为研讨核心。另一个重点对象是作家的政论性演讲和随笔文字,例如《我们漂亮的新装:反对迎合市场的民主——赞成适应民主的市场》等。因为研究目的的需要,政论性演讲和随笔文字也部分用作解释的方法。

我们研究舒尔策文学虚构层日常生活中的意识形态问题,因此,借鉴马克思、恩格斯对资本主义意识形态虚假性进行批判的眼光,阿尔都塞关于"意识形态国家机器"的认识,并采用阿格妮丝·赫勒日常生活理论题旨,兼用历史语境要素,基于文本细读来展开研究。文本细读同时也涉及作家的政论性文字。

在经济的、政治的、艺术的、情感的日常世界中,中心论题是体制与历史之变中,东、西方张力关系及其意味问题。其间,我们主要着眼于转折期、日常生活中的个体及其与社会的关系,经济要素作为显著主题和叙述要素及其与政治等要素的扭织问题,特别是东方背景前的西方问题。由之自体制区分与交织框架下的东、西方世界,揭示舒尔策的意识形态把握。在另一个层面,就是细致研究舒尔策在政论性文字中对西方世界重要问题的批判,解读作家对西方问题的本质性认识,从而将虚构与非虚构层面对意识形态问题讨论的内涵两相凝结起来。同时,我们研究作家呈现意识形态问题的艺术方式,而且考察这种向审美世界的撤退是否意味着另一种选择方案的象征性表达。

延展一些说,我们不仅在作家的文学作品中考察其最着意和最饱满的这一部分呈现,而且也从虚构现实之外的文字和角度,看向舒尔策更直接的相关认识和反思,用之解读虚构现实中那段特定历史时期(尤其是柏林墙倒塌前后的时段与两德统一之前的那个时段)的日常生活及其处于危机、变化状态中的角色、事件、心理、精神与思想氛围,把握危机中的抉择、矛盾、冲突和希冀;同时,从与之紧密相连的时段入手,兼顾空间上延展至民主德国、德国东部之外的情形,东西方间过渡性的空间与西方世界,对照或拓展性地审视危机中的激变期,并且探析激变期之后的调整、适应和重新出发的时段,在历时与共时以及空间及其变化的坐标中去挖掘在日常不同区间和层面的意识形态性(思想、价值观等方面的冲突、认识、评价与选择),以及其有力而具个性的审美呈现。

我们得出的研究结论是:

(1)舒尔策是一位与社会现实直接相呼应的作家,紧贴历史、紧贴大地、紧贴个人的生活世界。他在体制变迁和历史变化的背景前,借助经济、政治、艺术乃至情感的世界,将政治、经济、历史的话语带入文本,以一系列叙事作品,主要在日常场景中,精微地演绎民主德国和德国东部民众在柏林墙倒塌前后的思想和情感,深刻呈现民主德国的历史、德国的重新统一和联邦德国的现实。他的作品聚焦于急剧变化之社会和历史语境中的人,在一系列关系中展现个体角色与人物群像的心灵史、情感史、社会生活史和政治生活史等。他写尽各种日常的困境、受损害的世界,写幻灭,更写希冀。他所表达的本质上是俗世的生活,即便可区分并交织地体现为政治的、经济的、情爱的生活等。他不是拘守在那些闪光的大词上,尽管他让这些大词在角色的现实里或作为昂扬的理念或作为必然破灭的幻想,发挥着各自应有的作用。

(2)舒尔策绝非经济小说和政治小说作家,但他选取民主德国和联邦德国转折期及其之前和之后的日常生活,将其中的经济、政治要素以及两者的扭结,情爱和个体成长等关系中不可避免要显示的与经济、政治问题紧密相连的生活形态和意味,也就是将所获得的有关经济和政治生活的经验与思考等,化入文学创作中。他让多种来源的角色在制度、信仰、政治与价值诉求、经济生活运行规则等问题上辩驳、交锋,借历史与体制之变,艺术地展现那整段生活所能蕴含的矛盾性与丰富性。

(3) 在个体的日常经济生活中,舒尔策关注历史变局中的职业发展、市场经济思维与原则及其实践问题,尤其讨论钱这个关联中,人内外在的变化等。包括"新钱"在内的钱的要素切入角色们的成长历程、职业、情感、观念和行动层面,显著结合特定历史条件下的体制要素和现实政治等,在特定历史时期的东、西方张力关系中,体现为权力的压制、西方的诱惑及其幻灭。在典型角色图尔默的生活中,提示着与过去世界的彻底告别及新生活并不能开始的存在困局;在另一个典型角色霍尔茨的生活中,表演性的烧钱行为象征性地表达了对钱所具有权力、所代表机制的否定性思考。

西方作为对东方的诱惑进入东方,同样也是在日常生活中,在东、西方两种体制之间的碰撞与矛盾关系中,而且主要从经济生活视角但同时也在政治生活等广泛的领域呈现出来。西方作为物质性与心理性的激发力量,作为资本、"新钱"及其允诺,切入相对处于弱势状态的东方生活,体现为物质层面、情感层面,乃至政治与经济观念和宗教信仰层面的渗透;而东方民众对西方的认知与体悟,见之于日常生活中的经济、情感维度与价值选择姿态,本质上还是体现在对幸福与更好生活的追求上。但这类希冀、向往和幻想,在转折期几乎无一例外地要向失望与幻灭发展变化,其中体现了作家对西方想象深刻的批判性认识。

政治生活的其他维度,也是舒尔策日常政治分析与呈现的重要对象。

针对民主德国的政治,作家对相关的秘密监控等也时有虚构层面的表达,只是其核心关注点并不是国家权力是否已实现的问题,着眼点还是角色们在变化的政治语境中面对体制性力量的反应与政治维度上的复杂多变性;比较而言,转折时期及其之后的党派政治与集会活动是作家更多的着墨处。《彼得·霍尔茨》某种意义上可看成是主角霍尔茨的一部政治发展史,其中展现了主角和其他角色之间以辩驳形式展开的关于不同时期东、西方政治理念与体制的思考。霍尔茨被塑造成一个多种政治信仰交集而且政治与宗教信仰相扭织的矛盾杂合体。同时也像在《新生活》中那样,《彼得·霍尔茨》勾画了西方理念在变化的历史条件下向东方世界渗透的路径与状况,揭示了不同体制之间与经济、文化和思想意识发展等紧密相关的政治生活的操控力。

宗教信仰在舒尔策的作品中,受制于外部力量与外部世界所塑造的角色类型,未能成为一种超越性力量,而是被刻画成在历史剧变期只能是功能性工具的这样一种样态。舒尔策恰恰通过将宗教揭示为不成其为宗教,不能成为一种意识形态力量,从而在政治意识形态维度上呈现了拆解的姿态。

艺术生活同样是舒尔策意识形态话语表达的路径之一,主要展现艺术在民主德国社会和转折期如何逸出日常,成为人们表达政治主张和意识形态的工具。在《新生活》中,图尔默放弃曾作为其使命来理解的"写作梦",体现为其个人政治的表达。他不再愿意跟随和记录这个时代,尤其对正朝西方急剧转变的现实,表示一种绝望性的否定;在《彼得·霍尔茨》中,艺术在不同历史时期或与宗教相关,或是获取财富的一种手段,但核心处是在霍尔茨这里,成为反思和批判西方世界金钱逻辑的有效手段。

在情感的空间里,舒尔策多样性的赋予也同样具有明显的批判指向性。其中,男女的情感关系,一方面体现为爱的缺失与虚幻,另一方面展示了情爱同经济与政治关联时被迫承受的历史变化语境中的困厄。在《三十三个幸福的瞬间》中,相关场景展现体制变化之中情爱被金钱如美元收买的情形,揭示了西方如何以钱来施展诱引与权力;而《简单的故事》中的多种情爱关系,均因体制剧变而带来的基本生活条件丧失与身份自疑等问题,遭受种种失败。正发展形成的新世界,在这里本质上被刻画为普通民众遭受损害的世界。《新生活》在情爱关联中,特别深切展现的是转折期的政治对情爱生活毁灭性的破坏作用;《彼得·霍尔茨》中霍尔茨的男女交往关系,常常展现为嘲讽性拆解政治和宗教信念的要素;而《亚当与伊芙琳》中的夫妻关系与男女情爱交流,在西方的诱惑机制中,呈现出一种在东、西方体制力量间矛盾博弈的状态,揭示了西方迷梦破灭的必然结局,因为在西方缺乏"应许"的真实条件。

(4)在两德统一数十年后的今天,普遍的认识是,虽然统一已基本完成,但德国东、西部之间发展不平衡与不平等的问题,东部身份认同危机问题等,依然明显存在。博希迈耶教授所指出的身份焦虑问题,点题更清晰:"[……]东西部的身份认同想象发生了激烈冲突,产生了直到今天也没有完全解决的德—德疏离问题(deutsch-deutsche Entfremdung,原属东德的地区和原属西德的地区在统一后的联邦德国框架下彼此疏离)。1989 年 11 月 9 日柏林墙倒塌带来的胜利感,在东部和西部很快就少有所感了。重新统一之梦,更多的是变成了文化身份危机的梦魇,在原属东德的地区尤其如此,在原属西德的地区也是这样。在西部被蔑称为'东部佬'('Ossis')的德国东部居民,其间是因为感到是给他们施加了侮辱的那种傲慢,而且也因为'西部佬'('Wessis')殖民胜利者的作派——这些人现在在东部地区,无论是在经济、政治还是科技、文化领域,都占据了越来越多的位置——失去了自我价值感。毕竟正是这些东德人通过 1989 年秋的民主革命使德国的重新统一成为了可能,而现在他们却不得不经历这样的事:享受他们自由斗争成果的获益者,真真切切地在对他们进行殖民统治[……]"①

舒尔策无疑是一位与历史和现实直接相呼应,具有强烈社会责任感的作家。

他完整经历并一度切入相关的历史与现实变迁,将政治、经济和历史话语带入文本,以一系列叙事作品,主要在日常场景中,精微演绎转折期民主德国和统一后德国东部民众的情感和命运,深刻揭示民主德国的历史和德国重新统一后的新现实。但他并不打算在文学的世界里,展开一幅经济竞争与斗争乃至政治权力及其斗争的生活画卷,而是着意于调动虚构现实中日常的一切要素,过程性地揭示文学政治意义上的意识形态意味,其核心着眼点还是表现历史与社会急剧变化中的人。针对东方世界,他表达的是角色们在变化的历史处境中经受的迷茫、挣扎与奋争,这之间一方面着力描述了他们在经济、政治观念上向西方靠近时的趋附与博弈,另一方面描述了他们对西方的向往和想象,也就是表达了现实困境与诱惑性想象双重作用力推动下的自我释放,以及实际上体现为幸福生

---

① Dieter Borchmeyer: a. a. O. , S. 914.

活追求的逃离。

　　而在西方现实语境中,他清楚地看到了东部也就是所谓新联邦州的种种问题。其中最大的问题是,在新的历史条件下,也还是人的问题,只是更清晰地体现为人难以成其为目的的问题。

　　种种现实问题,都涉及人基本的生存与发展需要,其间引发的失落、痛苦与愤懑是巨大的。

　　他在演讲、访谈和随笔所涉及的政论性文字中,针对民主德国的历史记忆,主要围绕人的多层面自由和民主诉求与历史状况展开讨论;针对欧洲、欧盟、联邦德国,乃至当下的时代构架,其提问与思考更为广泛而犀利,涉及经济、教育、社会发展与欧盟政治等,但显然首先是日常生活中的经济、发展问题,以及与经济相关的道德伦理问题等。他一再清晰地表达着这样一种判断:在德国东部,整个国民经济都被抛向了市场,一切唯经济发展马首是瞻。生活的一切领域,尤其是医疗与教育,无一幸免地被全面私有化、商业化。利润的追逐成为首要目的。但凡盈利的,均被私有化;但凡会产生损失的,均被社会化。抵抗、质疑和对其他可能性的期待,均已不复存在。他看到了"我们的日常被如此不靠谱的实践损害,而且我们在生活中受到这些实践活动的压制"[①]。因此,他一再批评唯经济发展论化,批评全面私有化的实践与意识形态操弄,呼吁自决的生活与社会公平。在舒尔策看来,他是处在西方而没有抵达他期待的西方。他在真实且尖锐地面对这个作为存在处境的西方时,直指资本主义体制下民主、自由、幸福、发展与社会公正等问题的严重性,并且从民众利益、权利角度看所存在的基本背离性,同时揭开了两种体制和历史发展转换间与转换后对西方及其关联的一系列虚像。此外,他也非常尖锐地批判了历史终结论的虚妄。

　　依照舒尔策观察、思考与讨论的对象和主题,我们可清楚地看到他无论是在文学作品中,还是在非虚构文字里,抑或非虚构文字中有关经济生活与政治问题的讨论常常清晰地带入虚构文本或反过来形成了有趣的映照关系时,都很明确地选择了日常视角,虽然在这样的时候,他并非总是

---

① Ingo Schulze: "Rede zur Verleihung des Mainzer Stadtschreiberpreises 2011". a. a. O. , S. 6.

坚持从个体出发,而似乎时常站在整个社会的层面看社会中的个体及其之间的关系。但同时,我们又非常清晰地发现,舒尔策的出发点和落脚点都是人。他显然认为人应当是目的,而不是工具。正是基于此,在所处的西方语境中,对他才产生体制、机制、观念和社会实践层面的公正、平等、民主、幸福等问题,也才有一系列针对性的呼吁。

他着眼于日常中的社会公正与平等,质疑和抵抗"这样或那样的理所当然"①,呼吁塑造作为日常生活中抵抗力量的"公共意见"②;为了能过上自我决定的生活,需要民主,但要阻止与市场相适宜的民主,虽然它是民主新装中最漂亮的一件,所以他呼吁创造与民主相适应的市场;针对已失去另一种可供选择的体制和世界方案的事实,期待能焕发人民曾经的解放力量③,期待一个"更美好世界"④与"更公正"的"国家"⑤。

然而,有一个问题,舒尔策看得更真切。他在一次接受采访时说:"1989 年前,无论是在私人还是在社会生活领域,人们对未来一直思考很多。在私人生活领域,下面几个问题十分重要:是留在这个国家,还是选择离开? 是否有发生改变的迹象? 变会是什么样子? 那时人们常讨论未来,虽然各有解释,但有一点很清楚:届时将定会是另一番景象。鲍里斯·格罗伊斯在谈到'从未来复归'的问题时,对此曾有精彩表述。而在1989 年之后,人们进入一种只有当下和此处的状态中。未来从那时起更多的只是保持现状,这儿那儿做一些改善,而且尤其属意于物质价值:一辆更大的小轿车,或是两辆小轿车,或者一所私人住宅,这些都只是站在私人角度考虑问题。在今天的讨论中,再也没有关于另一个社会的思考了。我很怀念当初个体所提出的社会性要求。"⑥

---

① Ingo Schulze: "Rede zur Verleihung des Mainzer Stadtschreiberpreises 2011". a. a. O. , S. 8.

② Ebd. , S. 4.

③ Ingo Schulze: "Unsere schönen neuen Kleider. Gegen die marktkonforme Demokratie-für demokratiekonforme Märkte". a. a. O. , S. 16.

④ Vgl. Ebd. , S. 5 - 6.

⑤ "使这个国家更公正,符合我们自己的利益,同时也会开创一种可能性,让我们有效投身于建立一个更公正的世界!" Ingo Schulze: "Rede von Ingo Schulze am 19. November auf der Demonstration'Aufstehen'vor dem Brandenburger Tor". a. a. O. , S. 2.

⑥ Jonas Borchers: "Uns ist der Begriff der Zukunft abhanden gekommen" — Interview mit Ingo Schulze. November 2013. https://www.goethe.de/ins/cn/zh/kul.html. (2019 - 7 - 10)

如果说 1989 年前人们对未来尚有期待和设想,那么当另一种体制和世界方案失去时,却只是意味着现实性地彻底丧失了一个思考与实践的参照系、一种竞争的可能性,而且强化了人们安于现状的倾向。失去了对未来的概念和前瞻未来的动力,沉迷于物质性生活当下的满足,这是一个严重的问题。这个问题能解决吗? 舒尔策虽然有相关的种种期待和建议,但似乎没有提供解决的答案。他所处的这个资本主义社会,除了将当下丛生的问题留给未来外,又何以实现美好、发展乃至超越意义上的未来?

(5)意识形态问题在舒尔策这里,不仅是从主题上的价值意义上沉淀下来,而且也是经由其个性化的美学形式充分表达出来。

舒尔策在学习卡弗、布莱希特、德布林和 E. T. A. 霍夫曼等作家的过程中探索、完成了自己的写作风格。他深受卡弗等人的影响,发展性地运用以短篇小说的技法来经营长篇小说;他借鉴德布林的艺术体认,从表达的对象中寻绎风格,追求风格的开放生成性,展现了艺术上独特的个性。

作为现实主义风格鲜明的作家,他将历史事件、时代氛围、地理空间、政治人物乃至自传要素融入虚构现实,表达艺术之真。

在《新生活》中,他借助虚构情境中书信的多重叙述框架,以多重叙述声音,或极为细致地切分似乎断裂、跳跃但极精准勾连的叙事结构,且采用其他描述和表达手段,如利用已成为小说叙事本身的前言、编辑提示和脚注,保持张力又收放随心地与角色视角形成补正、映照甚至反讽关系,展现西方介入前后东部日常生活中的政治、经济、文化、艺术话语,乃至情感要素,让我们感受多类文本技术支撑的复调叙述的蕴含性与激发力。

舒尔策的角色塑造与伯恩哈德和兰斯迈尔等人迥异,不是放在荒远、凌厉、封闭和高度个性化的空间结构与情景氛围中,也不是以情节和观念的高潮来刻画角色命运、性格和思想发展的孤拔性与悲剧性,而只是保持日常性,饱含人间烟火气地呈现日常生活发展的过程与结果。主角可以是群像性的,在短篇小说性质的《三十三个幸福的瞬间》和《简单的故事》中清晰体现了这一点。群像构成的生活世界,因为受到损害而绝未实现虽各见差异但基本指向更好生存状态的所谓幸福。舒尔策从受损害的世界中,精准揭示了历史变局中既有、渗入或新成的体制要素、思想观念与生活秩序所产生的压制、诱惑乃至破坏作用。

其典型角色塑造,往往是统括性的这一个,尤其鲜明地体现了作家诗性意识形态揭示的浓重之笔。在"转折"的大背景下,图尔默作为作家、剧院职员、报人、商人、入伍士兵、中学生、兄弟、恋爱中的情人、少年玩伴的朋友等,在职业、经济、政治与艺术生活中,乃至在家庭、情感生活中,与所自和所在的历史和世界告别,最后也非常清晰地表明是一个彻底的历史告别者,只是到底未能在变化的世界中找到新的生活方向、开启新的生活之旅,这是一种深刻分裂的状态。而亚当比之图尔默,主要面对的是如何进入和能否抵达西方的问题。他根本上并未计划在西方寻访伊甸园,当然在东方也未曾有过天堂寻访的设想,但他被过渡期的历史发展裹挟,被迫成为了天堂迷梦痛苦的承受者。霍尔茨作为孤儿和流浪的孤儿的身份与气质都是非常个性的。他穿行于两种不同的体制与世界,观察、行动和思考,在外部关系上处于既贴合、体认又排斥、否认的矛盾中,内心世界也时常面临纠结、撕扯的局面,但最后在财富积累的巅峰状态,决然地以拆解的姿态展现了他在经济中寄寓的批判姿态。他本质上是想否定资本主义经济逻辑,虽然其烧钱行动本身从设定到实施都具有表演性质。这几个贯穿性的典型角色,尤其是图尔默和霍尔茨,在多变但终归属于日常的经济与政治生活发展过程中,展现出复杂的政治性。但他们不是作为政治家或政治权力施行者,而是以他们各具特色的感知经验、观念,以及在党派政治和经济生活中的参与和塑造行动,展现了清晰的现实政治介入性与反思性。

与此同时,舒尔策的关注点也在于主角们所在的社会环境和历史发展进程。他着眼于历史、体制激变与冲突期的日常,通过精心设计的场景,凸显与展现西方向往与西方的现实处境,历史传统与现实及体制冲突和变迁之间经济与政治要素的交汇和激荡,也兼而揭示民主德国的历史与压制机制。其中,情节上所安排的最后一击,也是通过命运发展进程中的根本性扭转,深刻展示角色们在心理、社会生活或思想观念等方面的抗争或绝望状态。同时,场景的营造,无论是在并不简单的故事里,在不那么幸福的瞬间,还是在图尔默投向雪野的目光中,亚当焚毁自己最心爱影集时回头的一瞥,或是霍尔茨烧钱展演时的万千思绪和口若悬河的鼓动中,我们都看到了一种冷峻中的温情、幽默中的揶揄乃至暗讽。这与角色的塑造和角色环境的映衬也是紧密相连的。因此,统括起来看,舒尔策以过程性方式,同时结合场景的精细安排,塑造特定历史时期和相应环境中的角色群像与典型,借此在人与时代互塑的意义上,有艺术意味地揭示角色们具有特定历史语境和思想个性的意识形态选择与表达。

　　舒尔策在角色语言的使用上,也是有充分考虑的。从其几部重要的叙事作品看,用语整体上倾向简明、清晰,多用对话体。这一用语特征在《彼得·霍尔茨》中尤为显著,主要是因为流浪儿角色知识涵养上的设定与心性和精神气质塑造的要求。而《新生活》中,部分信函则尚可增添绵长表达的风格,而且时见第一人称独白性倾诉。当然,这样的用语风格选择,也同样是出于角色与语境表达的需要。比较而言,在作家政论性的演讲与随笔文字中,为了说理,同时因为演说鼓动的需要,则主要采用论说的用语和文体风格,虽也时常诉诸文学笔调与修辞。但更关键的是,角色用语为了贴近角色与其世界的现实,向表达对象靠拢的倾向再一次得到验证。这种与历史语境要求相适应的角色语言,在《简单的故事》中体现为"第三种立场"①的选择,也就是告别旧有语言,但因为带有新意识形态意味的语言并未真正形成并被接受,所以在明确区分于过去语言而又无可能使用新成语言的情况下,采用与转折期变化而杂混的社会现实相称的另一种状态语言。在《彼得·霍尔茨》中,霍尔茨在民主德国生活时期,其语言表达内涵上整体上是政治性的,包含有那个时代典型的政治与意识形态用语;而在其生活的后半段,虽然过渡期的用语意识形态色彩上有杂混现象,而且经济语汇和与集会、党派政治相关的语汇相交织,但资本主义逻辑下的经济用语渐成主体,只是这种经济语言本质上透露着政治生活的矛盾与冲突。特别要指出的是,从整体上看,霍尔茨这个主角及其世界这一轴线上体现着语言内涵与风格上的对照性区分与矛盾、交织状态。语言上这种似难弥合的分离与并不能融合的杂混,恰恰也表明霍尔茨及其特定历史语境下的世界在意识形态话语上存在不确定性与复杂

---

① Horst Dieter Schlosser：a. a. O. ，S. 67.

性,同时也展现了作家对其角色所遇问题和相关思考方向的批评性认识与揭示。

舒尔策把东方作为一个既存的体制框架,将西方作为一个被给予的制度框架来接受。对于东方,他是从"失败"[①]的基本经验与认知上来把握的;而对于西方,面对的态度也"并非是尊敬的"[②]。他看到了东方框架之下的挣扎和幻想,也非常清醒地从经济问题这一核心视角来认识西方现实世界中面临的困局,尤其是几个期待性质点上的失落。

在弗里德里希看来,在东、西方两个阵营对峙结束后,"他(舒尔策)的世界[……]事实上仍然是分裂的"[③]。这一判断比较切近。他一再叹惋另一种社会发展方案与可能性的失去,对所处的西方世界也并非融合,而是怀着鲜明的距离感,以尖锐的批判态度来面对。这无疑都显现了他在面对外部世界时的分裂性。

不论是"失败"的体认还是并无敬意的态度,或是不能弥合且依然保持着裂隙的世界,都体现了舒尔策在现实世界中基本经验的个性和文本世界的呈现角度,而且展现了他主要以文学方式来表达的意识形态话语。

舒尔策作为两种体制、两个阵营与不同世界的经历者,在因为审美和反思的距离获得穿行可能性的时候,以文学来清晰、有力、深挚地告别过去,在现实与虚构这两个层面为被给定或所期盼的世界思考和寻求发展的可能性,却在虚构世界内、外,无意于也知道无法提供一个乌托邦性解决方案。角色世界里幻想性的出路,角色世界之外的思索,都不能和无法凝聚成相应的社会方案或价值观构架。

舒尔策主要以美学的方式来揭示他这个思想性的命题,并展现相关态度。在虚构世界里,他未能揭示出某种超越的可能性,虽然他对未来仍怀有此岸性的展望。他一方面以过程性且开放的方式诉诸角色个性的典型经验,展现新世界和新生活应有的品质;另一方面他也未在西方现实性框架下设计出政治和经济关联中某种自以为是的希望和未来,只是一再设置消解性的情节与行动。

---

① Gerhard Friedrich: a. a. O. , S. 154.
② Ebd.
③ Ebd.

　　总之,他将他并不能真正解决的包括乌托邦方案在内的意识形态问题转化为美学的问题,转化成历史变化语境下丰富而个性的日常世界,由此也在更坚实、更深刻和更有意蕴的层面上,展现了他的政治性与意识形态性。

附　录

研究所涉舒尔策文本缩略语

AE：Adam und Evelyn

AG：33 Augenblicke des Glücks

H：Handy

NL：Neue Leben

PH：Peter Holtz

SS：Simple Storys

参考文献

一 研究所涉文本(以作品名德文字顺排序)

Schulze，Ingo：*33 Augenblicke des Glücks*. Aus den abenteuerlichen Aufzeichnungen der Deutschen in Piter. Berlin：Berlin Verlag，1995.

Schulze，Ingo：*Handy*. Dreizehn Geschichten in alter Manier. Berlin：Berlin Verlag，2007.

Schulze，Ingo：*Neue Leben*. Die Jugend Enrico Türmers in Briefen und Prosa. Berlin：Berlin Verlag，2005.

Schulze，Ingo：*Peter Holtz*. Sein glückliches Leben erzählt von ihm selbst. Frankfurt am Main：Fischer，2017.

Schulze，Ingo：*Simple Storys*. Ein Roman aus der ostdeutschen Provinz. Berlin：Berlin Verlag，1998.

Schulze，Ingo：*Tausend Geschichten sind nicht genug*. Leipziger Poetikvorlesung 2007. Frankfurt am Main：Suhrkamp，2008.

Schulze，Ingo：*Unsere schönen neuen Kleider*. *Gegen eine marktkonforme Demokratie-für demokratiekonforme Märkte*，Hamburg：Hanser Verlag，2012.

二 研究文献

(一) 德语研究文献(以作家、论文/论著作者姓氏德文字顺排序)

Berendse，Gerrit-Jan："Karneval in der DDR. Ansätze postmodernen Schreibens 1960 – 1990". In：Henk Harbers（Hg.）：*Postmoderne Literatur in deutscher Sprache：Eine Ästhetik des Widerstandes?*

Amsterdam-Atlanta：Rodopi，GA，2000.

Berit，Jany："Auf der Suche nach Glück in Ingo Schulzes 33 Augenblicke des Glücks". In：*Focus on German Studies Volume* 18,2011.

Borchers，Jonas："Uns ist der Begriff der Zukunft abhanden gekommen" — Interview mit Ingo Schulze. November 2013. https：//www. goethe. de/ins/cn/zh/kul. html. （2019 - 7 - 10）

Borchmeyer，Dieter：*Was ist deutsch? Die Suche einer Nation nach sich selbst*. Berlin：Rohwohlt • Berlin Verlag，4. Auflage 2019.

Böttiger，Helmut："Der Ich-Jongleur：Ingo Schulzes Versteckspiele". In：Heinz Ludwig Arnold（Hg.）：TEXT + KRITIK，München：edition text + kritik im Richard Boorberg Verlag GmbH & Co KG，2012.

Böttiger，Helmut："Neues Licht auf das deutsch-deutsche Milieu". In：*Deutschlandfunk Kultur*，06. September 2017.

Brand，Jobst-Ulrich："Heinrich，was meinst du dazu?" — Interview mit Günter Grass. In：*Focus*，4. Oktober 1999. http：//www. focus. de/ politik/deutschland/interview_aid_178732. html. （2022 - 2 - 15）

Brink，Margot/Pritsch，Sylvia（Hg.）：*Gemeinschaft in der Literatur. Zur Aktualität poetisch-politischer Interventionen*. Würzburg：Verlag Königshausen & Neumann GmbH，2013.

Clement，Kai：*Bericht zur deutschen Einheit 85 Prozent des Westniveaus*. 21. 09. 2019. https：//www. tagesschau. de/inland/ steigende-wirtschaftskraft-im-osten-101. html. （2019 - 10 - 22）

Chilese，Viviana/Galli，Matteo：*Im Osten geht die Sonne auf? Tendenzen neuerer ostdeutscher Literatur*. Würzburg：Verlag Königshausen & Neumann，2015.

Drosdowski，Günther usw.（Bearbeitung）：*Duden. Deutsches Universalwörterbuch*. Mannheim/Wien/Zürich：Dudenverlag，1983.

Eagleton，Terry：*Ideologie*. Übersetzt von Anja Tippner. Stuttgart/

Weimar：Verlag J. B. Metzler，2000.

Eicken，Christiane ten：*Studien zum Werk Ingo Schulzes*，Magisterarbeit an der

Bergischen Universität-Gesamthochschule Wuppertal，1999.

Enderwitz，Ulrich：*Was ist Ideologie. Zur Ökonomie bürglichen Denkens*. Münster：Unrast Verlag，2005.

Friedrich，Gerhard："Ingo Schulze：Geformte Betroffenheit，ironische Distanz und neues Engagement". In：*Im Osten geht die Sonne auf ? Tendenzen neuerer ostdeutscher Literatur*. Würzburg：Verlag Königshausen Neumann GmbH，2015.

Gerhard，Ute etc. ："Diskurs und Diskurstheorie". In：Ansgar Nünning （Hg. ）：*Metzler Lexikon Literatur und Kulturtheorie*. Stuttgart/ Weimar：Verlag J. B. Metzler，2001.

Glacobazzi，Cesare：" *Neue Leben* von Ingo Schulzes als Schelmenroman：Formelle Aspekte und wirkungsästhetische Funktion der pikaresken Tradition". In：Viviana Chilese，Matteo Galli （Hg. ）：*Im Osten geht die Sonne auf ? Tendenzen neuerer ostdeutscher Literatur*. Würzburg：Verlag Königshausen &. Neumann，2015.

Hahn，Hans-Joachim：Konversationsunterricht als Literaturgespräch. Ingo Schulzes *Simple Storys* im Unterricht Deutsch als Fremdssprache. In：Matthias Harder （Hg. ）：*Bestandsaufnahmen. Deutschsprachige Literatur der neunziger Jahre aus interkultureller Sicht*. Würzburg：Verlag Königshausen&.Neumann GmbH，2001.

Handrick，Danko：*Prager Botschaft sucht Kofferbesitzer*. 11. 07. 2019. https：//www. tagesschau. de/ausland/deutschebotschaft-koffer-101. html. （2019 - 7 - 15）

Hildebrandt，Tina/Bracholdt，Claudia："Ingo Schulze：Was war an der DDR gar nicht soschlecht?" 9. November 2017. https：//www. zeit. de/video/2017-11/5639483700001/ingo-schulze-was-war-an-der-ddr-gar-nicht-so-schlecht（2022 - 3 - 17）

Kämmerlings, Richard: "Enrico Türmers unternehmerische Sendung". In: *Frankfurter Allgemeine Zeitung*, 19. Oktober 2005.

Kämmerlings, Richard: " SogarAngela Merkel hat hier einen Gastauftritt". In: *Die Welt*, 09. September2017.

Kirchgessner, Kilian: *Fest der Freiheit in Prag*. 28. 9. 2019. https://www. tagesschau. de/multimedia/audio/audio-78161. html. （2019 - 10 - 15）

Krekeler, Elmar: „Enrico, mir graut vor Dir! Nachrichten aus einem Niemandsjahr der deutschen Geschichte: Ingo Schulze schreibt den großen historischen Roman über die Wende". In: *Die Literarische Welt*, 15. 10. 2005.

Lewis, Alison: "Die neue Unübersichtlichkeit. Die Lyrik des Prenzlauer Bergs: Zwischen Avantgarde, Ästhetizismus und Postmoderne". In: Henk Harbers (Hg.): *Postmoderne Literatur in deutscher Sprache: Eine Ästhetik des Widerstandes?* Amsterdam-Atlanta: Rodopi, GA, 2000.

Lutz, Daniel: " Handel und Verwandeln. Die Koexistenz von Schriftsteller und Unternehmer in Ingo Schulzes Neue Leben". In: Heinz Ludwig Arnold (Hg.): TEXT＋KRITIK, München: edition text＋kritik im Richard Boorberg Verlag GmbH & Co KG, 2012.

Machowecz, Martin: "Ingo Schulze: Wie wird ein Büchermensch zum Reaktionär, Herr Schulze?" 24. Juni 2020. https://www. zeit. de/kultur/literatur/2020-06/ingo-schulze-die-rechtschaffenen-moerder-livestream. （2022 - 3 - 19）

Marx, Karl: *Das Kapital. Kritik der politischen Ökonomie*. Erster Band, Buch I: *Der Produktionsprozeß des Kapitals*. In: Karl Marx, Friedrich Engels *Werke • Band 23*, Berlin: Dietz Verlag, 1962.

Marx, Karl/Engels, Friedrich: *Deutsche Ideologie*. In: Karl Max, Friedrich Engels: *Karl Max, Friedrich Engels. Werke. Band 3.*

Berlin: Dietz Verlag, 1978.

Menke, Timm: "Lebensgefühl(e) in Ost und West als Roman: Ingo Schulzes *Simple Storys* und Norbert Niemanns *Wie man's nimmt*. Mit einem Seitenblick auf Tim Staffels *Terrordrom*". In: Gerhard Fischer und David Roberts (Hg.): *Schreiben nach der Wende. Ein Jahrzehnt der deutschen Literatur*, 1989 – 1999. Tübingen: Stauffenburg Verlag 2001.

Merkel, Angela: "Einheit ist im 'Großen und Ganzen gelungen'". 03. 10. 2020. https://www.tagesschau.de./inland/merkel. (2020 – 10 – 5)

Müller, Lothar/Steinfeld, Thomas: "Dann habe ich noch versucht, die Prinzessin auf der Erbse reinzuschreiben. Von Hexen, Teufeln, Zahlen und Worten: Ein Gespräch mit dem Schriftsteller Ingo Schulze über die Wendezeit 1989/90 und seinen neuen Roman". In: *Süddeutsche Zeitung*, 1. 10. 2005.

Munaretto, Stefan: *Ingo Schulze: Simple Storys*. Hollfeld: Banger Verlag, 2008.

Niemann, Norbert: "Ein langes Gespräch". In: Heinz Ludwig Arnold (Hg.): *Ingo Schulze*. TEXT+KRITIK, 2012, Heft 193.

Platthaus, Andreas: "Tausend Prozent Zinsen? Wenn's weiter nichts ist!" In: *Frankfurter Allgemeine Zeitung*, 13. September 2013.

Radisch, Iris: "Die 2-Sterne-Revolution. Ingo Schulzes groß angelegter Briefroman *Neue Leben* ist der beste aller schlechten Romane über die deutsche Wiedervereinigung". In: *Die Zeit*, 13. Oktober 2005.

Schlosser, Horst Dieter: "Ostidentität mit Westmarken? Die dritte Sprache in Ingo Schulzes *Simple Storys* zwischen DDR-Deutsch und Bundesdeutsch". In: Christine Cosentino etc. (Hg.): *An der Jahrtausendwende*. Frankfurt am Main/Berlin etc.: Peter Lang GmbH, 2003.

Schmitz-Scholemann, Christoph: "Ein neuer Simplicissimus". In:

Literaturland-Thüringen. http://www. literaturland-thueringen. de/artikel/ingo-schulze-peter-holtz-sein-glueckliches-leben-erzaehlt-von-ihm-selbst/. (2019 – 7 – 28)

Schneider, Michael: Bertolt Brecht und sein illegitimer Erbe Heiner Müller. In: NDL 46(1998), H. 3.

Scholl, Joachim: "Ein Schelm wird wider Willen Millionär". In: *Deutschlandfunk Kultur*, 11. Oktober 2017.

Schulze, Ingo: "Beim Schreiben merkte ich, dass es immer dann uninteressant wurde, wenn Peter in eine Alltagslogik verfiel und reagierte, wie ich reagiert hätte". Ingo Schulze im Gespräch mit Christoph Türke und Matthias Bormuth. In: Monika Eden(Hg.): *Konstellationen. Gespräche zur Gegenwartsliteratur*. Göttingen: Wallstein Verlag, 2018.

Schulze, Ingo: "Damals in der Provinz". http://www. ingoschulze. com/text_damalsinder. html. (2019 – 7 – 29)

Schulze, Ingo: "Dankrede für den Bertolt-Brecht-Preis der Stadt Augsburg". http://www. ingoschulze. com/text _ brecht. html. (2019 – 7 – 29)

Schulze, Ingo: "Das Herakles-Motiv in der *Ästhetik des Widerstands*". In: *Wissenschaftliche Zeitschrift der Friedrich-Schiller-Universität Jena (Gesellschafts- und sprachwissenschaftliche Reihe)* 36. Jg., 1987, Heft 3.

Schulze, Ingo: "Das Wort für die Sache halten. Über den Begriff 'Verlierer'". In: *Was wollen wir?* Essays, Reden, Skizzen. Berlin: Berlin Verlag, 2009.

Schulze, Ingo: "Der Brief meiner Wirtin. Laudatio auf Josua Reichert". In: *Sinn und Form* 52,2000, H. 3.

Schulze, Ingo: "Dresdner Rede-Unsere schönen neuen Kleider". https://www. ingoschulze. com/rede_dresden. html. (2012 – 2 – 26)

Schulze, Ingo: "Lesen und Schreiben oder 'Ist es nicht idiotisch, sieben oder gar acht Monate an einem Roman zu schreiben, wenn man in jedem Buchladen für zwei Dollar einen kaufen kann?'" In: Ute-Christine Krupp, Ulrike Janssen (Hg.): *Zuerst bin ich immer Leser. Prosa schreiben heute*. Frankfurt am Main: Suhrkamp, 2000.

Schulze, Ingo: "In der Grube. Über die Zukunft des Kapitalismus". In: *Was wollen wir?* Essays, Reden, Skizzen. Berlin: Berlin Verlag, 2009.

Schulze, Ingo: "Interview mit Ingo Schulze". http://www. ingouschulze. com. text_interview. html. (2019 - 9 - 29)

Schulze, Ingo: "Mein Westen". In: *Was wollen wir?* Essays, Reden, Skizzen. Berlin: Berlin Verlag, 2009.

Schulze, Ingo: "Meine kopernikanische Wende". In: Renatus Deckert (Hg.): *Das erste Buch. Schriftsteller über ihr literarisches Debüt*. Frankfurt am Main: Suhrkamp, 2007.

Schulze, Ingo: "Nach der Flut. Laudatio zur Verleihung des Anna-Seghers-Preises an Lukas Bärfuss". In: *Sinn und Form*, 61, 2009, H. 3.

Schulze, Ingo: Nachtgedanken. Am 3. Mai 2006 von MDR figaro gesendeter Essay.

Schulze, Ingo: "Nicht nur in eigener Sache. Ein Artikel samt seiner Vor-und Nachgeschichte". http://www. ingoschulze. com/text_Nicht _nur_in_eingener_Sache. html. (2019 - 9 - 20)

Schulze, Ingo: "Nützliche Idioten. Für die regierenden Parteien sind die Pegida-Demonstranten eine bequeme Opposition-denn die eigentlichen Fragen werden von ihnen gerade nicht gestellt". In: *SZ* Nr. 21,27. Januar 2015.

Schulze, Ingo: "Rede am 19. Mai 2019 in Berlin vor der Volksbühne auf der 'Glänzenden Demonstration-Unite & shine'". http://www. ingoschulze. com/text_volksbuehne_2019. html. (2020 - 9 - 15)

Schulze, Ingo: "Rede von Ingo Schulze am 19. November auf der

Demonstration 'Aufstehen' vor dem Brandenburger Tor". http://www. ingoschulze. com/text_aufstehen. html. (2021 - 8 - 29)

Schulze, Ingo: "Rede zur Verleihung des Mainzer Stadtschreiberpreises 2011". http://www. ingoschulze. com/text _ stadtschreiber. html. (2019 - 8 - 15)

Schulze, Ingo: "Sich selbst wieder ernst nehmen". http://www. ingoschulze. com/text_Sichselbstwieder. html. (2019 - 8 - 25)

Schulze, Ingo: "Vorstellung in der Darmstädter Akademie". http://www. ingoschulze. com/text_Vorstellung_darmstadt. html. (2019 - 7 - 29)

Schulze, Ingo: *Was wollen wir?* Essays, Reden, Skizzen. Berlin: Berlin Verlag, 2009.

Schulze, Ingo/Geiger, Thomas: "Wie eine Geschichte im Kopf entsteht". In: Walter Höllerer, Norbert Miller und Joachim Sartorius (Hg.): *Sprache im technischen Zeitalter*. April 1999, 37. Jahrgang.

Schulze, Ingo: "Würde ich nicht lesen, würde ich auch nicht schreiben". Meranier-Gymnasium, Lichtenfels 2002.

Schumacher, Uwe: *Literarische Imagination und soziologische Zeitdiagnose im wiedervereinigten Deutschland. Untersuchungen zur Funktion von > Welthaltigkeit < im deutschsprachigen Gegenwartsroman am Beispiel von Ingo Schulzes Simple Storys*, University of Pittsburgh, 2008.

Schwietzer, Kristin: *30 Jahre nach der Wende. Das lange Arbeiten an der Einheit*. 27. 09. 2020. https://www. tagesschau. de/inland/deutsche-einheit. (2020 - 10 - 2)

Schwietzer, Kristin: "Wir sind keine Verlierer". 12. 05. 2019. https://www. tagesschau. de/inland/wende-bilanz-101. html. (2019 - 10 - 22)

Soboczynski, Adam: "'Peter Holtz': Von Nicaragua träumen. Ein

DDR-Schelm wundert sich im Kapitalismus: Ingo Schulzes Roman *Peter Holtz*". In: *ZEIT*, Nr. 37/2017, 13. 9. 2017.

Steinmeier, Frank-Walter: "Keine Pandemie hindert uns, stolz zu sein". 03. 10. 2020. https://www. tagesschau. de. /inland/ steinmeier. (2020 – 10 – 5)

Sterneborg, Anke: "Ingo Schulze: 'Leider ist die DDR ein beliebtes Sujet für Anmaßungen'", 9. Januar 2019. https://www. zeit. de/ kultur/film/2019-01-ingo-schulze-adam-und-evelyn-verfilmung-schriftsteller-ddr/komplettansicht. (2021 – 4 – 27)

Stockinger, Claudia: "Mit Leichtigkeit und Raffinesse: Ingo Schulzes poetisches Verfahren". In: Heinz Ludwig Arnold (Hg.): TEXT + KRITIK, München: edition text+kritik im Richard Boorberg Verlag GmbH & Co KG, 2012.

Strasen, Sven: "Ideologie und Ideologiekritik". In: Ansgar Nünning (Hg.): *Metzler*

Lexikon Literatur und Kulturtheorie. Stuttgart/Weimar: Verlag J. B. Metzler, 2001.

Thomas, Fabian: *Neue Leben, neues Schreiben? Die „Wende" 1989 – 90 bei Jana Hensel, Ingo Schulze und Christoph Hein*. München: Martin Meidenbauer Verlagsbuchhandlung, 2009.

Wehdeking, Volker: "Mentalitätswandel im deutschen Roman zur Einheit (1990 – 2000)". In: Volker Wehdeking (Hg.): *Mentalitätswandel in der deutschen Literatur zur Einheit (1990 – 2000)*. Berlin: Erich Schmidt Verlag, 2000.

Weidermann, Volker: "Lehrjahre des Kapitals". In: *Frankfurter Allgemeine Zeitung*, 09. Oktober 2005.

Würfel, Carolin: *Komm, ich zeige dir die Welt*. 19. 09. 2019.

http://www. zeit. de/entdecken/2019-09/ddr-erbstuecke-reisefreiheit-familie-geschichte. (2019 – 9 – 20)

Ziegler, Jean: Erster Teil — An den Quellen des Hasses. I -Vernunft und Wahnsinn. In：*Der Hass auf den Westen*. C. Bertelsmann (EBOOKS). (2022 - 3 - 5)

（二）汉语研究文献（以论文/论著作者姓氏汉语拼音字顺排序）

［德］克里斯托弗·艾伦："理念、制度与组织化资本主义——两德统一 20 年来的政治经济体系"，张志超译，载《国外理论动态》，2015 年第 10 期。

陈良梅：《转折文学研究》，南京：江苏文艺出版社，2003 年。

陈永国："话语"，见赵一凡等主编：《西方文论关键词》，北京：外语教育与研究出版社，2006 年。

［德］迪特尔·格鲁瑟尔：《德国统一史》（第二卷），邓文子译，北京：社会科学文献出版社，2016 年。

［美］弗兰西斯·福山《历史的终结与最后的人》，陈高华译，孟凡礼校，桂林：广西师范大学出版社，2014 年。

何成："全面认识和理解'百年未有之大变局'"，《光明日报》，2020 年 1 月 3 日。

［匈］阿格妮丝·赫勒：《日常生活》，衣俊卿译，重庆：重庆出版社，1990 年。

何宁："历史与日常的并置——上世纪 90 年代中期以来的德国文学"，载《德国研究》，2011 年第 1 期。

何宁："正常化·融合·全球化——新世纪十年德国文学回顾"，载《外国文学动态》，2011 年第 5 期。

［德］卡尔-鲁道夫·科尔特：《德国统一史》（第一卷），刘宏宇译，刘立群校，北京：社会科学出版社，2016 年。

李苏："江山代有人才出——浅述德国文坛的新生力量"，载《德语学习》，2008 年第 5 期。

孟登迎："意识形态国家机器"，见赵一凡等主编《西方文论关键词》，北京：外语教育与研究出版社，2006 年。

齐快鸽："故事收集者和他的平凡故事——2007 年德国图书奖获得者及其作品"，载《译林》，2007 年第 5 期。

王盼盼："印度外长苏杰生怒怼欧洲：印中关系与俄乌冲突无关"，《环球时报-环球网》,2022 年 6 月 4 日。

谢建文:《德语后现代主义文学》,上海:上海三联书店,2015 年。

熊馨:《对德国统一后转折文学的解读——以英果·舒尔策〈简单的故事〉为例》,北京理工大学硕士论文,2017 年。

〔德〕沃尔夫冈·耶格尔、〔德〕米夏埃尔·瓦尔特:《德国统一史》(第三卷),杨橙译,北京:社会科学文献出版社,2016 年。

邹沁璐:"试论德国统一后的转折文学",载《宁波大学学报(人文科学版)》,2010 年第 6 期。

(三) 网络研究文献

https://baike. baidu. com/item/％E6％9F％8F％E6％9E％97％E5％A2％99/69725? fr＝alaladd. (2022－3－29)

https://www. bpb. de/geschichte/deutsche-einheit/zahlen-und-fakten-zur-deutschen-einheit/211280/das-vermoegen-der-ddr-und-die-privatisierung-durch-die-treuhand. (2022－3－27)

https://de. jinzhao. wiki/wiki/ingoschulze(Autor). (2021－12－28)

https://de. wikipedia. org/wiki/Wikipedia：Hauptseite：Ingo Schulze (Autor). (2021－12－19)

https://wenda. so. com/q/153748995921591. (2022－2－25)

https://www. bpb. de/themen/deutsche-einheit/lange-wege-der-deutschen-einheit/315873/treuhandanstalt-und-wirtschaftsumbau/. (2020－12－1)

https://www. destatis. de/DE/Themen/Wirtschaft/Konjunkturindikatoren/Lange-Reihen/Arbeitsmarkt/lrarb003ga. html. (2022－7－1)

https://www. hdg. de/lemo/kapitel/deutsche-einheit/baustelle-deutsche-einheit/treuhand. html. (2020－6－26)

http://www. ingoschulze. com/. (2019－8－20)

"Was will Enrico Türmer?" In：Frankfurter Rundschau，04. Februar 2019. https://www. fr. de/kultur/literatur/will-enrico-tuermer-11727098. html. (2021－3－19)

Tagesschau：Historischer Satz in deutscher Botschaft：Fest der Freiheit in Prag. 28. 09. 2019. https：//www. tagesschau. de/multimedia/ video/video-600633. html. (2019 – 10 – 15)

Tagesschau："Fest der Freiheit" in Prag erinnert an DDR- Botschaftsflüchtlinge. 28. 09. 2019. https：//www. tagesschau. de/ multimedia/sendung/tt-7035. html. (2019 – 10 – 15)

https：//news. ifeng. com/c/8GviLcaZQP1. (2022 – 6 – 19)

(四) 舒尔策文学文本中文翻译

[德]英戈·舒尔策:《简单的故事》,潘璐译,上海:上海译文出版社, 2013 年。

图书在版编目(CIP)数据

英戈·舒尔策诗性意识形态话语研究/谢建文,王羽桐,孙瑜
著. —上海:上海三联书店,2024.8
ISBN 978-7-5426-8037-2

Ⅰ.①英…　Ⅱ.①谢…②王…③孙…　Ⅲ.①英戈·舒尔
策—诗歌研究　Ⅳ.①I516.072

中国国家版本馆 CIP 数据核字(2023)第 041301 号

英戈·舒尔策诗性意识形态话语研究

著　　者 / 谢建文　王羽桐　孙　瑜

责任编辑 / 宋寅悦
装帧设计 / 一本好书
监　　制 / 姚　军
责任校对 / 王凌霄

出版发行 / 上海三联书店
　　　　　(200041)中国上海市静安区威海路 755 号 30 楼
邮　　箱 / sdxsanlian@sina.com
联系电话 / 编辑部:021-22895517
　　　　　发行部:021-22895559
印　　刷 / 上海颛辉印刷厂有限公司

版　　次 / 2024 年 8 月第 1 版
印　　次 / 2024 年 8 月第 1 次印刷
开　　本 / 640 mm×960 mm　1/16
字　　数 / 280 千字
印　　张 / 16.5
书　　号 / ISBN 978-7-5426-8037-2/I·1802
定　　价 / 88.00 元

敬启读者,如发现本书有印装质量问题,请与印刷厂联系 021-56152633